JULIE PETERS

Ein
Sommer
im Alten
Land

aufbau taschenbuch

JULIE PETERS, geboren 1979, arbeitete als Buchhändlerin und studierte Geschichte, bevor sie sich ganz dem Schreiben widmete. Sie lebt mit ihrer Familie im Westfälischen. Im Aufbau Taschenbuch sind bereits die Romane »Mein wunderbarer Buchladen am Inselweg«, »Mein zauberhafter Sommer im Inselbuchladen«, »Der kleine Weihnachtsbuchladen am Meer«, »Die Dorfärztin. Ein neuer Anfang«, »Die Dorfärztin. Wege der Veränderung« sowie bei Rütten & Loening »Ein Winter im Alten Land« von ihr erschienen.

Die Duftdesignerin Alix jettet für ihre Kunden um die Welt, bis sie bei einem Unfall Ihren Geruchssinn verliert. Völlig verzweifelt, weil sie nicht länger arbeiten kann, reist Alix in die Provence, nach Grasse. Hier, in jenem Ort, in dem die größten Parfümeure ihre Rohstoffe beziehen, hofft sie auf Inspiration für einen Neuanfang, denn sie hat das Gefühl, auch ihre Beziehung mit dem Investmentbanker Maximilian ist in eine Sackgasse geraten. In Grasse erlangt sie zwar ihren Geruchssinn nicht zurück, aber Alix hat eine Idee ... Zurück in ihrer Heimatstadt Hamburg beginnt sie mit der Umsetzung ihres ehrgeizigen Plans. Auf dem Apfelhof, den ihre Großtante Barbara im Alten Land bewirtschaftet, will sie eine kleine Seifenmanufaktur einrichten. Doch der Apfelhof ist völlig verfallen, und auch ihre Tante ist alles andere als begeistert, als sie von Alix Idee hört. Aber dann bekommt Alix unerwartete Hilfe, ausgerechnet von Apfelbauer Johann. Oder steckt da etwas ganz anderes dahinter?

JULIE PETERS

Ein Sommer im Alten Land

ROMAN

aufbau taschenbuch

MIX
Papier aus verantwor-
tungsvollen Quellen
FSC
www.fsc.org   FSC® C083411

ISBN 978-3-7466-3908-6

Aufbau Taschenbuch ist eine Marke
der Aufbau Verlage GmbH & Co. KG

1. Auflage 2022
Vollständige Taschenbuchausgabe
© Aufbau Verlage GmbH & Co. KG, Berlin 2020
Die Originalausgabe erschien 2020 bei Rütten & Loening,
einer Marke der Aufbau Verlage GmbH & Co. KG
Umschlaggestaltung www.buerosued.de, München
unter Verwendung eines Motivs von
© mauritius images / Klaus Neuner
Gesetzt durch Greiner & Reichel, Köln
Druck und Binden CPI books GmbH, Leck, Germany
Printed in Germany

www.aufbau-verlage.de

 *Kapitel 1*

Alix hielt unwillkürlich die Luft an.

Da war er, der Moment der Wahrheit. Der Moment, dem sie nach monatelanger Arbeit entgegengefiebert, den sie zugleich auch gefürchtet hatte. Sie atmete tief durch. Wird schon alles gut gehen, redete sie sich ein. Und dann schob sie das kleine braune Köfferchen über den niedrigen Kaffeetisch zwischen sich und ihrer Auftraggeberin.

»Hier ist es«, sagte sie auf Englisch.

Sophie Bingham beugte sich leicht vor. Sie war Anfang zwanzig, allein das war ungewöhnlich, die meisten ihrer Klienten waren mindestens Ende dreißig. Mit dem hochgeschlossenen, pflaumenfarbenen Kleid aus Moiréseide und mit cremefarbenen Spitzenkragen wirkte sie wie aus der Zeit gefallen, richtig altmodisch. Dazu passend trug sie die schwarz gefärbten Haare zu einem akkuraten, ultrakurzen Pony geschnitten, die langen Haare zu einem komplizierten Knoten im Nacken hochgesteckt. Sie hätte sich kaum mehr von Alix unterscheiden können.

»Ich traue mich gar nicht, es zu öffnen.« Sophies Englisch war sehr weich, abgeschliffener Ostküstenadel. Draußen vor den dreifach verglasten Schallschutzfenstern des New Yorker Stadthauses lärmte das Leben. Hier drin in der Bibliothek im dritten Stock war es still.

Nur die drei Hunde auf den beiden gegenüberstehenden Sofas hechelten und schmatzten leise.

Ausgerechnet Hunde.

Alix mochte keine Tiere, aber Hunde fand sie besonders schlimm, egal ob kleine Kläffer oder große Wachhunde. Und als sie den Auftrag angenommen hatte, waren die Hunde mit keinem Wort erwähnt worden.

Sie hatte den Duft unter einer etwas anderen Prämisse entworfen. Auch in der Bibliothek hatte sich einiges verändert, seit sie vor fünf Monaten eine große Kiste mit Stoffproben, Fotos und anderen Materialien erhalten hatte. An diesem Morgen hatte sie das Haus zum ersten Mal betreten, doch seit November war sie in Gedanken immer wieder die einzelnen Räume abgeschritten. Manche Auftraggeberinnen waren nicht bereit, ihr das Haus, für das Alix einen neuen Raumduft komponieren sollte, vorab zu öffnen. Und sie akzeptierte diese Bedingung, auch wenn sie ihre Arbeit ein wenig erschwerte, da sie so nur das zu sehen bekam, was eine Auftraggeberin von sich preisgeben wollte. Damit würde der Duft eher am Traum-Ich der Bewohnerin ausgerichtet werden. Aber das war im Grunde sogar etwas leichter, weil sie anhand der Listen, Fotos und Stoffproben erkannte, was die Auftraggeberin sein wollte.

Entworfen also unter einer etwas anderen Prämisse – keine Hunde! –, aber Alix hoffte, dass Sophie trotzdem Gefallen daran fand.

Sophie nahm den Flakon aus dem Köfferchen. Sie lachte verlegen, dann löste sie den Glasstopfen, hob ihn an und ließ das Parfüm einfach entweichen.

Sie macht das gut, dachte Alix. Die meisten Kunden rammten mit der Nase fast den Flakon, sodass sie für den Rest des Tages den Geruch daran haften hatten. Dadurch wurde er zu dominant, und sie waren in vielen Fällen einfach entsetzt, weil er gar nicht ihren Erwartungen entsprach.

»Der ist …« Sophie schnupperte. Ihr Gesicht wurde ganz hell und klar, als kämen ihr Erinnerungen, die sie lange in ihrem Innern vergraben hatte.

Alix konnte sich entspannt zurücklehnen. Sie wusste, dieser Duft war ein Volltreffer.

Vier Stunden später stand sie im Hotelzimmer und warf die wenigen Habseligkeiten, die sie für dieses kurze Atlantikhopping gebraucht hatte, in ihre Reisetasche: Die Kopfhörer mit Noise-Cancelling-Funktion, damit sie nichts um sich herum mitbekam. Das Handy nebst Ladegerät und Powerbank. Ihre Kosmetiktasche mit dem Nötigsten – Duschgel, Shampoo, Zahnbürste und Zahnpasta, Feuchtigkeitscreme und ein bisschen Make-up. Wechselwäsche, Ersatzjeans, eine zweite Bluse, Nachthemd, ein Buch. Man brauchte nicht viel, wenn man für einen kurzen Kundentermin über den Atlantik hüpfte.

Müde war sie, denn daheim war es schon sechs Stunden später, und sie versuchte, bei diesen Kurztrips in ihrer eigenen Zeitzone zu bleiben, damit sie vom Jetlag nicht völlig geplättet wurde. Der Plan war, dass sie im Flugzeug schlief. Morgen wartete im Labor schon die nächste Herausforderung auf sie.

Aber sie liebte diese immer neuen Aufgaben, sie liebte dieses Leben auf der Überholspur, und als ihr Handy klingelte, hangelte sie es aus der Tasche, weil sie dachte, es sei ihr Geschäftspartner Dennis, der hören wollte, wie es ihr ergangen war. Der angezeigte Name war eine willkommene Überraschung.

»Ich dachte, du schläfst noch selig«, begrüßte sie ihren Freund Maximilian. Er müsste doch gerade in Singapur sein, richtig? Bei ihm verlor sie oft den Überblick, wo er gerade steckte.

»Dachte ich auch. Aber dann musste ich gestern Abend noch nach New York fliegen.«

»Du bist hier?«

Zufall oder Schicksal?

»Wir können uns sehen. Ich muss gleich noch etwas erledigen, aber heute Abend um acht habe ich einen Tisch im Club A Steakhouse für uns reserviert.«

Alix atmete tief durch.

Das klang fast zu gut, um wahr zu sein. Aber es ging nicht. »Ich fliege in drei Stunden zurück«, sagte sie bedauernd. »Außerdem ...«

»Komm schon, Kleines.« Er lockte, schmeichelte. »Du hast doch nur einmal im Jahr Geburtstag, oder?«

Den hatte sie natürlich nicht vergessen. Ja, heute war ihr Geburtstag. Mit 34, fand sie, musste man aber nicht mehr so viel Aufheben darum machen. Im Leben angekommen, im Beruf anerkannt und nicht mehr so frisch, dass mancher Konkurrent oder Kunde versucht war, sie nicht ernst zu nehmen.

Der Termin in New York war nur heute möglich gewesen, weshalb sie ihre Geburtstagsparty aufs Wochenende verlegt hatte, damit sie ausgeschlafen mit ihren Freunden und der Familie feiern konnte.

»Ja schon ...«

»Und ich weiß, du bist nicht gern allein an so einem Tag. Du magst es zu feiern. Voilà, hier bin ich. Nur zu deinem Vergnügen.«

Sie lachte. Blickte auf die Uhr, rechnete. Überlegte.

»Ich muss Dennis anrufen. Wir sind morgen früh im Labor verabredet.«

»Mit ihm habe ich schon gesprochen«, erklärte Maximilian fröhlich. »Er hat nichts dagegen, wenn du ihn versetzt und er sich einen Tag freinehmen kann.«

»Du!« Nein, sauer konnte sie ihm gerade nicht sein. Außerdem brannte sie darauf, ihm von dem erfolgreichen Abschluss zu erzählen, den sie heute erzielt hatte. Sophie Binghams Begeisterung für Alix' Duftkreation hatte sie beide überwältigt; die junge Frau fiel ihr um den Hals und stammelte »das bin ich, das bin so sehr ich, woher wussten Sie …«, und es dauerte eine Weile, bis sie sich beruhigen konnte. Aber das war vielleicht das schönste Kompliment, das sie Alix in dieser Situation hatte machen können. Eine Bestätigung für die Qualität ihrer Arbeit. Danach hatten sie sich wieder hingesetzt, Sophie ließ vom Butler noch mehr Kaffee und Macarons bringen, und sie plauderten ein bisschen, während Sophie immer mal wieder verzückt den Stopfen aus dem Flakon zog und schnupperte.

Alix hatte sich auf das Designen von Raumdüften spezialisiert. Ihre Kunden waren aber nicht Unternehmen – Kaufhäuser, Boutiquen oder Hotels –, die mit einem bestimmten Duft ihre Kunden betörten, sondern Privatkunden, die für ein kleines Vermögen eine ganz eigene Duftkreation wünschten, die ihr Zuhause heimeliger machte, zu einem Teil von sich selbst. Alix verstand diesen Wunsch. In einer so schnelllebigen Zeit, in der die Superreichen sich jederzeit völlig überteuerte Immobilien überall auf der Welt leisten konnten, wollten sie irgendwo auch zu Hause sein. Alix' Raumdüfte halfen ihnen dabei.

Sophie Binghams Auftrag war in vielerlei Hinsicht eine Herausforderung gewesen, und Alix war froh über den positiven Abschluss.

Und ja, auch das wäre ein schöner Grund zum Feiern.

»Hast du das geplant?«, fragte sie jetzt.

»Ein bisschen vielleicht«, räumte Max ein. Alix musste lächeln, wie schön war es doch, mit einem Mann zusammen zu sein, der die seltenen Gelegenheiten, zu denen sie zusammen sein konnten, so gut zu nutzen wusste. Der Möglichkeiten schuf, wo offenbar keine waren. Der sie einfach *überraschte*, weil er wusste, wie sehr sie solche Überraschungen liebte.

»Also sehen wir uns um acht im Club A Steakhouse?«

Sie stimmte zu, und dieses kleine Funkeln von Freude, das sie im ersten Moment fast reflexartig hatte unterdrücken wollen, es flammte auf. Klar, das bedeutete irgendwie auch Umstände, sie musste den Flug umbuchen, noch eine Nacht im Hotel bleiben, ihren sorgfältig organisierten Arbeitsablauf über den Haufen werfen und – ganz wichtig – ein paar Stunden Schlaf tanken, womit ihr bei ihrer Rückkehr ein mordsmäßiger Jetlag drohte. Aber das war ein Abendessen mit ihrem Liebsten allemal wert. Noch dazu an ihrem Geburtstag.

Und wer wusste schon, was für Überraschungen er sich noch ausgedacht hatte?

🍎

Halb acht stand Alix am Bordstein und winkte ein Taxi heran. In der Tüte, die sie in der Hand hielt, steckten Jeans, Bluse und Pullover, Strümpfe und die etwas zweckmäßigen Schuhe. Sie hatte zwei Stunden geschlafen, ein paar Telefonate getätigt und anschließend ein Outfit gekauft, das ihre Kreditkarte ächzen ließ, sich aber so hübsch frühlingshaft anfühlte. Diese kleine Belohnung hatte sie mehr als verdient.

Das dunkelblaue, kurzärmelige Kleid mit Knopfleiste glänzte mit den großen, rosafarbenen Blüten mit winzigen Golddetails. Es reichte knapp über die Knie. Die pinken Sandalen passten perfekt dazu.

Das blonde Haar trug sie im Pferdeschwanz, für eine schickere Frisur fehlte ihr nun wirklich die Zeit. Sie glitt auf die Rückbank des Taxis. Als das Taxi sich vom Bordstein löste und beschleunigte, wurde sie in den Sitz gedrückt. Der Bleifuß war bei diesem Fahrer offenbar sehr ausgeprägt. Auch das Vokabular, mit dem er die anderen Verkehrsteilnehmer bedachte, war blumig, da lernte Alix direkt noch etwas dazu.

Dabei war aber seine Aussprache so schleppend und... lallend? Ja, lallend! Du meine Güte, hatte er etwa getrunken, bevor er seine Schicht antrat?

Lieber kein Risiko eingehen. Sie beugte sich vor, den Anschnallgurt hatte sie noch nicht geschlossen. »Sorry... Could you please stop here?«

Aber er winkte nur ab, gab Gas und schnitt einen anderen Verkehrsteilnehmer beim Linksabbiegen.

Alix bekam es mit der Angst zu tun. Der Taxifahrer war entweder betrunken oder hatte sonst einen Vollrausch. Auf jeden Fall war er alles andere als fahrtüchtig.

Sie griff nach dem Anschnallgurt – doch der war abgerissen, sie hielt nur ein ausgefranstes Ende ohne Schnalle in der Hand, und als sie zur anderen Seite der Rückbank rutschte, erlebte sie dasselbe beim zweiten Gurt. Alix klopfte gegen die Scheibe zwischen Fahrer und

Fahrgastkabine. »Anhalten!«, brüllte sie auf Deutsch. »Stop!«

Doch der Taxifahrer schüttelte nur mit dem Kopf, grinste sie im Rückspiegel an und drehte sein Radio lauter. Technobeats dröhnten durch das Auto, er gab Gas und drückte auf die Hupe.

Wenn das mal gut geht, dachte sie und hielt sich verzweifelt am Griff über der Tür fest. Sie traute sich nicht, ihn noch mal zum Halt aufzufordern, wer weiß, was er dann machte.

Es ging nicht gut.

Beim nächsten Linksabbiegen geschah es. Alix sah das Unglück kommen. Ein Lieferwagen stand vor ihnen auf der Straße und ließ nur eine schmale Lücke, durch die definitiv kein Cab passen würde.

Der Fahrer versuchte es trotzdem und stieß dabei ein infernalisches Brüllen aus, als könnte er den Lieferwagen allein durch seine Willenskraft vertreiben. Alix kniff die Augen zu. Sie spürte den Aufprall, bevor sie ihn hörte, sie wurde nach vorne gerissen, instinktiv streckte sie beide Hände vor sich aus, aber da war nichts, woran sie sich hätte festhalten können, und dann spürte sie, wie das Taxi abhob, wie es um die eigene Achse wirbelte, sich überschlug und auf dem Dach landete. Das Kreischen von Metall mischte sich mit ihren eigenen Schreien, ihr Kopf knallte irgendwo gegen, sie konnte es selbst nicht so genau benennen, denn ihr Blick trübte sich bereits vom Blut, das über ihr Gesicht rann.

Einen Augenblick lang lag sie da, verkeilt zwischen verbogenen Metallteilen, die Welt seltsam verdreht und auf den Kopf gestellt. Stimmen näherten sich. »Are you okay?«

Der Taxifahrer lachte. Er hörte gar nicht auf zu la-

chen, und das war es, was sie in die Bewusstlosigkeit begleitete, was sie wie ein fernes Echo hörte, als sie schon
längst nichts mehr um sich wahrnahm.

Die Dunkelheit war ein Segen.

Das Letzte, was sie dachte, war: »Riecht hier ganz
schön eklig. Blut. Gummiabrieb. Kein schönes Parfüm
für einen Geburtstag.«

Kapitel 2

Wie ein lautloser Geist auf Kreppsohlen glitt die Krankenschwester herein. Max hielt die Augen geschlossen. Er hörte, wie sie die Vitalzeichen kontrollierte, er stellte sich vor, wie dabei ihr Blick über Alix' Gesicht glitt, das unter den Blutergüssen und dem Verband so fremd wirkte und nicht mehr hübsch. Das blonde Haar hatte man über der Wunde an der Schläfe abrasiert. Auch das würde nachwachsen.

Die Schwester glitt davon, die Tür klappte hinter ihr wieder zu.

Max deBuhr schlug die Augen auf. Er rieb mit der Hand über sein Gesicht, schaute auf die Apple Watch an seinem Handgelenk, runzelte die Stirn. Es dauerte einen Augenblick, bis er sich in der Zeitzone einfand, bis die Erinnerung einsetzte.

Alix war verletzt.

Seit gestern Abend saß er an ihrem Krankenbett, jemand hatte ihm einen Besuchersessel in den Raum geschoben, auf dem er zumindest ein bisschen hatte dösen können. An Schlaf war nicht zu denken; zu groß war seine Sorge um Alix.

Er beugte sich vor, nahm ihre Hand. Die Finger fühlten sich so kalt an zwischen seinen Händen, er hielt sie fest umschlossen. Sein Blick forschte in ihrem reglosen, bleichen Gesicht nach irgendeinem Lebenszeichen, einem Zucken, etwas, das ihm Hoffnung gab, dass sie bald wieder aufwachte.

Er hatte Alix in New York überrascht. Eine gelungene Überraschung, das hatte er zumindest gedacht, bis sie sich verspätete. Eine halbe Stunde nach der verabredeten Zeit rief er sie an; vielleicht hatte sie wegen des Jetlags verschlafen? Unpünktlichkeit war sonst nicht ihre Art.

Aber dann meldete sich eine fremde Stimme am anderen Ende und erklärte ihm auf Englisch, Alix sei soeben im Krankenhaus eingeliefert worden, er solle sofort herkommen, über ihren Zustand könne man aber noch nichts Genaues sagen.

Er wusste weder, was passiert war, dass sie im Krankenhaus landete – war sie angeschossen worden? Plötzlich erkrankt? –, noch wusste er, ob man ihm überhaupt etwas sagen würde, denn sie waren nicht verheiratet. Dass er an diesem Zustand etwas hatte ändern wollen an diesem Abend, wusste ja niemand – das kleine Samtkästchen in seiner Tasche fühlte sich jetzt wie ein Fremdkörper an, als gehörte es in ein anderes Leben. Eine Zeitrechnung vor dem Unfall.

Die gemeinsamen Jahre mit Alix gehörten zum Besten, was ihm hatte passieren können. Und es war schwer, das zu erkennen, wenn man wie er so viel unterwegs war, wenn sie im Grunde eine Beziehung führten, die zwischen seinen zahllosen Reisen und ihrer Arbeit im Hamburger Labor nur wenig Platz fand. Aber er hatte zuletzt etwas begriffen: Dass er mehr wollte. Mehr Alix, mehr Leben. Das hieß im Umkehrschluss vielleicht auch, dass er sein Leben ändern musste. Aber das war es wert, davon war er zutiefst überzeugt.

Und nun dies – ein Unfall, der alles veränderte, der sie beide aus der Fahrbahn des Lebens schleuderte, ohne dass er im Moment wusste, wie die Zukunft aussehen würde. Er hatte Angst. Natürlich würde er das niemals offen zugeben, aber er fürchtete, dass nun nichts mehr so sein würde wie vorher. Das Leben entzog sich seiner Kontrolle, und das war etwas, womit er einfach nicht klarkam.

Zum Glück hatte Alix ihn offenbar als ihren Notfallkontakt angegeben, sowohl in ihrem Handy als auch in einer Patientenverfügung, die sie offenbar immer bei sich trug. Was ihn überraschte, und doch wieder nicht. Niemand war so ein konzentriert planender Charakter wie Alix.

Eine Oberärztin setzte ihn ins Bild. Sie berichtete von schweren Prellungen, von einer Kopfverletzung, vor allem aber sagte sie immer wieder, wie viel Glück Alix gehabt hätte, schließlich sei sie nicht angeschnallt gewesen; warum das so sei, versuchte man noch zu ermitteln. Der Taxifahrer habe unter Drogeneinfluss gestanden, so viel konnte sie wohl verraten; der Unfall ging auf seine Kappe.

Nun, knapp sechs Stunden später war Alix immer noch bewusstlos, und je länger er ihre kühle Hand hielt, umso mehr fürchtete Max, sie könnte nie mehr aufwachen. Oder sie wäre nicht mehr sie selbst, wenn sie irgendwann die Augen aufschlug. So was passierte zwar sonst nur in Hollywood. Aber warum sollte in seinem Leben schon mal etwas glatt laufen?

Dabei sollte man meinen, dass Maximilian deBuhr ein Mann auf der Überholspur war. Mit 38 hatte er alles erreicht – einen gut dotierten Job bei einer internationalen Investmentfirma, eine Wohnung in bester Lage Hamburgs und eine Frau an seiner Seite, mit der er wahlweise Pferde stehlen, auf gesellschaftlichen Events glänzen

(»Was denn, eine Duftdesignerin? Sie werden bestimmt eines Tages das neue Chanel No. 5 entwerfen!«) oder einfach gemütlich die Sonntage mit Zeitung und einem Serienmarathon im Bett vertrödeln konnte.

Aber wer wusste, aus welchem Stall er kam – den durfte sein kometenhafter Aufstieg ebenso wenig wundern wie sein geschliffener Umgang in jeder Lebenslage.

DeBuhr, deBuhr … kannte man doch? Er sah es seinen Gesprächspartnern oft an, wie sie in ihrem Gedächtnis nach dem Namen kramten, wie sie nicht draufkamen, weil eine weltbekannte Keksmarke nicht unbedingt das war, was man mit einem Mann wie ihm verband. Doch es stimmte – seinen Eltern gehörte das Imperium, aufgebaut auf zart schmelzender Schokolade, köstlichen Plätzchen und süßen Verführungen für die Massen.

Da sei es kein Wunder, dachte sicher so mancher, dass Max deBuhr so schnell erfolgreich geworden war. Doch sein Name war nichts, das er irgendwann für sich zu nutzen versucht hätte. Wann immer er darauf angesprochen wurde, winkte er ab. »Entfernte Verwandte«, meinte er.

Ob er seine Eltern zu der Hochzeit eingeladen hätte? Vielleicht. Seine Schwester allemal, auch wenn sie, nachdem Max sich mit den Eltern so gründlich überworfen hatte, vermutlich irgendwann das Keksimperium erben würde. Aber mit Antonia verband ihn immer noch eine innige Freundschaft, daran hatten auch die Eltern nichts ändern können. (Er vermutete, sie hatten es zumindest versucht.)

Aber nun war sein Leben von jetzt auf gleich aus dem Rhythmus gerissen worden, und mitten in der Nacht saß er wach an Alix' Bett. Er stand leise auf, streichelte noch mal ihre Hand und verließ dann das Krankenzimmer.

Es war in New York drei Uhr nachts. Das hieß, dass es in Hamburg neun Uhr war – und damit höchste Zeit, dass er Alix' Eltern informierte. Auch wenn er selbst kaum mehr wusste, als dass sie einen schweren Unfall gehabt hatte, nicht mehr in Lebensgefahr schwebte und ihnen nichts anderes blieb, als zu warten.

🍎

Das Lärmen, der Gestank ... alles schwand. Da war nur noch Müdigkeit, so vollkommen und wärmend wie eine dicke Wolldecke. Alix ließ sich hineinsinken, sie ließ sich davontragen.

Leises Piepsen. Etwas schepperte in der Ferne. Schritte, die kamen und gingen. Ihr Gehör war zuerst zurück in dieser Welt. Sie ließ die Augen geschlossen, denn Lichtblitze zuckten hinter ihren Lidern, das war so schon schmerzhaft. Hätte sie die Augen geöffnet, ach nein, lieber nicht darüber nachdenken, denn sogar zu denken tat erstaunlich weh. Also blieb sie einfach liegen und wartete, bis dieser Schmerz nachließ. Es dauerte ewig, vielleicht schlief sie auch wieder ein. Aber dann ging es besser, sofort versuchte sie, die Geräusche einzuordnen, versuchte, ihre Erinnerungen zusammenzusuchen. Was war passiert? War denn etwas passiert?

Das Nächste, was sie spürte: Schmerzen. Hinter einem dichten Nebel, trotzdem waren sie da, sie drangen durch dieses watteweiche Gefühl. Sie spürte den Schmerzen nach. Der Kopf. Wie ein Dröhnen in einem Kirchenschiff, als wäre der Schädelknochen ein Resonanzkörper.

Ein leiseres Echo dieses Schmerzes spürte sie im

Brustkorb. Die Rippen? Langsam kehrte die Erinnerung zurück.

Ich hatte einen Unfall. Ich war nicht angeschnallt, weil…

Gedanken kamen, gingen, zerfaserten. Alles war so unfassbar anstrengend.

Wo ist Max?

Sie war mit ihm verabredet gewesen. New York. Der Abend ihres Geburtstags. Seine Überraschung.

Jemand nahm ihre Hand, durch das Rauschen in ihrem Kopf drang eine Stimme an ihr Ohr, ganz leise. Als wollte jemand sie nicht erschrecken.

»Ich bin hier.«

Sie hätte am liebsten vor Erleichterung geweint. Max war hier. Und sie war auch noch hier, irgendwie, wobei dieses »Hier«, das sie dachte, nicht dem entsprach, in dem sie sich vor wenigen Stunden – oder Tagen? – befunden hatte. Etwas war anders. Sie konnte es nicht benennen, aber etwas fehlte ihr, da war ein blinder Fleck in ihrem Innern, von dem sie wusste, sie würde ihn schmerzlich vermissen, wenn sie nur wüsste, was es war…

»Ich bin müde«, versuchte sie zu sagen. Vielleicht sprach sie das wirklich aus, denn Max drückte ihre Hand, und er flüsterte ihr zu: »Dann schlaf ein bisschen. Ich bleibe bei dir.«

»Danke«, flüsterte sie.

Einschlafen.

Aufwachen.

Mit geschlossenen Augen warten, dass der innere Aufruhr aus Übelkeit und Schmerz sich legte.

Atmen, atmen, *atmen.*

Es fiel ihr leichter. Die Hand fuhr über das Bettlaken, das unter den Fingerspitzen raschelte. Da, ein anderer Mensch, sie spürte etwas Flauschiges – Haare? – und dann etwas, das weich und biegsam war, fast ein bisschen verschlungen, wie ein winziges Labyrinth aus Knorpel…

»Autsch!« Jemand nahm ihre Hand.

Alix hätte gern gekichert, denn jetzt begriff sie. Offenbar hatte Max sich müde mit dem Kopf auf ihre Matratze gebettet, und sie hatte ihm gerade etwas unsanft die Ohrmuschel durchgeknetet.

»Alix.« Seine honigwarme Stimme, ein bisschen rau noch vom Schlaf. »Alix, kannst du die Augen aufmachen?«

Sie nickte, schüttelte dann aber den Kopf, weil sie ahnte, wie hell es hinter den Lidern sein musste.

Max verstand. »Warte einen Moment.« Sie hörte, wie er sich im Zimmer bewegte, und versuchte, etwas zu sagen.

»Langsam, Liebes. Ich verstehe dich schlecht, wenn du so leise sprichst.«

Vermutlich nicht nur leise, sondern auch undeutlich. Alix hatte jedenfalls das Gefühl, dass sie Kieselsteine im Mund hatte, an denen sie mühsam jedes Wort vorbeischieben musste.

»Wie lange du schon hier liegst? Seit gestern Abend. Knapp zwölf Stunden.« Er saß wieder neben ihr, und hinter den geschlossenen Lidern wirkte alles dunkler. »Versuch jetzt, die Augen zu öffnen.«

Das tat sie. Auch im Dämmerlicht des abgedunkelten Zimmers hatte sie im ersten Moment das Gefühl, die Helligkeit brenne sich in die Netzhaut. Sie blinzelte. Eine verirrte Träne rann aus dem Augenwinkel und versickerte neben ihrem Ohr. Sie blickte geradeaus, zum Fußende des Betts, an die Wand dahinter, an der ein ziemlich scheußlicher Kunstdruck hing.

Max folgte ihrem Blick. »Ja, ich finde Munchs ›Schrei‹ auch nicht optimal, wenn man nach einem Unfall wieder aufwacht«, stellte er fest. »Soll ich es abhängen?«

Sie nickte, versuchte sich auch an einem Lächeln.

»Streng dich nicht zu sehr an.« Er streichelte ihre Hand, sie dachte kurz, er wollte auch ihre Wange berühren, und schloss die Augen. Da ließ er die Hand sinken. Sie hörte ihn mit dem Bild kämpfen. Die Müdigkeit umfing sie wieder, und Alix ließ es zu.

🍎

Wann immer sie aufwachte, saß Max bei ihr. Seine Hände hielten ihre, er gab ihr Wasser mit einem Strohhalmbecher, später Eiswürfel zu lutschen, dann gab es das erste Mal was zu essen, es schmeckte fürchterlich nichtssagend, Krankenhausessen eben. Eine Ärztin untersuchte sie. Bei alldem verließ dieses Gefühl sie nicht, dass etwas nicht stimmte, dass ihr Weltbild etwas verrückt war, aus dem Takt geraten. Was fehlte ihr? Also, wenn man mal von der schweren Gehirnerschütterung absah, von den geprellten Rippen und einigen anderen Verletzungen, die sie sich bei diesem Stunt zugezogen hatte. Sie konnte von Glück sagen, dass sie noch lebte, das sagte ihr jeder.

Dankbarkeit für diesen Umstand wollte sich allerdings nicht einstellen.

Am dritten Tag saß sie bereits wieder im Bett, sie bekam drei Mahlzeiten am Tag, die Geräte wurden etwas weiter weggestellt. Eine Ärztin, die Alix noch nicht kannte, kam zur Visite, aber sie war sehr einfühlsam und freundlich, ihre Hände tasteten den Bauch ab, sie leuchtete in Alix' Augen und stellte viele Fragen.

»Ich weiß nicht, was nicht mit mir stimmt«, sagte Alix. »Aber irgendwas ist nicht in Ordnung.«

»Das kommt wieder, dieses Gefühl. Sie haben einen ziemlich heftigen Unfall gehabt, da ist es ganz natürlich, dass man ein paar Tage oder Wochen braucht, bis alles wieder in normalen Bahnen verläuft.« Was tröstlich klingen sollte, empfand Alix als Affront. Warum nahm keiner sie ernst?

Auch Max wiegelte ab, wenn auch etwas charmanter. »Wenn du erst wieder im Labor stehst, kannst du all das hinter dir lassen.«

Es nagte an ihr. Sie fragte, ob jemand wisse, wie es dem Taxifahrer ging. Machte sie sich unbewusst um ihn Sorgen? Niemand wusste, wie es ihm ergangen war. Und Max beschwichtigte sie; es müsse ihr doch egal sein. *Er* hatte den Unfall verursacht. *Er* war schuld, dass sie in diesem New Yorker Krankenhaus lag, statt daheim in ihrem Hamburger Labor der Arbeit nachzugehen.

Sie telefonierte mit Dennis, der etwas verloren klang. Sie fehlte ihm, klar. Ihre absolute Nase, die selbst winzige Duftpartikel erschnuppern konnte, war im Designprozess unerlässlich. In den kommenden Monaten mussten zwei weitere Düfte vollendet werden. Höchste Zeit, dass sie heimkehrte.

»Ich schaffe das auch ohne dich«, beteuerte Dennis, doch sie hörte seine Angst heraus. Dabei war er genauso gut wie sie; was ihm an genialer Nase fehlte, machte er mit Akribie wett. Wo Alix eher Pi mal Daumen Düfte mixte, ging er sehr methodisch vor. Gemeinsam schafften sie es, perfekte Kompositionen nicht nur zu erschaffen, sondern so zu kreieren, dass sie auch reproduzierbar waren. Es gab dank Dennis ein Rezept, an das sie sich halten konnten, wenn ein Kunde einen Duft nachorderte. Und das Rezept sah nicht so krude Angaben vor wie »einen Schwapp Ysop, einen Hauch Lavendel«, wie Alix es vermutlich notiert hätte.

»Ich komme bald heim«, versprach sie.

War es das? Die Sorge, ihr Geschäft könnte vor die Hunde gehen, wenn sie wegen ihrer Verletzungen noch länger in New York herumlag?

»Lass uns heimfliegen«, sagte sie zu Max, als er kurz darauf wieder ins Zimmer kam, eine Tüte mit Wasabinüsschen in der Hand. Sie hatte ihn losgeschickt, damit er ihr welche holte, denn sie hatte irgendwie eine verstopfte Nase. Wasabinüsschen sorgten da zuverlässig für Abhilfe. Besser jedenfalls als Nasensprays.

Ihre Nase war ihr Kapital, deshalb vermied Alix es normalerweise, sie mit Medikamenten zu stressen. Erkältungen waren für sie richtig schlimm, denn damit war sie zuverlässig für ein paar Tage außer Gefecht. Aber klar, wenn man im Krankenhaus lag, hatten die Viren, die hier vermutlich etwas zahlreicher durch die Luft schwirrten, leichtes Spiel mit ihr.

Sie riss das Tütchen auf und steckte sich zwei Nüsse auf einmal in den Mund. Während sie kaute, wartete sie auf das befreiende Gefühl in der Nase; ein Kribbeln, dann endlich wieder durchatmen können …

Aber sie bemerkte die Schärfe nur an einem mechanischen Brennen im Mund. Nichts davon schaffte es bis zur Nase, und wenn es nach ihrem Geschmackssinn ging, hätte sie genauso gut ein paar Papierkügelchen kauen können.

»Ich will nach Hause«, wisperte sie.

»Ich kümmere mich darum«, versprach Max. Er beugte sich über sie, drückte ihr einen Kuss auf den Mund. »Mh, schön scharf«, murmelte er, zwinkerte ihr zu.

Sie wäre gern auf dieses Geplänkel eingegangen, aber ihr war die Lust daran ebenso vergangen wie an diesen eher geschmacklosen Küssen, die er im Moment so großzügig verteilte.

Komisch. Sie hatte weder Halsschmerzen noch fühlte sich die Nase tatsächlich verstopft an. Sie schmeckte nur nichts mehr, und das empfand sie als sehr irritierend.

In ihr keimte ein Verdacht, den sie gern mit der Ärztin besprochen hätte – und zwar ohne Max dabei. Denn wenn dieser Verdacht stimmte ...

Ach nein. Bestimmt machte sie sich nur verrückt. Sie hatte vor nicht mal einer Woche einen schweren Unfall erlitten, sich dabei eine Kopfverletzung zugezogen, von der sie laut Ärztin noch eine ganze Weile ziemlich üble Kopfschmerzen bekommen würde. Kein Wunder, dass sie so durcheinander war und Gespenster sah ...

»Brauchst du noch was? Sonst spreche ich mit der Ärztin und kümmere mich um unseren Rückflug.«

🍎

Zwei Tage später flogen sie heim. Alix saß, den Kopf von Max weggedreht und die Augen fest zugekniffen, auf dem Fensterplatz. Zwischen ihnen war ein Platz frei, was ganz angenehm war, denn im Moment konnte sie ihn nicht riechen, und das irritierte sie enorm.

Max war ein Mann, der nicht mit guten Düften geizte. Und Alix mochte es, wenn ein Mann gut roch, weshalb sie ihm gerne Parfüms schenkte.

»Was ist das?«, fragte sie, richtete sich auf und schnupperte demonstrativ. »Der Duft, meine ich.«

Max war überrascht. »Das hast du mir zu Weihnachten geschenkt. Deine Eigenkreation.« Er beugte sich zu ihr herüber. »Kannst du jetzt noch nicht mal mehr deine eigenen Düfte riechen?«, scherzte er.

Doch als er ihren Gesichtsausdruck bemerkte, wurde Max schlagartig ernst. »Liebes? Kannst du nichts riechen?«

Nein. Und das ... Ja, das war ihr Problem.

Sie konnte *nichts* mehr riechen. Es war einfach so vorbei, als hätte jemand einen Schalter umgelegt. Zack, Geruchssinn ausgeschaltet.

Als hätte es ihn nie gegeben. Nicht mal die Erinnerung an bestimmte Düfte konnte sie noch heraufbeschwören. Dieser Sinn war einfach verschwunden, hatte sich in ein Nichts aufgelöst, das sie als schmerzhaft empfand, eine Leere, die sie nicht begriff.

Und darum schmeckte sie auch nichts mehr. Das Krankenhausessen, das erstaunlich appetitlich ausgesehen hatte, war nur Pappe gewesen, selbst die Wasabinüsschen hatte sie nicht geschmeckt. Der Geschmackssinn arbeitete Hand in Hand mit dem Geruchssinn, er brauchte für die vielen feinen Nuancen die Geruchsrezeptoren.

Sie hatte mit der Ärztin darüber gesprochen. Diese hatte klare Worte gefunden. Alix müsse Geduld haben. Die Kopfverletzung könne verschiedenste Auswirkungen haben. Eine Schädigung ihres Riechnervs sei möglich, aber sehr unwahrscheinlich. Eher könne es sein, dass ihr Körper gerade alle Ressourcen auf die Heilung verwendete und mit der Genesung auch der Geruchssinn zurückkehren würde.

»Liebes? Was ist los?«

Max setzte sich direkt neben sie. Das Flugzeug hatte die Reisehöhe erreicht, unter ihnen erstreckte sich unendlich das Blau des Atlantiks, immer wieder schoben sich Wolkenberge zwischen sie und diese Aussicht. Alix löste den Blick vom Fenster.

»Ich weiß nicht«, jammerte sie. »Meine Nase lässt mich im Stich.« Es klang ein bisschen wie bei einem Drogenspürhund, dessen Pension nahte. »Sie ist frei, ich bin nicht erkältet. Dachte ich erst, aber nein. Ich bin gesund. Nur dass ich nichts riechen kann.«

»Hm«, machte Max. »Eine Folge des Unfalls?«

Hilflos zuckte sie mit den Schultern.

»Die Ärztin meinte, das sei gut möglich, ja.«

»Aber dann wird sich das sicher bald wieder einrenken.«

Sie antwortete nicht. Denn die Angst war da – was, wenn es sich nicht wieder »einrenkte«? Ihr Riechsinn war schließlich kein gebrochener Knochen.

»Du solltest in Hamburg zu einem Spezialisten gehen. Die Ärztin in New York war Unfallchirurgin, keine HNO oder Neurologin.« Schon hatte er das Handy gezückt, er scrollte durch eine Liste von Ärzten, suchte nach Empfehlungen. Er hielt inne.

»Du könntest auch deine Schwester fragen, wen sie empfiehlt.«

»Bea? Bloß nicht.« Mit Bea war es kompliziert. Sie war die älteste der vier Richter-Schwestern, zwei Jahre älter als Alix, dennoch schienen Welten zwischen ihnen zu liegen, ohne dass sie wusste, warum das so war. Irgendwann zwischen »Bea geht zum Studium nach Süddeutschland« und »Alix zieht zu Hause aus und gründet ihre eigene Firma« hatten sie den Kontakt zueinander verloren. Als wären sie nie die flüsternden, kichernden besten Freundinnen gewesen, die nächtelang unter der Bettdecke BRAVO lasen, Robbie Williams anhimmelten und bitterlich weinten, als Take That sich trennte.

Zwanzig Jahre später ahnte Alix, dass dieses Auseinanderdriften eben Teil des Erwachsenwerdens war. Geschwister entfernten sich voneinander, kreisten zwar immer noch um die Sonne ihres Elternhauses, aber auf unterschiedlichen Umlaufbahnen. Bea hatte Medizin studiert, und Teil des Problems könnte sein, dass Alix in ihren Augen ihr naturwissenschaftliches Talent an irgendwelche Phiolen und Flakons verschwendete. »Du hättest eine bessere Ärztin werden können als ich«, hatte Bea ihr einmal vorgeworfen. Noch gar nicht so lange her, letztes Jahr erst auf der Rubinhochzeit der Eltern, als alle zusammenkamen. Bea kam allein, Alix und die jüngeren Schwestern Rosa und Jette brachten jeweils ihre Partner mit. Bea war inzwischen Oberärztin am Klinikum, mit Aussicht auf den Posten der Chefärztin, wenn sie sich noch ein bisschen anstrengte. Was sie jedem erzählte, der es nicht hören wollte. Denn so war das mit Bea: Nur die Karriere zählte. Für einen Mann war da wenig Platz, für Familie schon gar nicht. Und dass sie sich das Wochenende der Feier freigehalten hatte, sollten ihre Eltern schon als genügend großes Geschenk begreifen. Das verstand Alix nicht, und sie sagte es Bea unmissverständlich zu später Stunde, als ihre Schwester sich verabschiedete, weil im Klinikum dann doch ein Notfall auf sie wartete.

»Ich erwarte auch nicht, dass du es verstehst«, erklärte Bea von oben herab. »Ich rette Menschenleben.«

»Sei doch nicht so ...«

Bea ließ sie einfach stehen. Also ja, sie war *so*, und es fiel Alix zunehmend schwer, sich vorzustellen, wie Bea, die im Umgang in den vergangenen Jahren so spröde und unnahbar geworden war, auf ihre Patienten empathisch einging.

Das Verhältnis war also angespannt – vorsichtig formuliert –, und seither hatte Alix auch nicht den Kontakt mit Bea gesucht.

Max runzelte die Stirn, sagte aber nichts. Sie wusste, dass er ihren Streit mit Bea nicht nachvollziehen konnte, aber er hatte ja seine ganz eigenen Probleme mit *seiner* Familie, also sollte er lieber den Mund halten. Darüber sprach er genauso ungern wie sie über ihre ältere Schwester.

»Hier. Da stehen Neurologen. Ich kann gerne dort anrufen, sobald wir zu Hause sind.« Er zeigte ihr eine Liste. Sie nickte nur müde, legte den Kopf gegen die Lehne und blinzelte in das strahlende Licht der Sonne. »Mach das«, flüsterte sie. Dann schob sie die Verdunkelung vor dem Fenster nach unten, sie ertrug jetzt kein Licht. Sie ertrug auch keine Gespräche über ihre Schwester, über Ärzte oder über *irgendwas*. Max' Tatendrang ehrte ihn; so war er schon immer gewesen. Es gab ein Problem? Er packte es an. Darin glichen sie einander.

Aber das hier. Das war eben mehr als nur »ein Problem«, das sich mit einem Arztbesuch beseitigen ließ. Ihre gute Nase war ihr wertvollstes Kapital. Wenn sie versagte, wäre sie auch als Duftdesignerin nichts mehr wert. Sicher, sie könnte sich eine Weile auf Dennis' Akribie verlassen und hoffen, dass sie auch damit Düfte komponieren konnten, die ihre Kunden zufriedenstellten. Aber es genügte ein unzufriedener Auftraggeber. Der leise Zweifel an ihren Fähigkeiten. Vielleicht auch ein Gerücht, das in die Welt sickerte, das sie ehrlicherweise nicht dementieren konnte. Und schon würde sie in Schieflage geraten, finanzieller Natur, denn emotional fühlte sie sich jetzt schon aus dem Gleichgewicht gebracht.

Was sollte sie jetzt tun?

Zum Arzt gehen natürlich. Sie atmete tief durch. Und abwarten, was dieser Arzt ihr sagte. Danach musste sie eben alles neu bewerten, abhängig von der Diagnose.

Aber was konnte dieser Arzt ihr schon sagen, das sie nicht schon wusste? Sie hatte ihren Geruchssinn verloren, und jetzt, da sie das *begriffen* hatte, vermisste sie ihn schmerzlich mit jedem tiefen Atemzug. Sie war nicht mehr ganz, nicht länger sie selbst. Und das war nur die Spitze dieses Eisbergs, in den Tiefen lauerten Dinge, die sie nicht zu denken wagte.

🍎

»Also, Sie haben recht, Frau Richter. Ihr Geruchssinn ist offensichtlich abhandengekommen.«

Die Ärztin vor ihr schob ein paar Papiere hin und her, ein blank geputzter Schreibtisch, Kiefernholz. Nichts Glamouröses, Dr. Bieber mit ihrer HNO-Praxis im Süden von Hamburg hatte Max angeblich in einem Empfehlungsportal im Internet aufgetrieben, nachdem ein Neurologe ihr nicht hatte weiterhelfen können. Dr. Bieber hatte sich viel Zeit für sie genommen, hatte einige Untersuchungen vorgenommen und nun also ein Ergebnis für Alix. Das sie bereits kannte.

»Bei diesem recht seltenen und extremen Krankheitsbild sprechen wir von einer Anosmie. Grund dafür kann der Unfall sein, bei dem Ihr Riechnerv durch die Kopfverletzung beschädigt wurde. Sie haben ja selbst erzählt, dass Sie seit dem Unfall immer wieder Kopfschmerzattacken haben.«

Max saß neben ihr, und sie war in diesem Moment froh, nicht allein zu sein. Sie suchte seine Hand, er drückte sie mitfühlend.

»Welche Therapiemöglichkeiten gibt es?« Max räusperte sich. Dr. Bieber musterte ihn nachdenklich. Sie lehnte sich zurück, der Kugelschreiber tanzte zwischen ihren Fingern, das machte Alix ganz nervös.

»Bitte«, flüsterte sie. »Gibt es eine Prognose? Hoffnung? Irgendwas...«

»Ich wünschte, es gäbe *irgendwas*. Aber Sie können nur abwarten. Manchmal verheilen diese Nervenschäden wieder, das kann Wochen oder Monate dauern. Manchmal... nicht.«

Alix nickte. Nichts an dieser Antwort überraschte sie. Seit ihrer Heimkehr aus New York waren zwei Wochen vergangen. Zwei Wochen, die sie mehr oder weniger zu Hause gesessen hatte. Allein, denn Max musste natürlich wieder arbeiten. Mit sich und ihren Gedanken, mit Fragen, vor allem aber – leider – mit dem Internet, dem man noch so verrückte Fragen stellen konnte. Einfach bei Google eingeben, Enter drücken und sich seitenweise durch die Suchergebnisse wühlen. Nichts, was sie gelesen hatte, machte ihr Mut. Es gab ein paar dubiose Seiten von Heilpraktikern, die ihr Wunder was versprachen, aber die hatte sie immer schnell weggeklickt. Zuckerkügelchen gegen Verlust des Geruchssinns? Nein, danke. Sie hielt sich lieber an exakte Wissenschaften und nicht an irgendeinen Hokuspokus, der nur wirkte, weil die Leute es glauben wollten.

Dr. Bieber redete weiter. Über experimentelle Therapieformen, die ihnen hier aber nicht weiterhalfen, da sie nur bei einer chronischen Nasennebenhöhlenentzündung halfen. »Es gibt noch das Riechtraining.« Sie musterte Alix. »Das können Sie natürlich versuchen.«

Zehn Minuten später standen sie auf der Straße vor dem Ärztehaus; Alix hielt das Faltblatt zum Riechtraining umklammert, das Dr. Bieber ihr ausgehändigt hatte. Ihr Rettungsring, ihr letzter Strohhalm. Sechs bis neun Monate lang sollte sie zweimal täglich an vier Düften schnuppern – Rose, Eukalyptus, Zitrone und Gewürznelke. Aber was blieb, war ein Satz, den Dr. Bieber gesagt hatte.

Ein Satz, der all ihre Hoffnung hatte in sich zusammenfallen lassen.

»Heilung können nur zehn bis zwanzig Prozent aller Betroffenen erreichen. Einige Faktoren sprechen für Sie, Frau Richter, Sie sind jung, Nichtraucherin, eine Frau. Aber das ist ebenso keine Garantie wie Ihre bisherige Profession. Ihre geschulte Nase könnte vielleicht eher wieder etwas wahrnehmen. Aber haben Sie Geduld mit sich.«

Geduld. Das war nun ziemlich das Letzte, was sie hatte. Das tägliche Training wäre nach drei Minuten geschafft, pardon, zweimal drei Minuten, aber damit blieben immer noch zu viele Minuten, Stunden, in denen sie *nichts* tun konnte. Für ihre Arbeit gänzlich ungeeignet, und Dennis vor den Füßen herumstehen wollte sie auch nicht, denn sie wäre so gar nicht hilfreich. Im Gegenteil; sie fürchtete schon, sie würde ihm eher schaden als nutzen, wenn sie quengelte, dass seine Arbeit in ihren Augen nicht genügte, in ihrer *Vorstellung* – denn mehr blieb ihr nicht! – nicht funktionierte.

Max legte den Arm um ihre Schultern, und sie zuckte zurück, streifte ihn mit einer unwilligen Bewegung ab.

»Wollen wir was essen gehen?«, schlug er vor.

»Wozu?«, erwiderte sie heftiger als gewollt. Sie seufzte. »Ach Mann, sorry. Ich wollte nicht…«

»Verstehe schon.« Er ging neben ihr her, sie schwiegen ein bisschen. Das hatten sie bisher ganz gut gekonnt, das mit dem Schweigen, aber das war gewesen, bevor sie glaubte, an so vielem Ungesagten zu ersticken.

»Ich möchte jetzt allein sein. Nachdenken.«

»Soll ich dich nach Hause bringen?«

Sie nickte dankbar. Froh, dass sie nicht viel sagen musste, dass er sie trotzdem verstand. Es war nicht das erste Mal, dass sie sich so unversehens in einer Lebenskrise befand. Aber damals war es anders gewesen … Damals hatten sie beide vor dem Nichts gestanden, sie hatten beide kämpfen müssen, um über diese traurige Episode hinwegzukommen.

Jetzt war alles anders. Es ging nur sie etwas an. Was sie mit ihrem Leben anfing. Oder auch nicht; sie fühlte sich wertlos. Nutzlos. Vom Grübeln bekam sie Kopfschmerzen. Dr. Bieber meinte, auch von zu viel Riechanstrengung könnte sie Kopfweh bekommen, das sollte sie also lieber vermeiden.

Zweimal täglich drei Minuten. Für sie war das Folter; manche Tage hatte sie acht Stunden im Labor gestanden. Früher. In einem anderen Leben, das sich anfühlte, als sei es unwiderruflich vorbei.

»Was hast du jetzt vor?« Max saß hinter dem Steuer seines schnittigen, teuren Mercedes, den er geschickt über die mehrspurigen Straßen lenkte.

»Ich weiß es nicht.« Sie seufzte, sah aus dem Fenster, in der Ferne die Kräne vom Hamburger Hafen, die Silhouette der Elbphilharmonie. Dafür hatte sie bisher nie Zeit gehabt, zu sehr absorbiert von der Arbeit, immer.

Jetzt wäre Zeit, dachte sie, oder auch für die Fotoausstellung in den Deichtorhallen, für einen Kaffee im ZEIT-Café, obwohl, na ja, den würde sie kaum schmecken.

Die kleine Wohnung in einer Seitenstraße der Langen Reihe, St. Georg, schick und alt. Sie liebte die zwei Zimmer, Küche, Bad, winziger Balkon hinten raus, und wenn sie sich ganz weit aus dem Schlafzimmerfenster lehnte, war da manchmal das tänzelnde Blitzen der Wellen auf der Binnenalster. Max wohnte in der Hafencity, mondän, wenn nicht gerade eine Sturmflut die Elbe hochdrückte und in der Tiefgarage der Mercedes absoff, ist ja alles schon mal vorgekommen. Er hielt in zweiter Reihe, beugte sich zu ihr herüber, um sie zum Abschied zu küssen. Sein Mund streifte ihre Wange, weil sie den Kopf rasch wegdrehte. Ihn nicht zu riechen, das war das Schlimmste. Oder doch die Unmöglichkeit, ihren Job auszuüben?

»Meldest du dich?«, fragte er.

Sie antwortete nicht, denn ehrlich gesagt wusste sie nicht, ob sie das schaffen würde. Sich bei ihm melden. Bei Dennis anrufen. Ihr Leben, wie es vor dem Unfall gewesen war, empfand sie als zu schmerzhaft. Zurückweichen in einen Schatten, den sie erst für sich definieren musste – das wollte sie jetzt. Etwas finden, das sie erfüllte. Ersatz für das, was sie bisher glücklich gemacht hatte.

Als könnte man einen Schalter umlegen, und danach wäre das Leben, das man vorher geführt hatte, das man so sehr geliebt hatte, nichts mehr wert, man würde es auch gar nicht vermissen.

Schön wäre das.

Schön, aber leider undenkbar.

Kapitel 3

Schlafen. Lesen. Eine Tüte Asianudeln mit heißem Wasser übergießen und ohne Genuss essen. Eine Tasse Kaffee aufbrühen und runterstürzen. Schokolade. Kekse. Das Einzige, was zu ihr durchdrang, war die Süße der Kekse.

Alix wusste, was sie da gerade mit ihrem Leben machte. Es gab Tage, an denen lag sie einfach im Bett. Sie konnte nicht aufstehen, sie ignorierte Anrufe ihrer Familie, sprach nicht mit Dennis oder Max. Sie wollte niemanden sehen, mit niemandem sprechen.

Sie wusste allerdings, dass sie sich nur so lange würde einigeln dürfen, bis ihre Mutter und ihre Schwestern genug davon hatten. Zwei Wochen gaben sie Alix, dann stand die Erste unangekündigt vor der Tür.

»Brauchst gar nicht wieder zumachen«, sagte Rosa, den Fuß bereits in der Tür. Ihre Haare waren aktuell knallpink mit schwarzen Spitzen und fielen über ihren Rücken. Da sie zu Weihnachten noch mit raspelkurzen blauen Haaren zum Essen bei den Eltern gekommen war, vermutete Alix, dass es eine Perücke war, mindestens aber Extensions.

»Was willst du?«, fragte sie genervt und schlurfte ins Wohnzimmer.

»Mit dir reden, Schätzchen«, trällerte Rosa.

Sie verdrehte die Augen. Das war Rosa – immer etwas

überdreht. Aber sie hatte das Herz am rechten Fleck, das machte es dann irgendwie wieder wett.

»Außerdem habe ich uns was zu essen mitgebracht.« Rosa verschwand in der Küche. Es raschelte verheißungsvoll. Alix vergrub sich wieder unter der Bettdecke, die sie ins Wohnzimmer geschleppt hatte. Sie fühlte sich krank.

»Mama kommt auch gleich. Sie wollte noch irgendwas vom Markt holen. Obst und Spargel und so.«

Rosa trug einen Teller mit Pralinen und unter den Arm geklemmt drei DVDs ins Wohnzimmer.

»Ehrlich, Alix. Riechst du das nicht? Hier stinkt's wie in 'nem Pumakäfig.«

»Nein, ich rieche nichts.«

Rosa hielt inne. »Ach ja.« Sie lachte. »Aber du hast nichts dagegen, wenn ich mal lüfte, oder?«

Sie zuckte nur mit den Schultern, als wollte sie sagen: »Würde es dich denn daran hindern?«

»Jette kommt morgen. Von Bea kam mal wieder nichts Eindeutiges. Du kennst sie ja. Jedenfalls habe ich ihr gesagt, sie soll auch mal nach dir gucken. Wir sind für dich da, Schätzchen.«

Alix verkroch sich noch tiefer unter die Bettdecke. Sie starrte auf den Teller mit Pralinen, auf die DVDs, die Rosa mitgebracht hatte.

Niemand wäre auf die Idee gekommen, dass Rosa die Jüngste war, wenn man sie nur sprechen hörte.

»Habt ihr sonst nichts zu tun?«, fragte sie gereizt.

»Schon. Aber du bist auch wichtig. Heute verwöhnen wir dich. Und morgen auch. So lange, bis du wieder anfängst zu leben. Du brauchst eine heiße Dusche, was Gutes zu essen und eine Aufgabe. Wir wissen doch alle, dass du ohne deine Arbeit nur ein halber Mensch bist.«

»Ach«, machte sie.

Aber sie spürte, dass Rosa recht hatte. Ausgerechnet ihre jüngste Schwester, die seit Jahren durch das Leben mäanderte, hatte den totalen Durchblick.

»So. Und nachdem das geklärt ist, verwöhnen wir dich.«

Alix hätte sich gern dagegen gewehrt, aber Rosa war unerbittlich. Den Nachmittag verbrachten sie gemeinsam auf dem Sofa, sie naschten die Pralinen, von denen Rosa immer wieder schwärmte, wie köstlich sie seien. Am frühen Abend kam auch ihre Mutter Claire. Sie brachte ein ganzes Arsenal gesunder Köstlichkeiten, und während sie aßen, dazu einen spritzigen Weißwein tranken, der Alix auf der Zunge kribbelte, und weitere Filme schauten, merkte sie, wie sich ihre Gedanken veränderten.

Um zehn verabschiedeten Rosa und Mama sich von ihr. Alix ließ zu, dass ihre Schwester sie lange an sich drückte. »Das wird schon wieder«, versprach Rosa ihr. Zu gern hätte Alix ihr geglaubt.

»Versprich's mir lieber nicht«, antwortete sie müde.

»Doch, das tue ich.« Rosa schob sie auf Armeslänge von sich und musterte Alix streng. »Ich verspreche es dir, weil du irgendwann feststellen wirst, dass dein Job nicht alles im Leben ist. Das ist so. Und falls dein Job doch alles in deinem Leben sein sollte, falls nichts anderes mehr zählt und du den Riechsinn nicht zurückerlangst ...« Sie zuckte übertrieben mit den Schultern. »So what? Früher ging es auch ohne Job.«

»Früher war ich Schülerin. Studentin. Kind.«

»Mein Kind wirst du immer sein«, mischte Mama Claire sich ein. Sie schob Rosa beiseite und umarmte Alix lange. »Merk dir das ein für alle Male. Es ist egal, was du machst oder bist. Wenn gar nichts geht, kommst du zurück nach Hause.«

Alix lachte. »Ganz bestimmt nicht!«, rief sie entsetzt. »Was wird Papa dazu sagen?«

»Papa wird sich freuen«, bekräftigte Rosa. »Ich bin auch wieder bei ihnen eingezogen, als es mir so schlecht ging.«

»Das war nach deinem Auslandsjahr in Neuseeland, weil du weder Job noch Wohnung hattest«, sagte Alix ärgerlich. In ihren Augen war das eine völlig andere Situation.

»Überleg's dir, Schätzchen.« Rosa gab ihr einen dicken Schmatzer auf die Wange und winkte, bevor sie im Treppenhaus verschwand.

»Ihr meint das nicht ernst, oder?«, murmelte sie.

Ihre Mutter schlüpfte in den Kurzmantel aus dunkelblauem Popeline. »Dass du uns immer willkommen bist? So gut solltest du uns inzwischen kennen, nach über vierunddreißig Jahren.«

Alix lächelte, zum ersten Mal seit Tagen hatte sie dieses Gefühl, dass sich der dunkle Vorhang hob, der ihr Gemüt in den letzten Wochen so sehr eingehüllt hatte. »Danke, Mama.«

»Immer, Liebes. Jeder macht mal schwere Zeiten durch.« Ihr fiel etwas ein. »Erinnerst du dich zum Beispiel noch an deine Großtante Barbara? Opas Schwester?«

»Hm«, machte sie unbestimmt. Irgendwas war da, aber das lag sicher schon zwanzig Jahre zurück …

»Nach dem Tod ihres Sohns hat sie sich völlig zurückgezogen auf ihr kleines Apfelgut im Alten Land. Mit der Familie wollte sie seitdem nichts mehr zu tun haben. Hat deinen Vater ziemlich traurig gemacht, er hatte ja nicht so viel Verwandtschaft. Und nun steht der Hof vor dem Ruin, jetzt will sie mit ihm reden. Wir fahren da demnächst mal hin, oder sie kommt zu uns. Ich halte dich auf dem Laufenden.« Sie umarmten sich zum Abschied. »Melde dich mal, ja? Und ruf den armen Dennis an, es fehlt nicht viel, dass er bei uns auf der Türschwelle kampiert, bis er von dir hört.«

»Mach ich«, versprach sie. Morgen. Jetzt war sie dafür eindeutig zu müde...

Sie schloss die Tür hinter sich, ging in die Küche und sah sich um. Es war seit Tagen zum ersten Mal aufgeräumt, und sie wusste, dass im Kühlschrank noch einige Tupperbehälter mit Speisen warteten, von denen sie noch ein paar Tage satt werden würde.

Großtante Barbara ... Ja, sie erinnerte sich natürlich daran, wie sie früher sonntags ins Alte Land gefahren waren. Papa fuhr, Mama auf dem Beifahrersitz, die vier Schwestern quetschten sich mehr schlecht als recht auf die Rückbank. »Eine muss sich ducken!«, rief Papa immer, falls irgendwo ein weißgrünes Polizeiauto auftauchte, und genauso schnell tauchte dann Rosa im Fußraum ab.

Der kleine Apfelhof im Alten Land war wunderschön. Tante Barbara buk den besten beschwipsten Apfelkuchen der Welt, und während die Erwachsenen redeten und bis spät in die Nacht Wein tranken und lachten, erkundeten die Kinder die Scheunen, den Schafstall und die großen Kisten im Lagerhaus. Alles war ein großes Abenteuer.

Aber dann, von einem Tag auf den nächsten, war es vorbei mit den Fahrten ins Alte Land, vorbei mit Tante Barbara und ihrer Familie. Alix erinnerte sich gut, wie ihre Eltern damals traurig waren, weil diese Verbindung so unvermittelt abgerissen war. Wie sie zu einer Beerdigung fuhren und die Mädchen zur Schule schickten.

Bis heute wusste sie nicht, was genau dort passiert war. Warum sie keinen Kontakt mehr hatten.

☙

»Ich weiß auch nicht, was ich mir erhofft habe. Vielleicht dachte ich, du hast eine Idee.«

Dennis klang enttäuscht, fast schon beleidigt. Alix rührte in ihrem Kaffee, sie starrte aus dem Fenster auf die gegenüberliegende Häuserreihe. Regen, wieder mal. Hamburg zeigte sich dieses Frühjahr launisch und eher hanseatisch nass. Sie drückte das Handy ans Ohr, schloss für einen Moment die Augen und massierte die Nasenwurzel. Müde war sie, aber das hatte sich in den letzten Wochen zu einem Dauerzustand ausgewachsen. Seit dem Unfall war das so.

»Versuch es noch mal mit den alten Rezepten«, riet sie ihm geduldig. »Du weißt, worauf es ankommt. Und du hast es drauf. Nur Mut!«

Innerlich aber krampfte sich bei ihr etwas zusammen. Während sie Dennis auf der anderen Seite hörte, wie er mit dem Laborbuch raschelte und etwas vor sich hin murmelte, spürte sie, wie der Neid in ihr wieder aufflammte. Den sie in den letzten Tagen immer heftiger spürte, je besser es ihr körperlich ging. Die Kopfschmerzen wurden seltener, weshalb sie begonnen hatte, auf Anraten ihrer Hausärztin das Schmerzmittel auszuschleichen, um nicht in eine Abhängigkeit zu rutschen. Aber jetzt wünschte sie sich, es gäbe eine Pille, mit der sie diesen Schmerz betäuben konnte, der sich in ihrem Herz festkrallte. Dennis stand Tag für Tag im Labor, mischte nach ihren Rezepten die Düfte für Bestandskunden und mühte sich redlich, die neuen Kunden zu vertrösten oder selbst Düfte zu kreieren. Er stand sich dabei im Weg, vertraute nicht seiner Nase, sondern nur dem kreativen Gespür von ihr. Aber sie konnte ihm nicht helfen, und seine Verzweiflung darüber verstärkte nur ihre eigene Frustration, weil sie zur Tatenlosigkeit verdammt war, ohne zu wissen, wann sie wieder voll einsatzfähig war. Oder ob sie überhaupt jemals wieder im Labor stehen und Düfte kreieren durfte.

Das alles aber war nichts, womit sie Dennis belasten wollte.

»Versuch es mal mit unseren Notizen vom letzten Oktober.« Sie erinnerte sich, dass Dennis damals schon ein paar Ideen für dieses spezielle Parfüm aufgeschrieben hatte. Dank Dennis' Akribie hatten sie gemeinsam ganze Kladden mit Duft-Experimenten, Rezepten und Ideen gefüllt, aus denen er jetzt schöpfen konnte. »Sonst meld dich einfach noch mal.«

Dennis schwieg, sie hörte ihn kramen. Während sie wartete, zog sie das Kästchen mit den vier Düften heran, die sie zweimal täglich für das kleine Riechtraining nutzte.

»Hab's gefunden.«

»Gut. Wie gesagt, ich bin ja zu Hause. Wenn noch was ist...«

»Ist gut.« Sie merkte an seinen knappen Antworten, dass er noch etwas auf dem Herzen hatte. Dennis war ein fröhlicher, ausgelassener Kollege; mit ihm zu arbeiten war manchmal nur deshalb schwierig, weil er, je besser seine Laune war, umso mehr redete. Manchmal, wenn sie kurz vor einem Durchbruch standen, machte er dann wieder alles zunichte, hatte sie früher gescherzt, weil er ihre neuen Gedanken mit seinem Geplapper verscheuchte, bevor sie diese tatsächlich greifen konnte. Aber sie meinte das nie böse, und er nahm es ihr nicht krumm.

»Was ist denn los?«, fragte sie deshalb nun. Ganz behutsam, denn so euphorisch er bei guter Laune sein konnte, so empfindlich wurde er, wenn ihn etwas besorgte.

»Du kommst nicht wieder, oder?«, fragte er nach kurzem Zögern. »Ich meine...«

Sie starrte vor sich auf die Tischplatte. Ihre Fingerspitzen tanzten über die Schraubverschlüsse der kleinen Duftfläschchen. Eins, zwei, drei, vier, eins, zwei, drei, vier...

Bisher hatte sie Dennis nicht das volle Ausmaß ihrer Verletzung verraten. Sie wusste, warum: Sie hoffte immer noch auf ein Wunder.

Aber inzwischen waren vier Wochen vergangen. Und nichts hatte sich in diesen vier Wochen getan, nichts schmeckte, wie es sollte, und ihr tägliches Riechtraining, das sie mit so viel Sorgfalt morgens und abends durchführte, brachte genau gar nichts. Ihre Ärztin hatte sie zur Geduld ermahnt, aber sie wollte sich und ihrer Ärztin beweisen, dass es auch in sechs Wochen ging. Nur ihr Wissen um die Empfindsamkeit der Riechnerven hinderte sie daran, das Riechtraining häufiger oder länger als empfohlen durchzuführen.

»Ich komme wieder«, behauptete sie.

»Aber du warst nicht mehr hier. Seit dem Unfall, meine ich. Sonst bist du sogar erkältet hergekommen.«

»Es ist...« Sie holte tief Luft. »Ich muss warten. Bis mein Geruchssinn zurückkommt.«

»Ich habe darüber gelesen. Im Internet. Dass es sehr lange dauern kann.«

Sie schloss die Augen. Das war nun wirklich kein Gespräch, das sie mit Dennis am Telefon führen wollte.

»Wollen wir uns treffen? Zum Mittagessen?«

Er war einverstanden. Doch als sie auflegte, blieb dieses schale, unangenehme Gefühl, dass er sie auch dann nicht verstehen würde, wenn sie einander gegenübersaßen.

Das Labor wäre der richtige Ort für diese Art Gespräch, aber dorthin wollte sie nicht. Diesen Ort wollte sie in ihrer Erinnerung bewahren, wie er vor dem Unfall gewesen war: Wohlriechend, aufregend, rein. Nicht dumpf, geruchslos und leer.

🍎

Sie trafen sich in einem kleinen Bistro in der Innenstadt, in der Nähe von Alix' Wohnung. Zum Labor war es nur ein Katzensprung. Früher hatte sie es geliebt, dass sie morgens gemütlich durch die hellen, lärmigen Straßen von einem Heimatort zum nächsten spazieren konnte, und abends zurück. Sie schloss eine Tür hinter sich, die Welt blieb draußen, und dann gab es nur noch die Düfte und sie.

Sie war vor Dennis da, setzte sich an einen der langen Tische direkt am Fenster, bestellte eine hausgemachte Limonade mit Ingwer und Gurke, wenigstens die Schärfe würde sie spüren, wenn sie diese auch nicht schmecken konnte.

Dennis kam wenige Minuten später, etwas atemlos. Draußen ging ein Regenschauer nieder, Tropfen prasselten auf den von der Frühlingssonne gewärmten Asphalt, sie erinnerte sich gut an diesen Geruch – voll, satt, erdig. Aber mehr als erinnern konnte sie ihn nicht, und das machte sie traurig.

»Hey du.« Dennis' Umarmung fiel etwas fester aus als sonst, er hielt sie ein paar Sekunden an sich gedrückt, als könnte er sie allein mit seiner Wärme trösten. Sie ließ es zu, legte den Kopf an seine Schulter und atmete tief durch. Es war die erste Berührung, seit ihre Schwester und ihre Mutter sie umarmt hatten.

»Lass dich anschauen.« Er schob sie auf Armlänge von sich, musterte sie von oben bis unten. Sie sah ihn an, versuchte ein zaghaftes Lächeln.

»Ach man. Ich frag lieber nicht, wie's dir geht. Hast du schon bestellt?«

»Nur Limonade.«

»Hast du Hunger?«

Er setzte sich neben sie, nicht gegenüber, das empfand sie erst als befremdlich, aber dann verstand sie. Es fiel ihr leichter zu reden, wenn sie ihn nicht direkt ansehen musste.

»Ich nehme einen Salat.«

»Dann nehme ich den auch.« Er winkte der Bedienung, bestellte sich noch eine Cola dazu und musste grinsen, weil sie unwillkürlich das Gesicht verzog. Dass er ständig Cola trank, obwohl er sonst so auf seine Gesundheit bedacht war, fand sie fast schon absurd.

Sie blickten aus dem Fenster, draußen liefen Passanten durch den Regen. Dann, wie auf Knopfdruck, war der Regen vorbei, und als wäre das sein Stichwort, begann Dennis zu reden.

»Ich kann das auch ohne dich. Sechs Monate, ein Jahr, ganz egal. Aber du wirst mir fehlen. Deine Ideen, das Unkonventionelle. Es wird nicht so gut laufen wie zuletzt, und ich würde lieber keine Neukunden aufnehmen, solange du nicht wieder hundertprozentig fit bist.« Er sah sie von der Seite an, prüfend. Als müsste er feststellen, ob sie ... ja, was? Ob sie es aushielt, wenn er sie nicht brauchte?

»Und du solltest dir etwas Gutes tun. Du bist blass.«

Sie lächelte humorlos. »Könnte daran liegen, dass ich den ganzen Tag in der Wohnung sitze.«

»Und was machst du da?«

Sie zuckte mit den Schultern. »Ich lese viel.« Das empfand sie als einzig Positives an ihrem Ausfall. Endlich kam sie dazu, die Bücherstapel zu dezimieren, die sich in den vergangenen Jahren angesammelt hatten, weil sie stets mehr kaufte, als sie lesen konnte.

»Irgendwann hast du alles gelesen. Und dann?«

»Es gibt Buchhandlungen.«

Er lachte. »Touché. Ich meinte etwas anderes. Tut es dir wirklich so gut, wenn du dich für ein halbes Jahr zu Hause einschließt?«

»Was soll ich sonst tun?«

»Du könntest Urlaub machen. Fahr meinetwegen ans Meer oder in die Berge. Irgendwohin. Die Bücher kannst du ja mitnehmen. Dieser Unfall kann auch eine Chance sein, weißt du? Eine kreative Auszeit, deine Art, ein Sabbatical einzulegen. Wir wissen beide, das hättest du nie aus freien Stücken getan.«

»Ich überleg's mir.«

»Sprach sie und blieb in ihrem Nest hocken.« Die Cola kam. Dennis nahm einen großen Schluck. »Ah, das tut gut. Max hat mich angerufen.«

Alix nahm ein Schlückchen. Dennis' Worte hatten sie aufhorchen lassen. »Wieso hat Max *dich* angerufen?« Denn eigentlich hatten die beiden wenig miteinander zu tun; manchmal scherzte sie, dass sie mit zwei Männern verbandelt war, der eine ihr Arbeits-Mann, der andere ihr Liebes-Mann, doch mit keinem verheiratet, an beide gebunden ...

»Warum wohl. Weil wir uns Sorgen um dich machen. Beide.« Er klang, als wäre das offensichtlich.

»Aber ihr sprecht sonst nie miteinander.«

»Besondere Zeiten verlangen besondere Maßnahmen. Also, willst du hören, was er sagt?«

Sie schüttelte den Kopf. Ganz sicher nicht. Sie wusste schon, was Max sagen würde. Nämlich dasselbe, was Dennis gerade versuchte.

Alix sollte mehr vor die Tür gehen. Sie sollte verreisen. Diese Zeit ist doch auch eine Chance! Sie wird gesund, ganz bestimmt, aber bis dahin soll sie sich entspannen ...

Nein, danke. Darauf hatte sie gerade keine Lust.

»Wieso glaubt eigentlich jeder, er wüsste, was für mich das Richtige ist?« O ja, sie war sauer. Selbst Dennis, für den der Verlust des Riechsinns ähnlich katastrophal wäre wie für sie, schien nicht zu verstehen, was sie daran so sehr nervte. Warum sie es nicht aushielt, vor die Tür zu gehen. Draußen war, wo es an jeder Straßenecke anders roch. Daheim war es geruchlos, dort roch es nur nach ihr und ihren Sachen, und das hatte sie vorher ja auch nicht wahrgenommen, weil sie so sehr an sich selbst gewöhnt war. Schon dieser kleine Ausflug, bei dem sie bei jeder Gelegenheit daran erinnert wurde, was ihr fehlte – beim Regenprasseln, bei den Essensgerüchen aus der offenen Bistroküche, bei Dennis' Umarmung –, hatte ihr große Überwindung abverlangt. Und jetzt sollte sie in den Urlaub fahren? An einen Ort, den sie nicht würde riechen oder schmecken können?

Nein. Niemals.

Was sie aber richtig ärgerte, war, dass Max und Dennis sich verbündet hatten. Da konnten beide noch so oft behaupten, dass es ihnen ja nur um ihre Gesundheit ging. Was blieb, war dieses schale Gefühl, dass sie nicht funktionierte, dass sie möglichst rasch genau das wieder sollte. Und das erinnerte sie an jene Zeit vor drei Jahren, als sie schon einmal wochenlang ausgefallen war. Als sie sich nur mühsam wieder aufgerappelt hatte. Max' Worte von damals klangen ihr noch im Ohr.

Sieh mich an, ich mache auch weiter. So schwer ist das nicht.

Er hatte es – natürlich – nicht so gemeint. Doch Worte, die fallen, bleiben liegen, und irgendwann stolpert man wieder darüber. So ein Moment war jetzt.

Sie starrte nach draußen. Von ihrem Schweigen unbeeindruckt redete Dennis weiter.

»Du könntest auch nach Südfrankreich fahren. Weißt du noch? Wollten wir immer zusammen machen, nur wir zwei.«

Sie sah ihn von der Seite an, erkannte ihn nicht wieder. Verschwunden war das Buchhalterisch-Korrekte, erst jetzt fiel ihr die Lederjacke auf, darunter trug er ein bunt bedrucktes T-Shirt, keins der karierten Kurzarmhemden. Auch die Brille war neu.

»Du bist verliebt!«, entfuhr es ihr.

»Was?« Er starrte sie an, fast entsetzt.

»Nicht? Ich dachte...«

Jetzt blickte er an sich herunter, sah Jacke und Shirt, er grinste. »Ach, das. War mal Zeit für was Neues. Gefällt es dir?«

»Es steht dir gut.«

Sie hatte nicht nur den Geruchssinn verloren, sie war

auch blind geworden für ihr Umfeld. Was kam als Nächstes? Würde sie taub werden im Lärmen der Stadt?

🍎

Die Tür ihrer kleinen Wohnung fiel hinter ihr ins Schloss. Sie atmete tief durch. Endlich zurück in ihren eigenen vier Wänden, zurück dort, wo sie sein konnte, wer sie war.

Dennis' Worte gingen ihr nicht aus dem Kopf.

Urlaub machen ...

Sie trat an das Bücherregal, in dem sich nicht nur die vielen ungelesenen Romane stapelten, die sie in den letzten Wochen nach und nach dezimierte. Auch der eine oder andere Bildband stand darin. Ihre Finger glitten über die Einbände. Sehnsuchtsorte, die zu bereisen ihr immer die Zeit fehlte.

Neuseeland, Kalifornien, Island.

Südfrankreich.

Grasse ...

Sie zog den Bildband über Südfrankreich aus dem Regal. Lange Reihen Lavendelbüsche bis zum Horizont. Sofort glaubte sie, den Geruch in der Nase zu haben. Sie lächelte wehmütig.

Alix wusste, was Dennis mit seinem Vorschlag bezweckte.

Grasse war die Hauptstadt der Parfümeure, Nabel der Welt für jeden, der sich mit Düften befasste. Ein Ort, an dem jeder Traum Wirklichkeit wurde, besungen von jedem, der sich der Parfümeurskunst verschrieb. Und sie war bisher noch nie dort gewesen, stets hatte sie eine Reise nach Grasse weit von sich geschoben, später, sagte sie sich, irgendwann. Und jedes Mal, wenn sie Zeit für einen Urlaub hatte, schlug Max ein anderes Ziel vor, sie bereiste an seiner Seite die Welt, und vergaß doch, wo *ihre* Welt ihren Mittelpunkt hatte.

Sie sollte ihren Geruchssinn nicht überfordern, war der Rat ihrer Ärztin gewesen. Aber nichts sprach dagegen, dass sie durch die Gassen einer südfranzösischen Stadt wandelte, die umgeben war von Rosengärten, Lavendelfeldern, Orangenplantagen und Jasminbüschen, einem Ort also, an dem man gar nicht anders konnte, als zu riechen.

Sprach etwas dagegen? Bestand denn ein Unterschied, ob sie in den Bergen die würzigen Kräuter nicht roch, am Meer das salzige Aerosol einatmete oder in Grasse an den Feldern entlangspazierte, auf denen Lavendel wuchs?

Nein, dachte sie trotzig. Und wenn sich alle so einig waren, dass sie Erholung brauchte, um zu heilen, dann sollte sie einfach die Koffer packen und aus Hamburg verschwinden.

Ein Flug nach Nizza war schnell gebucht, auch weil sie diese Reise in Gedanken schon so oft geplant hatte. Bei der Suche nach einem Hotel hielt sie sich nicht lange mit den gängigen Seiten auf, sondern wechselte direkt zu Airbnb; Mai war in Grasse der Beginn der Touristenhochsaison, da hatte sie kaum Aussicht auf ein bezahlbares Hotelzimmer. Zum Glück fand sie rasch ein privat angebotenes Apartment mitten in der Altstadt, nur wenige Gehminuten vom Parfümmuseum entfernt. Sie buchte für eine Woche – wenn sie länger bleiben wollte, fand sich vielleicht etwas.

Und während sie bereits im Schlafzimmer stand und Kleidungsstücke in den Koffer warf – denn ihr Flug ging in zwei Stunden, sie hatte es nun eilig, sie wollte einfach nur fort –, rief sie Max an, erreichte nur die Mailbox und legte wieder auf, denn sie hätte es ihm lieber persönlich gesagt. Und sie wusste nicht mal, in welcher Zeitzone er sich gerade befand, ob er viel zu tun hatte oder gerade selbst in der Luft war.

Sie zog die Wohnungstür hinter sich ins Schloss, schulterte den Rucksack und zog den Rollkoffer hinter sich her Richtung Hauptbahnhof.

Es sollte nicht so sein, doch fühlte sich das alles an wie eine Flucht. Nach vorne? Wer wusste das schon so genau. Auf jeden Fall stellte sich nicht das erhoffte Aufatmen ein.

Später vielleicht. Wenn sie Grasse erreichte.

 Kapitel 4

Ein Anruf in Abwesenheit. Alix.

Er starrte das Handy lange an, dann steckte er es wieder ein, sein Geschäftspartner kam auf ihn zu. »Hatten Sie einen angenehmen Flug, Mr deBuhr?«

Das Englisch so geschliffen, dass Max direkt in den Westküstensingsang einfiel. Er folgte dem jungen Kerl, blonde Haare gescheitelt und gegelt, das Gesicht so glatt wie ein Babypopo. Ein Kind noch, sie hatten ihm ein Kind geschickt.

Er rechnete. Wie spät war es in Hamburg? Nachmittag, früher Abend. Er hatte den Flug verschlafen, hatte sich frisch gemacht, bevor er hierherfuhr. Eine Firma, die ihn dringend brauchte, die seine Bank brauchte, Investitionen, Tagesgeschäft. Er hasste es, wenn seine Arbeit ihn um die Welt jagte, aber in den letzten Wochen war es eine willkommene Ablenkung gewesen. Dass Alix nicht mit ihm sprechen wollte seit ihrem Unfall, das verletzte ihn. Doch es war keine Überraschung. Schon einmal hatten sie so eine Situation gehabt, schmerzlich und feindselig, für beide Seiten war es schwer gewesen, danach wieder aufeinander zuzugehen.

Und nun hatte sie ihn angerufen. Warum? Vermisste sie ihn? Oder wollte sie ihm irgendwas mitteilen, das man am Telefon besser mitteilen konnte, weil es unpersönlicher war?

50

»Kommen Sie?«

Er hatte seine Schritte unwillkürlich verlangsamt, während er über Alix' rätselhaften Anruf nachdachte. Knapp zwei Stunden war das her. Er blieb stehen. »Einen Moment, bitte.«

So viel Zeit *musste* einfach sein. Er hatte über zwei Wochen nicht mit ihr gesprochen, hatte respektiert, dass sie Ruhe brauchte.

Sie nahm den Anruf entgegen. »Hallo?« Atemlos klang sie, er hörte etwas im Hintergrund klappern, andere Menschen sprachen, ein Gong, eine Lautsprecherdurchsage.

»Hey, Liebes«, sagte er. Ihre Stimme zu hören ließ ihm schmerzlich bewusst werden, wie sehr er sie vermisste. »Wo steckst du?«

»Auf dem Flughafen. Warte mal.« Sie hielt das Mikro zu, redete mit jemandem. Dann war sie wieder da. »Ich fliege nach Grasse.«

»Oh«, sagte er, weil ihm nichts anderes einfiel auf die Schnelle. »Hat Dennis…?«

»Wir haben uns zum Mittagessen getroffen. Entschuldige, ich muss jetzt ausmachen, ich sitze schon im Flieger. Melde mich, wenn ich dort bin. Wo bist du gerade?«

»San Francisco«, hörte er sich sagen.

»Dann bist du heut länger wach als ich. Bye bye!«

Er lächelte. *Bye bye…* So verabschiedete sie sich immer, wenn sie flog. Letzter Anruf vom Gate, und dann: Bye bye. Wir sehen uns auf der anderen Seite, ich melde mich, ich liebe dich. In diesem Wörtchen steckte so viel.

Ob sie das auch spürte?

Er legte auf.

Grasse also.

Warum nicht?

Weil das sein Geschenk zur Hochzeit gewesen wäre. Wenn es eine Hochzeit gegeben hätte.

Wäre dieser Unfall nicht gewesen, hätten sie nächstes Jahr im Mai geheiratet, und er hätte sie danach in die Flitterwochen entführt. Eine Woche in einem kleinen Hotel in den Bergen von Grasse, wunderschön gelegen. Er hatte bereits alles bis ins Kleinste geplant, jede Überraschung, jedes Detail. Er wusste, darüber hätte sie sich sehr gefreut, weil sie noch nie in Grasse gewesen war. Und seit er diesen Plan gefasst hatte, vermied er es, bei ihren Urlaubsplanungen seine Vorschläge auch nur in die Nähe von Südfrankreich kommen zu lassen.

Und nun fuhr sie allein nach Grasse. Hm.

Nein, übel nehmen konnte er ihr das nicht. Aber er wäre jetzt gern an ihrer Seite, weil er sehen wollte, wie ihre Augen vor Aufregung diesen silbrigen Glanz bekamen, weil sie es nicht glauben konnte, dort zu sein. Grasse war ihr Sehnsuchtsort, ein Schatz, den sie sich aufgehoben hatte, der Mittelpunkt ihrer duftenden Welt. Gerade jetzt im Mai musste es dort wunderschön sein, denn dieser Tage begann die Rosenblüte. Die Stadt war umgeben von riesigen Feldern, auf denen Rosen, Lavendel, Myrte wuchsen.

Und das alles konnte sie nicht riechen, sie konnte die volle Pracht gar nicht aufnehmen ... Er seufzte.

»Mr deBuhr? Kommen Sie?«

Der Jungspund wurde ungeduldig. Er stand vor den offenen Aufzugstüren, wartete mit der Hand in der Lichtschranke. Max gab sich einen Ruck. Was brachte es nun noch, über vertane Chancen nachzugrübeln. Gar nichts brachte das, außer vielleicht, dass er sich deshalb kaputt machte und kleiner als er war.

Das war es, was ihn an Alix manchmal verstörte. Wie sie in Lebenskrisen einfach aufstand und allein weiterging, sich nicht mal nach ihm umdrehte, ihn nicht fragte: »Kommst du?«, sondern verschwand. Nicht, als wäre sie nie da gewesen, sondern eher so, als hätte sie die Pausetaste für sie beide gedrückt.

Da es nicht zum ersten Mal passierte, dass sie sich so weit von ihm entfernte, ohne große Erklärungen abzugeben, sollte er sich weder wundern noch besonders besorgt sein deswegen. Letztes Mal war sie schließlich auch zurückgekehrt. Doch die Gedanken nagten an ihm. Als er dem jungen Mann in den Aufzug folgte, kostete es ihn große Überwindung, sich auf seine Arbeit zu konzentrieren und nicht darauf, was Alix gerade tat.

Das Handy schaltete er sonst immer lautlos, sobald er in einem Meeting war. Heute nicht. Er wollte keinen zweiten Anruf von ihr verpassen.

🍎

Sie schaltete das Handy aus, damit sie gar nicht in Versuchung geriet, noch einmal bei Max anzurufen. Er wusste jetzt, dass sie unterwegs nach Südfrankreich war. Wenn ihre Eltern sich meldeten, konnte sie morgen zurückrufen.

Jetzt wollte sie den Flug hinter sich bringen und nach Grasse weiterfahren.

Der Flug verlief reibungslos und ruhig. Am Flughafen von Nizza überraschten sie die Wärme, die Hektik, vor allem aber, dass sie erst beim zweiten Mietwagenverleih einen Kleinwagen bekam. Der dunkelblaue Renault Clio stand in einer Tiefgarage für sie bereit. Als sie ihn auf die Schnellstraße Richtung Grasse lenkte, fuhr sie direkt in den Sonnenuntergang. Das erste Wegstück führte sie über eine Küstenstraße – rechts erhoben sich die schroffen Felsen, links fiel jenseits der Straße das Gelände steil zum Meer ab, immer wieder gab es winzige Buchten, in denen das dunkelblaue Wasser golden glitzerte. An den hellen, kleinen Stränden waren auch jetzt noch Urlauber unterwegs, die sanfte Brise strich über die weiß und blau gestreiften Sonnenschirme. Sie stellte sich vor, wie Max und sie an so einem malerischen Strand lagen und sich von der Sonne durchwärmen ließen. Sie lächelte. Der Gedanke gefiel ihr.

Ein paar Kilometer weiter führte eine Gebirgsstraße von der Küste fort. Steil ging es hinauf, der Motor ihres Kleinwagens heulte auf, als sie kräftig aufs Gas drückte und einen Gang runter schaltete.

Inzwischen war es kurz vor neun. Ihre Vermieterin hatte sich per SMS gemeldet; sie könne Alix zwar nicht persönlich in Empfang nehmen, aber der Schlüssel befand sich in einem kleinen Safe direkt neben der Haustür.

Es war dunkel, als sie eine Dreiviertelstunde später vor dem Haus stand. Sie fand den Safe, gab den Code ein und stand in einem dunklen, kühlen Hausflur. Die kleine Wohnung war im zweiten Stock, der Schlüssel passte, sie knipste in allen Räumen die Lichter an und streifte die Schuhe ab. Schaltete das Handy ein, und weil sie wenigstens irgendwen aus ihrer Familie informieren wollte, schickte sie eine SMS an ihre jüngste Schwester Rosa. *Bin im Urlaub. Grüß mal alle!*

Rosa war das Bindeglied zwischen allen Familienmitgliedern. Sie hielt zusammen, was auseinanderstrebte. Wusste immer Bescheid, wo alle waren, sie meldete sich regelmäßig bei Alix. Wenn man wissen wollte, wie es den anderen ging, konnte man auch einfach nur Rosa fragen.

Erhol dich gut, meld dich mal! XX, R

Mehr nicht. Wohltuend eben.

Sie war müde und hungrig, aber der Kühlschrank gab natürlich nichts her. Ihre Gastgeberin hatte allerdings einen Obstkorb auf den kleinen Küchentisch gestellt, und sie nahm sich einen Apfel, bevor sie ins Bett wankte. Die kleine Wohnung genügte vollauf ihren Ansprüchen: Wohnzimmer mit Küchenecke, Schlafzimmer, kleines Bad mit Dusche. Ein winziger Balkon ging vom Wohnzimmer auf einen zu dieser späten Stunde noch recht belebten Platz hinaus, doch mit geschlossenem Fenster hörte man kaum etwas davon. Das Schlafzimmer – Bett mit gedrechselten Walnussholzpfosten, weiße dünne Decke, dicke Kissen und ein Mückennetz, das von der Decke hing – hatte ein bodentiefes Fenster zum ruhigen Innenhof, das sie über Nacht offen lassen konnte.

Sie wog das Handy in der Hand, legte es dann doch mit dem Bildschirm nach unten auf den Nachttisch. Kein weiteres Gespräch mit Max. Sie musste hier erst ankommen, sie musste sich Grasse erlaufen und herausfinden, was sie anfangen wollte. Mit dieser Auszeit – mit ihrem Leben. Mit Max.

Gehörten sie noch zusammen? Oder hätten sie schon vor drei Jahren getrennte Wege gehen sollen?

🍎

Die Sonne kitzelte sie wach. Alix räkelte sich. Kühl strömte die Morgenluft durch die Fenstertür, nichts verhieß einen weiteren heißen Frühlingstag. Sie blieb ein wenig liegen, lauschte auf die Geräusche der Stadt und wartete. Darauf, dass sie ganz hier ankam.

Beim Reisen hatte sie oft das Gefühl, zu schnell zu sein, sodass ihre Seele nach ihrer Ankunft länger brauchte, bis sie wieder zu ihr fand. Hier jedoch hatte sie schon gestern Abend das Gefühl gehabt, dass sie gänzlich angekommen sei. Und erstaunlicherweise hatte sie sogar Hunger auf ein Frühstück.

Sie verließ die Wohnung und fand in einer Seitengasse ein kleines Café, wo sie sich einen Milchkaffee und ein Croissant mit Marmelade bestellte. Ihr Französisch war etwas schwerfällig, es dauerte einen Moment, ehe es aufwachte. Doch dann gingen ihr die Worte flüssig über die Lippen, und die Bedienung im Café musterte sie erstaunt, als versuchte sie, Alix' Akzent einzuordnen.

»Hambourg«, fügte sie erklärend hinzu. »Ma mère est Française.«

Komisch fühlte sich das an, denn selten dachte Alix an ihre Mutter als Französin; lebte sie doch seit über vierzig Jahren in Deutschland, und daheim hatten Alix und ihre Schwestern nur in den ersten Lebensjahren mit ihr französisch gesprochen. Inzwischen war Claire Richter so sehr in Deutschland angekommen, dass es ihr auch manchmal schwerfiel, zurück in ihre Muttersprache zu finden.

Alix widerstand der Versuchung, aufs Handy zu schauen, während sie aufs Frühstück wartete. Stattdessen blätterte sie in dem Reiseführer, den sie gestern noch am Flughafen Hamburg gekauft hatte. Über Grasse standen nur ein paar Seiten darin; das aber genügte ihr. Und manchmal empfand sie es selbst als so viel angenehmer, wenn man sich einfach treiben ließ, statt sich von

Sehenswürdigkeiten, die man auf einer Liste abhaken musste, jagen zu lassen.

Doch einen Ort gab es, den wollte sie möglichst bald besuchen, damit sie ein Gefühl für Grasse kam und hoffentlich bald auch *spürte*, dass sie ihren Traum tatsächlich erlebte. Das Internationale Parfümmuseum, das am Rande der Altstadt gelegen war. Sie wusste, dieser Ort wäre für sie nicht nur eine wundervolle Erfahrung. Aber ob sie das aushielt?

Doch, ganz bestimmt. Es führte für sie kein Weg daran vorbei. Grasse ohne das Parfümmuseum, von dem sie schon so viel gehört hatte? Undenkbar.

Alix machte sich auf den Weg. Durch die engen Gassen der Altstadt, vorbei an den kleinen Brasserien und Cafés, in denen zu dieser frühen Stunde bereits Einheimische beisammensaßen und palaverten. Alix lächelte, als sie den aufgeregten Singsang der alten Männer und Frauen hörte, die sich über Themen echauffierten, die morgen vermutlich schon vergessen waren. Ihr gefiel die Lebendigkeit der Menschen. Diese Leidenschaft, die auch sie gern spürte.

Der Eingangsbereich des Museums war groß, viel Marmor, dabei verströmte es eine schlichte Eleganz. Nachdem sie eine Eintrittskarte erworben hatte, stand Alix mit einem Faltblatt in den Händen etwas verloren herum, als sie angesprochen wurde.

»Möchten Sie in zehn Minuten an einer kostenlosen Führung teilnehmen?«, fragte eine Mitarbeiterin sie.

»Nein, danke.« Sie wusste nicht, ob sie überhaupt länger als drei Minuten diese Umgebung ertrug, die mit jeder Infotafel, jedem in den Glaskästen ausgestellten Flacon, mit jeder Broschüre Duft verströmte, den sie nicht wahrnehmen konnte. Zum ersten Mal, seit sie gestern aufgebrochen war, empfand sie ihren fehlenden Riechsinn wieder als belastend, und als sie einen Raum des Museums betrat, in dem Dutzende Fläschchen wie auf einem Amphitheater halbkreisförmig ordentlich auf ansteigenden Regalbrettern standen, wich sie unwillkürlich zurück.

Das Museum war vor allem darauf ausgerichtet, Düfte und Parfüms erfahrbar zu machen, sie zu erkunden.

Das hätte ihr vorher klar sein müssen. Alix drehte auf dem Absatz um und lief wieder Richtung Ausgang.

»Möchten Sie vielleicht doch die Führung machen?« Die Museumsmitarbeiterin hatte inzwischen ein Dutzend Besucher um sich versammelt – Rentnerpaare und eine Familie mit zwei sichtlich gelangweilten Teenagern. Alix schüttelte nur den Kopf, und weil ihr die kleine Gruppe im Weg stand, wich sie aus und fand sich im Museumsshop wieder. Boutique, las sie auf einem Schild, sie wandelte durch die Gänge und versuchte, sich nicht von den Flakons und Seifen, den Cremes und kleinen Amphoren verrückt machen zu lassen.

»Herrlich, nicht wahr?« Eine andere Mitarbeiterin tauchte hinter ihr auf. »Ich liebe es hier. So viele wundervolle Düfte ...«

Sie versuchte sich an einem gequälten Lächeln.

»Wir haben da vorne kleine Körbe, die erleichtern den Einkauf ein wenig.«

Alle waren so hilfsbereit, und unter anderen Umständen hätte sie diesen Aufenthalt wirklich sehr genossen. Sie hätte sich auf der Führung von den verschiedenen Düften betören lassen, hätte sich anschließend in der Boutique das Körbchen mit Seifen und anderen kleinen Schätzen vollgeladen und wäre danach glücklich in ihre Wohnung zurückgekehrt.

So blieb ihr nur, etwas ratlos zwischen den Regalen herumzustreifen, hier einen Flakon in die Hand zu nehmen, dort an einer Creme zu schnuppern und alles wieder enttäuscht zurückzustellen.

Sie begriff das ganze Ausmaß ihrer Verletzung. Was es heißen würde, wenn sie nie wieder ihren Riechsinn zurückerlangte. Wenn sie ihr Leben lang Milchkaffee trank, der maximal ein bisschen süß schmeckte. Oder ein Croissant mit Honig aß, bei dem nur die Krümel ihre Geschmacksknospen kitzelten. Wenn alles, was blieb, ihre Erinnerung an Geruch und Geschmack war.

Schon jetzt empfand sie es als unerträglich, wie es war. Wie sollte das nur werden, wenn es für immer so blieb?

Würde sie sich jemals daran gewöhnen?

»Haben Sie schon unsere Seifen entdeckt?«

Wieder diese Mitarbeiterin vom Museumsshop. Sie tauchte unvermittelt hinter Alix auf, hatte ein Holztablett in beiden Händen, auf dem kleine Seifenblöcke in allen Regenbogenfarben lagen. Auf den Banderolen stand jeweils, welchen Duft das einzelne Seifenstück verströmte: Lila für Lavendel, Rosa in allen Schattierungen für Rose, Orange für – natürlich – Orange, Grün für Myrte, Weiß für Jasmin, dazu noch weitere Mischungen in Blau, Gelb, Rot ...

»Nein, danke«, sagte Alix hastig.

»Die sind wirklich gut. Wir beziehen sie aus einer kleinen Manufaktur vor den Toren der Stadt. Dort bieten sie auch Kurse an, damit man das Seifensieden lernt.« Während sie vor sich hin plapperte, räumte sie die Seifen nach und wischte anschließend zufrieden die Hände an ihrer blauen Schürze ab. Die wachen, dunkelblauen Augen im von der südlichen Sonne gebräunten Gesicht musterten Alix prüfend. »Sie kommen mir bekannt vor«, sagte sie.

»Das kann nicht sein«, sagte sie abwehrend.

»Doch, doch, ich vergesse kein Gesicht. Was witzig ist, denn mein Mann vergisst *jedes* Gesicht. Manchmal sogar meins. Waren Sie schon mal hier?«

»Ich bin zum ersten Mal in Grasse.«

Die blauen Augen leuchteten auf, als wäre das eine besonders gute Nachricht. »Oh, dann haben Sie ja alles noch vor sich! Die Lavendelfelder, das Rosenfest ... Gehen Sie zum Rosenfest?«

»Ich weiß nicht.« Zunehmend verzweifelt versuchte sie, diesem Gespräch zu entkommen. »Ich nehme die hier.« Wahllos griff sie drei Seifenstücke, legte sie in den Korb und hielt der Mitarbeiterin diesen hin.

»Oh, da haben Sie eine gute Wahl getroffen.«

Vor allem wahllos, aber das schien sie nicht zu interessieren. Alix folgte ihr zum Kassentisch, sie bezahlte und bekam die Seifen in einer kleinen Papiertüte überreicht.

»Ich gebe Ihnen noch dies hier mit.« Die Mitarbeiterin zwinkerte, hielt ein Kärtchen hoch, an dem ein kleines Glasfläschchen festgeklebt war. »Lavendel schenkt süße Träume. Wenn Sie nicht schlafen können, einfach ein paar Tropfen davon aufs Kopfkissen geben. Das hat sogar meinen Kindern geholfen, als sie noch klein waren.«

Fast hätte sie geschrien. *Ich bin kein kleines Kind mehr! Ich habe keine Schlafprobleme! Ich bin ernsthaft krank! Ich weiß nicht mehr, wer ich sein werde, wenn ich nicht länger das tun darf, was mich die letzten zehn Jahre ausgezeichnet hat!*

»Danke«, brachte sie mühsam über die Lippen, nahm das Tütchen und floh. Draußen vor der Tür blendete das grelle Licht sie, und sie kramte nach ihrer Sonnenbrille. Die Tränen, die ihr über die Wangen liefen, wischte sie ungeduldig weg, dafür hatte sie jetzt wirklich keine Zeit.

Sie fand ihren Mietwagen, stieg ein und warf die Tüte achtlos in den Fußraum des Beifahrersitzes. Dann starrte sie vor sich hin, überlegte.

Es war eine Scheißidee gewesen, herzukommen.

»Verdammt, Dennis!« Wütend haute sie aufs Lenkrad ein. »Ein Wahnsinn, wieso hast du mich hergeschickt?«

Dabei traf ihn keine Schuld, und das wusste sie auch. Er hatte ihr einen kleinen Stups gegeben, und sie war nur zu bereitwillig losgestürmt, weil ihr auf einmal alles so viel besser erschienen war als die weitere Untätigkeit. Aber sie spürte, wie es sie nun lockte, sich in ihrer Wohnung in der Altstadt einzuigeln. Sie könnte lesen – zum Glück hatte sie ein Buch in die Reisetasche geworfen – und vergessen, dass sie an jenem Sehnsuchtsort war, den sie sich immer für eine besondere Gelegenheit aufgespart hatte.

Grasse … In ihrer Vorstellung war sie nicht allein dorthin gereist. Wenn sie an Grasse dachte, war immer jemand an ihrer Seite. Max.

Sie vermisste ihn so sehr.

Ihr blieben im Grunde nur zwei Möglichkeiten: Ihre Sachen packen und heimfahren. Oder sie könnte verdammt noch mal die Pobacken zusammenkneifen und sich nicht länger dagegen wehren, dass sie an einem Ort war, der ihre größte Sehnsucht und größte Angst zusammenführte.

Eine Seifenmanufaktur … Das klang doch interessant, oder? Mit der Herstellung von Seifen hatte sie sich bisher nie befasst; es gab für sie nur die Welt der Düfte. Aber wie kam der Duft in die Seife? Theoretisch wusste sie das, praktisch dabei zusehen wäre sicher spannend. Es wäre immer noch ihre Welt, aber ein völlig neuer Aspekt.

Sie startete den Motor. Wischte die letzten Tränen von den Wangen, schniefte und zwinkerte sich selbst im Rückspiegel zu. Na also. Das Leben ging weiter, immer. Irgendwie.

Die Seifenmanufaktur lag etwa fünf Kilometer außerhalb von Grasse, umgeben von Lavendelfeldern, die kurz vor der Blüte standen. Das war jenes pittoreske Bild, das sie immer mit Grasse, mit der Provence, Südfrankreich verbunden hatte. Nicht das Azurblau des Mittelmeers, nicht das Strandleben von St. Tropez. Das hier war *ihre* Welt, hier fühlte sie sich wohl.

Und wie sich bald schon herausstellen sollte, gelang ihr das, ganz ohne dass sie ihren Geruchssinn bemühen musste.

Das alte, ausgedehnte Gebäude lag auf einer Anhöhe. Ein kleiner Fluss ergoss sich von den Berghängen und fand hier ein etwas ruhigeres Bett. Am Ufer wuchs wilder Thymian, die Wurzeln in den steinigen, kargen Boden gekrallt, die weißen Blüten wippten leicht im Wind. Da der kleine Fluss direkt am Weg entlangführte, auf dem man zu dem alten Gebäude gelangte, ging Alix in die Hocke und ließ ihre Finger durch einen der kleinen Büsche gleiten. Ach, fast konnte sie das feine, würzige Aroma des Thymians riechen. Sie liebte es, mit Thymian zu kochen, aber ihn zu riechen, das wäre noch mal etwas ganz anderes …

Und es war ihr nicht vergönnt.

»*Bonjour!*«

Sie fuhr herum. Hinter ihr war in einer Tür eine junge Frau aufgetaucht. Alix schätzte sie auf Ende zwanzig. Die langen, dunklen Haare trug sie zu einem dicken Zopf geflochten, der über ihre Schulter fiel, ein kleiner blonder Junge hielt ihre Hand. Das Gesicht war wach und freundlich, die schlammbraunen Augen beobachteten Alix mit Neugier.

»Guten Tag«, antwortete Alix auf Französisch und richtete sich auf. »Ich suche die Seifenmanufaktur. Bin ich hier richtig?«

Die junge Frau strahlte. »Sind Sie, ja.«

Der kleine Junge – Alix schätzte ihn auf zwei Jahre – machte sich von seiner Mama los und kam auf sie zugewackelt. Er sagte etwas zu ihr, das sie nicht verstand. Leider. Sie ging wieder in die Hocke und zeigte auf den Thymian. »Magst du Thymian so sehr wie ich?«, fragte sie.

»Oui, oui!« Er nickte eifrig, kam zu ihr und riss einen Stängel ab, den er ihr reichte. Dann bückte er sich erneut, und den zweiten Stängel trug er zurück zu seiner Mama.

Alix schluckte schwer. Sie richtete sich auf. »Ich war im Museum. Dort habe ich Ihre Seifen gekauft, und die Mitarbeiterin hat mir erzählt, Sie bieten auch Kurse an.«

Die junge Frau nickte. »Möchten Sie nicht erst mal reinkommen?«

Wieder dieses Lächeln. Und jetzt wusste sie wieder, woher sie es kannte. So ähnlich hatte auch die Museumsmitarbeiterin gelächelt.

»Gerne.« Sie folgte den beiden ins Innere des Gebäudes.

»Wir haben die alte Mühle vor drei Jahren gekauft. Leider haben wir die Sanierung noch nicht komplett abgeschlossen. Aber die Werkstatt können Sie gern ansehen.«

Sie ging voran, zog den Kopf unter dem niedrigen Türstock ein. Alix folgte ihrem Beispiel. Dann standen sie in einem überraschend modern eingerichteten Raum – helle Bodenfliesen, gefliese Tischoberflächen, Dunstabzüge über den Tischen. Es sah ein bisschen wie in einem Chemielabor aus.

»Sie sehen überrascht aus.«

»Ich habe gedacht …« Ja, was? Hatte sie wirklich gedacht, die Seifenmanufaktur in der alten Mühle arbeite noch wie vor zweihundert Jahren?

»Als wir hier anfingen, habe ich noch in der Küche Seifen gesiedet. Aber seit das Museum und einige Geschäfte in Grasse bei uns einkaufen, habe ich das ausgelagert. Wenn Jeanne hier ist, kann ich sieden. – Ich heiße übrigens Agnès. Und dieser junge Mann ist Albert.«

»Alix.« Sie gaben einander die Hand. Agnès hatte einen festen Händedrück, ihre Finger fühlten sich kühl und zart an.

»Haben Sie schon mal Seifen gesiedet?«

»Nein. Ich arbeite als Parfümeurin.«

»Ah, dann kennen Sie sich zumindest mit der Duftkomponente gut aus.«

Alix schüttelte den Kopf. »Gerade nicht so.« Sie zeigte auf die Nase. »Erkältet.«

»Ich habe auch Rezepte, die Sie nachsieden können.«

Agnès zog einen Ordner aus einem Regal. »Hier habe ich eine Übersicht. Sie können Einzelunterricht buchen oder an einem der Gruppenkurse teilnehmen.«

Sie gab Alix ein Faltblatt. Der kleine Junge hatte sich auf den Boden gesetzt und quengelte. Aus dem Augenwinkel beobachtete sie, wie Agnès ihn mit ein paar Fingerspielen aufmunterte. Schon lachte das Kind wieder, und Alix spürte, wie ihr das Herz erneut eng wurde. Kinderlachen ...

Sie war nicht bei der Sache, weil sie zu sehr von diesem Idyll abgelenkt wurde. Von ihren Schwestern hatte keine Kinder, ihr Kontakt mit Babys und Kleinkindern beschränkte sich daher zum Glück auf Zufallsbegegnungen mit Fremden.

»Und ist Ihr Kind bei den Kursen dabei?« Sie räusperte sich, denn ihre Stimme klang seltsam belegt.

»Albert? Bewahre. Das ist viel zu gefährlich. Ich habe eine Freundin, die dann auf ihn aufpasst.«

Alix nickte. Sie las das Faltblatt und entschied sich dann für einen Einzelkurs. Ein Vormittag, vier Stunden, Termine nach Vereinbarung.

»Wann könnte ich diesen Kurs machen?«

»Ich frage Felicitas. Wann hätten Sie es denn gerne?«

»So schnell wie möglich.«

»Passt Ihnen morgen oder übermorgen? Eher vormittags?«

Alix nickte. Agnès nahm Albert auf den Arm und zog aus ihrer Schürzentasche ein Handy. Sie ging zum Telefonieren nach draußen.

Das gab ihr die Chance, sich etwas genauer umzusehen. Es überraschte sie nicht, mit welcher Akribie Agnès all die Flaschen und Dosen beschriftet hatte. Es gab einen verschlossenen Schrank und zwei Regale, und selbst in den Regalen herrschte eine unglaubliche Ordnung. Auf einem Herd standen zwei blank geputzte Emailletöpfe, auf der gegenüberliegenden gefliesten Ablagefläche eine Laborwaage, neben der als einzige Nachlässigkeit Gummihandschuhe und eine Schutzbrille lagen. Alles war penibel sauber. Eine Tür führte in einen weiteren Raum, doch sie war verschlossen und sogar mit einem Vorhängeschloss gesichert.

»So, Felicitas hat morgen früh Zeit. Wollen wir uns dann um halb acht hier treffen? Sie können anschließend gern mit uns zu Mittag essen. Jeanne kommt dann auch.«

»Gerne«, sagte Alix, obwohl ihr plötzlich gar nicht mehr so wohl bei der Vorstellung war. Was dachte sie sich dabei? Ein Kurs zum Seifensieden? Das würde ihren Riechsinn vermutlich auch nicht zurückbringen.

Aber sie hätte eine Beschäftigung. Die duftenden Felder aus Lavendel und die blühenden Rosen – das würde ihr während des Aufenthalts verschlossen bleiben.

Und sie merkte, wie ihr die Tränen kamen. Sie hatte bei ihrem Entschluss für diese Reise unterschätzt, wie sehr ihr fehlender Geruchssinn sie daran hindern würde, an diesem Sehnsuchtsort aufzuatmen und wieder zu sich zu kommen.

»Bis dann«, stotterte sie und stolperte aus der Tür. Sie hörte Agnès etwas rufen, aber sie musste jetzt allein sein. Zu sehr überwältigte sie – wieder mal! – der Schmerz über das, was sie verloren hatte.

Und damit meinte sie nicht nur, dass ihr der Riechsinn verloren gegangen war und vielleicht nie mehr zurückkehrte.

Vielleicht wäre es ein Junge gewesen. Ein kleiner, strohblonder Kerl, der jetzt auf seinen kurzen Beinchen hinter mir herwackeln würde. So wie Albert es bei Agnès tat.

Nein. Lieber nicht darüber nachdenken.

Sie vermisste Max auf so schmerzliche Weise, dass sie sich versucht fühlte, ihm zu schreiben. *Komm her! Ich brauche dich!*

 *Kapitel* 5

Am liebsten wäre sie nicht zu ihrem Kurs gegangen. Am frühen Morgen lag sie nach viel zu wenig Schlaf wach, lauschte der erwachenden Stadt und legte sich eine Entschuldigung zurecht.

Die Erkältung ist schlimmer geworden.

Ich weiß nicht, was das bringt.

Ich habe mich vertan; Seifen sieden ist nichts für mich. Ich bezahle den Kurs auch, Sie hatten ja ebenfalls Auslagen durch den Babysitter.

Sie stand früh auf, kochte in der kleinen Apartmentküche einen Kaffee, der scheußlich schmeckte, sie aber immerhin etwas wacher machte. Um halb acht wählte sie Agnès Handynummer, die auf dem Faltblatt stand.

Der von Ihnen gewünschte Gesprächsteilnehmer ist nicht erreichbar.

Ach ja, natürlich. Da draußen bei der Mühle gab es wohl keine Handymasten.

Sie ärgerte sich – über ihre eigene Unentschlossenheit, über ihre Müdigkeit, vor allem über sich selbst, weil sie gestern einer Laune gefolgt war.

Wenn sie nicht absagen konnte, musste sie wohl hinfahren und es persönlich tun. Eine SMS zu schreiben, traute sie sich nicht – es wäre unhöflich.

Während der Autofahrt klingelte ihr Handy. Sofort fuhr sie rechts ran und nahm den Anruf entgegen.

»*Bonjour!*«

Max lachte. »Ich mag es, wenn du französisch sprichst!«

»Hey!« Sein Anruf kam überraschend.

»Hey.« In seiner Stimme schwang eine Sanftheit mit, die ihr Herz einen kleinen Satz machen ließ. »Ich musste gerade an dich denken.«

»Wo bist du?«

»Gerade in Hamburg gelandet. Bist du noch in Grasse? Hier wird in einer Stunde ein Flug nach Nizza aufgerufen, und…«

Er sprach nicht weiter, ließ ihr genug Platz, dass sie ablehnen konnte.

Sie atmete tief ein und aus. Er wäre in drei Stunden in Nizza, eine Stunde später schon in Grasse. Sie könnten den Nachmittag zusammen verbringen, und wer wusste schon, wie viel Zeit mehr … »Wie lange könntest du bleiben?«

»Bis Sonntag.«

»Ich habe ein schönes Apartment. Doppelbett. Sehr gemütlich.«

»Dann besorge ich frische Wäsche und buche Nizza?«

»Ich freu mich auf dich.«

Sie lächelte, als sie auflegte. Ein bisschen traurig, aber sie lächelte.

Das war Max. Er war der Mann für die großen romantischen Gesten. Kein Heiratsantrag auf dem Empire State Building, keine Flitterwochen auf Mauritius – alles Dinge, die nicht zu ihnen passten. Stattdessen nutzte er drei freie Tage in seinem Terminkalender, um sie in Grasse zu besuchen. Wenn das nicht romantisch war, wusste sie es auch nicht.

Und bis er hier eintraf, konnte sie genauso gut ihren

Seifensiede-Kurs bei Agnès machen. Ablenkung würde ihr guttun, und wenn sie Glück hatte, wäre Albert mit seiner Babysitterin unterwegs.

Das wäre möglich gewesen. Ein Leben mit Kind. Aber das Schicksal, die Natur hatte etwas anderes mit Max und ihr vorgehabt. Und seitdem hatte sie sich immer eingeredet, es sei ohnehin nicht der richtige Zeitpunkt gewesen, sie hätten ja noch viel Zeit. Sie hatte den Gedanken an dieses andere Leben weit von sich geschoben, weil sie ja ihre Arbeit hatte.

Nun aber war die Arbeit nicht mehr da, mit einem Knall, mit dem Splittern und Knirschen von Glas und Metall hatte sich das, wofür sie lebte, atmete, wofür sie vor allem *atmete*, in nichts aufgelöst. Da war eine Leere, und weil sie Leere so sehr verabscheute wie Tatenlosigkeit, dachte sie darüber nach, was sie stattdessen mit ihrem Leben anfangen könnte. Sechs bis neun Monate, so die Prognose. Wenn überhaupt.

Neun Monate wären doch ein idealer Zeitrahmen, oder?

Wann hätte sie denn wieder so viel Zeit für eine Schwangerschaft? Für ein Kind?

Wann, wenn nicht jetzt?

🍎

»Da sind Sie ja.«

Agnès hockte vor der Tür ihrer Seifenwerkstatt. Neben sich hatte sie einen Weidekorb mit frisch geschnittenen Thymianzweigen, die sie mit Bindfaden zu kleinen Sträußen band.

»Für meine Thymianseife. Ich trockne sie selbst.«

»Das riecht bestimmt wunderbar.«

»Man kann es sich selbst mit Erkältung gut vorstellen, stimmt's?« Agnès strahlte. »Kommen Sie. Drinnen habe ich schon alles vorbereitet.«

In der Werkstatt brannte das Deckenlicht. Die einzelnen Strahler leuchteten die Arbeitsplätze perfekt aus. Agnès trug den Korb mit den Thymiansträußen in den angrenzenden Raum. Alix folgte ihr langsamer – sie wollte nicht aufdringlich erscheinen, interessierte sich aber sehr dafür, was sich hinter der verschlossenen Tür verbarg.

»Kommen Sie ruhig herein.«

Es gab ein Gestell, an dem bereits andere Kräuter trockneten – aufsteigende Reihen von Querstreben aus Holz, an die Agnès nun die Thymiansträuße band. Und dann gab es in diesem niedrigen, kühlen Raum Regale. An zwei Wänden und darüber hinaus noch niedrigere mitten im Raum, und in allen Fächern lagen Seifen.

»Ist das Ihr Lager?«, erkundigte sie sich.

»Ach nein. Das Lager ist hinten im Haus. Dort packe ich abends die Bestellungen, wenn ich nicht gerade siede. Das hier ist die Reifungskammer. Seife muss nach dem Sieden noch einige Wochen liegen und ruhen, dabei wird die Verseifung abgeschlossen. Erst dann kann ich sie abpacken und ausliefern. Diese hier ist frisch.« Sie hielt eine Holzform hoch. In acht Fächern lagen pinke Seifenstücke mit winzigen Lavendelblüten darin. »Und die hier ist schon acht Wochen alt.« Eine zweite Form mit identischen Seifenstücken, die allerdings heller wirkten. »Sie härten mit der Zeit aus. Und diese hier habe ich erst gestern Abend gesiedet, sie braucht es noch schön warm.« Agnès lüpfte ein Handtuch, unter dem eine große Holzform ruhte. »Die wird später zu kleinen

Blöcken geschnitten. Aber das erkläre ich Ihnen dann, wenn es bei Ihrer Seife so weit ist.«

Als sie in die Werkstatt zurückkehrten, legte Agnès das Vorhängeschloss vor. »Albert weiß, dass er nicht dort rein darf. Aber so fühle ich mich besser«, erklärte sie.

Auf dem Tisch standen bereits die Zutaten für ihre Seifen bereit. Agnès erklärte, wie man die Fette vorbereitete, wie man die Lauge herstellte und abwog. Sie gab Alix eine Gummischürze, Handschuhe und eine Schutzbrille, die sie die ganze Zeit aufbehalten sollte. Erst dann fingen sie an. Sie wogen die einzelnen Zutaten ab, Agnès erklärte und zeigte so viel, dass Alix schon bald der Kopf schwirrte. Aber auf eine gute, wohltuende Art. Und als kurze Zeit später der Topf mit ihren Fetten auf dem Herd abkühlte, beobachtete sie, wie Agnès mit geübten Bewegungen, die sie sich nach Hunderten Seifungsprozessen angeeignet hatte, in einem größeren Topf eine weitere Seife ansetzte. »Milchseife«, fügte sie erklärend hinzu.

Zwischendurch rührten sie viel, und diese Zeit war es, die Platz für persönlichere Gespräche ließ.

»Ich habe gesehen, dass Sie heute früh angerufen haben«, sagte Agnès plötzlich.

»Ja, ach …« Rückblickend war ihr diese Aktion peinlich. Schließlich stand sie jetzt in der Werkstatt, und die Arbeit machte ihr großen Spaß. Was war heute Morgen nur mit ihr los gewesen, dass sie absagen wollte? »Ich war so müde und …«

»Sie müssen sich nicht rechtfertigen«, sagte Agnès leise. »Ich weiß, wie das ist. Wenn man sich zu etwas überwinden muss.« Sie lachte wieder ihr helles, ansteckendes Lachen. »Als ich vor drei Jahren meine ersten

Seifen ans Museum verkaufte, baten sie mich darum, dass ich sie hinbrachte. Ich habe viermal dort angerufen und mich mit einer Ausrede davor gedrückt. Und wissen Sie, warum? Weil ich Angst hatte. Angst, dass sie meine Seifen nicht mögen. Dass die Qualität ihnen nicht genügt und sie mich mitsamt meiner Seifenstückchen vom Hof jagen. Die Angst vorm Versagen sitzt tief bei mir. Ich habe erst langsam verstanden, dass diese Angst vor allem jene packt, die sich wirklich reinhängen und gute Arbeit leisten.«

»Mir ging es anfangs ähnlich.«

»Und heute? Wie ist es da?«

Sie zuckte mit den Schultern. »Mein Kollege bewahrt mich vor dem Schlimmsten.«

»Sie haben auch eine Jeanne. Das ist gut. Meine Schwester ist mein schärfster Kritiker. Aber wenn sie sagt, etwas sei gut, kann ich ihr das auch glauben.«

»So ungefähr.«

Schweigend rührten sie weiter. Nach zehn Minuten sagte Agnès mit einem Augenzwinkern: »Und jetzt schummeln wir und weichen vom Weg der althergebrachten Seifenherstellung ab.«

Damit sich Lauge und Öl optimal verbanden, musste man unter Umständen stundenlang rühren, bis die Seife andickte, erklärte sie. Früher war dies ein langer, mühsamer Prozess gewesen.

»Heute gibt es Stabmixer.«

Sie holte aus einer Schublade zwei Stabmixer – einen für jede Seife –, und danach ging es recht schnell. Sobald die Seifenmasse richtig andickte, konnte sie in die Formen gefüllt werden. Nach diesem Schritt war die Seife soweit fertig und brauchte nun nur noch eines – viel, viel Zeit.

Die nächste halbe Stunde verbrachten Agnès und Alix damit, die Werkstatt aufzuräumen und zu putzen. Und selbst dieser Teil der Arbeit machte irgendwie Spaß.

»Bleiben Sie zum Essen?«, fragte Agnès.

Im selben Moment piepte ihr Handy, und Alix warf einen kurzen Blick darauf.

Bin kurz vor Grasse. Wo treffen wir uns?

»Leider keine Zeit. Es war sehr schön. Wann kann ich meine Seife abholen?«

Agnès lachte. »In sechs bis acht Wochen. Oder ich schicke sie Ihnen zu.«

»Das wäre vermutlich das Beste.«

»Mache ich.«

Nachdem sie die letzten Formalitäten erledigt hatten, stieg Alix ins Auto. Sie schickte Max die Adresse ihres Apartments. *Bin in 10 min dort.*

Freu mich auf dich.

Sie schickte einen Smiley mit Kussmund.

Ihr Herz sang. Ach, sie merkte jetzt erst, wie sehr sie ihn vermisst hatte. Der Vormittag hatte ihr gutgetan, denn sie hatte ein paar Stunden lang nicht über ihre Arbeit oder darüber nachdenken müssen, ob sie jetzt ein Baby wollte oder nicht.

Und jetzt, da sie sich das Nachdenken wieder gestattete, merkte sie ganz deutlich: Ja, sie wollte ein Baby. Am liebsten sofort.

Dann musste sie wohl nur noch Max von diesem Plan überzeugen…

🍎

Da kam sie. In ihrer schwarzen Jeans, die er so mochte, weil darin ihr Po so knackig aussah. Dazu trug sie ein graues T-Shirt, auf das ein Spruch von Leonard Cohen aufgedruckt war: *Do not be the magician – be magic!*

Er lächelte.

»Ich wusste nicht, dass du das noch hast.«

Sie umarmten sich zur Begrüßung, und zu Max' Überraschung küsste Alix ihn stürmisch auf den Mund. Das T-Shirt hatte er ihr vor einer halben Ewigkeit mal aus Toronto mitgebracht.

»Ich bin so froh, dass du da bist.«

»Aha?« Er zog die Brauen hoch. Das war neu und überraschte ihn ein wenig. In den letzten Wochen hatte sie ihm eher das Gefühl vermittelt, als wäre er nur ein störendes Element in ihrem Leben, als wäre sein Aufenthalt auf einem anderen Kontinent gerade weit genug von ihr entfernt.

»Ja.« Sie schmiegte sich an ihn, ihre Hand fuhr zu seinem Hemdkragen, sie öffnete einen Knopf. Er lachte. Sie war für ihre Verhältnisse geradezu verwegen. »Ich habe nachgedacht.«

»Über uns?«

Eng aneinandergekuschelt gingen sie zum Haus. Alix ließ ihn nicht los, als sie den Schlüssel aus der Hosentasche angelte und aufschloss.

»Auch über uns.« Sie atmete tief durch, nahm seine Hand und zog ihn in den dunklen Flur. »Vor allem über uns.«

Ihr Kuss schmeckte süß, nach Marzipan und einem Hauch Lavendel. Sie zog ihn in den Hausflur, die Tür knallte hinter ihnen zu, er tastete blind in der Dunkelheit nach dem Lichtschalter und fand ihn nicht. Sie überwältigte ihn mit ihrer Leidenschaft, er musste sich völlig außer Atem und widerwillig von ihr lösen, denn was auch immer es war, das sie so stürmisch werden ließ – es gefiel ihm fraglos, erinnerte ihn an ihre ersten Monate zusammen, als die gemeinsame Zukunft, erst nur eine Möglichkeit von vielen, sich rasch zu *der einen* Zukunft verdichtete, in der er sie nie mehr loslassen wollte.

Aber da war noch etwas anderes an ihr, das er spürte. Etwas, das er nicht einordnen konnte, das sie rätselhafter erscheinen ließ als damals. Als sie einander kaum kannten und erst in den Gesprächen nach dem Sex langsam Gemeinsamkeiten ausloteten oder in den gemeinsamen Nächten und Tagen erfuhren, was das Gegenüber liebte und verabscheute.

Jetzt zog sie ihn die Treppe hoch. Sie kicherte, als sie die Tür aufschloss. Sonnenlicht flutete das kleine Apartment, doch für eine Führung hatten sie keine Zeit. Alix zog ihn ins Schlafzimmer. Sie landeten auf der Matratze, sie zog sich das T-Shirt über den Kopf und machte sich an seinem Hemd zu schaffen.

Max fing sanft ihre Hände ein. »Hey«, sagte er leise. »Geht es dir gut?«

Fiebrige Flecken auf den Wangen, ein bisschen atemlos. Die Haare wilder als sonst. »Was soll denn los sein? Ich freue mich nur, dich zu sehen«, schnurrte sie. Ihr Kopf ruhte an seiner Brust, sie streichelte ihn weiter. Das machte ihn verrückt; er hätte gerade nichts lieber getan, als mit ihr zu schlafen.

Und warum auch nicht, zum Teufel noch mal? Sie waren erwachsen, sie hatten Lust aufeinander, und solange nicht einer von ihnen Nein sagte, war das doch absolut okay.

Trotzdem. Er nahm ihr Gesicht in beide Hände. Küsste sie. Alix zog ihn zu sich herunter, sie rollten durchs Bett, bis er auf ihr lag. »Du hast keine Drogen genommen? Bist nicht betrunken?«

Sie lachte. Glockenhell und glücklich.

»Küss mich endlich, du Spinner.«

Das ließ er sich nicht zweimal sagen.

○

Der Wind bewegte sanft die Vorhänge im Wind. Aus dem Innenhof drangen Stimmen, ihr Auf und Nieder voller Leidenschaft. Lebendigkeit. Neben ihr schnarchte Max leise, sein Arm lag um ihren Bauch, seine Hand ruhte auf ihrem Bauchnabel.

Alix lag wach da. Es war früher Abend; sie sehnte sich nach einer heißen Dusche, nach sauberen Klamotten und einem großen Festmahl.

Sie hatten sich geliebt. Es war anders gewesen als die letzten Male. Lag es an ihm oder an ihr? Er schien glücklich zu sein, dass sie so viel Lust hatte. Na ja, welcher Mann wäre das nicht?

Stopp. Es ging ihm nie nur um Sex.

Das war es, was sie so sehr liebte an ihm. An dem, was sie waren. Sie begegneten einander auf Augenhöhe, schon immer. Nie war es darum gegangen, wie er seinen Job am besten machen konnte. Immer achtete er darauf, dass auch für sie die Rahmenbedingungen stimmten. Und weil er so viel durch die Welt reiste, war es für ihn selbstverständlich gewesen, dass sie ihre Wohnung behielt und sie nicht in einer größeren gemeinsam lebten. Nie hatte er etwas von ihr verlangt, das ihr nicht behagte.

Aus Erzählungen ihrer Freundinnen wusste Alix, dass das nicht selbstverständlich war. Mann und Frau fanden sich (oder Frau und Frau, Mann und Mann), irgendwann erwachte der Wunsch nach einem gemeinsamen Nest, nach Familie, Kindern, Haustieren. Die Konstellationen waren so bunt wie das Leben, doch letztlich lief es irgendwann darauf hinaus, dass einer mehr daheimblieb und sich um Haus und Hund kümmerte, während der andere seine Karriere vorantrieb. Teilzeit war vielleicht noch gerade so mit den Betreuungszeiten der Kita zu vereinbaren, aber bitte geh doch nach einem Jahr wieder arbeiten, spätestens. Sonst wirst du so ein Hausmütterchen, und dem Kind wird es doch auch nicht schaden, wenn es so früh betreut wird.

Sie atmete tief durch. Bei vielen Freundinnen hatte sie es genauso erlebt. Sie bekamen das erste Kind, gingen nach einem Jahr wieder arbeiten, das Kind kam zur Tagesmutter. Nach wenigen Monaten, spätestens nach einem Jahr war das zweite Kind unterwegs, so wie es geplant war. Der Mann – hielt sich raus. Allenfalls zwei Vätermonate nahm er, in denen dann die Familie reiste, weil er dann »endlich mal richtig Urlaub« hatte. Und sie sich mit den Kindern beschäftigte.

Die Gedanken waren überspitzt, ja klar. Es ging auch anders. Aber das waren Einhörner, die über Regenbögen aus Zuckerwatte tanzten.

Sie dachte auch an Agnès, die es offenbar auch mit Kind schaffte, ihren Traum zu verwirklichen. Abends machte sie vieles, hatte sie Alix erzählt. Wenn das Kind schlief. Sicher auch anstrengend. Sie konnte sich jedenfalls nicht vorstellen, dass sie mit Kind abends noch ins Labor ging. Wie sollte das auch gehen, wenn Max um die Welt jettete?

Er schlief so friedlich neben ihr. Aber diese Frage duldete gerade keinen Aufschub, denn vorhin hatten sie beide keinen Gedanken an Verhütung verschwendet. Und wenn sie rechnete, nun ja, eine Schwangerschaft wäre nicht gänzlich ausgeschlossen.

»Du?«, fragte sie. »Schläfst du?«

»Mh«, knurrte er.

»Ich frag nur, weil … na ja. Wir haben nicht verhütet.«

Er war sofort hellwach. Setzte sich auf und zog die Beine an. »Und?«

Sie richtete sich ebenfalls auf und setzte sich im Schneidersitz neben ihn. »Und ich frage mich, ob uns das was ausmachen würde. Wenn ich jetzt…«

»Wenn du jetzt schwanger wirst.«

Sie nickte.

Darüber dachte er nach. An seiner Miene konnte sie ablesen, dass die Gedanken hinter seiner Stirn in unterschiedliche Richtungen davonstoben, wie verschreckte Wildpferde.

»Was denkst du?«, fragte sie dann doch, weil sie diese Art von Schweigen nur ganz schlecht aushielt.

»Ob ich mir das vorstellen könnte? Jetzt?«

Sie nickte bang.

»Kannst du es dir denn vorstellen?«

»Ich habe darüber nachgedacht.«

»Und mit welchem Ergebnis?« Sein Blick, so forschend. Als wollte er in ihr Herz blicken.

»Ich denke … Jetzt wäre doch so gut wie jeder andere Moment. Vielleicht sogar noch besser. Ich meine … arbeiten kann ich ja gerade nicht.«

Darüber dachte Max lange nach. So lange, dass sie es nicht aushielt. Sie stand auf und ging nackt ins Badezimmer. Sie drehte die Dusche auf, die ewig brauchte, bis sie halbwegs warmes Wasser lieferte, und Alix liebte es, richtig heiß zu duschen. Während sie auf der Toilette hockte, versuchte sie, nicht länger über das Thema nachzudenken. Und da Max sich nebenan nicht rührte, nahm sie an, dass das für ihn okay war. Oder er einfach länger nachdenken musste.

Aber was gab es da nachzudenken? Vor drei Jahren ... Jetzt dachte sie doch wieder darüber nach, es ließ sie nicht los. Seit Tagen nicht. Sie stellte sich unter die Dusche, drehte das Wasser so heiß, dass davon ihre Haut rot wurde, Dampf füllte das kleine Bad. Sie war wieder drei Jahre jünger, naiver, unbedarfter, und das Leben machte ihnen ein unverhofftes Geschenk.

Vor drei Jahren, ja. Das war eine völlig andere Ausgangslage gewesen. Damals hatte ihre Antibabypille versagt, weil sie mit einer fiesen Magen-Darm-Grippe für ein paar Tage das Bett hüten musste. Einmal ausgekotzt, einmal vergessen, das hatte offenbar gereicht für eine Überraschung knapp drei Wochen später. Ein Kind war damals im ersten Moment undenkbar gewesen, im zweiten auch, und als der Schock langsam nachließ, hatte Max nur gesagt: »Denk mal drüber nach. Es ist deine Entscheidung, aber bitte denk darüber nach.«

Und das hatte sie getan, während sie – schon wieder, diesmal aber aufgrund der Schwangerschaftsübelkeit – über dem Klo hing und Max wieder mal davonflog. Hongkong war es damals, fünf Tage, die sie allein in seiner Wohnung blieb, weil in ihrer irgendwas komisch roch, was sie noch mehr zum Erbrechen brachte. Fünf Tage Zeit, sich darüber klar zu werden, was sie wollte. Ein Kind? Mit Max bis an ihr Lebensende allein glücklich werden? Was ganz anderes? Alles schien möglich, aber mit jeder Stunde, die sie schlapp in seinem Bett lag oder grübelnd vor dem gut gefüllten Kühlschrank stand und auf nichts Appetit hatte, kristallisierte sich eine Möglichkeit heraus, verlockender und aufregender als alle anderen.

Ein Baby. Mit Max' Augen, mit seinem Mund, dem Kinngrübchen. Kleine Speckbeinchen, ein kleiner Kopf auf ihrer Brust, dunkler Haarflaum unter ihrer Nase, an dem sie schnupperte, ein kleiner Po in ihrer Hand. Babyduft. Schwärmten ihre Freundinnen nicht davon, dass Babyduft das Beste sei? Später dann kleine Füßchen, die durch diese Wohnung flitzten, eine Stimme, die erst noch lernte, hell und klar.

Die Phantasie als Familie. Bisher nie in Betracht gezogen, und plötzlich war es ganz leicht. Weil es mehr war als nur eine Idee, etwas, das sie weit von sich wies, weil sie ja noch jung war. Irgendwann wäre sie nicht mehr jung. Und was wäre so falsch an diesem Zeitpunkt?

Es käme ihr auch absurd vor, wenn sie *irgendwann* Kinder wollte und jetzt ohne Not die Schwangerschaft beendete. Warum nicht jetzt, wenn dieses Kind schon mal da war?

Weil die Natur etwas dagegen hatte. Oder das Schicksal. Es hatte zwei Wochen gedauert, bis sie sich an den Gedanken gewöhnt hatte. Und dann, als sie in der 8. Woche zum Ultraschall bei ihrem Gynäkologen war, dauerte es nur zwei Sekunden, damit aus ihrem neuen Lebensglück Asche wurde.

»Ich kann hier keinen Herzschlag erkennen. Scheint keine intakte Schwangerschaft zu sein«, sagte er wenig taktvoll.

Was sie damals nicht wusste und sich erst in den wachen Nächten danach anlas, war, dass es manchmal zu falsch berechneten Eisprüngen kam. Oder dass die Embryos ein bisschen bummelten. Oder es einfach noch zu früh für den Herzschlag war. Aber das wusste sie in dem Moment nicht. Sie wankte aus der Praxis, rief Max an und weinte.

Zum Glück war Max derjenige, der sich schon eingelesen hatte. Der sie aufmunterte. Der ihr Mut machte. Er sagte ein paar Termine ab und kam mit ihr zur nächsten Kontrolluntersuchung vier Tage später.

Das Ergebnis blieb dasselbe. Kein Herzschlag, kein Wachstum.

Es war vorbei.

Am selben Abend setzten bereits die Blutungen ein. Sie hatte Schmerzen, aber das, hatte der Arzt ihr noch mit auf den Weg gegeben, sei ganz normal.

Sie verlor das Baby, auf das sie sich erst seit Kurzem so richtig hatte freuen können. Einfach so. Irgendwas sei vermutlich nicht in Ordnung gewesen, eine Fehlgeburt komme häufiger vor, als man denkt. Das alles sagte Max ihr, sobald sie darüber sprechen wollte, was mit ihr passierte. Er baute eine Mauer aus angelesenem Wissen um sich, er warf mit Fachbegriffen um sich, mit denen sie nichts anfangen konnte. Seine Form, sich vor der Enttäuschung zu schützen, sie abzuwehren.

Dass er damit zugleich auch Alix abwehrte, sah er nicht. Er versteckte sich vor der Verantwortung, obwohl sie doch beide in dieser Situation steckten.

Erst viel später erkannte sie, wie sehr Max sich auf das Baby gefreut haben musste. Wie sehr auch, dass sie sich dafür entschied. Und wie groß sein Schmerz gewesen sein musste, als die Natur trotzdem gegen sie beide entschied.

Ihr wollt dieses Baby? Tja, leider ist es nichts für euch. Versucht es später noch mal, vielleicht habt ihr dann mehr Glück.

Nach der Fehlgeburt vergrub sie sich sehr, sehr lange in der Arbeit. Sie wollte nichts davon hören, dass sie es ja noch mal versuchen könnten. Dass dieses eine Baby nicht für sie bestimmt war, erschütterte auch die Grundfesten ihrer Weiblichkeit. Dessen, wer sie zu sein glaubte.

Sie glaubte, eine gesunde junge Frau zu sein. Nichts sprach dagegen, bis sie die Fehlgeburt hatte. Es dauerte Wochen, bis sie wieder das Gefühl hatte, sich ganz und gar in ihrem Körper wohlzufühlen. Noch länger dauerte es, bis Max und sie wieder zueinanderfanden. Bis sie wieder füreinander mehr empfanden als diese abgrundtiefe, namenlose Trauer. Für Alix war es, als würde diese Schwangerschaft weitergehen, als würde sie ein Phantombaby erwarten. Später erst begriff sie: Das war ihre Art, mit der Trauer umzugehen. Denn es war egal, wie früh man ein Baby verlor – jedes Paar empfand diesen Verlust anders, jeder ging anders damit um.

Nach der Trauer kam die Verdrängung. Die Arbeit bot ihr die perfekte Ablenkung. Und jedes Mal, wenn Max seither auch nur andeutungsweise darüber sprach, dass sie ja wieder schwanger werden könnte... blockte sie ab. Sie tat das so absolut und rigoros, dass er irgendwann sogar aufhörte, verzückt den Babys nachzublicken, die von ihren Mamas und Papas in der Trage herumgetragen oder im Kinderwagen durch Planten und Blomen geschoben wurden.

Er hörte auf, von ihrem gemeinsamen Baby zu träumen.

Und nun fing sie wieder damit an.

War das fair, wenn sie ihn so überrollte? Ihm keine Möglichkeit ließ, sich zu positionieren? Letztlich mussten sie das gemeinsam entscheiden.

Alix stieg aus der Dusche. Sie wickelte sich in das flauschige, rosafarbene Handtuch und schlich zurück ins Schlafzimmer.

Aber Max schlief gar nicht. Er saß im Bett, den Rücken ans Kopfteil gelehnt, und starrte auf die Badezimmertür. Er hatte auf sie gewartet, darauf, dass sie dieses Gespräch fortsetzten.

»Wir haben heute nicht verhütet«, begann er.

»Stimmt.« Sie setzte sich zu ihm auf die Bettkante. »Tut mir leid. Ich hätte vorher mit dir reden müssen.«

Er schüttelte den Kopf. »Das ist es nicht. Seit ... du weißt schon.«

»Seit wir das Baby verloren haben«, half sie ihm.

Er nickte. Suchte ihre Hand. »Seitdem warst du fast panisch, wenn irgendwas in unserer Verhütungsroutine nicht klappte. Oder hätte schiefgehen können. Selbst wenn du nicht ...«

Sie atmete. Wartete, dass er weitersprach.

»Und ich habe das akzeptiert. Respektiert. Immer. Und als du heute nicht verhüten wolltest, aber wir beide so gern miteinander schlafen wollten, da dachte ich, na ja. Lassen wir's eben drauf ankommen.« Er sah sie von der Seite an. »Ist das jetzt schlimm?«

»Was denn?« Ihre Stimme zitterte. »Dass wir beide dasselbe wollen?«

»Dass wir es jetzt wollen.«

Sie antwortete nicht.

»Du willst es jetzt, weil ... Entschuldige, wenn das hart klingt, aber du willst jetzt schwanger werden, weil du gerade nichts Besseres zu tun hast, außer zweimal täglich die Nase in deine Flakons zu stecken. Du weißt nicht, ob du jemals wieder in deinem Beruf wirst arbeiten können, und solange diese eine Zukunft für dich so ungewiss ist, planst du eine andere. Was absolut verständlich ist.«

Sie spürte, worauf das hinauslief, und am liebsten hätte sie ihn daran gehindert, weiterzusprechen.

»Ich weiß aber nicht, ob ein Kind die Lösung für dein Problem wäre.«

Da. Einfach so sprach Max es aus.

»Und ich weiß nicht, ob du diesem Kind – wenn wir es jetzt bekommen – einen Gefallen tun wirst. Wenn du es nur bekommen willst, damit du nicht länger darüber grübelst, ob du weiter das tun kannst, was du liebst. Es würde dich immer an das erinnern, was du verloren hast. Bevor du weißt, ob das wirklich das Ende ist. Und darum möchte ich, dass wir warten. Nachdenken. Ich stehe immer an deiner Seite. Aber wir dürfen nichts überstürzen.«

Alix stand auf. Sie ging ins Badezimmer, schloss behutsam die Tür hinter sich und lehnte mit dem Rücken dagegen. Langsam rutschte sie nach unten, bis sie auf den kalten Fliesen hockte. Feucht klebte das Haar in ihrem Nacken, feucht waren auch ihre Wangen, denn sie begann zu weinen. Ganz leise und zaghaft erst, aber dann wurde sie von der Trauer weggerissen.

Das Schlimmste war: Max hatte recht mit dem, was er sagte. Er hatte das ausgesprochen, was sie sich zu denken verbot.

Ein Baby als Ersatz für das, was ich verloren habe.

Aber sie würde es doch lieben, egal, wie die Umstände waren!

Oder nicht?

 Kapitel 6

Das ist bestimmt eine richtig dumme Idee, dachte Alix. Dumm und noch dazu ziemlich bescheuert.

Aber jetzt war es für einen Rückzieher zu spät.

Sie hatte den kleinen blauen Clio ein Stück die Straßen runter in einer Parkbucht abgestellt und war die letzten anderthalb Kilometer hinauf zur Mühle in der frischen Morgenluft gelaufen. Einerseits half ihr das, ein bisschen Klarheit in das Durcheinander zu bringen, das in ihrem Kopf herrschte. Zum anderen brauchte sie die Bewegung, denn nach der Nacht mit Max im Bett fühlte sie sich wie gerädert. Sie hatte ja nicht gewusst, dass er sich im Schlaf so viel bewegte. Oder fiel ihr das nur auf, weil sie stundenlang neben ihm wach lag und grübelte?

Die Mühle kam in Sichtweite. Auf der kleinen Terrasse saß Agnès und schien gerade etwas in einer Kladde zu notieren; der Wind erfasste die eng beschriebenen Seiten. Agnès blickte auf, als sie näher kam.

»Sind die sechs Wochen schon rum?«, rief Agnès. Sie lächelte und stand auf.

»Das nicht. Aber vielleicht brauchen Sie noch jemanden, der Ihnen bei der Arbeit hilft?«

»Nur heute? Oder für länger?«

Alix lachte. »Ich bleibe zwei Wochen in Grasse. Aber seit gestern ist mein Freund hier, und ich würde in den nächsten Tagen lieber nicht zu viel Zeit mit ihm verbringen.«

»So fing ich auch mit dem Seifensieden an.«

»Weil Sie Ihrem Freund aus dem Weg gehen wollten?« Sie trat auf die Terrasse. Agnès wies einladend auf einen der Stühle, und aufatmend ließ sie sich nieder.

»Inzwischen wohl eher Ex-Freund. Es ist kompliziert.«

Alix lächelte rätselhaft. »Ist es das nicht immer?«

»Möchten Sie auch einen Café au Lait? Ich habe auch noch kleine Haferbrötchen da, Jeanne hat gestern gebacken.«

»Störe ich auch nicht?«

»Ganz bestimmt nicht. Sie können mir später beim Sieden helfen.«

Agnès ging in die Küche. Während sie Agnès durch das offene Fenster in der Küche hantieren hörte, ließ sie den Blick über die hügelige Landschaft gleiten.

»Ich kann zwei helfende Hände gut brauchen. Jeanne hat heute früh frei und kann auf Albert aufpassen.«

Agnès stellte das Tablett mit zwei Schalen Milchkaffee und einem Korb mit frischen Haferbrötchen auf den kleinen Tisch. Sie räumte die Kladde weg, als wäre es ihr peinlich, dass sie morgens Tagebuch schrieb.

»Also? Wollen Sie mir zur Hand gehen? Sie haben sich gestern durchaus geschickt angestellt.«

Sie saßen nebeneinander auf der Veranda, beider Blicke gingen zu dem Feldweg.

»Wenn ich nicht störe …«

»Ich habe gern Gesellschaft bei der Arbeit. Bezahlen kann ich Sie aber nicht. Allenfalls mit dem Frühstück.«

»Das reicht mir.«

Sie aßen und tranken schweigend.

»Wollen wir anfangen?«, fragte Agnès, nachdem sie den Tisch abgeräumt hatten.

Alix nickte. Sie gingen in die Seifenwerkstatt.

Für die nächsten Stunden gab es nur Lauge und Fette, Düfte und Blütenblätter für die beiden Frauen. Dies war Agnès' Welt, und sie nahm Alix bereitwillig mit und ließ sie aus ihrem reichen Erfahrungsschatz schöpfen.

🍎

Das Seifensieden forderte volle Konzentration. Das hatte Alix schon gestern bei ihrem Kurs entdeckt, doch es stimmte heute umso mehr, da Agnès sie nicht länger als Anfängerin behandelte, sondern ihre Anweisungen formulierte, als wäre sie eine Adeptin. Und Alix hörte zu; jedes Detail nahm sie auf, jeden Hinweis, jede Geheimzutat speicherte sie ab. Agnès war für sie eine Informationsquelle, aber in ihr steckten auch so viele inspirierende Ideen, dass sie sich beherrschen musste, nicht ständig nachzufragen, noch mehr zu erfahren. Es hätte nicht viel gefehlt und sie hätte die Diktierfunktion ihres Handys mitlaufen lassen.

Und das war noch etwas, das sie ein bisschen überraschte: Wie leicht es ihr fiel, in den zarten Singsang der französischen Sprache zu verfallen, obwohl sie seit Jahren kaum Französisch gesprochen hatte. Sie lauschte Agnès' Erklärungen. Verstand sie etwas nicht, fragte sie nach. Manchmal ging es mit Händen und Füßen, in seltenen Fällen mussten sie sich mithilfe einer Übersetzungsseite auf dem Handy auf den korrekten Begriff einigen.

Es war anders als gestern. Da hatte sie nur zugehört, hatte die Anweisungen befolgt und anschließend ein zufriedenstellendes Ergebnis erzielt. Aber heute war sie Helferin, damit Agnès' Seife so gut wurde, als hätte Agnès sie selbst gesiedet. Ein Vertrauensbeweis, von dem Alix nicht so genau wusste, ob sie ihn verdiente. Dessen sie sich aber würdig erweisen wollte.

»Gut so?«, fragte sie hin und wieder. Nicht, um ein Lob einzuheimsen, sondern um Agnès' Ansprüchen an die Seifenqualität zu genügen. Und Agnès nickte. Sehr gut, sehr gut.

Es war ein unglaublich befriedigendes Gefühl, als sie nach zwei Stunden aus dem Dämmer der Werkstatt auftauchten. Alix erstarrte, denn vor der Tür stand in der gleißenden Vormittagssonne ein roter Kleinwagen, ähnlich dem blauen, mit dem sie gestern hergekommen war.

Und aus diesem Mietwagen – dass es sich darum handelte, war ihr sofort klar – stieg Max.

»Nein«, murmelte sie.

Agnès stand einen halben Schritt hinter ihr. Und daran, wie sich die Seifensiederin versteifte, wie sie unauffällig in den Schatten des Türstocks zurückwich und nach dem Handy in ihrer Schürzentasche tastete, bemerkte sie, dass es wohl einen handfesten Grund dafür gab, dass kein Papa für Albert in der alten Mühle war, dass es keine Spuren von einem Lebensgefährten oder Ehemann von Agnès gab.

»Schon gut. Ich rede mit ihm.«

»Soll ich lieber die Polizei rufen?« Agnès war angespannt. Alix tat etwas, das sie sonst selten tat – sie legte die Hand auf Agnès Unterarm.

»Er wird uns nichts tun.«

Komischerweise war sie für einen winzigen Moment selbst nicht so ganz davon überzeugt, als sie nach draußen trat und gegen das Sonnenlicht die Augen mit der

Hand abschirmte. Dabei gab es dafür keinen Grund. Sie vertraute Max. Er hatte sich nie gewaltbereit gezeigt, im Gegenteil. Männer, die ihre körperliche Überlegenheit zu ihrem Vorteil ausnutzten, waren in seinen Augen unverantwortlich.

»Hey, Max.«

»Hey, Alix.« Es klang wie eine Frage.

»Wie hast du mich gefunden?«, wollte sie wissen.

Mit einem kläglichen Grinsen, fast schon entschuldigend, hob er sein Handy hoch. »Ich spioniere dir nach«, gab er zu.

»Machst du so einen Scheiß schon länger?« Es klang aggressiver als sie wollte.

»Erst seit du so einen Scheiß machst und einfach spurlos verschwindest.« Er steckte das Handy ein. »Außerdem hast du es selbst in der Hand. Wenn du die Freunde-App eingeschaltet lässt, brauche ich nicht mal Spionage-Apps zu installieren.«

Daran hatte sie nicht gedacht. Daheim in Hamburg ließ sie die App oft an, weil es ihr Spaß machte, von Freunden oder Bekannten in einem Café oder beim Stöbern und Shoppen überrascht zu werden. Passierte selten, machte trotzdem Spaß.

»Ich habe mir Sorgen gemacht«, fügte Max hinzu. »Dein Auto war verschwunden. Was sollte ich denn denken, außer dass du vor unseren Problemen wegläufst?«

»Meine Probleme«, fauchte sie. »Es sind immer noch *meine* Probleme.«

»Aber sie betreffen auch mich. Vor allem dann, wenn du vor mir wegläufst.«

Sie schwieg bockig. Das war eine Diskussion, die sie mit ihm nicht führen wollte. Sie drehte sich um und ging zu Agnès zurück.

»Alles in Ordnung?«, fragte Agnès.

»Ja. Nein.«

»Soll ich die Polizei rufen? Belästigt er dich? Ist er ... gefährlich?«

Agnès' Worte ließen Alix aus ihrer Wut erwachen. Es war das eine, ob sie auf Max sauer war, weil er ihr nachspionierte. Aber in den Augen von Agnès stand Beunruhigung, und dafür gab es wirklich keinen Grund.

Sie berührte Agnès am Oberarm. »Hey. Er ist in Ordnung. Manchmal ... Manchmal machen auch die vernünftigen Männer Quatsch, weil sie glauben, das wäre okay. Ich habe ihm gesagt, dass es nicht okay ist, und er hat sich entschuldigt. Wenn du willst, schicke ich ihn weg.«

»Du sagst, er ist okay?« Agnès klang piepsig.

»Er wird uns nichts tun.«

Agnès atmete tief durch. »Okay. Dann ... in Ordnung.« Aber sie sah nicht so aus, als ob es in Ordnung wäre.

»Will er mit uns zu Mittag essen?«

»Du brauchst das nicht machen, Agnès. Ich kann auch mit ihm zurück nach Grasse fahren, wenn dir das lieber ist.«

Agnès schüttelte nach kurzem Nachdenken den Kopf.

»Ich vertraue dir. Wenn du sagst, er ist in Ordnung, dann ist er das auch.«

»Ich frage ihn.« Das war nicht unbedingt Alix' Plan gewesen, aber sie wollte Agnès auch nicht das Gefühl vermitteln, dass sie unaufrichtig gewesen war.

Sie kehrte zu Max zurück, der mit dem Rücken an der Beifahrerseite seines Wagens lehnte. »Kannst du dich benehmen?«, fragte sie und nahm ihren Worten zugleich die Schärfe, indem sie ihn anlächelte.

»Immer«, versprach er.

Alix wies mit dem Daumen über die Schulter zum Haus. »Sie ist ein bisschen nervös, weil du hier aufgetaucht bist. Nimm es ihr nicht übel. Sie ist sehr nett und eine phantastische Seifensiederin. Ich kann eine Menge von ihr lernen.«

»Ich werde mich zurückhalten. Aber, Alix?«

»Ja?« Sie war schon fast auf dem Rückweg zur Mühle.

»Wir müssen über das hier reden. Später.«

Sie nickte nach kurzem Nachdenken. »In Ordnung«, sagte sie leise. Denn Max hatte recht – sie mussten darüber reden. Es war mehr als nur ihr Weglaufen. Es war auch ihr Wunsch nach einem Kind.

Hätte sie diesen Wunsch auch ohne den Unfall verspürt? Ohne dass sie seit Wochen lahmgelegt war und nicht arbeiten konnte?

Sie gingen zur Werkstatt. Agnès rumorte im Innern, und als Alix den Raum betrat, füllte sie gerade die fertige Seife in die kleinen Holzformen. »Wartet bitte noch einen Moment.«

Sie blieben in der Tür stehen. Agnès arbeitete rasch, es dauerte nicht lange, bis etwa zwanzig kleine Seifenformen gefüllt waren und sie den Topf in den Spülstein stellte.

»Das ist mein Freund Max«, stellte Alix ihn vor. Agnès streifte die Handschuhe ab und gab ihm die Hand. »Agnès betreibt eine kleine Seifenwerkstatt. Gestern hat sie mir gezeigt, wie man Seifen siedet, und heute durfte ich schon helfen.«

»Aha.« Sie merkte, dass Max sich interessiert umsah. »Geht das denn mit deiner Nase?«

»Was fragt er?«, erkundigte Agnès sich auf Französisch.

Alix warf Max einen finsteren Blick zu. Ehrlich, Max? Das ist deine größte Sorge, ob ich mit fehlendem Geruchssinn Seifen sieden kann? Aber sie übersetzte seine Frage und fügte hinzu: »Wegen meiner Erkältung.«

»Ach, das ist kein Problem. Ich stelle die Duftrezepte zusammen, damit hat Alix nichts zu tun.«

Max stellte weitere Fragen. Sie übersetzte, Agnès antwortete und zeigte ihm die Kammer mit den reifenden Seifenstücken und führte sie beide anschließend in den Wohnbereich, wo in einem weiteren Lagerraum die fertigen Seifen darauf warteten, dass Agnès sie abends für ihre Kunden verpackte.

»Verschicken Sie auch weltweit?«

Agnès schüttelte den Kopf. »Ich habe keine Internetpräsenz.«

Max schien enttäuscht. Er schnupperte an einigen Seifen, hielt sie Alix hin, die entschuldigend die Hand hob. Er ließ sich von Agnès alles zeigen, und zum Schluss sagte er: »Sie müssten das im größeren Stil machen. Mehr Seifen sieden, mehr verkaufen.«

Agnès lächelte nachsichtig. »Es reicht für unser Auskommen. Mehr brauchen wir nicht.«

»Aber ... «

»Lass gut sein, Max«, murmelte Alix. Sie wusste – so war er eben. Er sah überall noch Optimierungsbedarf, er sah Wachstumsmärkte, Chancen, Möglichkeiten. Für ihn musste sich alles rentieren, jeder Job diente einem Zweck, brachte Geld ein oder kostete eben. Was er hier sah, war eine Seifensiederin, die sich in ihrer Nische eingerichtet hatte. Er sah aber auch die hervorragenden Produkte, die sie in ihrer Werkstatt herstellte, er sah die hübschen Banderolen mit dem etwas amateurhaften Schriftzug ihres Logos, und für ihn war klar: Da ging noch was.

Alix hingegen sah: Eine junge Frau, die froh war, weil sie ihre Leidenschaft fürs Seifensieden und ihre Verantwortung für den kleinen Sohn verbinden konnte und damit ihr Auskommen hatte. Warum sollte sie etwas ändern? Personal einstellen würde vor allem kosten, es würde zusätzliche Verantwortung bedeuten, weil sie dann dem wirtschaftlichen Druck ausgeliefert wäre, mehr zu verkaufen, jeden Monat, weil sie ein Gehalt bezahlen müsste, zusätzlich zu dem Geld, das sie für sich verdiente. Und ehe sie sich versah, hätte sie ein halbes Dutzend Angestellte, sie müsste sich vor allem um Büroarbeit kümmern, könnte nicht mehr so unbeschwert in der Seifenwerkstatt stehen, weil es immer noch mehr zu tun gab für sie als Chefin.

Das war vermutlich nicht Agnès' Ziel.

»Ich wollte nur …« Er verstummte, denn Alix hakte sich bei ihm unter, sie hielt seine Hand und drückte zu. *Sei still. Sei einmal still, du kannst mir gern später erzählen, was sie alles in deinen Augen falsch macht.*

»Wie wäre es jetzt mit einem Mittagsimbiss?«, schlug Agnès vor. »Jeanne wird bald zurückkommen.«

»Oh, da wollen wir nicht stören«, sagte Max. »Ich hatte eigentlich vor, Alix in Grasse in ein Restaurant einzuladen.«

Sie sah ihn von der Seite an, fragend. »Hattest du, ja?«

»Bitte, Alix. Ich möchte mit dir über gestern reden.«

»Vielleicht möchte ich das aber nicht«, erwiderte sie schärfer als beabsichtigt.

Er seufzte und machte sich von ihr los. »Müssen wir das jetzt diskutieren?«

»Du kannst auch einfach zurück nach Grasse fahren. Wir reden heute Abend. Erst möchte ich hier bleiben.«

Sie rührte sich nicht vom Fleck, und Max starrte sie noch einen Moment fragend an, ehe er nachgab.

»Hat mich gefreut«, sagte er zu Agnès. »*Au revoir.*«

Alix atmete auf, als er die Küche verließ. Sie trat ans Fenster und beobachtete, wie er zu seinem Auto lief. Er hielt den Kopf gesenkt, sah nicht zurück. Er tat ihr leid, aber sie konnte jetzt nicht mit ihm reden.

Sie brauchte Zeit. Viel mehr Zeit. Sie hatte sich da mit ihrem neu erwachten Wunsch in etwas hineinmanövriert, das sie selbst noch nicht verstand.

»Alles in Ordnung?«, fragte hinter ihrem Rücken Agnès.

»Ja, alles bestens«, sagte sie automatisch.

Nichts war auch nur annähernd in Ordnung, weit davon entfernt, »bestens« zu sein. Sie hatte gerade den Mann fortgeschickt, mit dem sie sich ein Kind wünschte, weil sie in diesem Moment alles Mögliche vorstellbar fand – nur kein gemeinsames Kind.

Das hätte sie sich vielleicht vor gestern Nacht überlegen sollen. Jetzt war es jedenfalls zu spät.

Vielleicht.

Was wusste sie schon.

Kapitel 7

Abends um halb zehn parkte sie den blauen Renault unter einer kaputten Straßenlaterne. Die schmale Gasse lag verlassen da – ein paar Meter weiter aber war hell erleuchtet eine etwas breitere Straße, auf den Gehsteigen standen Tische und Stühle, wo sich an diesem lauen Maiabend Touristen und Einheimische niedergelassen hatten. Das vielsprachige Stimmengewirr, durchsetzt mit lautem Lachen und dem Ruf nach mehr Wein, drang bis zu ihr durch, wie sie da hinter dem Lenkrad des Kleinwagens hockte. Die Beine angezogen, die Hände unter die Knie geschoben. Sie legte den Kopf aufs Lenkrad. Atmen, dachte sie. Atmen und nachdenken.

Sie zog das Handy aus ihrer Tasche, aus der es bestimmt herrlich duftete, denn als Dank für ihre Mithilfe hatte Agnès ihr einen ganzen Beutel voll mit den schönsten Seifenstücken in die Hand gedrückt und sie kurz in den Arm genommen. »Du bist hier immer willkommen«, hatte sie gesagt. »Auch wenn's mit deinem Freund schwierig wird.«

Dass es soweit kam, glaubte Alix nicht. Trotzdem war es ein gutes Gefühl zu wissen, dass es einen Ort gab, an den sie gehen konnte, wenn es ganz schlimm wurde.

Sie hatte Agnès beruhigt. »So ist er nicht«, hatte sie betont. Agnès aber hatte sie angesehen, sehr ernst. »Das habe ich damals auch gedacht.«

Mehr nicht. Dabei hatte sie wieder ihren Unterarm berührt, als wäre unter der Strickjacke mehr verborgen.

Alix fragte nicht. Sie fuhr zurück nach Grasse, und unterwegs schaute sie immer wieder auf ihr Handy. Drei Anrufe in Abwesenheit, dazu mehrere Textnachrichten, die zunehmend dringend klangen.

Kommst du bald?

Ich habe uns für acht Uhr einen Tisch im besten Restaurant reserviert.

Soll ich da allein hingehen?

Bin jetzt im Restaurant.

Er schickte ihr noch die Adresse. Danach kam nichts mehr. Vor gut einer Stunde das letzte Lebenszeichen von ihm.

Sie wusste, dass sie sich gerade feige verhielt, sie drückte sich vor einem wichtigen Gespräch. Sie wusste auch, dass Max nicht sauer sein würde, wenn sie jetzt auftauchte. Nur erleichtert, *dass* sie auftauchte. So war Max. Verständnisvoll, aufrichtig. Mit ihm an ihrer Seite konnte sie alles schaffen.

Zumindest hatte sie das bis vor Kurzem geglaubt.

Jetzt nagte ein Gefühl an ihr, das sie nicht benennen konnte. Was war mit ihr los? Sie dachte an die letzte Nacht. Daran, wie sie miteinander geschlafen hatten. Voller Lust, voller Sehnsucht. Die Lust hatten sie gestillt, doch geblieben war die Sehnsucht nach ihm. Sie verstand nicht, warum sich dieses Gefühl meldete; er war doch hier, in ihrer Nähe, nein, an ihrer Seite sogar! Trotzdem blieb dieses Gefühl der Distanz, und sie kam nicht drauf, warum es da war.

Ihr Handy summte wieder.

Bitte, Alix. Ich warte immer noch.

96

Er schimpfte nicht, drohte nicht. Er bat sie nur, dass sie zu ihm kam. Mehr verlangte er nicht. Ein zivilisiertes Gespräch unter Erwachsenen, geführt in der Öffentlichkeit. Gar nicht mal so dumm; die Wahrscheinlichkeit, dass einer von ihnen beiden die Fassung verlor oder herumschrie, wurde dadurch minimiert.

Ich komme, schrieb sie zurück.

Sie stieg aus und lief das kleine Stück zu der hell erleuchteten Straße. Männer in Jeans und kurzärmeligen Hemden, Frauen in duftigen Blumenkleidern mit Spaghettiträgern. Und dann kam sie: Alix Richter, in einer bequemen Stoffhose, mit Flipflops und einem Tanktop. Mit Seifenresten unter den kurz geschnittenen Fingernägeln. Mit einem Vogelnest auf dem Kopf.

Sie sah Max sofort. Er saß an einem kleinen Tisch im Schatten einer Markise, ein Glas Weißwein vor sich auf dem Tisch, nicht sein erstes, vermutete sie, es war noch voll und das bauchige Glas vom kühlen Inhalt leicht beschlagen. Er trug ein helles Hemd, dazu eine dunkelblaue Chino, sein Gesicht wirkte müde unter dem Bartschatten, die Haare waren etwas in Unordnung geraten. Sie liebte es, diese dunklen, kurz gehaltenen Haare zu zausen, die etwas lockig wurden, sobald sie eine gewisse Länge erreichten. Er müsste mal wieder zum Friseur, dachte sie, aber andererseits stand es ihm auch so gut.

Als er sie bemerkte, hellte sich seine Miene auf, er hätte fast seinen Stuhl umgeworfen, als er aufsprang und ihren hervorzog, damit sie sich setzen konnte. Dabei beugte er sich zu ihr herüber und flüsterte: »Du siehst wunderschön aus.«

Sie atmete aus. Was sie immer an ihm lieben würde: Dass er ihr nie Vorwürfe für etwas machte, das andere vielleicht peinlich oder unmöglich fanden.

»Danke«, wisperte sie.

»Möchtest du ein Glas Wein?«

Alix nickte.

»Der schmeckt sehr gut und passt wohl zu den Fischgerichten, die sie hier servieren.« Er winkte den Kellner heran, zeigte auf sein Glas und hob einen Finger. Obwohl er kaum französisch sprach, kam er hervorragend zurecht. Auch das bewunderte sie an ihm – wie er überall sofort zu Hause war, als hätte die Welt nur auf ihn gewartet.

Sie bestellten. Provenzalisches Huhn für Alix, Max wählte den Seeteufel. Während sie warteten, rückte er seinen Stuhl so, dass sie nebeneinandersaßen, seine Hand suchte ihre. Aber er sagte nichts, und sein Schweigen war für den Moment genug. Er wusste, dass sie manche Gespräche lieber satt führte.

Und manche konnten sie schon beim Essen führen.

»Schmeckt es nicht?«, fragte er, weil sie lustlos mit der Gabel auf ihrem vollen Teller herumpickte.

»Keine Ahnung«, gab sie ehrlich zu.

»Ach.« Er sah betreten drein, als hätte er vergessen, dass sie ja nichts schmecken konnte.

»Ach nein!« Alix nahm seine Hand. »Ich bin heut wirklich ein bisschen schwierig, verzeih. Diese ganzen Gedanken in meinem Kopf, die hätte ich viel eher rauslassen sollen.« Sie legte die Gabel hin und griff nach ihrem Weinglas. Auch der Wein drang kaum zu ihr durch, den Alkohol merkte sie immerhin, er machte so ein schönes schwummriges Gefühl.

»Damit ist dann wohl bald Schluss«, brachte er das Gespräch mehr oder weniger geschickt direkt zum Kern. »Wenn – falls – du schwanger wirst.«

»Warum sollte es diesmal nicht klappen?«

»Kann es ja. Ich bin da für jedes Ergebnis offen.«

Er lächelte.

Sie ließ den Zeigefinger um den Rand ihres Weinglases wandern. »Ist das wirklich so? Heute Mittag klang das anders.«

»Heute Mittag wusste ich nicht, was ich darüber denken sollte. Es kam ziemlich überraschend. Die letzten Jahre war eine eigene Familie nicht unbedingt deine Priorität.«

»Deine denn?«

Statt einer Antwort kramte er in den Taschen seines Jacketts, das hinter ihm über dem Stuhl hing. Er schob ein kleines Samtkästchen zu ihr rüber, das sie anstarrte. Sie ahnte, was sich darin befinden würde. Ein Ring. Mit einem unverschämt dicken Klunker. Einem von der Sorte, wie sie nie einen hätte tragen wollen.

Woher hatte er das Schmuckkästchen? Hatte er so seinen Nachmittag genutzt? War er nach Nizza gefahren und hatte in einem Juweliergeschäft nach dem schönsten Verlobungsring gesucht? War das seine Art, ihr zu sagen, dass er für immer für sie da sein würde? Dass er »die Sache mit einer eigenen Familie« immer noch ernst meinte?

Sie starrte auf das Kästchen und öffnete es nicht.

Max räusperte sich. »Ich habe«, sagte er leise, »das hier schon vor vier Wochen geplant. Darum war ich an deinem Geburtstag in New York.«

Immer noch fehlten ihr die Worte.

»Alix. Ich will es wagen. Du und ich. Für immer.«

»Aber ich bin nicht mehr die, die ich früher war«, sagte sie leise. »Ich bin doch nur...«

»Nein«, widersprach er.

»Ich rieche nichts mehr. Ich... erinnere mich nicht.« Und da erkannte sie, was sie in den vergangenen vierundzwanzig Stunden zunehmend verstörte. Was sie von Max forttrieb, warum sie heute früh weggelaufen war. Als sie neben ihm aufwachte, sich an ihn schmiegte, seinen sauberen, männlichen Geruch einatmen wollte, den sie so sehr liebte … Da war nichts mehr. Da war so wenig von ihm, dass es ihr Angst einjagte.

Würde sie ihn überhaupt jemals wieder riechen können? Oder hatte sie diese Möglichkeit vertan, ein für alle Mal?

Wenn sie nur wüsste, was in sechs oder neun Monaten war …

»Bitte, Alix. Sieh ihn dir wenigstens an.«

Sie schob den Teller beiseite. Ihre Hände hielten die Schatulle, mit dem Zeigefinger strich sie über den feinen, dunkelblauen Samt. Dann ließ sie das Kästchen aufschnappen. Darin ruhte ein silberner Ring. Der Stein war von sechs Krampen eingefasst. Ein bisschen größer als ihr lieb war, nicht so riesig wie befürchtet. Ein Kompromiss quasi zwischen ihren beiden Geschmäckern. Oder nur Max' Versuch, ihren Geschmack halbwegs zu treffen.

Es war ihm gelungen, denn das unnatürliche Funkeln des Brillanten ließ sie nicht los.

»Willst du …« Er räusperte sich. »Alix, willst du …«

Sie hob die Hand, legte die Finger auf seine Lippen, damit er nicht *die* Frage stellte, die ihm seit vier Wochen auf der Zunge brennen musste.

»Nicht«, sagte sie. *Sag es bitte nicht, Max.* Mit ihrem Blick flehte sie ihn an.

»Willst du meine Frau werden?«

Sie schloss resigniert die Augen. Da war er, der Satz, den sie so sehr gefürchtet hatte. Die Frage, die sie hatte zurückhalten wollen, bis sie etwas anderes darauf antworten konnte.

»Max...«

Er zuckte zurück; im schwächer werdenden Licht dieses Abends sah sie, wie etwas in seinen Augen aufblitzte. Sie hatte ihn verletzt, und das war das Letzte, was sie wollte.

Ihre Hand suchte seine. »Max, bitte. Das ist nicht der richtige Moment...«

»Du hast gesagt, du willst ein Baby. Du hast...« Er zog die Hand weg, fuhr sich mit beiden Händen durch die dunklen Haare, die ihm etwas zerzaust vom Kopf abstanden. Verzweiflung, das war es, was er verströmte, die konnte sie riechen, selbst wenn sie doch nichts riechen konnte.

»Aber ein Baby ist nicht gleichbedeutend mit einer Ehe«, versuchte sie es noch einmal. »Ein Baby ist nur... eine Chance. Ein Wunsch. Eine Hochzeit ist so...«

»Verbindlich.« Er lachte hart auf. »Ein Baby nicht? Geht es dir darum? Soll ich nur der biologische Vater werden, ohne meine Vaterrolle einnehmen zu dürfen?«

»So habe ich das nicht gemeint.« Sie war verletzt. Spürte auch seine Verletzlichkeit, und noch etwas spürte sie. Wie er innerlich von ihr abrückte. Er war bereit gewesen, ihr so vieles zu verzeihen, er hatte sie nach Grasse fahren lassen. War ihr nachgereist. Hatte sich in Geduld geübt. Wie lange trug er diesen Ring denn tatsächlich mit sich herum? War der Plan nicht schon viel früher in ihm gereift? Vor drei Jahren vielleicht schon, als sie beide so verletzt und am Boden zerstört gewesen waren?

Damals hätte sie Ja gesagt. Ganz einfach, weil sie damals den innigen Wunsch verspürt hatte, irgendwo hinzugehören, nicht weiter durch die Welt zu geistern. Damals hatte sie sich gewünscht, sie könnte irgendwo ankommen.

Aber er fragte nicht. Und sie starrte nur über seine Schulter hinweg die Gasse entlang. Auf die anderen Menschen, die an diesem Abend so fröhlich und gelöst wirkten.

»Ich muss weg«, sagte sie.

Er hielt sie nicht auf. Alix stolperte über das Kopfsteinpflaster. Zu dem Apartment waren es nur wenige Hundert Meter, und sie schlich durch den Hausflur, die Treppe hinauf. Die Tür fiel leise hinter ihr ins Schloss, sie lehnte sich mit dem Rücken dagegen.

Und nun?

Wie sollte sie Max erklären, was mit ihr nicht stimmte? Dass sie so gerne all das machen würde, was er sich wünschte, was sie sich wünschte – es aber schlicht nicht *konnte*, weil sie nicht wusste, was richtig war?

Ihr Riechsinn war immer ihr Kompass gewesen, und wie sehr sie sich darauf verließ, merkte sie jetzt erst, da er ihr fehlte.

Alix bekam Kopfschmerzen. Zuletzt hatte diese Nachwirkung des Unfalls sie seltener belastet. Sie wollte nur noch schlafen. Ins Bett kriechen und den ganzen Abend vergessen.

🍎

Als sie am Morgen aufwachte und durch die Wohnung strich, ziellos und müde, fand sie auf dem Küchentisch den Ersatzschlüssel, den sie Max gegeben hatte. Daneben ein Zettel. *Habe meine Sachen geholt. Entschuldige, was ich gesagt habe. Ich liebe dich und hoffe, wir sehen uns bald wieder. Kuss, Max*

Sie sank auf den Küchenstuhl und starrte auf diese Zeilen. Er war fort, und das fühlte sich an, als würde es

länger gehen als nur für ein paar Tage. Er würde es respektieren, dass sie nicht länger mit ihm zusammen sein
konnte.

Irgendwas lief hier gründlich falsch.

Ja, sie lief gründlich falsch.

Sie wünschte sich, es wäre eine andere Reaktion möglich gewesen. Gestern Abend oder irgendwann zuvor.
Aber sie merkte auch, dass es jetzt erst mal darum ging,
wieder zu sich selbst zu finden.

Und das ging nur ohne Max.

 *Kapitel 8*

Ihre Mama hatte gesagt, sie könnte kommen, wann immer sie wollte.

Jetzt war dieser Moment gekommen. Nach knapp zwei Wochen in Grasse brauchte Alix jedenfalls nicht wieder dieses Gefühl von schwerer Einsamkeit, das sie in ihrer Wohnung erwartete.

Sie fuhr mit der S-Bahn vom Flughafen Richtung Innenstadt. In ihrer Wohnung wollte sie nur den Koffer umpacken und bei ihren Eltern anrufen, ob sie auch wirklich zu Hause waren. Manchmal bekamen Mama und Papa so Anwandlungen – besonders seit Papas Pensionierung. Dann fuhren sie spontan für ein paar Tage weg. Mit den Fahrrädern an der Müritz entlang oder mit einem Flussdampfer über die Donau von Regensburg bis Wien.

Diesmal hatte sie Glück. »Natürlich kannst du zu uns kommen. Aber deinen Vater jucken die Hummeln schon wieder. Ich weiß also nicht, wie lange wir noch hier sind.« Ihre Mama klang etwas ratlos.

»Das macht nichts.« Alix war froh, wenn sie überhaupt einen Ort für sich hatte. Und sollten ihre Eltern wieder abreisen, konnte sie immer noch anbieten, während ihrer Anwesenheit das Haus zu hüten.

»Ich koche was für dich. Hühnerfrikassee?«

Sie wollte schon einwenden, wie sinnlos es war, eines ihrer Lieblingsgerichte zu kochen.

»Ich habe noch welches in der Truhe. Macht mir also keine Umstände, falls du das glaubst.«

»Ja dann ...«

Sie verabschiedeten sich. Alix behielt das Smartphone in der Hand. Sie scrollte durch die Liste ihrer Kontakte. Bea. Jette. Rosa. Nein, mit ihren Schwestern wollte sie nicht reden.

Max?

Auch nicht.

Blieben nur ihre Freundinnen – die alle ihr eigenes Leben führten – und Dennis. Mit ihm hatte sie zuletzt wenig Kontakt gehabt; sie wusste selbst, dass es nicht richtig war, sich so zu verstecken.

Aber wenn sie vor ihrer Abreise nach Grasse schon am Boden gewesen war, traf dies jetzt noch viel mehr zu.

Sie wollte mit niemandem reden. Und nur ihre Eltern würden diesen Wunsch halbwegs respektieren.

Oder auch nicht.

»Nun erzähl mal, Kind.« So fing ihre Mama an, und Alix verdrehte die Augen, obwohl sie sich fest vorgenommen hatte, dass sie sich ab sofort von niemandem mehr würde ärgern lassen.

»Was möchtest du denn wissen?«, fragte sie betont höflich.

Ihr Papa schnaubte in sein Frikassee, als wüsste er genau, worauf diese Diskussion hinauslaufen würde. Gustav Richter hatte in über vierzig Jahren Ehe und mit vier Töchtern so einiges darüber gelernt, wie Frauen kommunizierten. Vor allem, wenn sie auswichen, darüber hatte er ausgiebige Feldstudien angestellt. Er wusste, wann er sich raushalten musste.

»Alles.« Mama Claire strahlte. Sie war offenbar nicht schlau geworden durch die Schulzeit, Pubertät und die folgenden Jahre mit ihren Töchtern. »Vor allem: Erzähl mir von Grasse! Ich wollte ja immer schon dorthin, aber dein Vater...«

Wieder schnaubte Papa, und in diesem Fall mochte das alles Mögliche heißen – vor allem aber zeugte es von seiner Abneigung gegen alles Französische. Was ihn ja nicht daran gehindert hatte, eine Französin zu heiraten. Alix und ihre Schwestern zogen ihn damit oft auf.

Heute sagte sie lieber nichts dazu, denn ihr Vater wirkte auf sie wie ein Pulverfass.

»Grasse war ... spannend«, gab Alix zu. Sie sah sich in der kleinen Wohnküche um, die sich in den letzten zwanzig Jahren kaum verändert hatte. Immer noch gab es die Eckbank aus massiver Kiefer mit den blauweiß gemusterten Polstern, immer noch die Tischdecke aus Wachstuch, auch wenn das Muster regelmäßig wechselte. Sogar das Geschirr war immer noch dasselbe: Weiß mit blauem Friesenmuster.

»Spannend ist auch der neue Jerry Cotton«, kommentierte Papa.

»Nun sei still und iss dein Frikassee«, rügte Mama ihn. »Hat es dir geholfen?«, fragte sie Alix. »Weißt du jetzt, was du machen wirst?«

Fast hätte sie gelacht. Ob sie das wusste? Irgendwie nicht. Die letzten Tage in Grasse hatten ihr eine ungefähre Vorstellung davon vermittelt, aber es war noch nichts Greifbares. Nichts, das sie ihren Eltern erzählen konnte.

Im Labor stehen würde sie jedenfalls nicht in naher Zukunft. Genauso wenig war vorstellbar, dass sie einfach *nichts* tat, doch genau darauf würde es wohl hinauslaufen.

»Max und ich haben eine Pause eingelegt«, sagte sie stattdessen. Besser, sie erfuhren es von ihr und nicht, weil Max sich bei ihnen ausweinte.

»Ich weiß«, sagte ihre Mutter fast fröhlich. Claire gab ihr einen Teller mit Frikassee und Reis. »Nimm dir Salat, Kind.«

Gehorsam schaufelte Alix den Kopfsalat mit süßem Sahnedressing auf den Salatteller.

»War er hier?«

»Angerufen hat er«, sagte ihr Vater. »Mit deiner Mutter telefoniert. Stundenlang.«

»Scht«, machte Claire. »Lass doch mal, Gustav.«

»Was denn? Wenn du über meine Familie lästerst, kann ich doch auch über diesen Schlapp…«

»Ich glaube, das reicht«, unterbrach Alix ihn. »Erzähl lieber, was mit deiner Familie los ist.«

»Nichts«, sagte Papa defensiv. Er riss ihr fast die Salatschüssel aus der Hand.

»Ach, das nennst du also nichts?« Claire ließ sich mit einem lauten Seufzer auf den Stuhl sinken. Alix blickte zwischen ihren Eltern hin und her. Sie war es ja gewohnt, dass gewisse Spannungen zwischen den beiden existierten, vierzig Ehejahre hinterließen ihre Spuren, für Außenstehende nicht immer sichtbar. Aber Claire und Gustav waren mit ihren Konflikten auch den Töchtern gegenüber immer offen umgegangen.

»Tante Barbara muss verkaufen. Schnell. Aber statt mit deinem Vater darüber zu reden, damit er ihr hilft, schließlich kennt er Leute, statt also mit ihm zu reden, schickt sie lieber so einen jungen Kerl zu uns, der die Zähne nicht auseinanderbekommt und lieber Bäume umarmt, statt sich der Realität der Zahlen zu stellen.«

Mamas Hang zu Bandwurmsätzen, atemlos hervorgestoßen. Manchmal noch mit einem kleinen Akzent, den sie in der Eile nicht kaschieren konnte.

»Aber ich dachte, der Apfelhof lief immer gut?«

»Lief er auch. Und würde er heute noch, wenn sie nicht auf die falschen Sorten gesetzt hätte«, brummte ihr Vater.

»Als wüsstest du besser Bescheid als sie.«

»Ich habe mich informiert. Die Kollegen in Stade sagen, keiner hat heute mehr nur Holsteiner Cox, da ist keine Zukunft. Man braucht schon eine der Clubsorten zum Überleben. Kanzi oder Red Prince. Die bringen das Geld. Aber das sieht sie nicht. Sie sagt, das hätte es schon immer so auf ihrem Hof gegeben. Und wenn die Leute das nicht wollen, ist's eben so.«

Alix hob die Augenbrauen. Sie war es von ihrem Vater gar nicht gewohnt, dass er so viel redete. Was nur bedeutete, dass ihm die Sache mit Tante Barbara naheging.

»Gustav.« Ihre Mama legte beruhigend eine Hand auf seine. Er zog sie brummelnd weg. Fasziniert beobachtete sie, wie die beiden stumm ihren Konflikt austrugen. Viele Worte waren offenbar nicht mehr nötig.

Max und ich wären irgendwann auch so geworden.

Der Gedanke schmerzte. Denn Max und sie – das würde nie mehr sein wie früher, davon war sie überzeugt.

»Schmeckt es dir nicht?«, fragte Mama besorgt, weil ihr auffiel, wie lustlos Alix auf ihrem Teller herumstocherte.

Sie schob den Teller weg. »Mir schmeckt gar nichts«, sagte sie schärfer als beabsichtigt. »Schon vergessen?« Sie atmete tief durch. Ach, auf einmal schien es gar keine so gute Idee mehr zu sein, dass sie hergekommen war.

Überall lauerten kleine oder größere Tretminen. Ihre Verletzung und deren Folgen. Die Beziehungspause mit Max. Tante Barbara und ihr Apfelhof. Obwohl sie damit doch gar nichts zu tun hatte.

»Ist es denn noch gar nicht besser geworden?«, fragte Mama.

»Nein.« Sie riss sich zusammen. Ihre Mutter hatte sie über zwei Wochen nicht gesehen, ihr Kontakt hatte sich auf das Telefonat beschränkt, bei dem Alix fragte, ob sie für ein paar Tage bei ihnen unterkommen konnte. Und sie wäre ein unhöflicher Gast, wenn sie nicht wenigstens auf ein paar Fragen antwortete.

»Kann man da nichts machen?«

»Nicht viel.«

»Zur Not zahlt die Versicherung«, brummelte Papa. »Mach dir mal kein' Kopp, meen Deern. Bist so oder so gut aufgestellt für die Zukunft.«

Als unabhängiger Versicherungsmakler hatte er das immer schon gemacht – dafür gesorgt, dass alle optimal abgesichert waren. Als Alix sich selbstständig machte, war er unnachgiebig gewesen. Eine simple Berufsunfähigkeitsversicherung würde bei ihr nicht reichen. Sie brauchte auch eine Versicherung für ihren Riechsinn. Alix hatte schließlich nachgegeben, auch wenn es ihr damals völlig absurd erschienen war, ihre *Nase* zu versichern. Sie war doch kein Supermodel!

Bisher hatte sie auch keinen Gedanken an diese Versicherung verschwendet, weil für sie ganz klar nur eines

Priorität hatte. Sie wollte zurück ins Labor, an ihre Arbeit, die ihr so viel bedeutete.

»Siehst du. Brauchst dir keine Sorgen machen.« Mama wirkte sehr zufrieden.

Alix wünschte, sie könnte den Optimismus ihrer Eltern teilen. Im Moment empfand sie einfach nur eine große Müdigkeit, egal mit wem sie sprach oder was sie tat. War das auch eine Nachwirkung ihres Unfalls?

Nein. Sie ahnte, was es war. Aber der Gedanke gefiel ihr überhaupt nicht. Die Aussicht auf ein Leben ohne Riechsinn deprimierte sie so sehr, dass ihre Versuche, sich mit diesem Leben zu arrangieren, nur dazu führten, dass sie müde wurde.

Lebensmüdigkeit.

Na wunderbar.

Sie hatte ja auch so schon mehr als genug Probleme.

Am Nachmittag fuhren ihre Eltern mit dem Rad in die Innenstadt zum Einkaufen. Sie winkten fröhlich, als sie auf ihre Räder stiegen. Ihr Papa drückte auf die Tröte, die an seinem Lenker befestigt war.

Alix lachte. Die Unstimmigkeiten vom Mittagessen waren vergessen. Sie saß auf der kleinen Terrasse direkt neben dem Haus in dem Strandkorb, den ihre Schwestern und sie den Eltern letzten Sommer zur Rubinhochzeit geschenkt hatten. Sie hatte Schokolade, einen dicken historischen Roman und ein paar Stunden Zeit für sich. Perfekt, dachte sie.

Leider wurde ihre Ruhe nur allzu bald gestört.

Der kleine dreirädrige Lieferwagen war knallgelb lackiert und kam rasant den kleinen Hügel zum Wohngebiet hochgeknattert. Auf der Plane über der Ladefläche war eine Apfelstiege aufgemalt, daneben eine Comicfigur Marke kerniger Naturbursche mit Vollbart und strahlend weißen Zähnen, der einen tiefroten Apfel in der Hand hielt, von dem er gerade herzförmig abgebissen hatte. Darüber stand als Slogan »Der Herzapfelmann bringt's!«

»Ach du meine Güte«, murmelte sie. Mit Marketing kannte sie sich nicht so gut aus – das war seit jeher Dennis' Domäne gewesen, und sie hütete sich, ihm da reinzureden –, aber dass dieses Konzept eher zum Scheitern verurteilt war, sah sie sofort. An wen, bitte schön, richtete sich denn diese Werbung? An die frustrierten Muttis im Großraum Hamburg, die sich Äpfel liefern ließen? Gut, die Zielgruppe wäre sicher da, aber würde diese nicht von dem altbackenen Schriftzug aus den Fünfzigern und dem ebenso biederen Slogan abgeschreckt werden…

Die Fahrertür ging auf.

Ein Mann stieg heraus.

Der Herzapfelmann.

Alix hatte das Buch in ihrem Schoß vergessen, denn der Mann, der sich zu seiner vollen Größe von über einem Meter neunzig aus der winzigen Fahrerkabine des kleinen Lieferwagens faltete, sah noch besser aus als die Illustration. Das Bild von ihm war wie ein Versprechen, das er mehr als nur einlöste. Es war… nein, er war…

»Hi!« Sie winkte ihm zu, das Buch fiel missachtet neben sie auf das grünweiß gestreifte Polster. Sie schlüpfte in die Sandalen und lief ihm entgegen, während er bereits auf die Haustür zustrebte.

Ihre Eltern bestellten offenbar neuerdings größere Mengen Obst. Wieso sie deshalb trotzdem zum Markt fuhren…

Ach nein! Jetzt stellte sie den Zusammenhang her, denn als sie an den Gartenzaun trat, las Alix die Adresse, die etwas kleiner unter dem Logo stand, direkt darüber noch fett und groß eine Internetadresse und eine Telefonnummer. Letztere waren ihr unbekannt, bei der Postadresse aber klingelte es bei ihr, denn dort war doch Tante Barbaras Apfelhof?

Dann musste dieser attraktive Baum von einem Mann jener »Naturbursche« sein, von dem ihre Mutter gesprochen hatte – der Mitarbeiter ihrer Großtante. Der Baumumarmer.

»Wollen Sie zu meinen Eltern?«

Erst jetzt bemerkte er sie. Sein Blick ruhte auf ihrem Gesicht, er ging nicht, wie sie es von so vielen anderen Männern gewohnt war, erst mal vom Scheitel bis zu den lackierten Zehennägeln auf Wanderschaft, um sie abzuchecken. Er grinste etwas verlegen. Die Zähne waren tatsächlich so weiß und gerade, sein Lächeln sehr offen, der Vollbart dunkel und gepflegt. Die Augen wirkten auch ziemlich dunkel unter dem Schirm der Mütze.

»Hi. Ja, also ...«

»Claire und Gustav?«

Er nickte.

»Die beiden sind zum Markt gefahren. Ich bin übrigens ihre Tochter. Alix.«

»Oh. Oh!« Er gab ihr über den Zaun die Hand. Dann ließ er sie fast so schnell wieder los, wie er sie gedrückt hatte, weil Alix überrascht »uff« machte. Er hatte einen sehr kräftigen Händedruck. »Sorry, sorry! Passiert mir ständig, dass ich etwas zu fest zupacke.«

»Ach, schon okay.« Fast hätte sie hinzugefügt, sie hätte nichts gegen Männer, die ordentlich zupacken konnten. Aber das wäre etwas zu flirty rübergekommen.

»Und Sie sind ...?«, erkundigte sie sich.

»Ach so. Johann. Johann Beier. Der Herzapfelmann.«
Er grinste aufgesetzt, zeigte mit dem Daumen über die
Schulter auf sein kleines Gefährt. »Wissen Sie, wann die
beiden zurück sind?«

»Leider nicht. Möchten Sie auf sie warten?«

Er schaute sich um, als erwartete er, dass Alix' Eltern
im nächsten Moment hinter dem blühenden Rhododen-
dron an der Grundstücksecke hervorsprangen.

»Also, wenn das okay ist ...«

»Ich habe Schokolade und Limonade.«

»Klingt gut.«

»Sie können es sich schon mal bequem machen.« Sie
öffnete das Gartentürchen.

Johann betrat den Garten. Sie verschwand im Haus
und holte aus dem Küchenschrank ein zweites Glas. Als
sie wieder nach draußen trat, hatte der Herzapfelmann
es sich schon im Strandkorb gemütlich gemacht. Leider
blieb so kaum Platz für sie, wenn sie nicht mit ihm auf
Tuchfühlung gehen wollte.

»Oh, tschuldigung.« Er bemerkte seinen Fauxpas und
sprang auf. Alix holte aus dem Fahrradschuppen hinten im Garten zwei Klappstühle, und mit einem Seufzen, das der Stuhl mit einem erschöpften Ächzen beantwortete, ließ Johann sich hineinfallen. »Ah, das tut gut.
Bin schon den ganzen Tag unterwegs. Irgendwann tun
mir immer die Beine weh. Weiß gar nicht, woher das
kommt.«

»Vielleicht ist Ihr ... Gefährt etwas zu eng?«

Er grinste sie über den beschlagenen Rand seines Li-
monadenglases hinweg an. »Könnte sein. Aber sagen Sie
nichts gegen meine Biene.«

»Ihre ... Biene?«

»So heißt dieses Gefährt. Ape ist italienisch für Biene. So wie Vespa für Wespe. Kennen Sie doch, oder? Diese kleinen Roller aus Italien?«

»Ich hatte früher eine Schwalbe, da bin ich also die falsche Ansprechpartnerin. Die fressen, was sie an Insekten kriegen können.«

»Oh, ich werde mich vor Ihnen hüten. Welche sind Sie?«

»Welche was bin ich?« Der abrupte Wechsel im Gespräch erwischte sie auf dem kalten Fuß.

»Welche Tochter. Ich weiß von der Ärztin, der Parfümeurin und der Rumtreiberin. Was die vierte macht, weiß ich gar nicht so genau. Ich würde auf die Rumtreiberin tippen.«

»Fast richtig. Ich bin die mit den Düften. Also, das war ich mal.«

»Ah«, machte er.

»Und was führt Sie hierher?«, erkundigte sie sich. »Haben meine Eltern eine Stiege Holsteiner Cox bestellt?«

Er sah sie fast beleidigt an. »Denken Sie also auch, dass wir nur noch diesen Apfel verkaufen?«

»Ich denke gar nichts. Ich wiederhole nur, was mein Vater erzählt hat.«

»Wir bieten inzwischen ein breites Sortiment aus über zwanzig Apfelsorten an und liefern rund ums Jahr«, dozierte er. »Aktuell mag unser Angebot etwas eingeschränkt sein, aber dafür kommen die Äpfel aus der Region, sind völlig frei von Pestiziden und wachsen auf gesundem Boden. Sie brauchen also gar nicht so schnippisch zu werden.«

Alix hätte beinahe empört die Hände in die Hüften gestemmt. »Ich bin nicht schnippisch.«

»Na, auf jeden Fall haben Sie keine Ahnung davon, was wir auf dem Apfelhof machen.«

Sie verkniff sich den Kommentar, dass er mit diesem Gebaren nicht gerade Werbung für den Herzapfelmann machte.

»Außerdem ist das ohnehin egal, weil bei uns bald die Lichter ausgehen, wenn wir nicht bald einen Investor finden. Oder uns etwas Besseres einfällt, damit die Leute unsere Äpfel kaufen.« Er ließ den Kopf hängen. Jetzt tat es ihr leid, wie sie ihn angegriffen hatte. Er machte auf sie den Eindruck, als würde er sich viele Gedanken machen.

»Erzählen Sie mir vom Apfelhof. Ist lange her, dass ich dort war.«

Und das tat Johann. Sie tranken den ganzen Krug Limonade aus, und als sie Hunger bekamen, lief er zu seinem kleinen Lieferwagen und brachte tatsächlich eine kleine Stiege mit verschiedenen Äpfeln. Dieses Probierpaket nannte er liebevoll »Schneewittchens Untergang«.

»Und das verkauft sich?«, fragte sie.

»Wenn ich den Namen verschweige, schon.« Er grinste verlegen. »Wir versuchen viel, aber irgendwie … mh. Ich bin kein Marketingexperte. Und Barbara, na ja. Sie will sich nur um die Bäume kümmern. Mit der Vermarktung will sie nichts zu tun haben, seit …« Er sprach nicht weiter.

»Seit was?«

»Du weißt schon.«

Nein, sie wusste gar nichts, aber sie fragte nicht nach. Später konnte sie sich bei ihren Eltern erkundigen, was genau da los war.

»Jedenfalls … Ich wollte mit Gustav reden. Ob er bei der Bank für uns was erreichen konnte. Er wollte ein gutes Wort einlegen, wenn wir dafür einen Teil der Obstplantage abgeben.«

Nun wusste Alix bereits von ihrem Gespräch beim Mittagessen, dass ihr Vater alles andere als von dieser Idee überzeugt war und auch nichts für Tante Barbara hatte erreichen können. Aber sie brachte es gerade auch nicht übers Herz, dem armen Johann zu erklären, dass sein Traum vom Apfelhof schon bald ausgeträumt war.

»Wir können warten, bis die beiden zurück sind. Oder…«

»Oder?«, fragte er, als sie nicht weitersprach.

Alix lächelte. »Passen zwei Leute in dein Apfelmobil?«

Er lachte. »Leider nicht. Vielleicht hast du ja einen fahrbaren Untersatz, in den zwei Leute passen.«

»Den habe ich tatsächlich.«

Er dachte nach. »Nee. Besser wenn ich vorfahre und du hinter mir her. Ist ein Stückchen.«

»Mein Auto hat auch ein Navi.«

Er grinste. »Unterschätz mein Bienchen nicht, die ist manchmal ganz schön flott.«

Sie einigten sich darauf, dass sie sich in einer Stunde auf dem Apfelhof trafen. Alix ging ins Haus und schrieb ihren Eltern eine Nachricht. *Bin unterwegs, bringe Obst mit!*

Danach müsste den beiden doch klar sein, wohin sie fuhr.

Die Fahrt führte sie über die Elbe, und sobald sie die Ausläufer von Hamburg hinter sich ließ, wurde sie mit einem entspannteren Fahren belohnt – durch Alleen, vorbei an den Obsthöfen mit den alten, instand gesetzten Ständerwerkhäusern. Links und rechts führten die schnurgeraden Straßen zu den Höfen, gesäumt von Kastanien und Ulmen. Die Sonne schien, sie ließ die Fenster runter und sang leise die Popsongs im Radio mit. Das Flickern der Sonne durch das dichte Laub ließ sie lächeln – es sah wunderschön aus. Für die Dauer der Fahrt hatte sie das Gefühl, alles sei in Ordnung – oder würde es irgendwann wieder sein.

Obwohl sie es gemütlich angehen ließ und sich an alle Geschwindigkeitsbegrenzungen hielt, war der Hof leer, auf den Alix knapp eine Stunde später rollte. Das Scheunentor geschlossen. Keine Herzapfelmann-Biene weit und breit. Sie parkte den Wagen vor dem Deelentor und blieb sitzen.

Es sah anders aus als in ihrer Erinnerung. Sie würde nicht gerade sagen, dass der Hof heruntergekommen war – denn das traf nicht annähernd den Zustand der Gebäude. Einst war das reich verzierte Zweiständer-Fachwerkgebäude der Mittelpunkt des Apfelhofs gewesen. Die einstige Pracht mit den gepflegten Balken, dem gut erhaltenen Ständerwerk und der Inschrift über dem Deelentor, von der Alix wusste, dass sie regelmäßig nachgepinselt wurde, damit Besucher sie gut zu lesen vermochten, war verwittert. Die Ziegel wirkten irgendwie grünlich, als wollte das Moos sich über sie hermachen. Nein, mit diesem Hof war kein Eindruck mehr zu machen, zumal sie auf dem Zufahrtsweg ungefähr an einem halben Dutzend ähnlicher Höfe vorbeigefahren war, die allesamt mit Apfelbaumpatenschaften, mit Hofläden und anderen auf die Touristen ausgerichteten Attraktionen lockten. Dieser Hof aber schien sich nur auf das zu beschränken, was die Obstbauern von alters her getan hatten – Äpfel, Birnen und Kirschen anpflanzen, hegen und ernten.

Sie stieg aus, schob ihre Sonnenbrille ins Haar und näherte sich dem Deelentor. Aus dem Innern hörte sie einen Hund bellen. Sie verlangsamte ihre Schritte. Ein Hund, das fehlte ihr gerade noch. Er klang auf jeden Fall deutlich größer – und damit in ihren Ohren gefährlicher – als die kleinen Cotons de Tuléar von Sophie Bingham.

»Hallo?«, rief sie. »Ist hier jemand?«

Früher führte ein Weg links ums Haus herum zum Bauerngarten und dort auch zum Wohnbereich des Hauses. Dorthin lenkte sie jetzt ihre Schritte. Linker Hand wurde der Hof von Scheune und Lagerhäusern gesäumt. Das alte Kopfsteinpflaster war nicht mehr sauber gefegt wie früher, und in der Sonne stand eine der über mannshohen Kisten, in denen Äpfel gelagert wurden. Alix wusste von früher, dass diese Schütten bis zur Decke des Kühlhauses gestapelt wurden. Jetzt im Juni war das Kühlhaus vermutlich schon ziemlich leer. Bald begann die Kirschernte.

Sie wunderte sich, weil niemand hier arbeitete. War Johann denn der Einzige, den es auf diesem Hof gab? Und wo steckte Tante Barbara?

»Hey!« Eine Stimme rief sie. Alix fuhr herum. Hinter ihr stand, mit einer mit bunten Äpfeln bedruckten Kittelschürze über T-Shirt und Jeans bekleidet, eine vierschrötige ältere Frau, der die schwarzen Haare wild um den Kopf in alle Richtungen standen. Am Scheitel sah man den weißen Haaransatz. Sie blitzte Alix aus dunklen Augen wütend über die Kimme ihres Jagdgewehrs an.

»Äh, hallo«, sagte Alix. »Tante Barbara?«

»Wer will das wissen?« Ihr Gegenüber ließ für einen winzigen Moment den Lauf des Gewehrs sinken. Alix atmete kurz auf.

»Ich bin's. Deine Großnichte.« Da allein in ihrer Familie vier Großnichten waren, fügte sie hinzu: »Alix. Die zweitälteste Tochter von deinem Neffen Gustav.«

Vielleicht bildete sie sich das ein, aber Tante Barbaras Blick wurde noch finsterer, der Griff um das Gewehr noch fester. Sie richtete den Lauf wieder auf Alix. Irgendwo im Haupthaus fing der Hund wieder an zu bellen.

»Gustav Richter? Mit dem will ich nichts zu schaffen haben. Was willst du hier? Hat er dir von meinen Problemen erzählt, hä? Willste dich an meinem Unglück weiden? Das hättest mal vor zwanzig Jahren tun sollen. Da ist das hier noch harmlos.«

Immerhin redete sie noch mit ihr und hielt nicht einfach drauf. Alix hatte nicht das Gefühl, dass ihre Großtante die Sache mit der Schrotflinte ernst meinte, sie vermutete eher, dass die Waffe vor allem der Abschreckung dienen sollte. Aber ihr Leben drauf verwetten wollte sie dann auch nicht.

»Johann hat mich eingeladen.«

»Johann?«

»Na, der Herzapfelmann.«

Das Misstrauen im Blick blieb, die Waffe auch. »Du meinst Hannes.«

»Ja, oder Hannes. Der Herzapfelmann eben. Der mit dem kleinen gelben Lieferwagen.«

Tante Barbara gab ein Geräusch von sich, das zwischen Lachen, Schnauben und Schluchzen so ziemlich alles sein konnte. »So, hat er das. Wo steckt der Kerl überhaupt?«

»Er ist unterwegs hierher.« Sie hoffte inständig, dass er sich beeilte. Sein gelbes Bienenmobil war eben doch nicht das schnellste.

»Will ich ihm auch geraten haben. Die Arbeit macht sich nicht von allein.«

Der Hund im Haus ging vom Bellen zu einem jämmerlichen Heulen über. »Still, Paquo!«, brüllte Tante Barbara über die Schulter.

»Hm, wie wäre es, wenn wir drinnen auf Johann warten?« Alix verspürte großen Durst. Außerdem hoffte sie, wenn sie ihre Großtante am Reden hielt, könnte sie vielleicht irgendeine Verbindung zu ihr herstellen. Und zwar möglichst eine, bei der ihr keine Schrotladung in den Körper gejagt wurde.

Sie war zutiefst überzeugt davon, dass das Gewehr nicht geladen war. Und falls doch, dass ihr Gegenüber nicht wusste, wie man damit schoss. Okay, Letzteres könnte auch nach hinten losgehen …

»Auf keinen Fall kommst du mir ins Haus.«

»Wir können auch hier draußen warten.« Hauptsache, niemand kam zu Schaden.

»Alix, heh? Die mit den Zöpfen bist du?«

Sie brauchte einen Moment, ehe sie schaltete. »Nee«, antwortete sie dann. »Das war Jette.«

»Hm.« Tante Barbara kaute auf ihrer Antwort herum. »Schickt Gustav dich?«

»Nee. Der weiß nicht, dass ich hier bin. Johann war bei uns, ich habe ihn zufällig getroffen. Und da hat er so viel von euch erzählt, dass ich Lust bekam, mir hier alles anzusehen.« Sie umfasste mit einer kleinen Handbewegung den ganzen Apfelhof und die Reihen der Obstbäume, die sie hinter den Wirtschaftsgebäuden erahnte.

»Hier gibt's nix zu sehen.« Jetzt knurrte sie wieder, schlimmer als der Hofhund, der inzwischen verstummt war. Alix spürte, dass sie vorsichtig sein musste. Sie konnte es sich nicht erklären, aber irgendwas stimmte nicht mit ihrer Großtante. In ihrer Erinnerung war Tante

Barbara immer eine herzensgute, patente Frau gewesen. »Los, verschwinde. Ich will mit euch nichts zu tun haben.«

»Das habe ich anders gehört«, sagte Alix leise.

Da hob Tante Barbara die Schrotflinte und drückte den Abzug. Ein Schuss peitschte durch die Nachmittagsstille. Drüben in den Obstbäumen flogen verschreckt die Stare auf, die sich dort niedergelassen und vermutlich an den Kirschen gütlich getan hatten.

Alix zuckte zusammen und schrie. Unwillkürlich schützte sie den Kopf mit ihren Armen. Als ob ihr das helfen würde.

»Das nächste Mal treffe ich dich.« Tante Barbara richtete das Gewehr wieder auf sie.

Vermutlich war es das Beste, wenn sie sich ins Auto zurückzog und auf Johann wartete.

»Ich gehe schon«, versprach sie.

»Komm nie wieder!«, brüllte Tante Barbara ihr nach.

Das jedoch konnte Alix ihr nicht versprechen.

🍎

Johann geriet ins Schwitzen, während er mit seiner Ape hinter einem Trecker hertuckerte, der seine beste Zeit wohl zwischen den Weltkriegen erlebt hatte. Der Bauer obendrauf war fast genauso alt und vermutlich schwerhörig. Jedenfalls reagierte er überhaupt nicht auf das Quäken von Johanns Hupe. Vielleicht übertönte auch das Knattern des Treckermotors alle anderen Geräusche.

Er wusste, dass er sich beeilen musste. Zu spät war ihm eingefallen, dass Barbara gern Fremde mit der Schrotflinte vom Hof verjagte. Schlecht fürs Geschäft war das allemal. Meist versteckte er die Schrotpatronen.

Aber gestern hatte er das Gewehr durchgeladen, weil ihn die Stare in den Kirschen nervten. Klar, das entsprach nicht gerade seinem biodynamischen Verständnis von Obstanbau, aber in diesem Fall ging es um ihre Existenz. Ohne die Kirschenernte schafften sie es nicht mal bis zur Apfelernte.

Eigentlich war es »nur« Barbaras Existenz, um die es ging. Aber seit Johann bei ihr wohnte und versuchte, ihre Dinge in Ordnung zu bringen, wollte er eben, dass auch *alles* wieder in Ordnung kam. Er war einer, der für andere sorgte. Und mit Barbaras Apfelhof hatte er einen Ort gefunden, an dem er wirken konnte. An dem er, das spürte er genau, den Unterschied machte.

Aber verdammt noch mal, wenn er auch nur fünf Sekunden länger hinter diesem tuckernden Anachronismus ausgebremst wurde, musste er den Bauern leider vom Sitz reißen und ihn ohrfeigen, bis er im 21. Jahrhundert ankam!

Johann hatte die Schnauze voll. Er setzte den Blinker, die Allee vor ihm war frei. Die Ape bockte ein bisschen, wenn man das Gaspedal ganz durchdrückte, und so richtig war sie für derlei Überholvorgänge auch nicht geeignet. Aber er feuerte sie an.

So war er nämlich: Auch in eher aussichtslosen Situationen schaffte er das Unmögliche.

Fünf Minuten später rollte der kleine Lieferwagen auf den Apfelhof, der direkt hinter dem Elbdeich lag. Er atmete auf, denn weder Alix noch Barbara waren zu sehen. Vielleicht war ja alles gar nicht so schlimm, und die beiden saßen schon einträchtig bei einem Stück Erdbeerkuchen in der Küche.

Er faltete sich aus der Fahrerkabine und überquerte den leeren Hof.

»Hey!«

Johann drehte sich um. Und da war Alix, etwas zerzaust, bisschen panisch. Sie krabbelte aus ihrem Kleinwagen und lief auf ihn zu. »Da bist du ja endlich.«

»Ich wurde von einem Traktor aufgehalten. Der war noch langsamer als mein Gefährt.« Er grinste. »Hast du auf mich gewartet?«

»Hätte ich mal machen sollen. Ich habe leider versucht, mit Tante Barbara zu reden.«

»Oh.« Er musterte sie von oben bis unten.

»Sie hat eine Schrotflinte.«

Johann merkte, wie er bis an die Haarwurzeln rot wurde. »Ich weiß«, stotterte er.

»Du hast davon gewusst und hast mich einfach schon mal herfahren lassen?«

»Ist ja nichts passiert, oder?«, murmelte er verlegen.

Vielleicht war das alles ein großer Fehler gewesen. Oh, ganz bestimmt war es ein Fehler! Hatte er denn wirklich geglaubt, Barbaras Familie hätte nur darauf gewartet, ihnen zu helfen?

Jetzt hatte er auch noch die Tochter von Gustav hier. Gustav mochte er ja, der war so kühl und blieb bei seinen Zahlen. Aber diese Alix ... Da wusste er noch nicht, was er denken sollte. War sie aus Interesse hier? Wollte sie tatsächlich helfen? Oder trieb sie eine abartige Sensationslust her?

Auf jeden Fall war sie für ihren Besuch auf dem Obsthof völlig falsch gekleidet. Auch daran hatte er vorhin nicht gedacht. Aber mit diesem kurzen Sommerkleidchen konnte sie wohl kaum mit anpacken.

Andererseits: Darum ging es heute ja nicht. Heute wollte er ihr nur zeigen, wie es um den Hof stand. Vielleicht begriff sie ja, dass ihre Großtante dringend mehr

Hilfe brauchte, als er leisten konnte. Dass er irgendwie mit seinem Latein am Ende war.

»Nichts passiert, pffft.« Sie strich über den Blumenstoff ihres Kleids. »Sie hat eine Schrotladung in den Himmel geschickt, und dann habe ich mich lieber im Auto verkrochen.«

Jetzt musste Johann doch grinsen. Er wandte leicht den Kopf ab, damit sie es nicht sah.

»Und nun hat sie sich im Haus verschanzt.« Alix schnaufte. Ob sie wusste, wie hübsch sie aussah, wenn sie so empört war?

Johann verkniff sich einen Kommentar. Das mit ihm und den Frauen war in letzter Zeit selten gut ausgegangen. Kein Grund also, sich gleich in die nächste Frau zu verlieben, die ihm über den Weg lief.

»Lass uns erst mal reingehen«, sagte er.

»Und du bist sicher, dass sie mir nicht wieder mit der Flinte auflauert?«

»Ganz sicher.«

Wenn er dabei war, wusste Barbara sich normalerweise zu benehmen.

Alix war dicht hinter ihm, als er die Deele des alten Fachwerkhauses betrat. Links und rechts waren die verstaubten Viehstände. Früher hatten dort Kühe gestanden, hatte Barbara ihm erzählt – bevor alle Höfe nur noch Obst anbauten. Jetzt dienten die Abteile eher als Abstellfläche für altes Werkzeug, verrostete Landmaschinen, die keiner mehr benutzte, für Müll und als Jagdrevier für die Hofkatze. Er hatte sich schon länger vorgenommen, dort mal alles auszuräumen und wegzuschmeißen, was sie nicht mehr brauchten. Aber im Winter war er nicht dazu gekommen, und jetzt im Sommer musste er sich um die Obstbäume kümmern.

Eine Tür führte in die Wohnküche. Johann zog instinktiv den Kopf ein. Schon mehrmals hatte er sich am niedrigen Türstock eine ordentliche Beule geholt. Die Küche war bis auf eine Katze auf der Küchenbank, die sich gerade an den Sahnetopf heranpirschte, leer.

»Barbara? Wo bist du?«, rief er in die Tiefen des Hauses. »Kscht«, machte er an die Katze gewandt. Loki, so nannte Barbara den kleinen schwarzen Kater mit weißem Fleck auf der Brust immer. »Ich habe Besuch mitgebracht!«

Unter einer Fliegengitterhaube wartete ein Erdbeerkuchen, der Tisch war für drei eingedeckt. Johann bat Alix zu warten. Er ging weiter in die Wohnräume. Es war typisch Barbara, erst jemanden vom Hof zu verjagen und dann die Kaffeetafel zu decken.

Er fand sie in dem kleinen Nähzimmer, das er ihr letzten Winter hinter ihrem Schlafzimmer eingerichtet hatte. Barbaras Nähmaschine war schon älter, aber sie hatte das gute Stück immer gepflegt, und als er es letzten Herbst zur Inspektion brachte, war nichts zu beanstanden gewesen. Ihre Stoffvorräte füllten zwei Schränke, und gerade stand sie vor einem und wühlte in recht bunten, dünnen Stoffen.

»Ich bin zurück«, sagte er leise. »Und ich habe noch jemanden mitgebracht.«

Barbara summte vor sich hin. Sie war wieder mal nicht so ganz in dieser Welt. Das kannte er schon; es half oft, wenn er einfach abwartete.

»Möchtest du gleich mit uns Erdbeerkuchen essen?«

Barbara hielt inne. Sie zog einen Stoff hervor. Grünes Dschungelgetümmel mit Papageien. Sie legte den Stoff sorgfältig auf das Bügelbrett. Dann hielt sie inne, als müsste sie über etwas nachdenken.

»Nein …«, sagte sie schließlich.

»Du kannst ja gleich dazukommen.«

Er lehnte die Tür nur an, als er wieder ging. Wenn sie ihn brauchte, würde sie nach ihm rufen.

Alix saß in der Küche auf einem der Stühle. Sie blickte ihn erwartungsvoll an. »Barbara kommt später. Sie hat zu tun.«

Er trat an die Kaffeemaschine. Auch hier hatte Barbara schon alles vorbereitet. Er brauchte sie nur noch einzuschalten.

Schon merkwürdig; auf so vielen Ebenen »funktionierte« Barbara noch. Aber sobald es um den Apfelhof ging, war da ein großes, schwarzes Loch. Alles, was er hineinwarf, jede Idee, jeder Vorschlag, versank darin. Manchmal frustrierte ihn das. An den meisten Tagen belastete es ihn, weil er wusste, dass es bald keinen Apfelhof mehr geben würde, wenn sie nicht schnell aufwachte.

Manchmal plagte ihn das schlechte Gewissen. Wenn er Entscheidungen traf, von denen er nicht wusste, ob Barbara sie mittrug. Zum Beispiel war die Sache mit dem Herzapfelmann allein auf seinem Mist gewachsen. Mit dem Design hatte er einen Kumpel beauftragt, der ihm einen Freundschaftspreis machte.

Nun hatte er das Apfelmannmobil, mit dem er über die Dörfer fuhr. Erfolgreich war er nicht damit. Was vielleicht daran lag, dass aktuell keine Apfelsaison war. Und natürlich war das Lager noch voll mit Holsteiner Cox. Andere Sorten kaufte er in geringem Maß zu, damit er überhaupt Auswahl hatte. Vielleicht war das auch alles nicht so durchdacht. Es war Sommer, da wollten die Leute Kirschen und Erdbeeren, Heidelbeeren und Himbeeren. »Haben Sie auch Melone?«, wurde er immer wieder gefragt.

Aber Johann stand zu seinen Äpfeln. Er liebte Äpfel, er liebte den Apfelhof und würde alles tun, um ihn zu erhalten.

Nur dass er es nicht allein schaffen würde.

Vielleicht auch deshalb hatte er Alix eingeladen. Damit sie sah, was ihn antrieb. Damit sie ihren Vater bekniete, es müsse doch irgendwie eine Lösung geben, damit das alles nicht vor die Hunde ging.

Und dann war da ihr Lächeln. Nachsichtig, weil sie den Dreck in allen Ecken der Küche bemerkte, Fliegen summten unter der Decke um den alten Fliegenfänger herum, den er schon längst hatte abnehmen wollen, weil er diese Art der Insektenvernichtung für Tierquälerei hielt. Aber er kannte Barbara. Nahm er den alten ab, hing morgen früh ein frischer dort, an dem die Fliegen auch hängen blieben.

»Hier hat sich einiges verändert«, sagte Alix. Sie fegte ein paar Brotkrümel rings um ihren Teller zusammen. Die Wachstischdecke klebte, auch das wusste er, von Marmeladeresten und verschüttetem Saft. Hastig nahm er den Lappen vom Spülbecken, der schon etwas muffig roch. Also ab in den Mülleimer damit.

»Entschuldige, ist wohl chaotischer als früher. Bitte nicht am Geruch stören.« Irgendwas müffelte noch. Die Kartoffeln auf dem Herd? Egal. Er wischte hastig den Tisch ab, nahm den Topf vom Herd und kippte die drei Tage alten Kartoffeln in den Mülleimer. »Ich komme zu nichts. Muss mich ja auch um die Bäume und das alles kümmern.«

»Aber doch nicht allein, hoffe ich?«

Er setzte sich zu ihr an den Küchentisch und goß beiden Kaffee ein. »Nee, Barbara hilft bei den Obstbäumen. Und wir haben Saisonkräfte.«

Die auch bezahlt werden mussten.

»Der Geruch stört mich nicht«, sagte Alix fröhlich. Sie tippte sich an die Nase. »Ich habe keinen Geruchssinn mehr.«

»Ich dachte, du bist die Parfümeurin?« Jetzt war er verwirrt.

»Bin ich vielleicht die längste Zeit gewesen.« Sie zog die Nase kraus. »Ein Unfall. Vor ein paar Wochen. Seitdem … na ja. Schmecken ist auch eher schwierig.« Sie beäugte den Erdbeerkuchen, den Johann ihr gerade auf den Teller lud. Er hielt in der Bewegung inne.

»Lieber nicht?«, fragte er.

»Ich habe definitiv Hunger. Und das Essen kam aus naheliegenden Gründen eh zu kurz in letzter Zeit.« Sie nahm einen großen Bissen und kaute. »Wenn man so wenig schmeckt, also fast gar nichts, wird die Textur viel wichtiger. Der hier ist gut. Der Boden schön fluffig und nicht klitschig. Das mag ich.«

»Danke. Den habe ich gebacken.«

Sie war nicht überrascht, sondern nickte nur anerkennend.

Das gefiel ihm an ihr, merkte Johann: Dass sie ihn nahm, wie er war. Und genau so müsste sie auch mit Barbara umgehen, dann kämen die beiden schon miteinander zurecht.

»Hör mal …«, fing er an, doch dann hörte er bereits das Schlappen von Barbaras Crocs im Flur. Die Küchentür, die er angelehnt hatte, schob sich lautlos auf.

»Ist die immer noch da?«, fragte Barbara mit finsterem Gesicht.

Alix, die gerade am nächsten Bissen Kuchen kaute, schluckte diesen herunter und stand auf. Sie blieb stehen, blickte Barbara entgegen und wartete.

Barbara schlurfte in die Küche. Sie blickte sich um, dann sank sie auf einen freien Stuhl. »Könntest mir ja auch sagen, dass du gebacken hast.«

Alix setzte sich auch wieder, während er Barbara Kaffee einschenkte.

»Ich habe Erdbeerkuchen gebacken«, sagte er und verzichtete darauf, sie zu erinnern, dass sie die Kaffeetafel gedeckt und den Kaffee gekocht hatte.

»Ich nehme zwei Stücke. Die großen, bitte.«

Sie hielt ihm den Teller hin, damit er ihr Kuchen gab. Dabei musterte sie Alix über den Tisch hinweg. Dann grinste sie. »Hat sie sich doch ins Haus getraut? Hab ihr etwas zugesetzt vorhin.«

»Hast du wohl.« Er wusste, es brachte nichts, wenn er mit ihr deshalb stritt. Später. Heute Abend würde sie zu ihm kommen und ihm erzählen, was in ihrem Kopf vorgegangen war, als sie Alix auf dem Hof stehen sah. Dann konnte er ihr immer noch erklären, dass sie so etwas nie wieder tun dürfe, wenn ihr was am Fortbestand des Hofs lag. Und die Schrotflinte würde er gut wegschließen. Das war jetzt das letzte Mal, dass sie damit draußen rumlief.

Sie grinste. Alix lächelte. Schien also alles wieder gut zu sein. Johann atmete auf.

Nach dem Kaffeetrinken lud er Alix ein, ihr den Hof zu zeigen. Barbara zog sich in ihr Nähzimmer zurück, und er ließ sie. Dort war sie zufrieden, mit sich selbst und allem um sich herum. Der Kater folgte ihr leise maunzend.

Während sie zwischen den Obstbäumen herumspazierten und er ihr alles zeigte, stellte Alix die klugen Fragen. Die Fragen, die man stellte, wenn man versuchte, sich ein Bild über die Zukunft eines Hofs zu machen. Wie viele Saisonkräfte beschäftigten sie? Wie waren die

Kennzahlen des Hofs? Wie groß der Cash Flow, gab es einen Investitionsrückstand? Bald schwirrte ihm der Kopf.

»Stopp«, sagte er. Sie blieb stehen und blickte zu ihm auf.

Ihm gefiel, wie die Ponyfransen in ihre Stirn fielen und dem schmalen Gesicht etwas Weiches verliehen. Und über ihr Lächeln musste man nicht diskutieren, das war hinreißend. Ihre grünen Augen blitzten. Sie war schlau, und das gefiel ihm besonders gut.

»Wohin führt das hier?«, fragte er.

»Was denkst du denn?«

Er zuckte mit den Schultern. »Ich denke, du versuchst rauszukriegen, ob der Apfelhof überhaupt noch eine Chance hat. Und das finde ich unfair. Er hat eine Chance. Punkt. Mehr müssen wir nicht diskutieren.«

Sie zog wieder die Nase kraus. Das war so ein Tick bei ihr, immer wenn man ihr widersprach. Auch niedlich, aber er wollte sich davon jetzt nicht ablenken lassen.

Leider gab es ziemlich viel an Alix, das ihn ablenkte.

»Okay.« Alix nickte. »Dann packen wir's an.«

»Wir?« Er sah sie zweifelnd an.

»Ja klar wir! Du hast mich doch hierher eingeladen, damit ich dir helfe, oder nicht?«

 *Kapitel 9*

Sie schrieb ihren Eltern, dass sie unterwegs sei und noch nicht wüsste, wann sie zurückkam.

Kein Abendessen?, war alles, was ihre Mama fragte.

Da stand Johann schon am Grill. Es gab Gemüsespieße, Fetapäckchen mit Paprika und Hähnchenbrust, die er mit Olivenöl einstrich, bevor sie auf den Rost kamen. Aus dem Kühlschrank zauberte er noch einen Nudelsalat hervor, gerade so, als hätten Barbara und er heute Besuch erwartet.

Den Tisch deckten sie an diesem angenehm warmen Frühsommerabend im Garten unter den Linden. Während Alix Servietten neben die Teller legte und die Weingläser verteilte, hörte sie ihn durch das offene Küchenfenster summen.

Sie mochte Johann. Sie mochte, wie entschlossen er war, den Apfelhof ihrer Großtante zu retten. Auch wenn Alix noch nicht so genau wusste, *warum* er das unbedingt tun wollte. Irgendwas verschwieg er ihr. Was okay war, immerhin lernten sie sich gerade erst kennen.

Bei diesem Gedanken schnalzte sie unwillig mit der Zunge und schüttelte über sich selbst den Kopf. Sie lernten sich gerade kennen? Also bitte. Das klang, als wäre da mehr im Spiel als nur Sympathie füreinander und ihr gemeinsames Interesse an diesem heruntergekommenen Hof im Alten Land. Dieses Interesse konnte – und wollte – sie gar nicht leugnen. Bei der kleinen Führung, die Johann für sie gemacht hatte, waren ihr die vielen leeren Räume aufgefallen. Angefangen bei der vermüllten Deele bis hin zu einer Scheune hinter dem Lagerhaus, in der nur Staubflocken und altes Stroh die Ecken füllten, gab es hier einfach zu viel Platz, der ungenutzt blieb. In ihrer Vorstellung füllte sie diese Räumlichkeiten schon wieder mit Leben.

Aber Johann hatte recht, wenn er betonte, im Moment sei das Wichtigste, dass die Plantage wieder ins Rollen kam und es gelang, die Äpfel und Kirschen zu verkaufen. Es müsse erst Geld reinkommen, bevor wieder was investiert werden konnte.

Als er mit einer Platte beladen mit gegrillten Köstlichkeiten an den Tisch kam, schlurfte auch Tante Barbara aus dem Haus zu ihnen. Dicht hinter ihr maunzte Kater Loki heran, sprang auf ein Gartenstuhlpolster und rollte sich ein. Da sie vier Stühle um den Tisch gruppiert hatten, passte das schon. Alix musste nur ihren Teller auf den freien Platz am Tisch stellen.

Tante Barbara brachte eine Flasche Apfelsaft mit. »Selbst gepresst«, sagte sie stolz. Sie füllten den Apfelsaft in die Weingläser, Johann prostete ihnen zu.

»Schön, dass wir hier sind.«

Der Hofhund kam aus dem Haus getrottet, er legte sich auf Alix' Füße, als hätte er immer schon dorthin gehört. Sie beäugte ihn misstrauisch, aber er war so alt, dass um seine Schnauze das dunkle Fell schon grau wurde. Unter den Linden war es schattig und schon fast ein bisschen finster, aber Johann verschwand kurz noch mal im Haus. Bunte Glühlämpchen flackerten zwischen dem dichten Laub auf, es war fast romantisch.

Aber nur fast, ermahnte sie sich.

Beim Essen redeten sie nicht über den Apfelhof. Johann fragte sie, wie sie Parfümeurin geworden sei, was so besonders an ihrem Job war. Und sie erzählte, von ihren Projekten, Kunden, lauter Verrücktheiten, die ihr in den Sinn kamen. Sogar ihre Großtante fand Gefallen daran, sie taute direkt ein bisschen auf. Nach dem Essen gab es für jeden noch ein Stück Erdbeertorte, und danach lehnten sie sich pappsatt in ihren Gartenstühlen zurück, blickten verträumt hinauf zu den bunten Glühlämpchen, und für Alix hätte es ruhig ewig so sein können. So ruhig, entspannt, ohne irgendwelche wirklich drängenden Probleme. Aber sie wusste, dieses Gefühl würde nicht von Dauer sein.

»Ich muss nun leider schon nach Hause.« Sie streckte sich demonstrativ. Loki, der es sich auf ihrem Schoß gemütlich gemacht hatte, öffnete ein Auge halb und blickte sie an, als könnte er gar nicht verstehen, dass sie schon wieder verschwinden wollte.

»Wir haben ein Gästezimmer«, sagte Johann. »Also, wenn du möchtest.«

Sie lächelte. »Zu verlockend. Aber ich komme bald wieder«, versprach sie.

Als sie vom Hof fuhr, stand er mit dem Kater auf dem Arm, den Hund neben seinen Füßen vor dem Haupthaus. Sie sah ihn im Rückspiegel kleiner werden, und ihr wurde das Herz nur ganz kurz schwer. Hierbleiben war keine Option, auch nicht in einem Gästezimmer. Sie merkte, wie ohnehin schon ein Teil von ihr dort blieb. Der Teil, der eine Heimat suchte. Und vielleicht auch ein Stück ihres Herzens.

Zu ihrer Überraschung brannte im Haus ihrer Eltern noch Licht, als sie nach Hause kam. Sie blieb einen Moment lang im Auto sitzen, versuchte all das Erlebte einzusortieren.

Eines hatte dieser Tag jedenfalls geschafft. Sie wollte jetzt unbedingt helfen. War das nicht die Aufgabe, nach der sie gesucht hatte?

Als sie das Esszimmer betrat, saß ihr Vater am Tisch, vor sich aufgeschlagen ein Buch. Die Brille hatte er ins schüttere, leicht ergraute Haar geschoben, die Augen kniff er zu. Gerade schob er das Buch weiter von sich, als könnte er es dann besser lesen.

»Hey«, sagte Alix leise. Es war schon nach Mitternacht, und sie wunderte sich. Früher war ihr Vater nicht so eine Nachteule gewesen, oder?

»Du bist zurück.« Er räusperte sich, klappte das Buch zu und schob es beiseite. Sie erhaschte einen Blick auf den Einband.

»Du liest Karl May?«

Papa grinste verlegen. »Alle paar Jahre wieder. Er ist so eine verlässliche Lektüre. Und die Guten gewinnen bei ihm.«

»Wäre schön, wenn's im Leben auch so einfach wäre.« Sie setzte sich zu ihm. »Ich war bei Tante Barbara. Was weißt du über den jungen Mann, der bei ihr wohnt und sich um den Apfelhof kümmert?«

Ihr Vater musterte sie, bevor er zu einer Antwort ansetzte. »Wieso? Was hältst du von ihm?«

Sie zuckte mit den Schultern. »Er ist nett. Mehr nicht.«

»Ich glaube, er ist nicht ganz aufrichtig zu ihr. Und sie nennt ihn Hannes.«

»Ja, ist mir aufgefallen. Er heißt Johann.«

Papa schüttelte den Kopf. »Eben nicht. Ich weiß nicht, wie er richtig heißt. Das alles ist … komisch.«

»Du meinst, er hat sich unter einem falschen Namen bei ihr …« Ja, was? Eingenistet?

»Ich weiß es nicht. Aber ich weiß, dass er nicht der ist, der er vorgibt zu sein.«

Mehr wollte ihr Vater dazu nicht sagen. Und Alix hatte keine Lust, sich zu so später Stunde noch auf eine längere Diskussion einzulassen. Sie war müde.

»Er bemüht sich. Um sie und um den Hof.«

»Aber dass es ihm mehr um den Hof geht, dürfte uns beiden klar sein.«

Sie antwortete darauf nicht. »Ich geh ins Bett.«

»Erinnerst du dich an meinen Cousin?«, rief er ihr nach, als sie schon fast die Treppe erreicht hatte. »Tante Barbaras Sohn?«

Sie ging noch mal zurück. »Dunkel«, gab sie zu. »Was ist mit ihm?«

»Früher, als wir noch zu Tante Barbara und Onkel Werner fuhren. Erinnerst du dich daran?«

Sie nickte.

»Hast du damals ihren Sohn kennengelernt?«

Daran konnte sie sich nicht erinnern. »Ich wusste nur, es gibt einen Sohn.«

»Er ist viel um die Welt gereist.« Papa machte eine kurze Pause. »Er starb viel zu jung, und der Kontakt riss kurz darauf ab. Wenn ich es mir recht überlege, weiß ich nicht mal, wieso. Ob es deshalb war.«

»Manchmal ist das so.« Alix wusste ja selbst, wie das Leben einen in extremen Situationen dazu brachte, Beziehungen neu zu bewerten. »Da müsst ihr euch kaum etwas vorwerfen lassen, oder?«

»Nein, wohl nicht. Es ging von beiden Seiten aus. Vor

allem aber von Barbara und Werner. Ich weiß nicht ... vielleicht hätten wir uns mehr kümmern sollen. Aber wir hatten genug zu schaffen mit unserem eigenen Leben.«

»Hm«, machte Alix. Das war zwar alles neu für sie, aber sie verstand nicht, inwiefern es für den Kontakt mit Johann von Bedeutung war.

»Er hieß Hannes«, sagte ihr Vater leise. »Tante Barbaras Sohn. Er starb nach einem Motorradunfall.«

Hannes.

Jetzt begriff sie.

»Du meinst ...«

»Ich meine, dass dieser junge Mann vor ein paar Monaten auf dem Apfelhof aufgetaucht ist, und keine Ahnung, warum, aber Barbara hat ihn vermutlich als Hannes angesprochen, und er hat sich das gefallen lassen. Weil es ihm leichter fiel, sich so bei ihr einzunisten. Sie sah wohl eine Ähnlichkeit bei ihm. Die ich nicht sehe, aber was weiß ich schon.«

Er klang merkwürdig bedrückt, fast schon, als verletze es ihn, wie seine Tante einen Wildfremden auf ihren Hof holte, der sich dann um sie kümmerte.

»Sind wir nicht immer für sie da gewesen? Ein Anruf hätte genügt.«

Alix dachte an das, was sie da heute auf dem Apfelhof erlebt hatte. Die Fürsorge, die Johann – oder wie auch immer er heißen mochte, war das denn wirklich so wichtig? – Barbara angedeihen ließ. Wie er sie zu nehmen wusste. Wie Barbara sich von ihm leiten ließ. Sie hatten einen sehr harmonischen Abend gehabt nach ihrem holprigen Start, und rückblickend war sie sicher, dass Barbara ihr gern noch was gesagt hätte, als sie sich verabschiedeten. Aber dann knurrte sie nur und verschwand im Haus.

Bei ihrem nächsten Besuch war Zeit genug für ein Gespräch. Wenn Barbara das wollte.

»Ich könnte mir vorstellen, dass manchmal schon ein Anruf zu viel ist«, sagte sie leise. »Ich weiß, wovon ich spreche.«

»Hm«, machte ihr Papa unbestimmt. »Damit kenne ich mich nicht aus. Gute Nacht, Alix.«

Sie verstand.

Ihr Vater war in solchen Dingen noch von der alten Schule. Von den Zeiten seiner Kindheit und Jugend geprägt, als man eben einfach machte, was getan werden musste. Er war für sie und ihre Schwestern immer ein liebevoller Vater gewesen, hatte es ihnen an nichts fehlen lassen. Liebevoll, mit einer klaren Linie, ohne übermäßig streng zu sein oder jemals Gewalt anzuwenden.

Trotzdem steckte ihm noch die eigene Erziehung in den Knochen. Und soweit Alix sich erinnerte, war ihr Großvater väterlicherseits, der Bruder von Barbara, ein harter Knochen gewesen. Einer, der keinen Widerspruch duldete von Kindern oder Enkeln.

Jetzt wäre vielleicht der richtige Moment für Fragen. Über die Familie, darüber, was ihren Vater geprägt hatte und damit indirekt auch sie und ihre Schwestern. Aber sie war müde. Der Abend hatte nachträglich einen faden Beigeschmack bekommen.

Wer war Johann wirklich?

Sie würde wohl morgen einige Fragen an ihn haben, wenn sie wieder auf den Hof fuhr. Ja, wenn.

Oder stand das gar nicht zur Diskussion?

Als sie nach dem Zähneputzen in das Gästezimmer kam, lag ihr Pyjama auf der Bettdecke, die sogar zurückgeschlagen war. Mamas Werk. Das hatte sie schon früher immer gemacht.

Alix verkniff sich ein bisschen Rührung. Sie zog ihr Handy hervor und knipste ein Foto von dem Arrangement, das sie Max schickte. *Rate, wo ich bin.*

Er antwortete prompt, als hätte er auf Nachricht von ihr gewartet. *Bei Schneewittchen und den sieben Zwergen?*

Sie lachte. Er scherzte manchmal, dass ihre Mama den Haushalt so gut im Griff hatte wie Schneewittchen, als sie zu den sieben Zwergen kam.

Sie merkte plötzlich, wie sehr er ihr fehlte. Aber es war viel zu spät, um ihn jetzt anzurufen. Zumindest in ihrer Zeitzone.

Und für einen Tag hatte sie mehr als genug Gespräche darüber geführt, wie es ihr oder anderen Menschen ging.

Morgen war auch noch ein Tag. Morgen würde sie sich bestimmt bei ihm melden.

Kapitel 10

Barbara war knurrig. So nannte er das, wenn sie durchs Haus zog, vor sich hinmurmelte und ihn, wann immer er sie ansprach, unwirsch anfauchte. »Lass mich«, sagte sie dann. »Ich muss nachdenken.«

Da half nicht viel, außer sie nachdenken zu lassen. Meist dauerte es einen halben Tag, bis sie dann wieder ganz die Alte war und mit sich reden ließ.

Bis dahin hatte er mehr als genug zu tun.

Johann stand auf. Er blickte auf die zwei Wäschekörbe neben dem Schreibtisch und seufzte. Sie waren bis zum Rand mit Papieren gefüllt, Unterlagen, Briefumschläge, aus denen Rechnungen hervorspitzten. Das war der Eisberg. Die Spitze hatte er in den letzten Wochen und Monaten abgetragen. Überfällige Rechnungen bezahlt, soweit möglich. Wenn nicht möglich, hatte er Gespräche geführt, hatte Ratenzahlungen angeboten und ausgehandelt. Niemand fragte ihn, ob er überhaupt dazu berechtigt war, für Barbara zu verhandeln. Er machte einfach, und alle Beteiligten schienen erleichtert zu sein. »Wird man Zeit, dass auf dem Hof wieder Ordnung einkehrt. Wäre zu schade, wenn das alles vor die Hunde geht«, sagte der Lieferant der kleinen Pappkartons, in denen Johann die Äpfel abpackte, bevor er sie an die Kunden ausfuhr. Ein Apfel-Abo, das war seine Vision. Er wollte ganz Hamburg mit Äpfeln versorgen. Immer frisch, wöchentlich die Portion Vitamine auf den Tisch, im Sommer noch ergänzt durch Beeren, die gerade Saison hatten.

Seine Vision sah so aus: Später, wenn alles so hergerichtet war, wie er sich das gern ausmalte, kamen die Leute am Wochenende zu ihnen auf den Apfelhof und kauften hier ihre Äpfel. Holsteiner Cox, aber auch neue Sorten, die er auf einigen Hektar anbauen wollte, die im Moment noch brach lagen. Bis dahin müssten sie vermutlich zukaufen, aber das war dann eben so. Er wollte Baumpatenschaften verkaufen, bei denen man zehn Kilo im Jahr von einem Baum bekam, das wäre eine stabile, zuverlässige Einnahmequelle. Und einen Hofladen wünschte er sich, in dem er neben Äpfeln auch Marmeladen, Apfelketchup, Rezeptheftchen und einfach alles rund um den Apfel anbieten wollte.

Aber das war Zukunftsmusik, eher mittelfristig geplant. Jetzt musste er erst mal zusehen, dass Barbara nicht wieder in den Obstgarten spazierte. Beim letzten Mal vor ein paar Wochen hatte sie angefangen, bei den Bäumen die Äste einzukürzen. Was ja an sich eine wichtige Aufgabe war, nur schnitt sie nicht die Zweige heraus, die zu schwer trugen oder falsch zu den wärmenden Sonnenstrahlen hingen, sondern riss ausgerechnet an jenen, die den besten Ertrag versprachen. Als Johann sie zur Rede stellte, streichelte sie nur müde seine Wange. »Ach, Hannes«, flüsterte sie. »Hast du denn nie aufgepasst?«

Doch, er hatte aufgepasst. Den ganzen Winter über hatte er sich mit dem Anbau von Apfel, Kirsche, Birne befasst. Er hatte die langen Abende, sobald sie in ihrem Nähzimmer verschwand, um dort Gott weiß was zu nähen – er hatte es aufgegeben, sie danach zu fragen –, gut genutzt. Bei Youtube hatte er Videos über Obstschnitt geschaut. Er hatte sich Bücher ausgeliehen, sowohl in der Bücherei als auch bei den Nachbarn, die ihm bei der Gelegenheit gern ihre besten Tricks verrieten. Und Johann hörte ihnen aufmerksam zu. Nichts war besser, als von denen zu lernen, die Jahrzehnte Wissensvorsprung hatten.

Er hatte auch nachgedacht. Nachdenken, das wurde ihm im letzten Winter klar, war wichtig. Man vergaß es zu leicht in dieser Zeit, in der alles überbeschleunigt wurde durch das Pingen der Handys, durch die permanente Erreichbarkeit. Nachdenken, das hieß: Schweigen. Mit sich allein sein. Wer konnte das heutzutage schon noch? So sehr mit sich allein sein, dass das Handy auch mal tagelang ausblieb?

Okay, Letzteres gelang ihm nicht, denn er trug auch Verantwortung. Eine, vor der er sich nicht drücken wollte, die ihm aber abgenommen worden war, weshalb er sich überhaupt erst ins Alte Land zurückgezogen hatte. Letztlich lief es im Leben doch vor allem darauf hinaus: irgendwo ankommen, Familie sein, Familie gründen. Letzteres war ihm gelungen, bei den ersten beiden Punkten kämpfte er noch sehr mit sich.

Johann lauschte. Das Gute an Barbara war: Man hörte sie. Kommen und Gehen, manchmal blieb sie den ganzen Tag dicht an seiner Seite und begleitete ihn hinaus zu den Obstbäumen oder in die Scheune. Er konnte mit ihr reden, konnte seine Gedanken an ihrer Erfahrung abwetzen, die ja immer noch da war hinter ihrer Verwirrtheit. Aber irgendwann nannte sie ihn Hannes, was er überhaupt nicht leiden konnte.

»Ich heiße Johann«, knurrte er jedes Mal.

»Weiß ich doch, Hannes«, zwitscherte sie dann.

Böse sein konnte er ihr nicht, warum sollte er auch? Namen sind Schall und Rauch, auch das sagte sie oft.

Manchmal sprach er sie auch nicht drauf an, und er merkte, wie sie dann abglitt, in die Vergangenheit, als noch ein Hannes auf dem Apfelhof war, *ihr* Hannes, den sie so vermisste.

Das war also auch nicht die Lösung.

Und dann war da Alix. Wie aus dem Nichts hatte er sie bei ihren Eltern aufgegabelt, er hatte ja gewusst, vier Töchter gab es da, aber nicht, dass die eine so hübsch war und so lässig, obwohl er gerade die so anders eingeschätzt hätte. Parfümeurin, das schrie doch nach ultrakorrekt, nach hochgeschlossener Bluse mit Bubikragen, nach weit geschnittener Marlenehose und einer Überheblichkeit. Hochnäsigkeit, na klar, daher kam dieser Gedanke. Weil ihre Nase anderen überlegen war.

Und dann gab sie zu, dass sie nichts riechen konnte, und schmecken sei auch so eine Sache. Aber sie sagte es leichthin, als wäre das überhaupt kein Problem. Sieh her, schien sie zu sagen, mein Job ist nicht alles. Und er glaubte ihr das, eben weil sie im leichten Sommerkleid und mit den Sandalen hinter ihm über den Hof lief und sogar bis zu den Kirschen. Vielleicht war das etwas, das er auch für sich verinnerlichen sollte – dass der Job eben nicht alles war im Leben.

🍎

»Da isse wieder.« Barbara saß auf einer Kiste, während er Apfelkistchen packte. Zwei von jeder Sorte, vier Sorten insgesamt. Das war sein Bestseller, wohin er auch kam, verkaufte er diese Kistchen für 'nen Fünfer. Ausgepolstert mit Holzwolle, dazu ein kleiner Flyer, auf dem er für den Herzapfelmann warb. Barbara kleidete die Kistchen mit der Holzwolle aus, die Arbeit tat ihr gut.

Strukturen, Aufgaben, das fehlte ihr. Der Antrieb, sich selbst was zu suchen.

Altersdepression, würde ein Arzt vielleicht diagnostizieren. So weit ging Johann nicht. Er vermutete, sie war einfach nur des Lebens und Arbeitens müde. In ihrem Alter verständlich. Aber sie konnte sich nicht ausruhen, noch nicht.

Dass es irgendwann soweit kam, das war seine Aufgabe.

»Wer ist da?« Er drehte sich um.

Sie arbeiteten in der Scheune. Draußen ging gerade ein richtiger Wolkenbruch nieder, er sah durch den Regenschleier am anderen Ende des Hofs den Kleinwagen von Alix.

Wer sollte sie auch sonst besuchen?

Johann zögerte.

»Na, geh schon. Aber sie bleibt nicht wieder zum Essen!« Sie knallte eine Kiste auf den Packtisch, beugte sich seufzend vor und nahm die nächste.

Johann trat in den Regen, der auf ihn niederprasselte wie kleine Trommelstöcke. Er rannte geduckt über den Hof. Das Ständerwerk des Haupthauses leuchtete selbst bei diesem trüben Wetter, das Kopfsteinpflaster glänzte nass und die Linden waren so grün, dass es fast in den Augen schmerzte. Der Regen tat den Äpfeln gut, aber wenn sie Pech hatten, würde er ihnen die gute Kirschernte gründlich verderben.

Alix sah ihn kommen, sie zeigte auf den Beifahrersitz. Etwas eng, aber immerhin war's hier trocken. Sie kramte eine Tasche, zwei leere Plastikflaschen und eine Windjacke aus dem Fußraum der Beifahrerseite. »Sorry«, murmelte sie.

»Ach, du solltest mal mein Auto sehen.« Er grinste.

»War das eine Einladung?«

Flirtete sie mit ihm?

»Wenn ich dich einladen darf, gerne.« Er hatte nichts dagegen.

Statt zu antworten, blickte sie durch den Regenvorhang zur Scheune. »Braucht ihr Hilfe?«

»Heute nicht. Bei dem Wetter kann man bei den Obstbäumen nicht viel machen.« Die Mitarbeiter hatten frei. Morgen war besseres Wetter vorhergesagt, dann konnten sie wieder bei den Apfelbäumen nach dem Rechten sehen und weiter ausdünnen. Bis zur Kirschernte war's nicht mehr lang, dann hätten sie keine Zeit mehr dafür. Was sie bis dahin nicht schafften, musste aufs kommende Jahr warten.

»Ich habe mit meinem Vater geredet. Über den Hof. Über ... Tante Barbara.«

»Ja?« Er versuchte, sich unbeteiligt zu geben.

»Ja. Und über dich. Wir fragen uns ...« Sie zögerte. »Woher du kommst.«

Er hatte nicht so früh mit dieser Frage gerechnet. Aber natürlich. Sie musste irgendwann kommen. Niemand der Beteiligten war dumm, und ein Fremder, der sich auf einem Hof einnistete, der in seiner Blütezeit ein kleines Vermögen wert gewesen war, das warf natürlich Fragen auf.

Bei ihm zum Beispiel. Die Frage, warum Alix sich erst jetzt für den Hof interessierte, nachdem sie gesehen hatte, wie groß alles war und dass ihre Tante nicht mehr sie selbst war. Das fiel ihm schon auf, und er war in Alarmbereitschaft.

Obwohl das mit Barbara nicht stimmte; dass sie nicht sie selbst war. Er vermutete eher, dass sie sich so gab, weil es dann einfacher für sie war. Er war für sie ein Türwächter, er passte auf, dass es ihr nicht zu viel wurde mit dem Leben da draußen. Und ihre Großnichte, die bedeutete in Barbaras Augen Gefahr, das spürte er.

Umso mehr ärgerte ihn, dass er sie angeschleppt hatte.

»Es ist besser, wenn du wieder fährst.«

Er stieg aus, schaute nicht zurück. Ging in die Scheune, wo Barbara die Kistchen stapelte, dass sich ein schiefer, wackeliger Turm ergab. Er nahm drei Kisten herunter, stellte sie nebeneinander auf den Tisch und wählte die Äpfel aus.

Offenbar wurden sie Alix so schnell nicht wieder los, denn als er sich jetzt über den Eimer mit den schönsten Holsteiner Cox beugte, die er in den großen Apfelcontainern im Kühlhaus noch hatte finden können, hörte er ihre leichtfüßigen Schritte über den Hof kommen.

»Guten Morgen«, trällerte sie.

Er hätte ihr am liebsten was an den Kopf geworfen. Da er gerade einen Apfel in der Hand hatte, tat's der auch. Sie fing ihn geschickt auf, polierte ihn an ihrem beerenfarbenen Oberteil ab – das ihr ziemlich gut stand, fand er – und biss hinein.

Sie verzog das Gesicht. »Der ist …« Sie spuckte den Bissen aus. »Faulig.«

»Kann nicht sein«, erwiderte er. Konnte natürlich doch sein, das sah man den Äpfeln von außen nicht immer an. Und so spät im Frühling, eigentlich schon Sommer, kurz vor der Kirschenzeit – da waren die Äpfel eben nicht mehr schön. Aber das Lager war voll, und er wollte jetzt schon für den kommenden Herbst vorsorgen. Die Menschen für seine Äpfel begeistern, das war sein Ziel.

Barbara auf ihrem Hocker schien gar nichts mitzubekommen. Sie kleidete die Kistchen mit Holzwolle aus.

Geschickt und erstaunlich schnell. Johann überlegte, ob er sie noch mal allein lassen konnte. Wenn er mal fünf Minuten Pause machte, würde sie ihm danach nicht hundert gefütterte Kistchen hinstellen.

Er nahm Alix den Apfel ab. »Kommst du mit nach draußen?«

»Ja, gerne. Ich wollte dich was fragen…«

Er hörte nicht zu, sondern rauschte an ihr vorbei. Ihre Schritte hinter ihm, draußen immer noch dieser Regen, der ja gut war, fein und beständig, die Äpfel und Birnen wird's freuen. Nicht so angenehm, wenn man ein ernstes Wörtchen mit jemandem reden wollte, den man kaum kannte.

Aber das musste wohl sein.

Er lief quer über den Hof zu der Linde, unter der eine Bank stand. Dort blieb er stehen, leidlich geschützt durchs Blätterdach.

»Und zwar«, plapperte sie weiter, bevor er etwas sagen konnte, »überlege ich, ob ihr mir eine von den Scheunen verpachten könnt. Die kleine dort drüben.«

»Das ist der alte Schweinestall«, bemerkte er trocken.

»Ach, macht ja nichts.«

Sie riecht nichts, fiel ihm wieder ein. Sonst hätte sie den Vorschlag nicht gemacht. Dem alten Schweinestall roch man immer noch an, was er bis vor wenigen Jahren gewesen war.

»Gibt's dort einen Wasseranschluss?«

Er nickte widerstrebend.

»Umso besser. Ich müsst' auch einiges umbauen, darum die Idee, dass ich es pachte. Vielleicht für fünf Jahre, und danach sehen wir weiter?«

»Warum?«, fragte er.

»Wie bitte? Ich dachte…«

»Warum bist du wieder hier?«

Das ließ sie innehalten. Sie musterte ihn, verschränkte dann fröstelnd die Arme. »Dann hast du mich nicht gestern hierher mitgenommen, damit ich euch helfe? Es klang so. Als würdest du jemanden suchen, der sich einbringt. Und Ideen hat. Ich habe nämlich Ideen, was man machen könnte.«

»Die habe ich auch.« Er starrte sie finster an.

»Haben diese Ideen etwas damit zu tun, dass meine Tante dir den Hof überschreibt?«

Im ersten Moment wusste er nicht, was er auf diese Frechheit erwidern sollte, und als er den Mund öffnete, kam nur ein verwirrtes »Äh…« heraus.

Das schien ihr als Antwort zu genügen. »Dachte ich mir.« Sie nickte zufrieden, als hätte sie ihn auf frischer Tat ertappt. »Also, wenn du schon über alles hier bestimmst, kannst du mir sicher auch meine Frage beantworten. Verpachtet ihr mir den Schweinestall?«

»Was hast du denn damit vor?«

»Schweine züchten eher nicht.«

Er merkte, dass seine Geduld mit ihr an diesem Regentag endlich war.

»Dann erzählst du's mir eben nicht.« Er stapfte zurück in den Regen. Sie rief hinter ihm her, er blieb stehen.

»Willst du da im Regen stehen, während ich es erzähle?«

Er zuckte mit den Schultern. Wie lange konnte das schon dauern?

»Erzähl's mir später. Du kannst den Stall haben.«

Das konnte er auch allein entscheiden, ohne Barbara zu fragen. Sie würde sich mit allem einverstanden erklären, wenn er es vorschlug.

Barbara hatte weiter die Kistchen mit Holzwolle ausgestopft, und als er sich nun neben sie hockte und begann, die Äpfel reinzulegen, drehte er jeden einzelnen mehrmals in der Hand, schnupperte an einigen. Wo ein fauler Apfel war, da gab es sicher noch mehr, und nichts wäre ihm peinlicher als beschädigte Ware auszuliefern.

»Bleibt sie?«, fragte Barbara.

»Wenn du nichts dagegen hast.«

Sie brummelte vor sich hin. Dann: »So viel hab ich hier ja nicht mehr zu sagen.«

Da lächelte er. Weil es stimmte. Und weil es sich gut anfühlte.

🍎

Er ließ sie sprichwörtlich im Regen stehen, aber immerhin hatte sie es trocken, da unter der Linde. Alix hockte sich auf die Rückenlehne der alten Holzbank, die hier, nun, ewig sicher nicht, aber bestimmt schon stand, solange sie sich erinnern konnte. Mindestens fünfundzwanzig Jahre also.

Sie merkte, wie die Enttäuschung in ihr hochkochte. Er wollte gar nicht wissen, was sie mit dem Schweinestall vorhatte. Na schön. Dann sollte er sich auch nicht beklagen, wenn sie begann, dort alle Wände einzureißen und neue zu ziehen.

Gestern Abend war ihr die Idee gekommen, so simpel und logisch, völlig einleuchtend und inspiriert von Johanns Plänen, aus dem Apfelhof eine besondere Attraktion zu machen. Alle Apfelhöfe hatten ihre eigene Mosterei, ihren Hofladen mit Säften, Schnäpsen, Apfelketchup, Apfelchutney und so weiter. Man konnte den Apfel als Chips essen, getrocknet, zu Mus verkocht, alles natürlich unter dem Label des biologisch-dynamischen

Landbaus, und die Leute kamen und kauften, auf jedem Hof dasselbe. Nur die Etiketten waren verschieden.

Aber hier sollte es was anderes geben. Etwas, das die Leute verweilen ließ, damit sie nicht nur kamen, weil es ein Hof unter vielen war.

So begann Alix noch in der Nacht, ihren großen Plan zu entwerfen. Ein Plan, in dem auch für sie ein kleines, kuscheliges Plätzchen war.

Für sie und ihre Apfelblütenseifen.

Die Idee war ihr ganz plötzlich gekommen. Oder sie war schon die ganze Zeit da gewesen, ohne dass sie sie aussprechen konnte.

Die zwei Wochen in Grasse, in denen sie fast jeden Morgen zu Agnès gefahren war, hatte sie noch immer in Erinnerung. Wochen voller süßer Düfte, die sie nicht wahrnehmen konnte. Aber was sie wahrnahm, war die Konsistenz der fertigen Seifen. Der Reifungsprozess, die unterschiedlichen Stadien bis zur festen Seife. Sie half Agnès bei allen einzelnen Produktionsschritten, bis hin zur fertig verpackten Seife mit einer Banderole. Sie hatte in der letzten Woche noch einmal Jeanne ins Museum begleitet, wo es ihre Aufgabe war, die verkauften Seifen im Museumsshop aufzufüllen.

Die ganze Arbeit hatte Alix mit einer seltsamen Zufriedenheit erfüllt. Es müsste doch, dachte sie, keinen Unterschied machen, ob sie nun eine Seife siedete oder einen Duft kreierte. Aber das Gegenteil war der Fall. Eine Seife war zunächst mal substanziell, sie konnte in die Hand genommen werden. Sie war mehr als ihr Duft, sie brachte Sauberkeit und Pflege mit sich. Anders als Alix' Raumdüfte und Parfüms, die so schnell verflogen wie ein weiterer Tag.

Substanzlos. Das war es, was ihr dazu einfiel.

Vielleicht empfand sie das nur, weil sie eben im Moment nichts riechen konnte und alles, was sie in den letzten zehn Jahren in mühsamer Arbeit, in langen Nächten in ihrem Labor erschaffen hatte, ihr im Moment verschlossen blieb. Gut möglich, dass sie deshalb nach etwas Neuem suchte. Einer Welt, die ihr bisheriges Talent aufgriff, aber sich nicht allein darauf beschränkte. Das Parfümeurshandwerk war nur die Grundlage für alles Kosmetische, das daraus erwuchs. Wenn sie also ihr Geruchsgedächtnis bemühte und Seifen kreierte, die mit den verschiedenen Duftkomponenten spielten – wäre das nicht ein Fortschritt in ihrer Arbeit? Sie hatte Agnès beobachtet, mit welcher Akribie sie die Düfte in ihren Seifen hinzufügte. Exakt abgemessen, wie es auch bei Parfüms notwendig war, um den einen, richtigen Duft zu erschaffen.

Das wollte Alix. Nur eben nicht länger mit Parfüms, sondern jetzt mit Seifen. Sie wusste, wenn sie sich hier eine Werkstatt einrichtete, war das ein Schritt weg von ihrem bisherigen Leben.

Aber was war ihr denn noch vom alten Leben geblieben?

Nichts.

Darum wagte sie einen Schritt nach vorne, in ein neues Leben. Tatenlosigkeit war noch nie etwas gewesen, was sie lange aushielt, hatte Max immer lächelnd zu ihr gesagt.

Max … Das war noch so etwas, ein Teil ihres früheren Lebens, der verschwunden war. Sie wusste nicht, ob es für Max und sie irgendwann einen Weg zurück geben würde. Im Moment fühlte es sich nicht so an. Und das schmerzte.

Auch deshalb brauchte sie eine neue Aufgabe: Um diesen Schmerz zu überdecken. Damit sie ein paar Wochen und Monate mal mit etwas völlig anderem beschäftigt war.

»Was will sie denn?«, wollte Barbara wissen.

»Hm?«

Ach, ach. Wie er von seinen Äpfeln aufblickte, die Stirn gerunzelt, die Augenbrauen zusammengezogen wie ein buschiges V. Sie hätte ihm gern die Sorgen aus dem Gesicht gestreichelt. Ihrem Hannes.

Aber gerade war sie in Gedanken bei der jungen Frau, die da draußen im Regen unter der Linde saß, Jeans und dunkelpinkes Shirt. Barbaras Hände arbeiteten flink. Hannes dachte vielleicht, dass er ihr mit dieser Arbeit einen Gefallen tat, weil sie das Einzige war, was sie noch schaffte. Dabei hatte sie in ihrem Leben schon mehr solche Apfelkistchen gepackt, als er sich hätte vorstellen können. Hätten sie getauscht, wäre ihm schwindelig geworden, denn ihre Hände waren vielleicht älter als seine, konnten das Sortieren und Greifen aber blind und im Schlaf.

Aber so war's auch gut. Entschleunigung, oder wie nannten die jungen Leute das?

Er schien zu glauben, dass sie nichts mehr mitbekam von der Welt. Dass sie sich eingeschlossen hatte in ihren eigenen Gedanken. So war's nicht, aber wenn er das dachte, war ihr das recht, weil er sie dann nicht länger mit Dingen behelligte, von denen sie nichts mehr hören wollte.

Seit über fünfzig Jahren hatte sie den Apfelhof geführt. Erst zusammen mit ihrem Mann, später dann allein. Dass Hannes nun hier war und ihr alles aus der Hand nahm, tat ihr gut. Sie schlief ruhiger. Sie schlief überhaupt mal länger als drei oder vier Stunden in der Nacht. Die große Erschöpfung, die kam halt daher, dass sie schon über siebzig war und es irgendwann genug geschuftet war. Darum blieb ihr die Holzwolle, und Hannes musste eben mit den Äpfeln hantieren.

»Was sie will. Die Alix.«

Ganz so doof war sie nämlich nicht, dass sie nichts mitbekam. Alix war das, hatte sie doch sofort erkannt. Die zweitälteste Tochter ihres Neffen Gustav. Dass die sich hier nun herumtrieb, na gut. Solange sie auch wieder verschwand.

»Sie will den Schweinestall pachten.«

Darüber lachte Barbara. Den Schweinestall? Städter. Denen fiel immer was Lustiges ein. Also wirklich.

»Und was macht sie damit?«

Hannes zuckte mit den Schultern. »Umbauen, meint sie. Hab sie nicht gefragt.«

»Aber sie zieht jetzt nicht zu uns?«

Das wäre ihr nämlich nicht recht. Fremde auf dem Hof, nein danke. Ihr genügte schon das sommerliche Gewusel der Saisonkräfte, sie brauchte nicht noch mehr Unruhe.

»Keine Ahnung.« Er lachte. »Meinst du, sie will den Schweinestall umbauen in eine Wohnung?«

Sie kicherte. »Braucht sie nicht. Kann sich einfach in den Koben legen zum Schlafen.«

Aber die Frage ließ ihr keine Ruhe. Wollte sich Alix hier einnisten?

Barbara stand auf. Sie wischte die Holzwolle von ihrer dunkelgrünen Schürze. »Ich frag mal.« Sie marschierte durch den Regen auf die Linde zu. Aber da war niemand mehr.

Die Tür zum Schweinestall stand weit offen. Als sie das Dunkel des alten Stallgebäudes erreichte, brauchten ihre Augen einen Moment, bis sie sich daran gewöhnte. Keine Spur von Alix.

»Hallo?«, rief sie in die Dunkelheit.

»Oh, hi!« Da richtete sie sich auf. Hatte sich tatsächlich in ihrer feinen Jeans in den Koben gehockt, um – ja, was zu tun? Wollte sie doch da einziehen? Oder doch schlafen?

»Wollte nur wissen, was du da machst.«

Was du vorhast. Willst du meinem Hannes den Hof abspenstig machen, oder was?

»Ich schau mir den Schweinestall an. Johann meint, ich könnte ihn für ein paar Jahre pachten.«

»Hm. Und dann? Was haste damit vor?«

Alix strahlte sie an. »Seifen sieden. Alix' Apfelseifen. Wie klingt das?«

»Wie Bauer Dirks Apfelketchup. Und so schmeckt der auch.«

Die strahlende Begeisterung fiel von Alix ab, als hätte sie ihr den Boden unter den Füßen weggezogen. Gut so. Sie war es leid, dass jede glaubte, sie müsse nur eine Idee haben, um ein Business aufzuziehen. Dass so was harte Arbeit bedeutete, machte sich ja heutzutage niemand mehr klar.

Alle dachten, es genüge, wenn man ein Produkt in die Welt setzte. Noch etwas Entbehrliches, das dann die Touristen kauften und das ihnen daheim alles zumüllte, weil sie überall irgendwelchen Quatsch kauften. Das kam daher, weil die Leute dachten, ihnen würde was fehlen im Leben.

»Aber mach nur. Ist ja nicht mein Geld, das du damit durch den Schornstein bläst.«

»Nee, eben.« Jetzt reckte sie trotzig die Schultern. Sie schaute sich um. »Was meinst du, ob ich die Fenster vergrößern kann? Ich hätte gern mehr Licht hier drin.«

»Mach mal. Aber das bezahlst du von deinem Geld.«

»Ja klar.«

»Wohnen kannst du aber nicht bei uns«, fügte Barbara hinzu. »Wir haben keinen Platz.«

»Ich habe eine Wohnung, danke.«

»Na, dann ist ja alles geklärt. Viel Spaß.«

Sie klapperte zurück über den Hof. Der Regen rauschte, prasselte auf ihren Kopf nieder. Die armen Kirschen. Wenn es weiter so kalt blieb, war dies kein gutes Jahr fürs Kirschenessen.

Alix und ihre Seifen hatte sie schon fast wieder vergessen, als sie die andere Hofseite erreichte. Loki kam aus einer Ecke angeschossen, schmiegte sich an ihr Bein. »Ach, mein Loki«, murmelte sie und hob den dicken schwarzen Kater hoch. Der rieb sein Köpfchen an ihrem Kinn.

Wieso hatte sie auf einmal Tränen in den Augen? Und zwar nicht, weil sie traurig oder wütend war. Nein, eher weil es sich gut anfühlte, nicht länger allein auf dem Hof zu sein. Wenn ihr Hannes verschwand, wäre immerhin noch Alix da.

Denn irgendwann, davon war sie überzeugt, würde er wieder verschwinden. Konnte er doch nicht ewig aushalten mit ihr hier draußen. Mit den ganzen Schulden und der vielen Arbeit. Das hielt keiner aus. Darum hatten sie doch alle verlassen, oder nicht?

»Wir haben keinen Platz.«

Ein langer, anstrengender Tag lag hinter Alix. Sie hatte den Schweinestall ausgemessen, hatte stundenlang Zahlen in ihr Moleskine-Büchlein notiert, hatte Risszeichnungen versucht und immer wieder ihre Phantasie bemüht. Hier der Tisch, dort die Herdplatten, darüber ein Abzug. Gegenüber ein zweiter Tisch. Eine Wand zwischen der Siedeküche und dem Lagerraum. Darin im vorderen Teil die Zutaten unter Verschluss, im hinteren Teil die fertigen Seifen und das Verpackungsmaterial. Was man eben so brauchte.

Aber Barbaras Worte kniffen ein bisschen, sie hallten in ihr nach, gerade weil sie sich so sehr wünschte, dass es hier einen Platz gab, nicht nur für ihre Seifenmanufaktur, sondern auch für sie. Und insgeheim hoffte Alix, das letzte Wort sei noch nicht gesprochen, das letzte Wort liege bei Johann und nicht bei Tante Barbara.

Als Johann sie fand, kniete sie gerade in einem der Schweinekoben und versuchte, eines der Bretter rauszureißen, die den Spaltboden bildeten.

»Was machst du da?«, fragte er belustigt.

Sie stand auf. Ihre Jeans war schmutzig, und in ihren Haaren hingen Spinnweben. Ein Streifen Dreck lief quer über ihre Stirn.

»Ich versuche, mir ein Bild zu machen.«

»Hunger?«

Sie strahlte ihn an. »Immer.«

Also kochte er was. So ein Regentag im Sommer rief nach Suppe oder Eintopf. Nur gut, dass der Kühlschrank genug Möhren und Mettendchen hergab. Während der Möhreneintopf mit Mettwurst auf dem Herd köchelte, holte er zwei Flaschen Bier aus dem Kühlschrank und hielt ihr eine hin. Sie nahm die Flasche, und sie setzten sich vor der Küche unter das Vordach. Der Regen prasselte auf den Gemüsegarten nieder, irgendwo im Haus hörte er Barbara fluchen. Vermutlich saß sie wieder vor der Nähmaschine.

»Kann ich länger bleiben?«

Alix' Frage überraschte ihn.

»Heute Abend oder…?«

Sie zuckte mit den Schultern, trank einen großen Schluck Bier, bevor sie antwortete. »Ich dachte, es wäre ganz praktisch, wenn ich ein Zimmer auf dem Hof habe. Gibt's ein Eckchen für mich?«

Ob sie den Platz dafür hatten? Mehr als genug. Es gab unter dem Dach noch drei Kammern, die man herrichten könnte, auch ein zweites Bad war dort. Das war zwar eher spartanisch, aber besser als nichts, fand er. Zumindest hatte er sich damit inzwischen arrangiert, denn Barbara weigerte sich nach wie vor, mit ihm das Bad im Erdgeschoss zu teilen.

»Sie meinte, ich könne hier nicht wohnen.«

»Klar haben wir genug Platz. Aber hast du dir das gut überlegt?«

»Ehrlich gesagt nicht.«

Er grinste. »Dachte ich mir.«

Dabei beließen sie es. Dachte er.

🍎

Alles in ihr drängte danach, möglichst viele Brücken hinter sich abzubrechen. Bei ihren Eltern mochte es kuschelig sein, aber nicht länger als unbedingt nötig. Sie war erwachsen und wollte ihr Leben wieder in der Hand haben. Sich nicht länger von ihrer Verletzung diktieren lassen, wer sie war oder was sie tun durfte.

»Habt ihr es euch denn gut überlegt? Dass ihr an mich verpachtet, meine ich.«

Noch konnte er einen Rückzieher machen.

Johann lachte. »Eigentlich nicht. Aber das müssen wir nicht. Der Schweinestall wäre sonst früher oder später abgerissen worden. Wenn du was damit anfangen kannst, ist mir das nur recht.«

»Ich müsste ein paar Renovierungen vornehmen lassen. Nicht sofort, für den Anfang reicht es vielleicht auch, wenn ich beide Türen aufsperre oder die Lauge draußen anrühre.«

»Sag einfach Bescheid. Auch wenn du Hilfe brauchst.«

Sie prustete ins Bier, das sofort überschäumte. Schnell hielt sie das Bier weit von sich weg. »Im Ernst? Du hast doch eh schon genug zu tun mit allem hier.«

Er zuckte mit den Schultern. »Wenn man erst auf verlorenem Posten steht, ist es irgendwann egal, wie viel man nicht schafft. Ich guck mal nach dem Eintopf.« Als er zurückkam, ließ er sich mit einem Aufatmen neben ihr auf die Treppe sinken. »Erzähl mir davon. Vom Seifensieden.«

»So viel weiß ich gar nicht darüber. Ich habe es auch erst vor Kurzem gelernt.« Ihr fiel etwas ein. Rasch zog sie das Moleskine aus der Tasche und notierte darin, dass sie Agnès anrufen wollte. Sie hatte Fragen. Viele Fragen.

Johann wartete geduldig, bis sie alles notiert hatte, was ihr gerade durch den Kopf ging. Das mochte sie an ihm – neben diesem verschlafenen Grinsen, das man leicht unterschätzte, und seinem Willen, etwas zu bewegen. Denn den spürte sie bei ihm. Das war auch ein Grund, weshalb sie hier war – sie hatte das Gefühl, dass sie gemeinsam etwas schaffen konnten.

Aber jetzt wollte er mehr übers Seifensieden wissen. Sie begann zu erzählen – vom Handwerk, von den einzelnen Arbeitsschritten. Und Johann hörte ihr zu. Zweimal entschuldigte er sich, ging ins Haus und schaute nach dem Eintopf. Beim zweiten Mal brachte er noch zwei Flaschen Bier mit nach draußen.

»Weißt du, das mag ich«, sagte er, als sie innehielt und einen Schluck kühles Bier nahm.

»Was? Dass ich dir eine Frikadelle an die Backe labere?« Sie lachte.

Er grinste. »Nee. Also, das auch.«

Wenn er lächelte, glänzten seine Augen so verträumt. Alix' Herz schlug etwas schneller.

»Ich mag vor allem, dass du nicht den großen, schnellen Reichtum willst.« Er knibbelte an dem Bieretikett herum. Alix ertappte sich dabei, wie sie dasselbe machte.

»Das musst du mir erklären.«

»Ahhh, also. Ich habe einen Kumpel. Nennen wir ihn Sven. Und Sven ist ein echt schlauer Kopf. Er hat studiert und neben dem Studium eine Firma gegründet. Das machen viele in seinem Berufsfeld, weil es echt einfach ist. Aber er … na ja. Er hat eine App entwickelt. Du weißt schon, so eine zur Selbstoptimierung, die einen alle Stunde daran erinnert, man müsse doch mal ein halbes Glas Wasser trinken, voll achtsam durchatmen und anschließend eine Yogapose einnehmen, bevor man weiterschuftet. Und wenn man das hundertmal hintereinander schafft, pflanzt die App einen Baum. Oder so ähnlich.«

Alix nickte. Solche Apps hatte sie auch schon mal versuchsweise auf ihrem Handy installiert und meist direkt im Anschluss vergessen. Die Benachrichtigungen klickte sie immer weg.

»Sven war damit echt happy, weil seine App sich

verkaufte wie sonst was. Er hatte plötzlich ein kleines Start-up, verdiente einen Haufen Geld, war schon echt super. Aber er war auch irgendwie ... einsam.«

Sie begriff.

Johann trank noch einen Schluck Bier. »Tja«, sagte er.

»Was hat dein Freund mit der tollen App gemacht?«

Er dachte über diese Frage lange nach, als wäre die Antwort wichtig.

»Ehrlich gesagt ... er hat sie verkauft. An irgendein großes Unternehmen, das für so einen Scheiß Millionen ausgibt. Und dann hat er sich überlegt, was er mit dem Geld Vernünftiges machen kann. Er ist übrigens ein echter Schisser, dieser Freund.« Wieder das Grinsen. Es war klar, von wem er redete. »Darum wollte er auf gar keinen Fall irgendwo in Afrika ein Krankenhaus bauen oder so. Er hat einen Teil des Geldes gespendet. Mit dem Rest versucht er, mit seinem Leben etwas Vernünftiges anzufangen.«

»Und darum bist du hier«, sagte sie leise.

»Was? Nein. Äh ... nein, also, dieser Kumpel, das bin ich nicht.«

»Ach so.« Sie kam sich gerade etwas verarscht vor. »Ich dachte.«

»Nee. Ich habe brav zu Ende studiert, ein paar Jahre im Job gearbeitet und bin hier, weil mich dieses Gieren nach skalierbaren Produkten nervt. Du weißt schon. Alles, was man unendlich vervielfältigen und millionenfach verkaufen kann. Apps, Spiele, Musik. Das, wo ohnehin nur die gewinnen, die das große Marketingbudget haben und den Leuten einreden, dass sie dieses Computerspiel oder jenen Kinofilm unbedingt brauchen. Nein, ich wollte davon weg.« Er zog die Stirn kraus. »Ich dachte immer ›geil, so was wie Sven will ich auch mal machen‹, aber dann habe ich gemerkt, wie substanzlos da manches ist. Ich war bei der Firma angestellt, die ihn aufgekauft hat. Ein siebenstelliger Betrag für ein kleines Programm, das er in zehn Nächten zusammengekloppt hat? Das ist doch verrückt. Und noch verrückter ist eigentlich nur, dass es immer so weitergeht. Niemand blickt mal über den Tellerrand. Niemand überlegt, ob diese Programme wirklich jemandem nutzen. Sie werden einfach dutzendfach auf den Markt geworfen, und man hofft, dass *eins* sich durchsetzt, weil man dann immer noch Gewinn macht.«

»Hm, okay.« So ganz verstand Alix sein Problem noch nicht.

»Das hier ist anders«, fuhr er fort. »Barbara hat Mitarbeiter. Wir ziehen alle an einem Strang, es geht uns allen darum, im Juli die besten, schönsten Kirschen zu ernten und ab September die roten, saftigen Äpfel. Aber jeder Einzelne kann nur eine bestimmte Menge Kirschen und Äpfel pflücken. Verstehst du? So ist es auch mit deinen Seifen. Du kannst eine begrenzte Menge herstellen, und diese Menge wird definiert durch deine Zeit. Du kannst nicht Millionen Seifenstücke an einem Tag herstellen.«

Sie begriff langsam, was er meinte. »Es ist ein langsamer Prozess.«

»Und begrenzt. Wenn jemand zu dir kommt und tausend Seifenstücke bestellt, wie lange bist du dann beschäftigt?«

Alix dachte an Agnès. »Sicher zwei Wochen. Da mache ich dann aber nichts anderes. Und ich kann die Seife dann erst in zwei Monaten liefern. So lange braucht sie zum Reifen.«

»Genau. Wenn heute jemand zu mir kommt und will

zwei Tonnen Braeburn, muss ich ihm sagen ›tut mir leid, im September wieder, das Lager ist leer‹. Alles braucht seine Zeit. Und *das* mag ich.«

»Entschleunigung?«, versuchte sie zu scherzen.

Aber Johann nickte ernst. »Genau so.«

Er ging wieder in die Küche. Alix blickte durch die Glastür nach drinnen, wo er am Herd stand und mit Kochlöffel, Salz und anderen Gewürzen hantierte. Sie begriff, was er meinte.

Zeit ist der limitierende Faktor. Nicht nur ihre Arbeitszeit, auch die Lebenszeit. Was für eine Verschwendung es wäre, wenn sie sich in den kommenden Monaten weiterhin daheim einschloss, zweimal täglich ihre Riechübungen zelebrierte und ansonsten nichts machte, außer zu warten…

So war sie nicht. Die erste Chance, dieser Falle zu entkommen, hatte sie einfach am Schopf gepackt. War es noch zu früh dafür? Ach, wen kümmerte das. Sie brauchte eine Aufgabe. Etwas zu tun. Aber auch etwas, das nur ihr gehörte, und die Seifen passten zu ihr und zum Apfelhof.

Johann reichte ihr eine der Steingutschalen mit dunkeltürkiser Glasur auf grauem Untergrund, die so schön glänzten und sich in die Hand schmiegten. Der Möhreneintopf leuchtete wunderschön, er hatte etwas Petersilie draufgestreut. Sie kostete, machte »mhhh«, weil man das eben von ihr erwartete, dass sie das Essen lobte.

Aber dann ließ sie den Löffel sinken.

Johann teilte mit ihr seine Geschichte, seine Inspiration.

Sie merkte, dass sie nur dann auch mit ihm und Tante Barbara unter einem Dach leben konnte, wenn sie ehrlich war.

»Ich kann nichts mehr riechen«, fing sie an. »Ich bin Parfümeurin, und seit einem Unfall vor knapp zwei Monaten rieche ich nichts mehr. Ich weiß nicht, ob ich irgendwann wieder was rieche.« Sie zeigte mit dem Löffel auf die Schüssel in ihrer linken Hand. »Wenn ich Glück habe, kann ich in einem guten halben Jahr wieder riechen. Und schmecken.«

»Oh«, sagte er. »Ich dachte, du meintest das letztens eher so … na ja, als hättest du eine Erkältung.«

»Das war lange meine Ausrede.« Sie zuckte mit den Schultern. »Aber ich bleibe wohl länger hier. Käme mir komisch vor, wenn ich das dann verschweige.«

Er grinste. »Ich habe mich schon über dein Kompliment gewundert. Ich bin ein miserabler Koch.«

Sie lachte so sehr darüber, dass ihr fast der Möhreneintopf aus der Schüssel geschwappt wäre.

»Nein, wirklich! Barbara isst nie, was ich koche. Die Katze verweigert es auch, so schlecht ist es.«

»Hast du's mit dem Hund versucht?«

Er machte eine wegwerfende Handbewegung. »Ach, der. Der weiß nicht, was gut ist.« Nachdenklich löffelte er, beobachtete sie dabei aus dem Augenwinkel. Sie spürte das, löffelte derweil und schmeckte immerhin Schärfe.

»Deshalb die Seifen?«, fragte er.

Sie nickte.

»Aber die kannst du auch nicht riechen.«

»Sie sind nicht so komplex wie Parfüms. Und da traue ich mir zu, anhand von bereits vorhandenen Rezepten zu arbeiten. Oder ich lasse dich daran schnuppern. Wenn du magst«, fügte sie hinzu.

Ihr Handy piepte. Sie zog es aus der Innentasche ihrer Jeansjacke und blickte drauf.

Wo bist du? Ich vermisse dich. Deine Eltern wissen auch nicht, wo du steckst. XX, M

Verdammt.

Nein, sie wollte nicht über ihre Eltern nachdenken. Oder darüber, was Max gerade machte. War er vielleicht zwischen Hongkong und New York in Hamburg, saß bei ihren Eltern auf der Terrasse und nippte an einem Aperol Spritz, während ihr Vater noch zwei Steaks auf den Grill legte?

Früher wäre das für sie der Inbegriff von Familie gewesen, aber im Moment hatte sie keinen Sinn dafür.

Es ging nicht darum, dass er sich bei ihr meldete. Oder dass er ihre Eltern nach ihr fragte. Er kam ihr schon wieder zu nahe, sie merkte, wie sich alles in ihr sträubte.

Eigentlich hatte sie überlegt, nach Hause zu fahren. In zwei, drei Stunden, wenn sie nichts mehr vom Bier merkte.

Jetzt hielt sie die Flasche hoch, in der nur noch ein Pfützchen schwamm. »Ich nehm noch eins«, sagte sie. »Und steht das Angebot mit dem Gästezimmer noch? Sonst muss ich im Auto schlafen.«

Johann grinste. »Ich gucke mal.« Er verschwand in der Küche, sie hörte ihn rumpeln, Flaschen klirrten, er fluchte.

Sie nahm noch einen Löffel vom Eintopf. Schmeckte wirklich gar nicht so übel, dachte sie. Das salzige Aroma der Mettwürstchen und die leichte Süße der Möhren ...

Moment.

Bildete sie sich das gerade nur ein, weil sie *wusste*, wie Möhreneintopf schmecken sollte?

Sie atmete durch den Mund und probierte noch einen Bissen. Hm, jetzt schmeckte sie nichts. Sie wusste ja, dass man die feinen Geschmacksnuancen über die Nase aufnahm, ebenso wie Gerüche. Die Zunge war nur für die Hauptgeschmäcke zuständig: Süß, sauer, salzig, bitter.

Aber das hier war mehr.

Sie sprang wie elektrisiert auf. Oh mein Gott, dachte sie. Ist da etwa wirklich so etwas wie Geschmack? Geruch? Irgendwas?

Alix lief zu dem Rosenbusch, der auf der Rasenfläche von einer niedrigen Buchsbaumhecke umgeben war. Sie steckte die Nase in eine der Rosenblüten, atmete tief ein, tief, tief, tief.

Normalerweise wäre ihre Nase früher bei so einem Geruch völlig überwältigt gewesen. Jetzt war da, wenn sie die Augen schloss und sich konzentrierte, so ein Hauch, eine winzige Ahnung von…

»Hey!«

Sie fuhr herum. Johann stand auf der Treppe zur Küche und schwenkte zwei Flaschen Bier. Langsam ging sie zu ihm zurück.

»Alles okay?«, erkundigte er sich.

Sie nickte nachdenklich. Dann setzten sie sich wieder auf die Treppe. Loki kam aus dem Garten, nass und struppig. Sie streichelte ihn gedankenverloren, während Johann weiter seine Suppe löffelte.

Ja, alles war okay. Aber sie hatte gerade etwas gerochen. Einen Hauch nur. Einbildung vielleicht. Aber ein bisschen war es so, als würde ihr eine kleine Stimme zuflüstern: Hier bist du richtig. Riechst du das? Es riecht, als könntest du hier heimisch werden.

 *Kapitel 11*

Max starrte auf sein Smartphone.

Manchmal waren die neuen, modernen Zeiten eben doch nicht so schön, wie man sich das vor zehn Jahren ausgemalt hatte. Die permanente Erreichbarkeit, die es einem ermöglichte, die anderen zu kontrollieren. Also, wenn man wollte. Was er natürlich nie wollte.

Aber nun waren da die zwei kleinen, blauen Häkchen hinter seiner Nachricht an Alix. Die und das verhöhnende »zuletzt online: 20:38«, das er nun schon seit über zwei Stunden immer wieder anstarrte. Das war so gar nicht ihre Art. Zumindest ein knappes »komme dann und dann« oder »sorry, keine Zeit« hätte sie gerade tippen können.

Das Schweigen hieß für ihn: Lass mich in Ruhe. Es ist noch zu früh. Geh weg. Verschwinde aus meinem Leben.

Es fühlte sich ziemlich endgültig an.

Und ausgerechnet diese für ihn schwer erträgliche Situation musste er bei Alix' Eltern aushalten. Weil kurz nach dem Grillen ein wahres Unwetter über der Siedlung niedergegangen war, saßen sie jetzt im Wintergarten, der Grill stand unter dem Vordach vom Gartenschuppen, durch die gekippten Oberlichter drang das muntere Tröpfeln und gelegentlich ein fernes Donnergrollen. Max hielt in der einen Hand sein Smartphone, in der anderen ein Glas Wein. Alix' Vater hatte sich nicht lumpen

lassen, weder was das Essen anging noch was die Gespräche betraf, die er an diesem Abend mit Max zu führen ge-
dachte. Ihre Mama hielt sich raus. Klein gefaltet und mit
einer wollweißen Decke über den Knien saß sie auf dem
Sofa neben ihrem Mann, die Hand in seine Ellenbeuge
gehakt, als wäre sie nur schmückendes Beiwerk.

Gustav Richter kannte nur ein Thema.

»Du und Alix, ihr müsst einfach jetzt Nägel mit Köpfen machen.«

Seine Zunge war schon etwas schwer vom Wein.

Max nickte dazu, auch ein bisschen weinduselig. Früher am Abend hatte er noch versucht, seinem Schwie-
gervater »in Lauerstellung«, wie dieser es launig ver-
kündete, etwas entgegenzuhalten. Das müssten Alix und
er gemeinsam entscheiden, er wüsste nicht, wie es nun
weitergehe, Alix müsse ja erst wieder zu sich finden. Und
so weiter.

Er fragte nicht, warum Gustav ausgerechnet jetzt mit
diesem Thema kam. War doch klar: Alix konnte nach ihrer Kopfverletzung nicht mehr für sich sorgen, ihr Vater
wollte sie versorgt wissen. Bisschen antiquiert, aber auf
seine Art auch rührend.

»Tja, hm. Vielleicht bin ich nicht ganz unschuldig,
dass sie heute Abend nicht hier ist«, räumte Gustav ein.
Er beugte sich vor, das Korbsofa knarzte. Die Weinflasche in seiner Hand neigte sich einladend Max' Weinglas
zu, er wollte erst den Kopf schütteln. Aber dann, warum
auch nicht? Er ließ sich nachschenken. Als Gustav auch
sich nachfüllen wollte, war die Flasche leer. »Oh. Ich hol
mal schnell eine neue.«

Er hievte sich aus dem tiefen Sofa, Claire machte
ihm Platz. Max blickte wieder aufs Handy. Immer noch
nichts von Alix.

Er spürte, dass ihre Mutter ihn beobachtete.

»Wäre es schlimm, wenn es nicht mehr weitergeht?«, fragte sie leise. »Entschuldige, wenn Gustav dich so bedrängt.« Sie, die fast akzentfrei redete, sprach den Namen ihres Gatten mit französischem Einschlag aus, es klang wie Gustave Flaubert. »Er macht sich immer Sorgen um seine vier Mädchen. So ist das wohl als Vater.«

Der letzte Satz versetzte ihm einen Stich.

»Ich sage ihm, sie sind erwachsen. Sie machen ihre Fehler, sie gehen ihren Weg. Hilft nichts. Er will helfen, immer.«

Aus der Küche hörten sie das Klirren von Weinflaschen, dann leises Fluchen. Claire lächelte nachsichtig.

»Irgendwann wird er begreifen, dass für euch eine Ehe vielleicht nicht das Beste ist. Nie sein wird.«

Max beugte sich vor. Es behagte ihm nicht, dieses Gespräch mit ihren Eltern zu führen, wenn er doch eher mit Alix sprechen sollte. »Ich weiß nicht, was das Beste sein wird. Im Moment möchte ich nur wissen, wo sie steckt.«

Claire blickte zur Küche, als müsste sie sich vergewissern, dass Gustav noch mit der Weinflasche beschäftigt war. »Ich vermute, auf dem Apfelhof ihrer Tante Barbara. Hat sie dir davon mal erzählt?«

Er schüttelte den Kopf. Das war ihm völlig neu.

»Warte.« Sie stand auf. Barfuß lief sie zu einem Sekretär, kramte ein Adressbuch hervor und schrieb etwas auf einen Notizzettel. Wie sie da am Sekretär stand, klein und barfüßig, die Haare modisch kurz und mit dem Hemdblusenkleid aus hellblauem Stoff, bekam Max eine Vorstellung davon, wie Alix in zwanzig, dreißig Jahren sein würde, und allein bei dem Gedanken daran wurde ihm das Herz ganz eng.

»Hier.« Sie steckte ihm den Zettel zu, Max schob ihn in die Hülle seines Handys, denn nun hatte Gustav offenbar den Kampf gegen die Weinflasche gewonnen.

»Ha!« Mit in die Luft gereckter Flasche kam er zurück, er stellte sie auf den Tisch, nachdem er sich vergewissert hatte, dass genügend Wein in den Gläsern war.

»Willst du nichts mehr, Gustav?« Claire hatte sich wieder bei ihm untergehakt.

Er winkte ab. »Später. Der hier war für Max.«

Max lächelte gequält. »Ich glaube, ich hatte genug«, meinte er und überlegte, wie er sich jetzt noch möglichst schnell aus der Affäre zog. Die Adresse des Apfelhofs brannte ihm Löcher in die Handyhülle, er konnte an nichts anderes denken. Wie weit war das von hier? Eine Stunde mit dem Auto? Mindestens. Nachts vielleicht etwas schneller.

Aber was wollte er dort?

Vor allem mitten in der Nacht. Nach drei Gläsern Wein.

Gustav nahm den Gesprächsfaden wieder auf. »Das mit dem Apfelhof meiner Tante, das ist komisch. Früher waren wir dort so oft, mindestens alle zwei Monate. Warum haben wir aufgehört, sie zu besuchen?«

»Die Mädchen wurden größer. Es interessierte sie nicht mehr.« Claire streichelte seinen Arm. »Und dann, die Sache mit Hannes …«

»Da ist ja jetzt dieser junge Mann bei Tante Barbara. Der kümmert sich um alles. Heißt der nicht auch Hannes?« Fragend drehte Gustav sich zu Claire um.

»Er heißt Johann.«

»Ja. Witziger Zufall. Er kümmert sich um sie. Netter Kerl. Ganz anders als du, Max. Was jetzt nicht heißen soll, du wärst nicht nett. Er ist eher so ein Naturbursche zum Pferdestehlen.«

Aha, und was war er dann? Ein steifer Anzughansel, dem man sein Geld lieber nicht anvertraute. Investment-banker. Niemand konnte auf Max' Beruf so gut herab-schauen wie Alix' Vater. Sie führten diese Diskussion nicht zum ersten Mal. Doch bisher hatte immer Alix ne-ben ihm gesessen und ihm beigestanden.

»Ich denke, ich fahre jetzt lieber nach Hause.« Max ließ das volle Weinglas stehen.

»Ach nein!« Claire sprang auf. »Meinst du, dass du noch fahren kannst? Ich richte dir sonst das Gästezim-mer her.«

Max zögerte. Er war wirklich nicht ganz nüchtern.

»Totgefahren hat er sich«, murmelte Gustav.

»Wie bitte?«, fragte Max.

»Der Hannes. Mit dem Motorrad. Erst verschwindet er monatelang, dann kommt er zurück und fährt sich tot. Das kann doch so nicht richtig sein.«

»Ich nehme ein Taxi«, sagte Max an niemand Be-stimmtes gerichtet. Er zückte sein Handy und rief eine App auf, mit der er die nächstgelegene Taxizentrale an-rufen konnte.

»Haben wir dir jetzt den Abend verdorben?«, fragte Claire. Sie hakte sich bei ihm unter und begleitete ihn in den Hausflur. »Nimm es ihm nicht übel. Er ist ...«

»Besorgt, ich weiß. Aber das bin ich auch, und ich ma-che ihn deshalb nicht sofort schlecht.«

Sie zuckte hilflos mit den Schultern.

Max gab ihr zum Abschied einen Kuss auf die pudrig weiche Wange.

»Wirst du Alix besuchen? Ich könnte mir vorstellen, dass sie dort jetzt mehr Zeit verbringt.«

»Liegt das an diesem jungen Mann?«, fragte er plötzlich. Ihn überraschte die Frage, denn er war sonst nicht der eifersüchtige Typ.

»Ich glaube, es sind mehrere Faktoren. Er ist ein netter Kerl, passt nur so gar nicht zu ihr. Ihr gefällt vielleicht, dass es dort draußen Platz gibt für ihre Gedanken und Zweifel. Sie versucht, sich neu zu orientieren ...«

Die Worte hallten nach, als er bereits im Taxi saß. War es wirklich so einfach? Brauchte Alix nur etwas Zeit, einen anderen Raum, damit sie sich nach dem Unfall neu orientieren konnte? Und wo war da Platz für ihn?

Ihre Mutter konnte noch so oft beteuern, dass Alix sich nicht von ihm trennen würde. Was blieb, war dieses merkwürdige Gefühl, das ihn nicht mehr losließ, seit er sich in Grasse von ihr verabschiedet hatte – dass Alix ihn gar nicht so sehr brauchte.

Noch wach?, schrieb er.

Die Taxifahrerin fuhr schnell, aber nicht rasant. Er lehnte den Kopf gegen das Seitenfenster, blickte hinaus in die Nacht. Leitplanken und Straßenschilder huschten vorbei. Er hätte sich gern vorgebeugt, ihr eine andere Adresse genannt und dann ein bisschen gedöst, bis das Taxi auf den Apfelhof rumpelte. Aber er ließ es. Alix las seine Nachrichten, sie antwortete aber nicht. Dafür gab es sicher einen guten Grund, und er würde nichts daran ändern, nur weil er plötzlich vor ihr stand.

In der Dunkelheit leuchtete der Himmel über der nahen Großstadt. Ein Gewitter.

Alix und Johann saßen immer noch auf den Stufen vor der Terrassentür, über die man direkt ins Haus gelangte.

Neben ihren nackten Füßen waren die Bierflaschen aufgereiht, ihr Kopf war müde, und während sie erzählten, lehnte sie sich irgendwann bei ihm an. Das fühlte sich ganz gut an, nein, es fühlte sich richtig an.

Ein bisschen wie nach Hause kommen. Was ja auch stimmte, denn früher war sie so oft auf diesem Hof gewesen, dass an jeder Ecke Erinnerungen lauerten.

Die Nähmaschine war vor über einer Stunde verstummt, damit auch das Fluchen von Tante Barbara. Johann meinte, sie sei vermutlich ins Bett gegangen. Er fragte Alix, ob sie auch müde sei, aber sie schüttelte im Dunkeln den Kopf, vertrieb eine Mücke, die um ihr Ohr sirrte, nahm noch einen Schluck vom Bier.

»Dein Handy leuchtet schon wieder.«

Johann sagte es ganz entspannt und ruhig. Aber sie fuhr hoch, ihr Handy lag zwischen ihnen auf der Stufe. Sie nahm es dann doch zur Hand, entsperrte es. Eine zweite Nachricht von Max. Die erste hatte sie ganz gut ignoriert.

Noch wach?

Sie überlegte. Wollte das Handy schon weglegen, aber das hätte auch nicht geholfen, er hätte gesehen, dass sie die Nachricht gelesen hatte.

Ja.

Mehr nicht.

Zu tief saß die Enttäuschung. Er hatte nichts falsch gemacht, aber seit sie sich vor gut zwei Wochen in Grasse voneinander verabschiedet hatten, war in ihr die stille Hoffnung gewesen, dass die eine gemeinsame Nacht wie durch ein Wunder das erhoffte Ergebnis bringen würde. Dass sie einfach sofort schwanger wurde, und das wäre dann ein Zeichen dafür, dass alles, was sie gerade bewegte, was sie für sich tat, genau richtig war.

Ihre Blutung setzte verspätet ein. Kurz nachdem sie einen Test gemacht hatte heute früh, der negativ war.

Diesen Frust ertränkte sie im Bier. Und sie versuchte, sich mit ihren Plänen für die kleine Seifenmanufaktur auf dem Apfelhof von den anderen Plänen abzulenken, die sie für die Zukunft gehabt hatte.

Denn sie begriff, dass Zukunft ein dehnbarer Begriff war.

Aber gehörte Johann für sie dazu?

Es wäre so leicht. Ein altes Leben hinter sich lassen, und zwar so komplett wie möglich. Den alten Job, die Hamburger Wohnung, den Mann, mit dem sie so viele Erinnerungen teilte – alles wegwischen, auf einer neuen Seite im Buch des Lebens ganz von vorne beginnen.

Die zweite Frage wäre ja auch, ob Johann zu ihrer Zukunft gehören wollte.

Sie hielt das Handy immer noch in der Hand. Sah, dass Max etwas schrieb, wollte es schon weglegen, tat es dann aber doch nicht. Sie wartete.

»Dein Freund?«, fragte Johann.

Sie nickte.

»Schwierige Phase?«

Sie atmete tief durch. »Kann man so sagen.« Oder auch nicht. Max bedrängte sie nicht, er ließ ihr den Raum, den sie im Augenblick benötigte. Aber wieso sah Johann das sofort?

Sie fragte ihn.

»Ach, das ist nur so ein Gefühl.« Er dachte nach. »Du wirkst auf mich so … na ja, verloren.«

»Ach, und du möchtest jetzt den Retter spielen?«, neckte sie ihn.

Johann hob gespielt unschuldig beide Hände. Ihr Kopf rutschte dabei von seiner Schulter, sie nutzte die Gelegenheit, setzte sich gerade hin, streckte die Füße über die Stufen nach unten. Immer noch schrieb Max, was konnte man denn da so lange tippen?

Ich vermisse dich.

Sie stieß die Luft aus, die sie unwillkürlich angehalten hatte. Schaltete das Handy aus und steckte es wieder ein.

»Wollen wir reingehen?«, fragte Johann. Er stand auf, streckte sich zu seiner vollen Größe, hielt ihr die Hand hin, die sie nach kurzem Zögern nahm. Alix stolperte, das Bier hatte sie wohl doch ziemlich duselig gemacht, sie fiel direkt in seine Arme.

»Oh, upsi.« Sie kicherte.

Seine Arme umschlossen sie. Warm. Er fühlte sich richtig warm an mit dem grauen Sweatshirt, auf dem das Logo einer Footballmannschaft prangte. Die Minnesota Vikings, erkannte sie. Recht passend, irgendwie. Max war auch Footballfan, egal in welcher Zeitzone er war, von September bis Februar musste er so viele Spiele verfolgen wie möglich.

»Was heißt denn ›oh upsi‹?« Seine Hände rieben ihren Rücken, er brummte leise. Sie legte den Kopf an seine Brust, ließ sich gerade ein bisschen halten, nur ein kleines bisschen. Als sie den Kopf hob, sah er auf sie herab, auf so eine Art, die sie nur schwer deuten konnte. War das noch freundschaftlich oder schon mehr?

»Na ja ...« Sie lächelte. Herrje, im Flirten war sie total ungeübt. Sie wusste nicht mal, ob sie gerade flirtete.

»Ja?« Er lächelte auch. Im Dunkeln blitzten seine Zähne auf, seine Augen funkelten.

Alix umfasste sein Gesicht und zog es zu sich herunter. Ihre Lippen trafen aufeinander, sie küsste ihn, und erleichtert spürte sie, wie er ihren Kuss erwiderte. Zögerlich erst, dann immer leidenschaftlicher. Er hielt sie fest, war ihr in diesem Moment der Anker, den sie brauchte.

Aber etwas fehlte, und das ließ sie plötzlich aufschluchzen, sie löste sich von ihm, wandte sich kurz ab.

»Hey«, sagte er leise. Seine Hand suchte ihre.

Sie hatte sich schnell wieder im Griff.

Dass sie ihn nicht schmecken konnte. Nicht so, wie sie früher Männer geschmeckt hatte, wenn sie dabei war, sich in sie zu verlieben, wenn sie das erste Mal wild knutschten … einen kurzen Moment verlor sie deshalb die Fassung.

Aber dann siegte wieder ihr unbändiger Wille, aus jedem Tag das Beste herauszuholen. War nicht das ihre Maxime gewesen in den letzten Wochen? Leben. Irgendwann würde schon alles in Ordnung kommen, aber inzwischen musste sie doch weiterleben!

Sie kuschelte sich in Johanns Arme. Erneut küssten sie sich. Diesmal bedächtiger. »Mhhh«, murmelte Johann.

»Johann«, flüsterte sie zwischen zwei Küssen. »Wohin führt das hier?« Sie suchte wieder seine Hand.

Nun war er es, der zurückwich, und als Alix einen enttäuschten Laut von sich gab, weil es hier noch lange nicht zu Ende sein sollte, was auch immer *es* war, da drückte Johann sie sanft mit beiden Händen zurück auf die Treppe. »Wir müssen reden«, sagte er und hockte sich zu ihr.

Sie legte den Kopf auf die Knie. In ihrem Kopf drehte sich alles, auf diese schöne, beschwipste Art, sehr angenehm. Ein bisschen trunken vor Glück und vom Alkohol. Die perfekte Mischung.

»Worüber?«, fragte sie.

»Über mich. Und über dich. Über alles.«

»Okay.« Sie schlang die Arme um den Oberkörper.

»Nee. Morgen.« Er beugte sich zu ihr rüber, drückte ihr einen Kuss auf die Wange. »Versprochen«, flüsterte er ihr ins Ohr. Dann hörte sie, wie er aufstand. Er räumte die Flaschen in einen Korb. Loki kam aus einem Gebüsch gesprungen, nass vom Tau und mit einem Mundgeruch, als ob er einen faulen Fisch aus der Elbe gezogen hatte.

»Irgs, geh weg.«

Loki rieb den Kopf an ihrer Schulter und dachte nicht daran, sich von ihr vertreiben zu lassen.

»Mach die Terrassentür fest zu, wenn du reingehst. Der Kater muss draußen bleiben.«

Und dann saß sie allein auf den Stufen, Loki auf ihrem Schoß. Er schnurrte, trat rhythmisch auf ihre Oberschenkel, bevor er sich einrollte.

Alix zog ihr Handy aus der Jeansjacke. Sie starrte lange auf Max' letzte Nachricht.

Ich dich auch, schrieb sie dann, obwohl sie nicht wusste, ob das wirklich stimmte.

»Komm, Loki. Wir gehen ins Bett.«

🍎

Er lag wach. Allein, und das fühlte sich für einen kurzen Moment falsch an. Bis ihm einfiel, dass die Frau, die auf der anderen Seite des Flurs in ihrem Bett schlief, nie und nimmer die Richtige für ihn war.

Erstens: Sie hatte einen Freund.

Zweitens: Sie versuchte gerade, sich von irgendeinem Verlust abzulenken. Damit kannte er sich aus, denn deshalb war auch er hier gelandet. Ob Alix blieb oder wieder ging, konnte er aber noch nicht abschätzen.

Drittens: Verflixt. Er musste ihr endlich die ganze Wahrheit erzählen.

Morgen, beschloss er. Morgen würde er ihr die Wahrheit sagen.

Trotzdem konnte er nicht schlafen, bis um kurz vor vier die Vögel vor seinem Fenster anfingen zu singen. Erst dann fielen ihm die Augen zu.

🍎

Auch Alix lag wach in ihrem Bett. Verdammt, wo hatte sie sich gerade hineinmanövriert? Hatte sie Johann wirklich vorhin gefragt, wohin das führen sollte? Er hatte sie danach fast weggestoßen.

Aber klar. Niemand wollte direkt nach dem ersten – okay, streng genommen zweiten – Kuss darüber nachdenken, wohin das führte. Das war ihr eben in dem Moment durch den Kopf geschossen, und es war einfach nicht ihre Art, solche Gedanken für sich zu behalten. Und schon hatte sie sich tatsächlich in etwas manövriert, denn er musste ja jetzt denken, dass für sie diese zwei Küsse so viel mehr bedeuteten.

Aber das taten sie nicht.

Sie setzte sich auf. Schlafen konnte sie jetzt nicht, zu viele Gedanken gingen ihr durch den Kopf. Sie hangelte das Handy vom Nachttisch.

Das kleine Gästezimmer war mit einem alten, breiten Bett ausgestattet, die Matratze durchgelegen, aber die Bettwäsche war frisch, knisterte verheißungsvoll und roch bestimmt auch nach Lavendelsäckchen aus dem Wäscheschrank. Oder war das mehr als ihre Einbildung? Konnte sie das tatsächlich wieder riechen? Alix legte den Kopf auf die Knie, ihre Nase berührte fast den Bettbezug.

Bestimmt nur Einbildung.

Aber sie würde Johann morgen fragen, ob die Wäsche nach Lavendel roch.

Ich vermisse dich.

Es war nicht Max' Art, dass er ihr so seine Gefühle zeigte. Klar, früher hatten sie sich oft gesagt, dass sie sich liebten. Aber da hatten sie es ausgesprochen. Was blieb, waren drei getippte Worte, die einzuordnen ihr gerade schwerfiel.

Loki maunzte protestierend, als sie aufstand. Das war auch so eine Sache mit dem Kater. Bisher hatte sie nichts für Tiere übrig gehabt, aber dieser schwarze Stubentiger hatte ihr Herz im Sturm erobert, und sie hatte ihn trotz Johanns Anweisung mit in ihr Bett genommen, wo er auf ihren Füßen eingeschlafen war.

Die Dielenbretter unter ihren nackten Füßen knarrten leise, als sie ans Fenster trat.

Johann hatte ihr das Giebelzimmer gegeben. Links und rechts Schräge, aber wenn sie aus dem Sprossenfenster sah, blickte sie auf die wogenden Baumwipfel der Kirsch- und Apfelbäume, lange Reihen erstreckten sich bis zum Horizont. Irgendwo dahinter die Elbe, der man in zwei Richtungen folgen konnte. Zum Meer oder nach Hamburg, wo Max jetzt vermutlich in seiner Wohnung im Bett lag und schlief.

Sie versuchte es trotzdem. Wählte seine Nummer, obwohl sie wusste, es war viel zu spät.

Es klingelte. Dreimal, viermal, sie wollte schon aufgeben, aber dann hörte sie seine verschlafene Stimme.

»Alix.«

»Hey«, sagte sie leise. »Ich hab ...«

»Wo steckst du?«, fragte er, bevor sie den Satz zu Ende bringen konnte.

»Bei meiner Tante. Auf einem Apfelhof. Das ist schön hier, ich wünschte, du könntest es sehen.«

Die Wolken am Himmel drifteten auseinander, sie machten Platz für einen vollen Mond, dessen silbriges Licht sich wie ausgekippt über die Obstbäume ergoss. Es war so atemberaubend schön, dass sie für einen Moment gar nichts sagte.

»Auf einem Apfelhof.«

»Ja, im Alten Land. Kannst du herkommen? Ich möchte...«

Ich möchte dir alles zeigen. Weil es schön ist. Weil ich mir vorstellen kann, dass es für mich hier einen Platz gibt. Und ich möchte, dass du das auch siehst.

Sie hörte Max seufzen. Er hatte die Schläfrigkeit abgeschüttelt. Was sie an ihm bewunderte, war auch die Fähigkeit, egal, wann sie ihn anrief, sofort hellwach und aufnahmefähig zu sein.

»Du weißt schon, wie spät es ist?«

»Ja.« Sie lächelte. »Aber ich hatte einfach...«

Sie sprach nicht weiter. Sehnsucht? War das denn das richtige Wort? Sehnte sie sich nach Max? Oder war es ihr im Moment egal, wer sie in den Arm nahm und tröstete?

Denn das war es, was sie suchte. Trost.

»Ich dachte, es wäre...«

Wieder fehlten ihr die Worte.

»Alix. Ich kann zu dir kommen. Aber ich habe heute Abend bei deinen Eltern auf der Terrasse ein paar Gläser Wein getrunken. Mein Auto steht noch dort. Ich könnte zum Frühstück bei dir sein. Wenn du das wirklich willst.«

Die Wolken verdunkelten den Mond. Sie spürte, wie die Sprachlosigkeit ihr die Luft abschnürte. Sie hatte ihm nichts mehr zu sagen, und das schmerzte sie in diesem

Moment so sehr, dass sie das Handy anstarrte und dann auf den roten Telefonhörer drückte.

»Es ist vorbei«, flüsterte sie. Loki schnurrte, als sie ins Bett zurückkam und ihn zu sich auf den Schoß zog. Sie knautschte das Kissen in ihren Rücken, der Kater rollte sich auf ihrer Brust ein, und so lag sie wach. So lange, bis die Vögel draußen sangen. Dann endlich fand sie Schlaf.

Kapitel 12

Wäre Max ein anderer gewesen, hätte er vielleicht versucht, sie umzustimmen. Er hätte am nächsten Morgen den gar nicht so weiten Weg von Hamburg ins Alte Land auf sich genommen, er hätte versucht, mit ihr zu reden.

Aber Max blieb Max – mit jeder Konsequenz. Darum wunderte es Alix nicht, dass sie am nächsten Morgen nur eine kurze Nachricht von ihm vorfand, als sie um kurz nach neun mit Kopfschmerzen aufwachte.

Bin ab morgen wieder unterwegs. Melde mich nach meiner Rückkehr.

Wäre sie eine andere gewesen, hätte sie vielleicht versucht, ihn zu erreichen. Denn er warf ihr den Rettungsanker zu – *heute* bin ich noch hier –, den sie nur ergreifen müsste.

Sie tat es nicht. Sie blieb liegen. Loki sprang vom Bett und maunzte kläglich, als stünde er kurz vorm Verhungern.

»Ich hab dir doch gesagt, keine Katze im Haus.« Johann kam von unten, als sie nur in Unterwäsche über den Flur huschte. Da sie nichts dabei hatte – nicht mal eine Zahnbürste –, stand sie etwas ratlos in dem winzigen Badezimmer. Dann ging sie aufs Klo, wusch sich das Gesicht mit kaltem Wasser und spülte den Mund mit der Mundspülung, die neben dem Zahnputzbecher stand.

Heute musste sie also erst mal nach Hause und ein paar Sachen packen.

Sie könnte auch Max bei der Gelegenheit treffen.

Nein. Erst wollte sie wissen, was aus ihrer Zukunft wurde. Was sie sich wirklich wünschte. Nicht, was Max ihr einredete oder was sie selbst sich einredete, nachdem sie mit ihm gesprochen hatte.

Als sie in die Küche kam, saß Tante Barbara am gedeckten Tisch. Sie grinste, als Loki an ihr vorbei zu seinem Futterplatz lief und jämmerlich maunzte.

»Da ist er ja. Hab ihn schon gesucht. Sonst schläft er immer bei mir.«

»Ach, ich dachte, er darf nicht ins Haus?«

Tante Barbaras Grinsen wurde breiter. Aha. Johann musste also auch nicht alles wissen.

»Verrat's ihm nicht. Er denkt, er hätte hier alles im Griff.«

Alix lachte. Weil sie das Gefühl hatte, dass ihre Großtante ausgeschlafen etwas zugänglicher war, wagte sie einen Vorstoß. »Woher kommt er eigentlich?«

»Loki? Der gehört zum letzten Wurf meiner Gestreiften. Die hat dann Rattengift gefressen, und ich habe ihn mit einer Spritze groß gefüttert.«

»Nee, ich meinte Johann.«

Jetzt lachte auch Tante Barbara. Der Kater sprang zu ihr auf die Eckbank und stieg mit den Vorderpfoten auf den Tisch. Besonders interessierte ihn die Butterglocke.

»Gibt's irgendwo Futter für den armen schwarzen Kater?«

»Im Kühlschrank steht eine Dose. Bringst du uns dann auch den Kaffee? Ich bin besetzt.«

Erstaunlich, wie hell und klar Tante Barbara heute früh war. Alix fütterte Loki, der sich laut schmatzend über das gekühlte Katzenfutter hermachte. Als sie Kaffee für Tante Barbara und sich selbst in die dickwandigen Becher mit weißem »Moin!« auf dunkelblauer Glasur goss, fing sie an zu reden.

»Der Hannes stand eben eines Tages auf dem Hof, und ich wollte ihn nicht wegschicken. So ein Streuner? Er gehört doch zur Familie, so wie du.«

»Er gehört nicht zur Familie«, meinte Alix ärgerlich. Ein Kuss allein knüpfte noch lange keine Familienbande, fand sie. Und überhaupt, was wusste Tante Barbara schon darüber? Hatte sie etwa gestern Nacht über der Küche im Fenster gehangen und sie beobachtet?

»Doch, natürlich.« Da ließ Tante Barbara nicht mit sich diskutieren. Sie rührte ordentlich Kondensmilch in ihren Becher, dann stand sie schwerfällig auf und holte ein Schüsselchen aus dem Küchenschrank. Es war so ein alter, wuchtiger Büfettschrank, den jemand abgeschliffen und rauchblau lackiert hatte. »Noch mehr als du, wenn man's genau nimmt.«

Okay, vielleicht war sie doch nicht so klar, wie Alix gern glauben wollte.

Tante Barbara füllte Kondensmilch in das Schüsselchen und ging zur Spüle. Sie verdünnte die Kondensmilch mit Wasser und stellte sie neben Lokis Futterschüssel, der sich sofort darüber hermachte und sie gierig schlabberte.

»Sonst trinkt er zu wenig«, behauptete sie. Dann bückte sie sich und streichelte dem schwarzen Kater den Rücken. »Sollst auch nicht leben wie ein Hund.«

»Moin, ihr Lieben!« Johann kam mit einem Beutel in die Küche. Er legte ihn auf den Tisch, nahm den Fahrradhelm vom Kopf und strubbelte sich durch die platt gelegten, dunklen Haare.

»Wird mal Zeit«, murrte Tante Barbara. Sie griff nach dem Stoffbeutel und zog ein halbes Dutzend köstlich duftende Brötchen und Croissants hervor. Alix hätte sich gern ebenso hungrig auf das Backwerk gestürzt wie ihre Großtante, aber zu viele Gedanken ballten sich gerade in ihrem Kopf.

Hatte sie wirklich die Brötchen gerochen? Oder war das nur Einbildung?

»Ich brauche nur Kaffee.« Sie stand auf und nahm den Becher mit nach draußen. Die Küchentreppe war zu nah, darum ging sie ein paar Schritte weiter zu den Gartenstühlen und setzte sich dort. Sie zog die Knie an und hatte das Handy in der Hand, bevor sie überhaupt wusste, was sie tat.

Dann steckte sie es wieder ein.

Sie lehnte sich zurück, den Kaffeebecher mit beiden Händen umschlossen, und lauschte auf die Geräusche aus der Küche, auf die Stimmen. Friedlich war es hier draußen, so still. Sie mochte es.

Aber reichte das, um sich ein Leben hier vorzustellen? Überhaupt: Wo war denn ihr Platz in dieser Welt?

Das leise Klappern ließ sie die Augen öffnen. Johann stellte einen Teller vor sie auf den Gartentisch. Darauf ein Croissant, ein großzügiger Klacks Erdbeermarmelade, dazu ein Glas Orangensaft. »Ich dachte, du möchtest vielleicht was essen.«

»Ich hab keinen Hunger.«

Er setzte sich zu ihr, das kleine Tablett drehte er mit beiden Händen, die Ellenbogen auf die Knie gestützt. So beobachtete er sie von unten herauf, während sie die Augen halb geschlossen hielt und in das Flirren blinzelte, das die Sonne durchs Blätterdach auf ihr Gesicht warf.

»Möchtest du reden?«, fragte sie schließlich.

Er lächelte, schüttelte den Kopf, als wäre allein die Frage schon zu viel. »Das wollte ich dich gerade fragen.«

Sie öffnete die Augen, setzte sich auf und nahm das Croissant in beide Hände. Während sie es auseinanderbrach und damit so viele Krümel auf Tisch und Boden verstreute, dass es vermutlich schon bald die Spatzen der Nachbarschaft von den Dächern pfeifen würden, fragte sie: »Ist es okay, wenn ich bleibe? Dann würde ich heute noch mal nach Hamburg fahren und ein paar Sachen packen. Ach übrigens, ich habe heute früh etwas von deinem Mundwasser benutzt. Zahnbürste hatte ich ja auch nicht.«

»Klar. Also das mit dem Mundwasser sowieso, ich bin da nicht so ein Pingel. Hättest ruhig meine Zahnbürste nehmen können.«

Sie schüttelte sich. »Irgs, nee.«

»Wir haben uns gestern auch geküsst.«

Das stimmte, aber eine gemeinsame Zahnbürste war dann doch eine Ebene der Intimität, von der Alix nicht wusste, ob sie diese mit Max erreicht hätte. Oder ob sie die überhaupt jemals mit einem Mann erreichen würde.

»Und zu der anderen Sache – das Gästezimmer gehört dir, solange du es brauchst.« Er schien noch etwas hinzufügen zu wollen.

»Ich würde auch gern schon bald mit der Renovierung des Schweinestalls anfangen.«

Er machte eine einladende Handbewegung. »Nur zu. Barbara hat nichts dagegen.«

»Gut.« Mehr hatte sie gerade nicht zu besprechen.

Johann blieb sitzen.

»Du weißt noch nicht alles«, sagte er leise.

»Worüber?«

»Mich. Den Hof.«

»Tante Barbara erwähnte vorhin, dass du zur Familie gehörst.«

Er atmete aus, als wäre mit diesen Worten eine große Last von seinen Schultern genommen worden. »Das stimmt.«

»Okay ... wir wissen doch beide, dass das nicht stimmt ...«

»Ihr habt euch nicht um sie gekümmert«, unterbrach Johann sie ungewohnt heftig. »Es hat euch doch nie interessiert, wie es ihr ging, oder? Was habt ihr denn gemacht, nachdem Hannes tot war? Hast du das überhaupt mitbekommen? Wie sie hier den ganzen Bumms ohne familiären Rückhalt gestemmt hat? Oder wart ihr drüben im feinen Hamburg einfach zu sehr damit beschäftigt, euch gegenseitig zu versichern, was für eine großartige Familie ihr doch seid? Familie am Arsch. Niemand war hier.«

Sie starrte ihn mit offenem Mund an. Was glaubte er eigentlich, wer er war? Was ging es ihn denn an, was hier vor fünfzehn oder zwanzig Jahren passiert war?

»Ehrlich, das kotzt mich an.« Er warf das Tablett vor sich auf den Boden. Loki, der gerade aus dem Haus gestiefelt kam, machte einen Buckel, sein Schwanz wurde so breit wie eine Flaschenbürste. Er fauchte und floh zurück ins Haus.

»Entschuldige mal ...«

»Nein, ich entschuldige nichts. Ich konnte damals nichts machen, ich war ja selbst noch ein Kind. Und meine Mutter? Die hat sich von Barbara verjagen lassen, der kann ich wohl kaum einen Vorwurf machen. Barbara auch nicht, sie hatte eben ihre Vorstellungen davon, wie es weitergehen sollte. Hannes hat halt nicht gemacht, was sie wollte. Ja, und? Aber nachdem er nicht mehr war, hätte sie jeden von uns gebraucht. Deine Eltern. Meine Mutter. Und das werfe ich ihnen vor. Die hatten nicht genug Mumm in den Knochen, sich um eine alte Frau zu kümmern, die erst ihren einzigen Sohn und dann kurz darauf auch ihren Mann verloren hat.«

Alix starrte ihn mit offenem Mund an. Sie wollte etwas sagen, aber alles, was ihr über die Lippen kam, war ein »äh… äh…«, darum klappte sie den Mund zu. Aber in ihrem Kopf setzte sich ein Puzzle zusammen, das sie vermutlich mit ein bisschen Nachdenken schon vor dieser Standpauke hätte lösen können.

»Du bist…«

»Ich bin Sven Johann Schlieker, genau.«

»Tante Barbaras… Enkel.«

Der Sohn von Hannes. Jetzt ergab alles einen Sinn. Warum ihre Großtante ihn zum Beispiel immer »mein Hannes« nannte – nicht mal zwingend, weil da diese Familienähnlichkeit war, sondern weil er es irgendwie tatsächlich war – ihr Hannes, ihr Enkelsohn, der zurückgekommen war.

»Dann sind wir…« Sie dachte angestrengt nach. Ihr Vater und Johanns Vater müssten ja dann Cousins gewesen sein. Was waren Johann und sie dann? Großcousins?

»Cousins zweiten Grades«, sagte er.

»Oh, okay.«

Jetzt wusste sie erst mal gar nicht, was sie sagen sollte. Aber das machte nichts. Johann streckte die Hand nach ihrem Kaffeebecher aus.

»Ich hole uns noch einen. Oder ist dir eher nach Schnaps?«

Alix lachte unbehaglich. Aber sie war ihm dankbar, weil er ihr so ein bisschen Zeit gab, über seine Eröffnung nachzudenken.

»Warum hast du meinem Vater nicht sofort erzählt, wer du bist?«, fragte sie, als er mit zwei Kaffeebechern wieder zurückkam. Der Hund trottete hinter ihm her und sank mit einem Seufzen unter dem Tisch auf die kühlen Steinfliesen. Durch eines der offenen Fenster hörte sie bereits wieder das Rattern von Tante Barbaras Nähmaschine.

»Ja, das hätte ich mal machen sollen.« Johann setzte sich mit einem leisen Seufzen in den Gartenstuhl neben sie und drückte ihr den Kaffeebecher in die Hand. »Ich weiß nur nicht, ob er es mir dann geglaubt hätte. ›Hi, ich bin Johann, der Enkel deiner Tante Barbara, und übrigens, ich werde den alten Apfelhof vor dem Ruin retten.‹« Er schüttelte den Kopf. »Klingt jetzt nicht so, als könnte man das auf Anhieb glauben, oder?«

Alix dachte nach. Sie erinnerte sich kaum mehr an die Beerdigung damals vor knapp zwanzig Jahren. »Du warst da, oder? Als dein Vater beerdigt wurde?«

Johann nickte. Sein Blick ging ins Leere. »Es hat an dem Tag nur geschüttet. Ich war danach völlig durchnässt. Meine Ma hat mich erst mal in eine heiße Badewanne gesteckt. Darum waren wir auch nicht beim anschließenden Kaffeetrinken.«

Alix nickte. Das waren so Details, die ihr bestätigten, was sie bereits aus tiefstem Herzen wusste: er sagte die Wahrheit.

Sie war damals auch auf der Beerdigung gewesen. Widerstrebend, weil es für sie als Vierzehnjährige die erste Begegnung mit dem Tod war. Weil sie die regelmäßigen Fahrten raus ins Alte Land zwar in guter Erinnerung hatte, aber nicht viel über Johanns Vater wusste.

»Was ist damals mit ihm passiert?«, fragte sie. »Mein Vater meinte immer, es war ein Motorradunfall?«

»War es. Ziemlich unglückliche Geschichte. Er hat schnelle Motorräder geliebt. Na ja, und schöne Frauen, nicht nur meine Mutter. Ihre Ehe war damals schon … zerrüttet, nannte man das wohl. Aber sie hat trotzdem um ihn getrauert wie verrückt.«

»Und heute?«

»Sie hat einen neuen Mann an ihrer Seite. Ich mag ihn.« Mehr wollte er darüber offenbar nicht erzählen, und das war ja auch okay.

Noch etwas fiel Alix ein.

»Du hast mir von einem Kumpel erzählt, der eine App entwickelt hat. Du meintest, er würde Sven heißen. Ist das nur Zufall?«

Er grinste verlegen, fuhr mit der Hand durch die unverschämt dichten Haare und rieb sich den Nacken. »Wenn ich das jetzt behaupte, glaubst du's mir dann?«

Sie schüttelte den Kopf.

»Okay. Aber behalt's für dich. Ja, ich habe diese App entwickelt. Und ja, ich habe ziemlich viel Geld damit verdient, als ich sie schließlich verkauft habe. Aber bei der Rettung vom Apfelhof will ich darauf nicht zurückgreifen.«

»Warum nicht?«

»Weiß nicht. Es ist gut zu wissen, dass es da ist. Also für den Notfall, bevor hier doch alles den Bach runtergeht. Aber ich glaube, das braucht dieser Hof nicht. Und sieh mal, seit ich hier bin, ist ja Bewegung drin. Ich arbeite mir den sprichwörtlichen Hintern ab, und dann tauchst du hier auf. Und willst auch irgendwie etwas bewegen. Die Parfümeurin, die plötzlich zurück will zu den Ursprüngen, ich seh's schon direkt vor mir. Das wird die Leute anziehen. Du bist dieser Hochglanz-Glitzerwelt entsprungen, wie man sie im Internet sieht. Blümchenkleid und dazu dann Gummistiefel, so stehst du in ein paar Monaten in unserem Hofladen und verkaufst den Leuten deine Seifen. Als du gestern auf dem Hof standest, habe ich echt nur eins gedacht. ›Wir schaffen das.‹«

»Und mit wir meinst du …«

»Dich und mich.« Er sagte das ganz selbstverständlich, als wäre es für ihn eine ausgemachte Sache, dass sie zusammengehörten.

Alix blickte wieder nach oben, sie ließ sich von den Sonnenflecken küssen.

»Das klingt … wundervoll.«

Und sie lächelte ihn an, als wäre es tatsächlich genau das – wundervoll. Als könnte sie sich nichts Schöneres vorstellen, als mit ihm gemeinsam auf dem Schlieker-Apfelhof etwas ganz Neues zu beginnen.

Sie stand auf. »Wollen wir? Ich würde dir gerne im Stall zeigen, was ich umbauen möchte. Und bis es so weit ist, muss ich mir woanders einen Platz fürs Seifensieden einrichten.«

Sie musste außerdem Zutaten bestellen und dringend mit Agnès sprechen. Sie brauchte genaue Rezepte für die Seifen. Vielleicht ließ Agnès mit sich reden, dass sie eine Art Kooperation eingingen, bei der Agnès ihr Know-how in die Waagschale warf und Alix eine Schutzgebühr für ihre Rezepte entrichtete. Sicher, das war ein bisschen geschummelt, aber für den Anfang wusste sie sich nicht anders zu helfen, damit sie nicht aufflog.

Und sie musste weiter ihren Riechsinn trainieren. Sie musste ihn vollständig zurückerlangen, sonst wurde sie früher oder später wahnsinnig. Irgendwie hatte sie das Gefühl, dass das nur hier, auf dem alten Apfelhof möglich war.

»Hat der Kaffee geschmeckt?«, fragte Johann und sammelte das Frühstücksgeschirr ein.

Deshalb nämlich. Sie hatte keine Ahnung, ob der Kaffee nun gut schmeckte, ob die Marmelade lecker oder verdorben war, ja nicht mal, ob Johanns Küsse gestern Abend geschmeckt hatten. In ihrer Erinnerung hatten sie das getan, aber wie verlässlich war die Erinnerung denn bitte schön, wenn sie nur auf Herzklopfen gründete? Sie wusste nicht, ob sie ihn noch mal küssen wollte, und das hatte nichts mit seiner Eröffnung zu tun, sondern schlicht damit, dass sie nicht wusste, wohin das führte.

Neuanfang? Oh ja.

Aber mit einem neuen Mann an ihrer Seite?

War denn ihre Beziehung mit Max wirklich vorbei? Oder brauchte sie doch nur diese Zeit für sich, damit sie wusste, wohin sie gehörte?

Kapitel 13

Zunächst gehörte sie auf den Apfelhof.

In den folgenden Tagen jedenfalls blieb Alix wenig Zeit, sich den Kopf darüber zu zerbrechen, wohin sie gehörte. Denn offenbar hatte sie mit ihrer Entscheidung, eine kleine Seifenmanufaktur zu eröffnen, auch eine Entscheidung für den Apfelhof ihrer Tante getroffen.

Sie fuhr noch am selben Tag zurück nach Hamburg, packte das Nötigste zusammen und bezog das kleine Gästezimmer unterm Dach. Tante Barbara quittierte Alix' Eröffnung mit einem lapidaren »meinetwegen«, als ginge sie das alles nichts an.

Und Johann?

»Nenn mich Hannes. Sonst weiß ich irgendwann gar nicht mehr, wer ich bin.«

Sie musterte ihn mit schiefgelegtem Kopf. »Nicht Sven? Du heißt doch Sven?«

Er zuckte nur mit den Schultern. »Ein Name reicht mir.«

Also war er von da an Hannes, und auch dies schien Tante Barbara auf eine Art zu beruhigen, die sie immer häufiger aus ihrem Nähzimmer in die Küche lockte, wo sich dann Loki auf ihrem Schoß einrollte. So saß sie manchmal ganze Nachmittage stumm auf ihrem Platz auf der Eckbank, sie lauschte den Gesprächen von Alix und Hannes, bei denen es um Baumschnitt, um die Renovierungsarbeiten, um die Einrichtung der Werkstatt und des kleinen Hofladens ging, den sie im Herbst passend zur Apfelernte eröffnen wollten.

Hannes hatte eine Architektin aufgetrieben, die sich um den Umbau des Schweinestalls kümmern sollte. In einem zweiten Schritt würden sie dann auf der Deele den Hofladen ausbauen, für den kommenden Herbst würde sich kaum mehr als ein Provisorium realisieren lassen.

An diesem Morgen Ende Juni war der erste Termin mit der Architektin. Bis sie kam, half Alix bei der Kirschernte, die langsam in die Gänge kam.

Übers Jahr hatte der Apfelhof nur wenige Mitarbeiter. Außer Hannes und Tante Barbara gab es zwei fest angestellte Arbeiter, die sich um den Hof, die übers Jahr anfallenden Arbeiten und den Maschinenpark kümmerten. In der Saison aber, wenn erst Kirschen, dann Heidelbeeren und später im Jahr die Äpfel reif waren, kamen viele Saisonkräfte dazu. Sie strömten wie aus dem Nichts auf den Hof, schwärmten in die Plantage aus und kehrten mit vollen Eimern zurück. Die Kirschen wurden in der Sortieranlage verlesen, bevor sie nach Größen sortiert in blaue Kisten gepackt wurden, die jeweils sechs Kilo fassten. Diese wurden täglich abgeholt, solange die Ernte dauerte.

Aber genau das war das Problem.

Während Alix auf die Architektin wartete, ging sie zu Hannes in die Scheune, in der die Sortieranlage aufgebaut war. Auf dem Hof gab es nur ein paar Hundert Kirschbäume, weshalb die Anlage eigentlich überdimensioniert war. Zumal Hannes ihr erzählt hatte, dass sich in den vergangenen Jahren niemand so um den Schnitt der Kirschbäume gekümmert hatte, wie es nötig gewesen wäre, um die Ernte möglichst bodennah zu halten und die Erträge zu maximieren. Außerdem hatte niemand dafür gesorgt, dass der Boden rings um die Kirschbäume unkrautfrei blieb. Das Unkraut entzog dem Boden zusätzliche Nährstoffe, darunter litt wiederum die Qualität der Kirschen.

In der Scheune war nur Hannes, es standen nicht wie sonst drei Leute an der Sortiermaschine. Und die Kisten mit den abgepackten Kirschen waren nur halb voll.

»Nanu?«, fragte sie. »Was ist denn hier los?«

»Kirschernte halt.« Hannes stieg von dem Kasten, auf dem er etwas erhöht über dem Laufband der Kirschsortiermaschine stand. »Die Arbeiter sagen, da draußen ist nichts mehr zu holen.«

»Aber wir haben doch gerade erst angefangen.« Alix war ratlos. Sie hatte schließlich selbst gesehen, wie voll die Bäume hingen.

»Das meiste ist faul. Und so gut ist die Ernte dieses Jahr nicht. Die Bäume sind in einem erbärmlichen Zustand, sagt Heinz.« Heinz war einer der Arbeiter, die sich das ganze Jahr um den Hof kümmerten. Sein Sohn Peter ging ihm dabei zur Hand.

»Aber warum? Ich dachte, die beiden hatten alles im Griff?«

Hannes schüttelte den Kopf. »Nicht, seit Barbara ihnen alles verboten hat. Sie sollten nicht mehr in die Plantage, sonst wurde sie fuchsteufelswild und hat ihnen sogar mit dem Schrotgewehr gedroht, mit dem ich sonst die Stare verjage. Na ja, oder Barbara dich zu verjagen versucht.« Er lächelte kläglich. »Und die Vögel sind auch ein Teil des Problems. Nicht mal Netze durften sie über die Kirschen breiten. Alles, was uns zu einer ordentlichen Ernte geholfen hätte.«

Er hockte sich auf eine umgedrehte Kiste.

»Und nun?«, fragte sie.

»Hoffe ich einfach, dass die Erntehelfer noch ein paar Kilo finden. Sonst kann ich sie nämlich nicht bezahlen, ohne dass das Konto ins Minus rutscht. Verflixt.« Er fuhr mit einer Hand durch seine dunklen Haare. »Die Kirschen sollten uns bis zur Apfelernte über Wasser halten. Und noch ein paar Reserven für den Umbau liefern.«

Alix zögerte. Sie hatte letzte Woche ein Gespräch mit einem Bankberater darüber geführt, was *sie* sich leisten konnte. Zu ihrer Überraschung hatte er ihr einen recht großzügigen Kreditrahmen eingeräumt. Aber das Geld würde sie brauchen. Für die Pacht, die ersten Materialien, den Umbau und die Einrichtung. Für eine Grafikerin, die ihr ein hübsches Logo und entsprechende Etiketten und Schachteln entwarf. Das alles verschlang ein kleines Vermögen. Ihr blieb nichts, um den Apfelhof bis zum Herbst mitzuschleppen. Zumal es irgendwie so klang, als würde es mit der Apfelernte ähnlich aussehen.

»Versuch's gar nicht erst«, sagte Hannes in ihr Schweigen hinein.

»Was versuche ich denn?«

Er lachte. »Du willst uns retten, richtig? Tante Barbara, den Apfelhof und mich.«

Sie stimmte in sein Lachen ein. »Schon irgendwie.«

»Wir brauchen aber niemanden, der uns rettet. Ich habe Millionen auf dem Konto, schon vergessen?«

Das hatte sie nicht vergessen, aber irgendwie war es ihr gelungen, diese Tatsache in den hintersten Winkel ihres Kopfs zu verbannen.

»Ich will einfach, dass es ohne mein Geld funktioniert, verstehst du?«

»Ja, verstehe ich.« Sie nickte bekräftigend.

»Allerdings …« Er sah sie von der Seite an. Alix pflückte eine vergessene Kirsche aus der Sortieranlage.

»Ja?«

»Wir könnten vielleicht einen Teilhaber brauchen. Jemanden, der einen gewissen Prozentsatz des Hofs kauft und dann entsprechend am Gewinn beteiligt wäre.«

»Hm«, machte sie. Insgeheim ärgerte sie sich ein bisschen, weil sie davon angefangen hatte. Denn es fühlte sich blöd an, wenn sie direkt einen Rückzieher machte.

»Kannst ja mal drüber nachdenken.« Hannes schlug sich auf die Oberschenkel, das Gespräch war für ihn hiermit beendet. »Wenn du ins Haus gehst, nimm die Schüssel mit den Kirschen mit. Ich weiß, dass Barbara sie furchtbar gern beim Nähen nascht. Aber lass sie einfach in der Küche stehen, sie holt die sich dann. Sie denkt immer, ich merke das nicht.« Er grinste.

Auf dem Weg über den Hof zur Küche überlegte Alix. Sie fühlte sich hier wohl. Ein Leben, das sich von ihrem früheren unterschied. Sie blieb am Boden, jettete nicht mehr um die Welt zu ihren Kunden, was ihr ja ohnehin nie besonders behagt hatte. Und ein bisschen, ein kleines bisschen nur begann sie, ihr Wurzelwerk in diesen Boden zu treiben, kleine, zarte Wurzeln erst mal, tastend und vorsichtig. Als wüsste sie selbst noch nicht so genau, ob das nun der richtige Ort war, an dem sie den Rest ihres Lebens oder zumindest die kommenden Jahre verbringen wollte.

Ihr Handy klingelte, als sie die Kirschen wusch. Sie hangelte es mit nasser Hand aus der Gesäßtasche ihrer Arbeitsjeans, weil sie dachte, die Architektin meldete sich bei ihr, weil sie zu spät kam.

Auf dem Display erschien Dennis' Name.

Sie atmete tief durch.

Dennis. Das war auch so ein Kapitel, bei dem sie nicht wusste, was sie wollte.

Sie war offiziell immer noch krankgeschrieben. Offiziell war sie berufsunfähig, weil sie ihren Beruf nun mal nicht ausüben konnte. Und nein, abfinden konnte sie sich nicht damit, denn dafür wurde sie sich bei jeder Mahlzeit, jeder Blume, jedem Misthaufen allzu deutlich bewusst, was ihr fehlte. Ja, auch Misthaufen wären ihr inzwischen recht, wenn sie die riechen könnte. Hauptsache, sie roch überhaupt etwas. Aber nicht mal beim Riechtraining, das sie nach wie vor zweimal täglich sehr konsequent durchführte, nahm sie auch nur einen Hauch dessen wahr, was sie irgendwann wieder riechen können sollte. Als hätte sie sich den Möhreneintopf und den Hauch von Rose an jenem Abend nur eingebildet.

Es war frustrierend.

Und deshalb war ein Anruf von Dennis ein zweischneidiges Schwert. Er würde wissen wollen, wie es ihr ging. Wann sie zurückkam.

Ob sie überhaupt zurückkam.

Und zugleich fürchtete sie, er könnte mit der Arbeit im Labor überfordert sein, dass ihm ihre Kreativität fehlte, die er mit seiner Perfektion so wunderbar ergänzte.

Bisher hatten sie nur gemeinsam funktioniert. Und sie hatte ein bisschen Angst, wie es ihm erging, nachdem sie ihn im Stich gelassen hatte.

All das fuhr ihr in den Sekundenbruchteilen durch den Kopf, bevor sie den Anruf annahm.

»Hi Dennis!«, rief sie betont fröhlich. Sie schaltete das Handy auf Lautsprecher und legte es neben das Spülbecken.

»Hey. Ich wollte mal hören, wie es dir geht.«

»Oh, mir geht es gut. Und wie geht es dir? Was macht unser Labor? Du hast es doch nicht abgefackelt?«

Er zögerte mit einer Antwort. Gerade lange genug, dass sie die Hände sinken ließ, die sie bereits wieder in dem alten Emailledurchschlag mit den Kirschen versenkt hatte. »Dennis?«

»Äh, ja. Doch, das Labor steht noch. Sorry.«

»Was ist dann los?«

Denn dass etwas los war, spürte sie deutlich.

»Ach, es ist nur …«

Sie wartete. Manchmal brauchte Dennis einfach Zeit, bis er mit der Sprache rausrückte.

»Erinnerst du dich an deinen letzten Auftrag? In New York?«

»Natürlich erinnere ich mich.«

»Die Kundin hat angerufen. Sie sagt, ihre Freundinnen wollen alle auch so einen Raumduft. Also auf sie selbst abgestimmt und so.«

»Das ist doch super!«, freute sie sich. »Unser Erfolg!«

»Hm ja. Also …«

Jetzt verstand Alix. »Du willst, dass ich hinfliege?«

Akquise war noch nie Dennis' Stärke gewesen, und sie hatte auch nie zu seinen Aufgaben gehört. Alix hatte die Reisen auf sich genommen, sowohl vorab, falls die Auftraggeberin – denn meist waren es Frauen – ihr Haus öffnete, als auch später, wenn sie den fertig komponierten Duft auslieferte und ihn zusammen mit der Kundin direkt vor Ort ausprobierte. Die Tatsache, dass sie ungern flog, hatte Alix immer bis kurz vor der Abreise weit von sich weggeschoben, bis es zu spät war, deshalb noch in Panik zu verfallen.

Und nun hatte Dennis einen aussichtsreichen Auftrag. Klar, dass er sie dann anrief. Sie waren immer noch Partner, ein eingespieltes Team.

»Erzähl mir mehr«, sagte sie.

»Es sind drei Freundinnen. Zwei in New York, eine in Chicago. Sie wollen gern, dass wir ihre Raumdüfte komponieren, eine von ihnen möchte zusätzlich ein eigenes Parfüm. Das wäre ein riesiger Auftrag.«

Alix rechnete. Das wäre es tatsächlich.

»Was muss ich tun?«, fragte sie spontan.

»Kannst du hinfliegen und mit ihnen die Erstgespräche führen? Alles Weitere kriege ich vielleicht allein hin …« Er klang verzagt. Und sie verstand ihn, denn er war ganz auf sich gestellt.

»Drei Kunden in den USA? Da wäre ich mindestens fünf Tage unterwegs, richtig?«

»Eher eine Woche. Ich würde dich nicht drum bitten, aber es war doch bisher immer deine Aufgabe, und aktuell bin ich noch mit unserer Londoner Kundin beschäftigt. Ich dachte …«

»Du kannst mitkommen«, schlug sie vor. »Dann können wir das gemeinsam machen. Hast du Lust?«

Sie hörte sein Zögern förmlich. Und sie konnte es mit Worten füllen, während er es mit Schweigen füllte.

Wenn ich das jetzt auch übernehme … Kommst du überhaupt wieder? Oder ist das jetzt dein Abschied auf Raten?

»Ich glaube«, sagte sie, »wir müssen uns ohnehin mal unterhalten.«

Barbara war keine Lauscherin. War überhaupt nicht ihre Art. Aber was konnte sie dafür, wenn dieses dumme

Stadtmädchen meinte, es müsse seine Telefonate mit Lautsprecher führen? Eben. Außerdem wusste sie, dass Hannes Alix mit einer Schale Kirschen ins Haus geschickt hatte. Das machte er nämlich immer. Als wüsste er nicht, dass sie sofort in die Küche huschte und die Kirschen stibitzte, sobald sie auf dem Tisch standen. Na ja, vielleicht machte er das auch mit Absicht. Das wollte sie mal nicht ausschließen. Hannes war einer von den Guten.

Und das musste doch auch Alix sehen. Sie hatte sich hier eingenistet, und abends am Küchentisch ging es immer lautstark darum, welche Wand im Schweinestall weg musste, wie der Hofladen in die Deele passte und warum die alte Kirschensortieranlage verkauft werden musste. Barbara hörte sich das alles an. Sie begriff, dass wohl neue Zeiten angebrochen waren. Anders eben als vor dreißig Jahren, als sie hier noch das Sagen hatte. Bevor niemand mehr da war, der ihr zuhörte, außer den Landarbeitern, die ohnehin den ganzen Tag nur Unsinn machten. Sollten bloß nicht glauben, dass sie davon nichts mitbekam.

Drei Kunden in den USA … fünf Tage unterwegs … Mehr brauchte Barbara nicht zu hören. Leise schlich sie zurück ins Nähzimmer, schob die Tür zu und hob sie dabei etwas an, weil sie sonst knarzte. Aus der Küche immer noch die helle Stimme, dann Stille.

Barbara sank auf den Stuhl vor ihrer Nähmaschine. Sie starrte auf das Stück Stoff, das unter dem Nähfuß klemmte. Helles Leinen, mit zarten Blüten bedruckt. Ein Kleid sollte das werden, fürs Kirschenfest am Wochenende. Sie hatte sich das schön ausgemalt, mit Hannes und Alix. Endlich wäre sie wieder dabei. Weil sie nicht allein hingehen müsste.

Und nun wollte Alix wieder weg.

Sie riss den Stoff unter der Nähmaschine weg, knüllte ihn zusammen und warf ihn auf den Boden. Dann stand sie auf, schlich wieder zur Küche.

Alix stand an der Spüle und wusch die Kirschen. »Kannst gern reinkommen«, sagte sie, ohne sich umzudrehen.

Barbara schob sich neben sie und mopste eine Kirsche aus dem Durchschlag aus Emaille. »Wer war das am Telefon?«

»Ach, das ...« Alix lächelte traurig. »Mein früheres Leben. Also, mein Geschäftspartner. Dennis.« Sie warf ein paar schlechte Kirschen in das kleinere Spülbecken und schnalzte mit der Zunge.

»Wirst du das machen? Wegfahren?«

Alix hielt inne. Dann drehte sie das Wasser ab, sie trocknete die Hände ab und wandte sich ihr zu. Ihre Hände berührten zaghaft Barbaras Schultern. »Hey«, sagte Alix leise. »Wenn du das nicht möchtest, bleibe ich hier. Ich habe ohnehin mehr als genug zu tun.«

»Ach«, machte sie. »Ach, ach, ach.«

»Ich würde ihm ohnehin mehr schaden als nutzen«, sagte Alix nachdenklich. »Momentan können wir das noch abfedern, aber irgendwann müssen wir entscheiden, was aus der Parfümerie wird.«

Mehr sagte sie nicht zu dem Thema, und Barbara, die zwar nicht alles verstand, außer dass Alix seltsam nachdenklich war, stibitzte eine erste Kirsche aus der Schüssel und kaute zufrieden.

Süß waren sie, wie jedes Jahr.

Es tat gut, wenn sich manche Dinge nie änderten.

🍎

Der Termin mit der Architektin ging über die Mittagsstunden und nahm mehr Zeit in Anspruch, als sie ursprünglich gedacht hatten. Alix war froh, als sie endlich alles geklärt hatten.

Barbara war wieder in ihrem Nähzimmer verschwunden, das Rattern der Nähmaschine, das gleichmäßige Rascheln, wenn die Schere durch Stoff glitt – all das drang über den Flur, immer wieder durchbrochen von ihren leisen Flüchen, wenn etwas nicht so funktionierte wie erhofft.

Alix lächelte, als sie die Küchentür anlehnte. Sie hatte die Arbeitsflächen rings um Spülbecken und Herd komplett abgeräumt, denn sie musste etwas ausprobieren, bevor sie sich gänzlich in dieses neue Leben mit seinen Möglichkeiten verliebte.

Im Internet hatte sie eine Grundausrüstung und erste Zutaten fürs Seifensieden bestellt. Aus dem Schrank kramte sie einen alten Topf und stellte ihn zu den anderen Utensilien: eine Feinwaage, Handschuhe, Schutzbrille, eine Gummischürze und die Behälter mit Natronlauge, Ölen, Ringelbumenblüten und Duftölen.

Sie erinnerte sich noch gut an Agnès' Hinweise bezüglich der einzelnen Arbeitsschritte. Seifen sieden war ein Handwerk, das eine andere Art der Präzision erforderte als ihr Parfümeurshandwerk. Ging es bei der Kreation eines neuen Dufts vor allem darum, die einzelnen Düfte zu arrangieren, war hier eine große Präzision erforderlich. Vor allem beim Auswiegen der Natronlauge und der Öle verließ sie sich auf die Feinwaage und maß alles exakt ab. Sie brachte die harten Fette zum Schmelzen und vermengte die getrockneten Ringelblumenblüten mit etwas Olivenöl, bevor sie sich den wirklich heiklen Arbeitsschritten widmete. Zunächst musste die Natronlauge abgewogen werden, die sie in eiskaltes Wasser einrührte. Die Lauge erhitzte sich stark und musste anschließend auf Zimmertemperatur abkühlen. Anschließend mischte sie die Fette und Öle, und in diese wurde die Lauge gegossen. Ganz langsam, damit nichts spritzte. Die ganze Zeit behielt sie dabei Schutzbrille und Schutzkleidung an. Sie rührte die Mischung, bis sie leicht andickte; erst dann kam die abgemessene Milch hinzu. Und zum Schluss die getrockneten Ringelblumenblüten und die ätherischen Öle. Das Ganze musste noch einmal gründlich vermischt werden, bevor sie es in die vorbereitete Seifenform füllte.

Alix merkte gar nicht, wie die Zeit verging. Knapp zwei Stunden war sie mit den einzelnen Arbeitsschritten beschäftigt, und in dieser Zeit gab es nichts außer die Seifenzutaten und ihre Gedanken. Sie merkte, dass sie vor sich hinsummte, als sie die Seife rührte, und da musste sie lächeln. Am Ende würde sie einen großen Seifenblock haben, den sie nach einer Ruhezeit von vierundzwanzig Stunden schneiden konnte. Vier bis sechs Wochen später würde die Seife fertig sein.

Hannes hat recht, dachte sie. Diese Form der Arbeit war überaus befriedigend. Zwei Stunden, ein Dutzend Seifenstückchen. Mehr ging nicht, sie könnte allenfalls die doppelte Menge machen, das ginge vielleicht mit einem größeren Topf.

Aber das gefiel ihr. Wenn sie länger darüber nachdachte, waren diese Seifenstücke viel greifbarer, als es die Raumdüfte je sein konnten.

Das hier war neu, es war anders. Es war so vollkommen sie, dass es Alix wunderte, wieso sie nicht viel früher auf die Idee gekommen war, sich von den Raumdüften ab- und einer neuen Aufgabe zuzuwenden.

Und es fühlte sich an, als würden gerade fast alle Puzzlestücke an ihren Platz fallen, als stünde sie genau dort, wo sie hingehörte, in dieser alten Küche mit dem abgetretenen Fliesenboden, hinter sich der alte Büfettschrank und irgendwo da draußen ein schwarzer Kater, der ein Mäuschen nach dem nächsten fing und sich nachts vor ihrem Bauch einrollte, obwohl sie bisher doch keine Haustiere gemocht hatte.

So ähnlich sagte sie es auch am Abend, als sie zu dritt am Gartentisch saßen. Loki auf Alix' Schoß eingerollt, Paquo auf ihren Füßen. Die Tiere hatten es zuerst begriffen. Alix gehörte nun hierher. Und sie schien fast erleichtert, als sie das Weinglas hob und erklärte, sie werde nun wohl definitiv länger bleiben. Dann wandte sie sich an Barbara.

»Hannes meint, du möchtest vielleicht einen Teil des Apfelhofs verkaufen. Ich könnte meine Anteile an der Parfümerie an meinen Geschäftspartner veräußern, dann hätte ich etwas Geld. Ich würde dann gern bei euch einsteigen. Wenn du willst«, fügte Alix hinzu.

Barbara sah sie nur an. Dann hob sie das Gesicht den bunten Glühlichtern entgegen, die sich durchs Gewirr der Äste über ihren Köpfen wanden.

Vor zwanzig Jahren hatte sie alles verloren. Ihren Mann, ihren Sohn, den Kontakt zu ihrer Schwiegertochter und den Enkeln. Damals hatte sie gedacht, das mache ihr nichts aus, was interessierte es sie schon, was nach ihr kam?

Aber es interessierte sie dann doch. Denn sie spürte jetzt, wie ihr Herz sich weitete, wie der Gedanke daran, der Hof könnte von der nächsten Generation übernommen werden, sie seltsam tröstete. Obwohl sie natürlich noch lange nicht daran dachte, abzutreten.

»Wieso lacht sie denn?«, fragte Alix irritiert.

Hannes grinste nur. Und dann lachte er auch.

Barbara war einfach nur froh. So gut hatte sie sich seit zwanzig Jahren nicht gefühlt.

 *Kapitel 14*

Später an diesem Abend saßen Alix und Hannes auf der Küchentreppe. Ein Ritual, das sie sich in den letzten knapp zwei Wochen angewöhnt hatten, wenn die Hitze des Tages nachließ und Barbara sich bereits zurückgezogen hatte.

Es war schon fast dunkel, denn es war spät geworden. Barbara hatte einen kleinen Schwips bekommen, und zu später Stunde begann sie zum ersten Mal zu erzählen, wie das damals gewesen war.

»Das war heute das erste Mal«, sagte er leise. Er zog ein Päckchen Zigaretten aus der Gesäßtasche und hielt es ihr hin. Sie schüttelte den Kopf. Hannes rauchte nur gelegentlich am Abend, und es störte sie nicht.

Weil sie es nicht roch. Immer noch nicht.

»Dass sie von früher erzählt hat?«

»Hmhm.« Er zog an der Zigarette, nickte nachdenklich. »Du tust ihr gut.«

»Ach Quatsch.« Davon wollte sie nichts wissen.

»Doch. Du bist hier und ... machst was mit ihr. Keine Ahnung, was genau du da treibst, aber du dringst zu ihr durch, mehr als mir das je möglich sein wird. Das ist schön.«

Sie lächelte. Ein paar Minuten lang schauten sie in den Nachthimmel, tranken schweigend ihren Wein. Dann räusperte Hannes sich.

»Mit mir übrigens auch.«

Sie legte den Kopf schief, musterte ihn von der Seite. »Ach ja?«

Hannes zuckte mit den Schultern. »Schon so ein bisschen. Kann gar nicht mal sagen, was genau. Du hast so irre viel Energie, das kenne ich sonst nur von Leuten, die ständig auf Speed sind. Aber ich glaube, du nimmst keine Drogen. Oder?«

Alix lachte. »Nein, wirklich nicht.«

»Du packst die Dinge einfach an. Das bewundere ich.«

»Machst du doch auch.«

»Ich hatte hier nicht zwei Wochen nach meinem Einzug die Architektin auf dem Hof stehen, damit sie mir einen Plan für den Hofladen und eine Seifensiederei im Schweinestall macht.«

»Du musstest ja erst mal Grund reinbringen.« Alix kannte inzwischen die zwei Wäschekörbe mit teils ungeöffneter Post. Sie hatte auch da ihre Hilfe angeboten, aber Hannes hatte nur geknurrt, dass sie im Moment mit der verdorbenen Kirschernte ohnehin nicht viel tun konnten.

»Trotzdem. Du hast die Architektin mit deinen Fragen heute ziemlich überrascht.«

»Aber nur, weil sie dachte, sie könnte uns für dumm verkaufen und dann noch ein zweites Planungstreffen berechnen. Darauf habe ich nun wirklich keinen Bock.« Ihr fiel etwas ein, und sie zog das kleine schwarze Notizbüchlein aus der Brusttasche ihrer Latzhose und schlug eine neue Seite auf.

»Na, ich wollte damit auch nur sagen, dass du immer auf die Füße fallen wirst. Gibt so Leute. Bisher dachte ich, das wäre Glück.«

»Du fällst doch auch immer auf die Füße.«

Sie klappte das Buch wieder zu. Hannes war näher gerückt, sodass sich ihre Schultern berührten.

»Hey«, sagte er.

»Hey.« Sie grinste. »Gibt's was?«

Hannes lachte. »Nein, nein. Darauf falle ich nicht rein.«

Sie hob die Augenbrauen. »Du weißt schon, dass ich einen Freund habe?«

»Der ist entweder ein Idiot, weil er dich allein lässt, oder er ist sich deiner einfach nur sehr sicher.«

»Hm«, machte sie. So einfach war das ja mal nicht.

»Falsches Thema?«

»Ach nein. Es ist nur…«

Sie wusste ja, wo Max sich gerade aufhielt. New York, wieder mal. Er schickte ihr regelmäßige Updates. So hatten sie es immer gemacht, wenn sie beide zu beschäftigt waren, um Beziehungspflege zu betreiben. Einmal täglich eine Sprachnachricht oder ein Foto, irgendwas, damit der andere wusste, dass es ihnen gut ging. Und im Moment reichte ihr das. Sie schickte Fotos vom Schweinestall, von den Dingen, die sie für die Seifensiederei kaufte, einmal eine Schüssel Kirschen, bevor Barbara sich darauf stürzen konnte. Er wusste also, dass sie immer noch hier war.

Aber mehr Dialog war da nicht. Vielleicht hätte es sie beunruhigt, aber schon früher hatte ihre Beziehung solche Leerlaufphasen gut überstanden.

Aber damals hatte sie nicht so einen unverschämt attraktiven Cousin zweiten Grades neben sich auf der Steinstufe sitzen.

»Dann erzähl mir mal, wo du nicht auf die Füße gefallen bist«, schlug sie vor. »Mr Sinnlose-App-Millionär.«

Er lachte. »Touché.« Doch dann schwieg er. Nachdenklich zog er die Stirn kraus, sein Glas berührte mit einem leisen Pling ihres. »Ich hätte gern mehr von dem da.« Mit einem Nicken deutete er auf ihr Handy.

»Das da?« Sie hielt es hoch. Gerade pingte es wieder; am Klingelton erkannte sie, dass es wohl eine Nachricht ihrer Schwester Rosa war. »Kannst du in jedem Apfelladen kaufen. Alternativ gibt es noch Samsung, Huawei und einige andere mehr.«

»Das meine ich nicht. Die Menschen darin.«

»Was ist mit denen?«

Er atmete tief durch. Sie merkte, ihn kostete das Überwindung, deshalb legte sie das Handy beiseite, umschloss mit den Fingern das kühle Weinglas und stützte die Ellbogen auf die Knie. Von der Seite musterte sie ihn, wartete ab.

»Du hast Familie. Freunde. Eine Partnerschaft, die über die Distanz funktioniert. Ich habe das alles nicht. Bis vor Kurzem hatte ich niemanden außer Barbara. Na ja, vielleicht habe ich dich jetzt, als Gesellschaft.« Er lächelte zaghaft. »Manchmal fühle ich mich einsam... Ich habe immer gedacht, die Leute, die um mich rum waren, denen wäre es um mich gegangen. In den letzten Jahren...« Er sprach nicht weiter.

Darüber hatte Alix noch nie nachgedacht. Aber es stimmte – sie hatte deutlich mehr Familie als er, und ihr Telefon war tagsüber zwar stumm geschaltet, abends aber beantwortete sie die Nachrichten ihrer Freundinnen, die nachfragten, wann sie mal wieder für einen Abend in Hamburg war. Sie schickte dann nur Bilder von ihrem idyllischen Leben auf dem Apfelhof. Die meisten verstanden, dass ihr das im Moment lieber war als die stickige Sommerhitze, die wie eine Glocke über der Stadt hing.

»Wenn es dir hier zu viel wird, kannst du wieder gehen«, sprach Hannes weiter. »Ich kann das nicht. Ich bleibe hier. Für immer.«

»Du musst nicht für immer bleiben«, widersprach sie.

»Und was ist mit Barbara? Meinst du, ich kann meiner Großmutter jetzt einfach erklären, dass ich wieder zurück in die Stadt muss? Sie würde das nicht verstehen. Das wäre Verrat.«

»Aber darum geht es nicht. Wir dürfen unser Leben nicht nach den anderen ausrichten. Die Frage ist doch: Was willst du?«

Im nächsten Augenblick wusste Alix kurz nicht, wie ihr geschah. Denn Hannes stellte sein Weinglas auf die Stufen, er wandte sich ihr zu. Seine Hände umschlossen ihr Gesicht, er drehte es sanft in seine Richtung, sie spürte seine Lippen auf ihren. Sein Kuss war stürmisch, auf eine behutsame Art, als wüsste er nicht, ob das okay wäre, was er gerade tat. Sie riss die Augen auf, und bevor sie überhaupt klar denken konnte, peitschte durch die Dunkelheit das Geräusch von ihrer Hand, die schmerzhaft heftig seine Wange erwischte. Atemlos blieb sie sitzen, starrte ihn völlig konsterniert an.

»Bist du betrunken, oder was?«

Hannes wurde rot, das sah sie selbst im Dämmerlicht. Er fuhr mit beiden Händen durch die Haare, sein Blick wirkte seltsam verschleiert, und ihr fuhr der Gedanke durch den Kopf, er könnte tatsächlich etwas zu viel Alkohol getrunken haben, denn da stand schon die zweite Flasche Weißwein auf den Stufen, und sie selbst hatte nicht so viel getrunken.

Mindestens eine Flasche Wein. Das konnte so einen Bär von einem Mann ins Wanken bringen, aber ihn nicht so völlig aus der Spur bringen.

Und hatte er nicht selbst vor ein paar Wochen noch gesagt, dass es keine gute Idee wäre, wenn sie etwas anfingen?

»Sorry«, murmelte Hannes. Er stand auf, schwankte leicht. Sie stand ebenfalls auf.

»Na komm«, sagte sie. »Ich bringe dich ins Bett.«

Er runzelte die Stirn, als überlegte er, noch etwas zu sagen, aber dann schüttelte er nur den Kopf. Gut so. Er hielt besser den Mund, bevor noch mehr passierte.

Ihr Handy ließ Alix auf den Stufen liegen. Hannes stützte sich schwer auf sie, als sie nach oben gingen, er schwankte, als hätte er irgendwie inneren Seegang. In seinem Schlafzimmer ließ er sich aufs Bett plumpsen. »Kommst du klar?«, fragte sie.

»Ich kann bestimmt nicht einschlafen«, jammerte er.

»Vergiss es. Ich lege mich nicht zu dir«, sagte sie streng.

»Ich glaub, der Kirschschnaps war nicht gut.«

Alix seufzte. Das also war sein Problem. Hatte sie es sich doch gedacht.

Für den Hofladen brauchten sie ein breit gefächertes Angebot, weshalb Hannes in den letzten Wochen angefangen hatte, mit einigen Rezepten zu experimentieren. Sein Favorit war dabei ein Kirschschnaps, den er vor acht Tagen angesetzt hatte. Später sollten noch Birnenbrand, Apfelwein und Ähnliches folgen. Alix hatte nicht viel für Alkohol übrig; in den letzten Jahren hatte sie tatsächlich kaum getrunken, und dass sie es hier fast jeden Abend tat, weil für Hannes ein Feierabendbierchen dazugehörte, beobachtete sie mit gewisser Sorge. Aber sie hatte das im Griff.

Bei Hannes war sie gerade nicht so sicher.

»Wie viel hast du getrunken?«

»Zu viel«, nuschelte er.

»Okay. Ich kann hierbleiben, bis du schläfst. Aber vorher gehst du noch mal aufs Klo und Zähne putzen.«

Hannes nickte ergeben. Er stemmte sich hoch, schlurfte ins kleine Badezimmer auf der anderen Seite des Flurs. Die Türen ließ er offen, was leider dazu führte, dass sie mehr hörte, als ihr lieb war. Immerhin putzte er sich die Zähne und gurgelte mit Mundwasser.

Dann hörte sie ihn würgen.

Na, ob sie den Kirschschnaps im Hofladen anbieten sollten, müssten sie wohl noch mal überdenken.

Als er wiederkam, wirkte er zumindest etwas klarer. Alix hatte in der Zwischenzeit das Bett aufgeschüttelt.

»Ins Bett mit dir.«

Gehorsam kroch Hannes unter die Decke. Sie deckte ihn zu und löschte die kleine Lampe auf dem Nachttisch. »Ich bringe dir gleich noch eine Flasche Wasser hoch. Könnte sein, dass du morgen durstig bist und Kopfschmerzen hast.«

»Hrm«, brummelte Hannes. Offenbar war er auf dem besten Wege ins Reich der Träume. Gut so. Das Gespräch von heute Abend konnten sie ein anderes Mal fortsetzen. Idealerweise beide nüchtern.

Als sie in die Küche kam, stand Tante Barbara am Tisch über eine Flasche mit einer roten Flüssigkeit gebeugt und schnupperte. »Das Rezept habt ihr nicht von mir«, sagte sie fast vorwurfsvoll.

»Nee, stimmt. Das nächste Mal fragen wir dich.« Alix nahm ihr flink die Flasche weg. Ein beschwipster Verwandter am Abend genügte ihr. Und wer wusste schon, ob der Schnaps nicht irgendwie verdorben war und Hannes deshalb so schlecht bekommen war.

»Da draußen ist jemand«, bemerkte Tante Barbara.

»Wer soll da sein? Heinz? Oder einer von den Saisonarbeitern?«

»Jemand Fremdes.«

Ihr fiel das Handy ein, das noch auf der Treppe lag. »Ich schau mal nach.«

Sie zog die Küchentür zu. Es musste tatsächlich jemand hier draußen sein. Ihr Handy lag noch da, aber die Weinflasche war verschwunden. Alix bückte sich nach dem Handy und ihrem Weinglas. Sie lief leichtfüßig das kleine Stück Trampelpfad zum Gartentisch unter den Bäumen.

Loki saß auf einem der bunten Polster und putzte sich das Hinterteil.

Auf einem anderen Gartenstuhl saß, entspannt zurückgelehnt und den Cowboyhut über den Kopf gezogen, die Weinflasche lässig in der Hand, ihre Schwester Rosa. Alix blieb stehen.

»Das nenne ich mal eine Überraschung.«

Rosa hob den Kopf, schob mit der Weinflasche den Hut nach hinten und grinste. »Hey, Schwesterchen. Ihr habt einen lausigen Wachhund.« Mit der Flasche zeigte sie auf Paquo, der seine weiß gesprenkelte Schnauze auf ihre nackten Füße gelegt hatte.

Alix musterte ihre jüngste Schwester nachdenklich. Unter dem Cowboyhut waren wieder pinke Ponyfransen zu erahnen, sie trug ein schwarzes Top und abgeschnittene Jeans. Ganz die flippige kleine Schwester, die sie kannte.

»Warum bist du hier?«, fragte sie.

»Ach …« Rosa beugte sich vor. Sie kraulte Paquo die Ohren. »Papa meint, du willst hier irgendwas aufbauen. Eine Fabrik für Duschgel? Wollte ich mir mal ansehen. Aber so richtig viel ist hier in den letzten zwanzig Jahren wohl nicht passiert.« Sie legte den Kopf schief. »Was ist das für ein Geräusch?«

Aus dem Nähzimmer drang das stakkatohafte Wimmern der Nähmaschine, die Tante Barbara wieder durch irgendeinen Stoff jagte wie eine Industrienäherin.

»Tanta Barbara.«

Rosa lachte. »Das meinte ich nicht. Dieses ... Schnarchen?«

Jetzt hörte sie es auch. »Hannes«, sagte sie knapp.

Rosa hob die Augenbrauen. »Erzähl mir mehr. Sieht er gut aus? Und wieso pennt er jetzt schon? Hat er sich so verausgabt?«

Alix hätte sich gern über ihre Schwester geärgert. Aber so war Rosa nun mal. Sie kam, sah sich um und zog ihre Schlüsse. Und wie es aussah, war hier das nächste Familienmitglied, das sie vom Wein abhalten und vor sich selbst schützen musste, denn Rosa trank und trank. Als hätte jemand den Wein in Wasser verwandelt.

Alix ließ sich aufatmend neben Rosa auf einen freien Gartenstuhl sinken. »Alles okay bei dir?«, erkundigte sie sich besorgt.

Rosa lachte nur. Weil sie alles weglachte, worüber sie nicht reden wollte. Statt zu weinen, war da eben dieses Lachen. Sie nahm noch einen Schluck Wein. Die Flasche war schon erschreckend leer.

Alix schob nur ihren Gartenstuhl direkt neben Rosas. Sie legte die Hand auf den Unterarm ihrer Schwester, wartete, bis sie sich beruhigt hatte, und bat sie dann um die Weinflasche. Rosa gab sie nur widerwillig her. »Keine Sorge. In der Küche steht noch Kirschschnaps, wenn wir keinen Wein mehr finden.«

»Ich sollte ohnehin nicht so viel trinken, wenn ich heute noch zurückfahre.«

Alix' einziger Kommentar war eine hochgezogene Augenbraue.

»Also, was machst du hier? Außer Männer ins Bett bringen und Tante Barbaras ... was ist das überhaupt, was da so lärmt?«

»Ihre Nähmaschine.«

»Also, stimmt das mit der Fabrik?«

Sie lachte. »Fast.« Dann erzählte sie Rosa alles. Von ihrem Urlaub in Grasse, von Max, der ihr nachgereist war, sogar davon, wie sie kurz den Wunsch nach einem Kind verspürt hatte und dann doch lieber erst ein neues Unternehmen gründete, damit sie weder Zeit zum Nachdenken hatte, noch ein zweites Mal ungeschützten Sex mit Max haben konnte.

»Und dieser Hannes?«

»Unser Cousin zweiten Grades? Netter Kerl.« Sie grinste, weil sie ahnte, was als Nächstes kommen würde.

»Du wirst mir mehr erzählen müssen. Wie alt, wie attraktiv, wie beziehungsfähig?«

»Unser Alter, sehr, schwer einzuschätzen. Guter Küsser.«

Rosa quiekte und rutschte etwas tiefer in den Gartenstuhl. »Ehrlich, Alix? Was ist denn mit dir passiert, dass du plötzlich, also ... Und was wird denn aus Max, wenn du fremde Männer küsst?«

»Es war nur ein einziger Kuss.« Okay, eigentlich sogar zwei. »Ich war betrunken.« Angeschickert. »Und es kam nicht zu einer Wiederholung, obwohl das schon zwei Wochen her ist.« Gelogen, aber das heute Abend war von ihm ausgegangen, eindeutig betrunken. Das zählte also gar nicht.

»Heißt das, wenn ich mich jetzt für ihn interessieren würde, hättest du nichts dagegen?«

»Oh, Rosa!« Alix stand auf und gab ihrer Schwester einen leichten Klaps auf den Cowboyhut. »Du weißt *nichts* über diesen Mann, nicht mal ob er dir sympathisch ist. Und was soll das heißen? Willst du etwa länger bleiben?«

Sie schnappte sich die Weinflasche, ohne eine Antwort abzuwarten. Als sie zurückkam, brachte sie geröstete Cashewkerne und ein zweites Glas für ihre Schwester mit. Während sie danach suchte, hatte sie Zeit gehabt, nachzudenken.

»Und was ist mit diesem netten Mann, mit dem du zuletzt zusammen warst? Wie hieß er noch?«

»Du meinst Gordon? Der war zu nett.«

»Zu nett gibt es nicht. Zu nett heißt in deinem Fall lediglich, dass du ihn mies behandelt hast und er sich nicht dagegen gewehrt hat.«

Auch das war so typisch für Rosa, dass sie es lieber unkommentiert ließ und stattdessen Wein nachschenkte. Rosa machte sich über die Nüsschen her, als hätte sie seit Tagen nichts gegessen. Und wenn sie ihre Schwester so ansah, wie sie ihre schlanken Gliedmaßen auf den Gartenstuhl faltete …

»Du hast abgenommen«, bemerkte sie.

»Gar nicht.«

»Auf jeden Fall ist nicht mehr so viel von dir da. Isst du genug?«

»Du klingst schon wie Mama.«

»Nur weil ich mir Sorgen um dich mache.«

»Ehrlich, Alix. Das mit dem Kinderkriegen hättest du etwas beharrlicher verfolgen sollen. Das Mütterlich-Nervige hast du schon mal.«

Das ließ sie unkommentiert, weil sie wusste, gegen Rosas Eloquenz würde sie ja doch den Kürzeren ziehen.

»Trotzdem. Was ist wirklich passiert mit Gordon und dir? Du hast ihn nicht nur einfach abserviert.«

Rosa seufzte. »Lange Geschichte«, sagte sie dann.

»Wir haben Zeit und Wein. Raus damit.«

Rosa schüttelte entschieden den Kopf. »Zu viel«, erklärte sie entschieden.

Wenn etwas für Rosa zu viel war, musste es echt übel sein. Alix kannte ihre jüngste Schwester gut genug, um nicht weiter in sie zu dringen. »Also gut. Wie gesagt, wir finden bestimmt ein Plätzchen für dich heute Nacht. Zur Not kommst du mit in mein Bett, das ist immerhin eins vierzig breit.«

»Das reicht uns.« Rosa hatte die Knie wieder angezogen; nachdenklich balancierte sie das Weinglas auf einem Knie, neigte den Kopf und blinzelte durch den Weißwein in die Ferne. »Er hat mir einen Antrag gemacht«, sagte sie schließlich leise.

»Oh, verdammt.« Gerne hätte sie mehr dazu gesagt. Etwas Tröstliches zum Beispiel.

Als sie Kinder waren, hatte Rosa sich nie am Prinzessinnenspiel der älteren Schwestern beteiligt. Oder daran, dass sie Reiterhof spielten und sich vorstellten, dass der Besitzer des Gestüts, ein gut aussehender Graf, unter den Schwestern eine auswählte und heiratete. Die Rolle des Grafen kam dabei immer einem der Nachbarsjungen zu.

Rosa hatte nichts dafür übrig. Sie war ein Freigeist, unabhängig von Anfang an. Sie hatte sich, sobald sie lesen konnte, gänzlich aus dem Spiel der Schwestern zurückgezogen, man traf sie nur noch mit einem Buch vor der Nase an. Nach einem Büchereibesuch war ihr Stapel immer der höchste, derjenige, der am schnellsten dahinschmolz. Sie fraß die Bücher, und sie tauchte in diese

Welten ab, als würde sie die Realität überhaupt nicht interessieren.

Dabei war sie diejenige, die am meisten mitbekam. Hinter ihren Büchern vergaßen sogar die Erwachsenen ihre Anwesenheit.

Aber eines hatte Rosa von Anfang an immer wieder gesagt, wenn man sie fragte, was sie werden wollte: »Keine Ehefrau! Keine Mama!«

»Er meinte, wir sind ja jetzt schon etwas länger zusammen, da könnte man ja Nägel mit Köpfen machen. Das waren seine Worte. Als wäre ich 'ne Werkzeugkiste.«

»Na ja, du wirst auch nächstes Jahr dreißig ...«, meinte Alix gedankenverloren.

»Das hat er auch gesagt! Ist das denn die Möglichkeit? Ich meine, hallo? Ist das Alter einer Frau denn entscheidend? Und wenn ich nie heirate, kann es doch egal sein. Oder wenn ich erst mit 74 einen finde, mit dem ich mir eine Ehe vorstellen kann. Wen interessiert das?«

»Gordon offensichtlich«, meinte Alix trocken. Aber sie verstand Rosa. Wieder dachte sie an Max. Alle Gedanken führten früher oder später zu ihm, und im Moment wusste sie noch nicht, ob das ein gutes Zeichen war oder nicht.

»Was würdest du denn machen, wenn Max dich fragt?«

Alix lachte. »O Mann«, seufzte sie dann, rasch wieder ernst. »Er hat gefragt, Süße. Er hat. Und ich habe ihm keine befriedigende Antwort gegeben.«

»Siehst du.« Zumindest Rosa schien damit zufrieden zu sein. »Warum also sollten wir uns in etwas fügen, das so patriarchalisch geprägt ist? Überleg mal. Schon als kleine Mädchen kriegen wir doch eingeredet, dass der Tag der Hochzeit der schönste im Leben jeder Frau ist. Danach ist's vorbei. Was sagt uns das denn über die Ehe?«

»Das sagt uns vor allem, dass du kulturpessimistisch bist. Nicht jede Ehe ist schlecht.« Alix beugte sich vor und nahm eine Handvoll Nüsschen. »Ich hätte fast Ja gesagt, übrigens.«

Rosa warf in gespielter Verzweiflung die Hände in die Luft. Dabei schwappte ein bisschen Weißwein auf ihre Knie. »Nicht du auch noch! Ist denn auf niemanden mehr Verlass?«

»Wieso? Wer denn noch? Du hast doch nicht Ja gesagt?«

»Bloß nicht. Aber wenn eine von uns erst mal damit anfängt, wird unsere Mutter keine Ruhe geben, bis wir alle unter der Haube sind.«

»Dass du nach Bea die Zweite wirst, wäre mal eine Außenseiterwette gewesen.«

»Ach, Bea. Hast du von ihr in letzter Zeit was gehört?«

Alix schüttelte den Kopf. Bea und sie waren wie Feuer und Wasser, daran würden sicher auch ihre Pläne für die Seifenmanufaktur nichts ändern. Auch die wäre in den Augen ihrer älteren Schwester vermutlich nur Verschwendung ihrer Intelligenz.

»Also dann. Wenn dein Angebot mit dem Bett noch steht, würde ich das gern in Anspruch nehmen.« Rosa leerte ihr Glas.

Wofür Alix ihre Schwester unendlich bewunderte: Sie gab den Takt vor. Sie ließ sich nicht vom Leben bestimmen. Du willst mich heiraten? Vergiss es. Da steht Weißwein? Den nehme ich mir. Ich bin müde, gib mir ein Bett.

Sie gingen nach oben. Als Alix ihr das Gästezimmer

mit dem Bett darin zeigte, verzog Rosa die Nase. »Gibt es unten ein Sofa? Das reicht mir.«

»Klar. Hier, im Schrank gibt's noch Decken.«

Sie schlichen wieder nach unten. Das Schnarchen aus Hannes' Schlafzimmer war ebenso verstummt wie das Rattern von Barbaras Nähmaschine. Alix wusste nicht, wie spät es war – es fühlte sich aber sehr spät an.

Rosa nickte zufrieden, als sie ihr das Sofa im Wohnzimmer zeigte. »Ich habe allerdings keine Ahnung, wann hier wer morgens aufsteht«, warnte Alix sie.

»Das werden wir ja sehen. Ich stelle mir jedenfalls meinen Wecker sehr früh, dann bin ich weg, bevor sich jemand rührt.« Rosa umarmte Alix. »Danke, Schwesterchen. Ich brauchte heute einfach jemanden, bei dem ich mich ausheulen konnte. Gute Nacht.«

Das war alles. Allein in ihrem Bett dachte Alix darüber nach, wie leicht es offenbar für Rosa war. Sie kam und ging, wie es ihr in den Kram passte, sie übernahm für niemanden Verantwortung außer für sich – und das tat sie mit einer Ernsthaftigkeit und Kraft, die Alix bewunderte.

Hatte sie das denn selbst geschafft? Für sich Verantwortung übernommen? War dieses Leben wirklich das, wonach sie gesucht hatte? Oder lief sie nur vor sich selbst davon?

🍎

Der gellende Schrei am nächsten Morgen riss sie aus dem Schlaf, und bevor sie wusste, wie ihr geschah, war sie schon aus dem Bett gesprungen und stand auf dem Treppenabsatz. Die Tür zum anderen Schlafzimmer wurde von Hannes aufgerissen. Sie starrten einander kurz an, dann stürzte Alix voran nach unten. Sie wusste, woher der Schrei kam.

Im Wohnzimmer bot sich ihr ein verstörendes Bild. Tante Barbara stand nur mit einem ziemlich knappen Handtuch umhüllt – denn von *bekleidet* konnte man nun wirklich nicht reden – mit einem riesigen Handtuchturban um den Kopf geschlungen vor dem Sofa. Auf dem hockte Rosa, die Knie angezogen, die Arme um die nackten Beine geschlungen und nur mit ihrer Unterwäsche bekleidet. Und beide Frauen schrien einander an, wüste Beschimpfungen flogen durch die Luft.

»Schluss!« Hannes schob sich an Alix vorbei und stellte sich zwischen die beiden Frauen. »Was ist denn mit euch los, ihr verrückten Hühner?«

Das brachte zumindest Rosa zum Verstummen. Vielleicht war es auch der Anblick ihres Cousins, denn sie musterte ihn von oben bis unten. In dem winzigen Moment, da Tante Barbara verstummte, um für eine weitere Tirade Luft zu holen, sagte sie leise: »Oh, du musst Hannes sein.« Ihre Stimme klang so weich und süß, dass Alix sich ein Grinsen verkneifen musste. Rosa war quasi ohne Umweg aus dem Modus als schimpfender Rohrspatz zur schmeichlerischen Nachtigall übergegangen.

»Und du bist...?«

Sie erhob sich mit einer geschmeidigen Bewegung und reichte ihm die Hand. »Rosa. Hat Alix dir nicht von mir erzählt?«

Sein Blick ging etwas verwirrt zwischen den Schwestern hin und her. »Nein...?«, sagte er vorsichtig.

»Mache ich bei einer Tasse Kaffee.« Alix legte die Hand auf Rosas Schulter. »Das Bad oben ist gerade frei. Im Schränkchen überm Waschbecken liegt eine verpackte Zahnbürste, die kannst du haben.«

»Bis gleich.« Rosa glitt an Hannes vorbei, nicht ohne noch mal mit den Wimpern zu klimpern. Alix verdrehte die Augen. So einfach, Rosa? Du siehst einen anderen Kerl, und schon ist der Mann vergessen, mit dem du immerhin ein paar Jahre in Teilzeit Tisch und Bett geteilt hast?

Aber sie sagte nichts.

»So ein freches Gör.« Tante Barbara schimpfte. Sie rückte das Handtuch zurecht und baute sich vor Alix und Hannes auf. »Wieso sagt mir denn keiner, dass wir Übernachtungsbesuch haben?«

»Weil ihr gestern alle geschlafen habt«, verteidigte sich Alix. »Überhaupt, warum musstest du sie so anbrüllen?«

Tante Barbara zuckte mit den Schultern. »Muss manchmal eben sein.«

Die Antwort war nun alles andere als befriedigend. Aber sie ließ es darauf beruhen, denn sie lief selbst nur in Slip und T-Shirt herum. Hannes trug sogar nur seine Boxershorts. Er grinste verlegen, als sie ihn musterte.

»Zieht euch um Himmels willen was an«, murmelte Alix. Sie dachte dabei vor allem an Rosa. Nicht, dass sie ihre gestrige Andeutung wahr machte und Hannes bei erstbester Gelegenheit verführte.

»Wer ist Rosa?«, fragte er, als sie wenige Minuten später in der Küche saßen. Hannes trug wieder eins seiner Vikings-T-Shirts – sein Kleiderschrank schien in der Hinsicht unerschöpflich zu sein – zur sandfarbenen Jeans. Paquo kam aus dem Garten und legte sich mit vom Morgentau nassem Fell auf seine nackten Füße.

»Meine jüngste Schwester. Sie kam gestern Abend, da hast du schon geschlafen.«

»Mh«, machte er. »Ich war gestern wohl sehr betrunken?«

»Der Kirschschnaps. Ich weiß nicht, ob wir den noch verbessern müssen oder ob er genau richtig ist. Vielleicht war er auch einfach verdorben.«

Hannes grinste. »Kopfschmerzen habe ich jedenfalls nicht.«

»Dann passt das Rezept wohl.«

Sie drückte ihm einen Becher mit Kaffee in die Hand. Dabei berührten sich kurz ihre Finger, aber sie zuckte nicht zurück. Auch Hannes wirkte seltsam ungerührt, als hätte es den Kuss gestern Abend nicht gegeben. Gut, dachte sie. Wenn er nicht damit anfing, würde sie es auch nicht tun.

»Ich will Rosa gleich noch den Schweinestall zeigen. Kommst du mit?«

»Natürlich kommt er mit.«

Unbemerkt war Rosa eingetreten. Sie nahm Hannes den Kaffeebecher aus der Hand und rutschte auf die Eckbank. Alix schob gerade ein Blech mit Aufbackbrötchen in den Backofen.

»Hannes, richtig? Meine Schwester hat schon viel von dir erzählt.«

»Äh …«

»Keine Sorge, nur Gutes. Dass du küssen kannst, zum Beispiel.«

»Alix? Können wir reden?«

Sie drehte sich um. Hannes war wieder knallrot, und so sehr ihr das gefiel, wenn sie das schaffte – auf Rosa war sie deshalb jetzt doch etwas sauer, schließlich kannte sie Hannes gar nicht. Der Arme.

»Klar. Rosa, kannst du den Speck und die Eier braten?«

»Habe ich mich in die Nesseln gesetzt?«, erkundigte sie sich.

»Aber so was von.« Alix hätte sie gern böse angefunkelt, aber das war unmöglich. So war Rosa. Grenzüberschreitend auf eine so liebenswürdige Art, dass man ihr einfach immer verzieh.

Gemeinsam mit Hannes ging sie hinaus in den Garten. Er passierte Tisch und Stühle, das Rondell mit der Rose, in deren Blüten sich zu so früher Stunde bereits erste Hummeln am Rosenduft berauschten. Dahinter blieb er stehen.

»Was hast du ihr erzählt?«, fragte er. Dabei sah er sie so finster an, dass sie kurz dachte, sie hätte tatsächlich irgendwas falsch gemacht.

»Nur das, was passiert ist«, sagte sie aufrichtig.

»Und offenbar hast du …« Er legte den Kopf in den Nacken, dachte nach. Runzelte die Stirn. Sie hätte ihm gern die Sorgen genommen, die übrigens von ihrer Seite gänzlich unnötig waren, denn was geschehen war, nun ja, das konnte sie kaum zurücknehmen.

»Hey«, sagte sie, als er nicht weiterredete. »Ich habe ihr nur erzählt, dass wir uns geküsst haben. Mehr nicht.«

Er schnaubte.

»So schlimm? Du bist ziemlich gut dabei weggekommen. Sie wollte eher mir den Kopf abreißen, weil ich ja offiziell noch in einer Beziehung stecke.«

»Ach so, tust du das.«

»Ja, tue ich.«

Sie schwiegen ein bisschen. Hannes bückte sich, er las ein Stück Moos auf, das eine Amsel vielleicht hierher verschleppt hatte, drehte es in den Fingern, bevor er es wieder aufs Gras warf.

»Hör mal, dieser Kuss gestern …«

»Dann habe ich das nicht geträumt?«

Sie grinsten. »Also, du warst nur etwas betrunken. Mich hat das überrumpelt. Ich dachte, nachdem wir in den letzten Wochen so entspannt miteinander gearbeitet haben, dass wir das nicht gefährden sollten. Ich mag dich. Als guter Freund.«

»Ich mag dich auch.« Hannes wirkte erleichtert. »Ich dachte schon, du würdest mich jetzt auf irgendwas festnageln, weil du deiner Schwester davon erzählt hast.«

»Sie war etwas enttäuscht«, räumte Alix ein. »Also, dass du mich küsst und nicht sie.«

Er lachte überrascht. »Aber sie kennt mich doch gar nicht.«

Sie zuckte mit den Schultern. »So ist Rosa eben. Immer für eine Überraschung gut.«

»Ich mag ihr Lächeln. Sie ist ... frech?«

»Frech trifft es.« Sie war versucht, ihn vor Rosa zu warnen; immerhin hatte sie gerade eine Trennung hinter sich, und egal, was das zwischen Hannes und ihr ergab, er wäre ja doch nur der Lückenbüßer und Tröster. Aber sie ließ es bleiben. Rosa und Hannes waren erwachsen, sie konnten selbst entscheiden, ob sie miteinander unglücklich werden wollten.

»Ich will eh gerade keine Beziehung haben.«

»Ach. Und was sollte dann der Kuss?«, fragte sie. Wieder grinsten beide.

»Na ja. Vermutlich dachte mein betrunkenes Ich ›gucken, ob ich nicht doch was von ihr will.‹ Oder so.«

»Dann sag deinem betrunkenen Ich, dass es zukünftig die Finger vom Schnaps lassen soll. Der ist im Herbst für unsere Kunden.«

»Abgemacht. Ich setze gleich heute noch ein paar Liter davon an.«

 *Kapitel 15*

Als Alix sich an diesem Morgen früh aus dem Bett rollte, stöhnte sie auf. Ihr Rücken schmerzte, und sie hatte das unangenehme Gefühl in den Armen, als bestünden diese nur aus Wackelpudding.

Die Renovierungsarbeiten am Schweinestall hatten Anfang dieser Woche begonnen, und in einem Anfall von Selbstüberschätzung hatte sie den Bauarbeitern angeboten, ihnen zu helfen. Die Kirschernte war vorbei, sie hatte also nichts Besseres zu tun, denn bis zur Apfelernte zog noch einige Zeit ins Land. Und solange ihre Werkstatt nicht fertig war, konnte sie auch nicht mit dem Seifensieden voll durchstarten.

Alix ging nach unten. Es war noch früh; drüben auf der Baustelle luden die Bauarbeiter gerade ihr Werkzeug aus. In Tante Barbaras Nähstube herrschte ebenso Stille wie in der Küche.

Im Flur fiel ihr ein Paket auf, als sie eine Viertelstunde später eine Thermoskanne mit Kaffee, einen Teller mit Keksen und vier Becher auf einem Tablett über den Hof balancierte. Zurück im Haus riss sie den Karton auf. Ein Brief lag obenauf, darunter lagen Seifenstücke und ganz unten im Paket ein dicker Ordner.

»Ma chère amie Alix …«

Der Karton stammte von Agnès, und sie schrieb, sie habe ein paar Seifenproben und ihre bewährten Rezepte zusammengestellt, um Alix den Anfang als Seifensiederin zu erleichtern. Ihr stockte beinahe der Atem, denn ihr wurde bewusst, was für ein unfassbar großes Geschenk Agnès ihr damit machte. Sie wusste, das würde sie ihr nie vergelten können.

Glaub nicht, du wärst mir irgendwas schuldig dafür, Alix. Es ist mein Geschenk an dich, weil ich mich freue. Meine Seifen haben dich inspiriert, und ich bin sicher, du wirst eines Tages über deine Lehrmeisterin hinauswachsen. Ich würde mich freuen, wenn wir weiterhin im Kontakt bleiben.

Diese Worte trieben ihr die Tränen in die Augen. Sie schloss die Augen, drückte kurz den Brief an ihre Brust, dann wühlte sie in den Seifen. Es war alles da: die zart cremige Orangenmilchseife, die klassische Lavendelseife, eine Rosenseife, die fast auf ihrer Handfläche schmolz.

Und alle Rezepte.

Aber wie war der Karton hier gelandet? Agnès kannte ihre neue Adresse noch nicht. War gestern etwa jemand vorbeigekommen? Und wieso hatte Hannes ihr nichts davon erzählt? Okay, sie war schon um neun ins Bett gekrochen, nachdem sie sich im Erdgeschossbad eine halbe Stunde in die Badewanne gelegt hatte und in Ermangelung eines eigenen Badezusatzes – konnte man die eigentlich selbst herstellen? Bestimmt! – das Tosca-Schaumbad von Tante Barbara ins heiße Wasser gekippt hatte. Dass sie sich selbst nicht riechen konnte, empfand sie in diesem Fall als Vorteil.

Oben hörte sie die Schlafzimmertür aufgehen.

»Hannes? Woher kommt denn dieser Karton?«

Stille. Dann nackte Füße auf dem Teppich, die Tür knallte wieder zu.

Alix seufzte. Sie klemmte sich den Karton unter den Arm und stieg die Treppe hoch. Als sie an seine Tür klopfte, kam aus dem Innern ein Kichern, dann seine fragende Stimme. Bildete sie sich ein, dass da ein Hauch Panik mitschwang?

Beherzt öffnete sie die Tür. »Hey, guten Morgen.« Hannes lag noch im Bett, nackter Oberkörper, die Arme hinter dem Kopf verschränkt. Die Bettwäsche mit kleinen Bärchen, die Plüschherzen in den Armen hielten, zerstörten den verführerischen Anblick recht nachhaltig. Und die pinken Strähnen, die seitlich unter der Bettdecke hervorlugten, nun ja. Die schienen eine Geschichte darüber zu erzählen, dass die Bärchen zumindest kein Hindernis waren.

Oder Rosa war gestern Abend im Dunkeln zu Hannes ins Bett gekrochen und wusste noch gar nichts von diesem eklatanten Stilbruch.

»Hoppla. Ich will auch gar nicht stören.«

Hannes grinste. »Du störst nicht.« Unter die Bettdecke kam Bewegung, er verzog minimal das Gesicht, vermutlich weil Rosa ihn gerade kniff oder boxte. »Was gibt's denn?«

»Das hier gibt's.« Sie hielt das Paket hoch. »Aber ich habe schon meine Antwort. Ich weiß, wie das Paket hier gelandet ist. Danke Rosa«, fügte sie etwas lauter als nötig hinzu, gerichtet an den Buckel unter der Bettdecke neben Hannes. Ein Kichern antwortete ihr.

»Albernes Huhn«, murmelte Alix. Sie ging wieder nach unten. Im Flur lief sie Barbara über den Weg, die aus ihrem Nähstübchen geschlurft kam und stehen blieb. Tante Barbara schnüffelte. »Tosca«, murmelte sie.

»Hier, guck mal.« Alix reichte ihr ein Stückchen Seife aus dem Karton. »Magst du Lavendel?«

Tante Barbara hob die Seife an die Nase und schnupperte. Dabei verzog sie verzückt das Gesicht. »Ah, das riecht aber lecker.«

Alix blieb stehen. Sie streckte die Hand nach der Seife aus, denn ... »Darf ich?«, bat sie.

Nur widerstrebend rückte Tante Barbara das Seifenstück noch mal heraus.

»Ich kann dir ganz viele nach diesem Rezept sieden, wenn du möchtest.«

»Möchte ich. Fürs Gästebad und für mein Badezimmer, aber in Muschelform. Geht das?«

»Mh, geht alles ...« Alix schloss die Augen und hielt das Seifenstück knapp unter die Nase. Sie schnupperte. Da war es wieder! Oder bildete sie sich das nur ein?

»Früher hatte ich auch solche Seifen im Bad liegen, die habe ich im Katalog bestellt«, plapperte Tante Barbara munter weiter. Herrje, konnte sie nicht für einen winzigen Moment den Mund halten, damit Alix ergründen konnte, ob sie sich diesen Hauch von Lavendel nur einbildete oder nicht?

»... habe ich es nicht mehr gemacht. Warum auch? Interessiert doch keinen.«

»Wie bitte?«

Widerstrebend ließ sie die Seife sinken. Tante Barbara guckte sie fragend an.

»Finde ich auch«, murmelte Alix. Zustimmung war bestimmt das einzig Richtige. Aber ihre Gedanken waren längst woanders.

Da war doch ein winziges bisschen Lavendelduft gewesen, oder nicht? Hektisch zog sie noch eine Seife aus dem Karton, hielt sie diesmal dichter vor die Nase, schnüffelte übertrieben, als könnte sie damit den Duft besser erhaschen. Rose? Das war Rose!

Sie öffnete die Augen und starrte ein oranges Seifen-stück an.

Nein, keine Rose.

»Dann soll ich wohl besser gehen?«

Sie merkte, wie ihr Tränen in die Augen traten. Sie pfefferte den Karton auf die Kommode im Flur. Herrgott, was wollte Tante Barbara bloß von ihr?

Nackte Füße polterten auf der Treppe. »Alix!« Hannes hatte sich ein T-Shirt übergezogen und war in seine Arbeitsjeans geschlüpft. »Hey, warte doch mal, Alix!«

Sie floh. Das wurde ihr gerade zu viel. Ausgerechnet ihr, die so gerne mit Menschen zusammen war, die Gesellschaft anderer genoss, sich von ihnen inspirieren ließ – nein. Das konnte sie gerade nicht. Sie konnte nicht Tante Barbaras alten Geschichten zuhören oder sich anhören, wie Hannes rechtfertigte, dass Rosa in seinem Bett lag. Letzteres war übrigens total unnötig. Sie wollte einfach ihre Ruhe haben. Riechen. In sich hineinhorchen.

Draußen warf gerade ein Bauarbeiter den Steinschneider an. Staub wehte über den Hof, der Lärm kreischte in ihren Ohren. Alix wandte sich nach links. Sie lief zwischen Schweinestall und Scheune Richtung Apfelplantage und hoffte, dass sie dort etwas Ruhe fand.

Sie musste nachdenken.

Nein, nachdenken war das falsche Wort dafür. Nachspüren. In sich hineinhorchen, die Erinnerung an den Lavendelduft konservieren. Denn er war eindeutig da gewesen. Und mit ihm die Erinnerung an ihr früheres Leben.

Kehrte ihr Riechsinn zurück? Es wäre ein kleines Wunder, auf das sie so sehr gehofft hatte. An das sie aber mit jedem Tag, der seit ihrer Begegnung mit dem Rosenbusch verstrich, weniger hatte glauben können.

»Hier steckst du.«

Lautlos war Rosa näher gekommen und blieb in einiger Entfernung stehen. Alix hatte sich unter einen Apfelbaum verkrochen. Holsteiner Cox, glaubte sie. Oder doch Braeburn? Die Äste sanken fast bis auf den Boden, niedergedrückt von den noch kleinen, grünen Früchten. In Kürze musste Hannes durch die Plantage gehen und jene Äste abschneiden, die nicht im richtigen Winkel zur Sonne standen; die Bäume würden es nicht schaffen, die komplette Ernte bis zur Reife zu tragen.

»Was willst du?«, fragte sie.

Rosa kroch zu ihr unter den Baum und setzte sich neben sie ins Gras.

»Tut mir leid«, sagte sie leise.

»Was denn?«

»Na ja, dass ich … hier bin?« Sie klang merkwürdig zögerlich.

Alix sagte nichts dazu. Sie vergrub eine Hand im Gras, wühlte die Finger bis in die Erde. Schnupperte, sog die Luft ein, aber dieser winzige Lavendelhauch, der sie hatte hoffen lassen, war wohl wirklich Einbildung gewesen, denn jetzt nahm sie nichts wahr, nicht mal Rosa, von der sie wusste, wie gerne sie Parfüm auflegte, das man am nächsten Tag noch roch.

Rosa hingegen verzog die Nase. »Du stinkst wie Mama, wenn sie mal wieder von Papa dieses komische

Parfüm geschenkt bekommen hat. Also nach mittelalter Frau, würde ich mal sagen. Fühlst du dich auch so?«

Alix lachte. Es war ein glucksendes, prustendes Lachen, das aus den Tiefen ihrer Brust aufstieg, das sie erst zu unterdrücken versuchte – und doch nicht konnte. Tränen schossen ihr in die Augen. Waren es Lachtränen oder weinte sie, weil ihr Leben sich gerade so anfühlte, als hätte sie es vor die Wand gefahren? Der Schweinestall sah aus wie ein Trümmerfeld, von Max hatte sie seit Wochen nichts gehört außer seinen täglichen Statusmeldungen, sie wusste nicht, wann sie mit dem Sieden anfangen konnte, geschweige denn, ob sie überhaupt so gute Seifen hinbekäme wie Agnès, Rezepte hin oder her. Und nun war Rosa hier, fröhliche, perfekte, kleine Schwester, die sich immer nahm, was sie wollte, ohne vorher zu fragen.

Aber hätte sie überhaupt Interesse daran gehabt, die Sache mit Hannes – zwei Küsse, immerhin! – zu vertiefen? War sie so eine Frau, die sich erst den nächsten suchte, bevor sie den vorherigen Partner losließ?

Bisher hatte sie ihre Pläne gefasst und sie danach Schritt für Schritt in die Tat umgesetzt. So war sie zu der geworden, die sie bis vor wenigen Monaten gewesen war – die gefeierte Duftdesignerin mit dem tollen Mann an ihrer Seite.

»Hier.« Rosa drückte ihr ein Päckchen Taschentücher in die Hand. Sie legte die Hand auf Alix' Rücken, das tröstete sie, denn aus dieser Geste sprach eine Hilflosigkeit, die sie von Rosa so nicht kannte.

»Also hast du mit ihm die Nacht verbracht?«, fragte sie ein paar Minuten später, nachdem sie sich beruhigt und die Nase geputzt hatte.

Rosa zuckte die Schultern. »Und wenn es so wäre?«

»Wir sind immerhin mit ihm verwandt.«

»Strafbar ist das nicht.« Sie hockten schweigend unterm Apfelbaum. Rosa zog einen Zweig zu sich heran, sie riss ein paar Blätter ab, die sie dann im Schoß zerpflückte, die einzelnen Fetzen rieselten auf ihren schwarzen Rock. »Weißt du, warum er früher nie hier war? Wenn wir zu Besuch kamen, meine ich.«

»Keine Ahnung. Kannst du dich noch an viel erinnern?«

Rosa schüttelte den Kopf. »Er meint, sein Vater und Tante Barbaras Mann waren ziemlich zerstritten.«

»Und dann war sein Vater tot«, fügte sie leise hinzu.

»Genau. Davor war's wohl schlimm, aber danach … Hannes hat mir da Sachen erzählt, hm.«

Sie zupfte und rupfte. Wenn Rosa etwas nicht losließ, musste sie die Hände beschäftigen.

»Jedenfalls dachte ich … Es sind so viele nicht mehr da. Und irgendwann ist auch mal genug gestritten und geschwiegen. Ob seine Mutter und unsere Familie nicht einfach mal herkommen können?«

»Unsere Familie hatte nur mit dem Streit damals nichts zu tun, oder?«

»Ja, schon. Papa hat sich auf die Seite von Hannes' Mutter geschlagen, deshalb hat Tante Barbara ihm verboten, noch einmal herzukommen.« Sie grinste. »Deine Anwesenheit hat ihr ganz schön zugesetzt am Anfang, nehme ich an.«

»Und das alles hast du heute Nacht erfahren?«

»Hm. Gut möglich, dass es nicht die erste Nacht war, die ich hier verbracht habe.«

»Du!« Sie versetzte Rosa einen spielerischen Klaps.

»Aber ich habe dich gefragt. Ob das mit euch etwas Ernstes ist. Sonst hätte ich niemals …«

»Ihr seid erwachsen, ich bin es auch. Also Schwamm drüber, ich freu mich für euch. Ist er mehr als nur der Lückenbüßer nach der Langzeitbeziehung mit Gordon?«

Rosa quiekte, sie versetzte ihr einen Knuff in die Seite. »Sei doch nicht so!«, rief sie.

Alix lachte. »Wie bin ich denn?«

»Zynisch. Schlimm! Aber so kenne ich dich.«

Sie saßen einen Moment lang schweigend nebeneinander. Vom Hof hörten sie jemanden rufen. Alix legte den Kopf schief und lauschte.

»Hannes ruft nach dir.«

Rosa lauschte ebenfalls, sie runzelte die Stirn. »Nee, nach mir ruft er nicht.«

Und dann erkannten sie beide, nach wem er rief. Sie sahen sich an, Besorgnis im Blick, etwas krampfte sich um ihre Herzen, das sah Alix bei ihrer Schwester wie gespiegelt.

»Tante Barbara!« Rosa sprang auf und war schon vorausgelaufen, bevor Alix überhaupt reagieren konnte.

Aber dann lief auch sie los.

Hannes' Stimme klang ängstlich, am Rande einer Panik. So kannte sie ihn nicht.

Etwas Schlimmes musste passiert sein.

Die Angst griff nach ihr, brachte sie zum Stolpern. Rosa war am Ende der Baumreihe schon in den Hof eingebogen, sie hörte sie nach Hannes rufen. Alix beugte sich vor; das Blut rauschte in ihren Ohren, ihr wurde schwindelig und sie plumpste ins Gras. Sie blieb sitzen, ihre Finger wühlten wieder in der Erde. Ein Käfer krabbelte über ihren Zeigefinger. Sie atmete tief durch.

Erde. Gras. Apfel.

Diese vielfältigen Gerüche stürmten auf sie ein, dass sie einen Moment glaubte, sie würde das Bewusstsein verlieren, weil sie diese Fülle schier überwältigte. In der Ferne hörte sie Stimmen rufen. »Hannes! Was ist los?« – »Oma, Oma!«

Er hatte sie noch nie Oma genannt.

Aber das alles war bedeutungslos. Sie schnupperte. Ließ sich nach hinten ins taufeuchte Gras sinken, ihr Kopf ruhte zwischen dem Gras, eine Distel pikste sie ins Ohr. Sie schloss die Augen, drehte den Kopf zur Seite. Schnupperte. Roch. Wie winzige Explosionen in ihrem Gehirn, mit jeder neuen Nuance, auf die sie stieß.

»Oh«, hauchte sie. Mehr fiel ihr dazu nicht ein.

Mittagsstunde. Sie trafen sich am Küchentisch. Hannes ließ den Kopf hängen. Nicht mal Rosas tröstende Hand, die unablässig seinen Rücken streichelte, vermochte ihn aus seiner Starre zu erlösen.

»Sie ist einfach verschwunden«, murmelte er.

»Aber sie kann nicht weit sein.«

Musste man Rosa nicht lieben? Ihr Optimismus war unerschütterlich, ihre Laune stets von einer Strahlkraft, die ihn verwirrte. So anders als ihre ältere Schwester.

Waren Matthias und er auch so unterschiedlich? Und wenn das so war, welche Rolle fiel ihm dann zu? War er der Traurige oder der Fröhliche?

Im Moment jedenfalls fühlte er sich niedergedrückt von der Sorge um seine Oma. Dass sie lange schlief, kam vor. Wenn sie bis spät in der Nacht im Nähstübchen gesessen hatte zum Beispiel. Heute aber fand er, als er nach ihr schauen wollte, das Bett leer vor. Im Nähzimmer war alles aufgeräumt, kein Fädchen oder Stofffetzen lag mehr auf dem Boden. Ein bisschen so, als hätte sie sich in Luft aufgelöst, und mit ihr auch all ihre Kleider. Der Schrank war leer, alles Genähte verschwunden. Ebenso die beiden alten Lederkoffer, die oben auf dem Schrank gelagert wurden.

Die Terrassentür ging auf. Paquo schob sich an den gebräunten nackten Beinen von Alix vorbei. Sie hatte bis zuletzt in der Apfelplantage nach seiner Oma gesucht, obwohl er da bereits wusste, dass sie keinen Erfolg haben würde.

Doch sie lächelte so zufrieden, dass er einen kurzen Moment Hoffnung schöpfte und sich aufrichtete. »Hast du sie gefunden?«

Das Lächeln verschwand. »Leider nicht.«

Aber etwas anderes schien sie da draußen gefunden zu haben.

Er fragte nicht nach.

»Wir können nicht mal die Polizei rufen«, sagte er düster.

»Warum nicht?« Alix setzte sich neben ihn auf einen freien Stuhl. Rosa kochte Kaffee, sie wühlte im Kühlschrank, murmelte vor sich hin.

»Na ja, sie ist erwachsen. Oder nicht?«

»Schon. Aber sie ist auch …« Sie drehte den Zeigefinger auf Höhe der Schläfe, *bisschen durchgedreht* sollte das wohl heißen. »Wenn wir das der Polizei so erklären?«

Sie hatte schon das Handy in der Hand, wählte eine Nummer und stand auf. Er hörte sie im Nebenraum telefonieren, während Rosa Eier in die Pfanne schlug.

»Was machst du da?«, wollte er wissen.

»Frühstück«, erklärte sie lapidar. »Wir müssen was essen.«

Alix kam zurück. »Gleich kommt jemand vorbei«, sagte sie zufrieden. »Mh, wonach riecht das denn? Spiegelei?«

Rosa fuhr herum. »Alix!«, kreischte sie, und dann fiel sie ihrer Schwester um den Hals. »Ist das wahr?« Alix aber nickte und grinste so blöde, dass er kurz glaubte, sie wolle damit eine Schwangerschaft verkünden, irgendwas Riesiges, Wunderbares, mit dem keiner gerechnet hatte.

Er war so erschöpft von der Suche nach Oma, dass es etwas länger dauerte, bis er begriff. Solange starrte er auf den Tanz der beiden Frauen, blond und braun gebrannt von der Arbeit draußen die eine, blass und pinkhaarig die andere. Beide gertenschlank. Er sah ihnen an, wie wohl sich die beiden in ihrer Haut fühlten, und das freute ihn ehrlich.

»Worum geht's hier?«, erkundigte er sich trotzdem, als die beiden irgendwann atemlos innehielten.

»Hier.« Rosa drückte ihm statt einer Antwort den Pfannenwender in die Hand. Sie tauchte in den Kühlschrank ab. »Halt dir die Augen zu, Alix!«

Ihre Schwester gehorchte, und Rosa förderte eine Schüssel Erdbeeren zutage, dunkelrot und saftig, fast konnte Hannes sie auf die Entfernung schon riechen.

Alix, die Hände fest vor die Augen gedrückt, rief »Erdbeeren«, noch bevor sich die Schüssel ihrer Nase näherte, und da begriff er, worum es ging.

Ihr Geruchssinn war zurück.

Er beobachtete, mit welch kindlicher Freude sie den Kühlschrankinhalt, den Rosa ihr hinhielt, einordnete: »Stinkekäse!« – selbst über den freute sie sich. »Aufschnitt! Joghurt?« Und ganz zum Schluss ein Becher mit Kaffee. Da schloss sie nur genüsslich die Augen. »Mhhhh«, machte sie.

Inzwischen stieg dunkler Rauch von der Bratpfanne auf, und er sprang auf und versuchte, die Eier und den Speck zu retten. Leider war da nicht mehr viel zu retten, und während Alix verzückt einen Schluck Kaffee trank, warf er die Eier mitsamt Pfanne in den Mülleimer.

Er riss die Terrassentür weit auf. Drüben auf dem Hof hielt gerade ein Polizeiwagen. Zwei Beamte in Uniform stiegen aus. Eine kleine Frau, drahtig und mit dunklem Pferdeschwanz. Vom Beifahrersitz wuchtete sich ein ergrauter Mann mit Bierbauch, der die Mütze in den Nacken schob und am Fachwerk des Haupthauses hochblickte, bevor er Hannes entdeckte und zu ihm rüberkam.

»Moin«, begrüßte er die beiden. Sie gaben ihm die Hand, und schon waren sie mitten im Gespräch. Die junge Beamtin führte das Wort, ihr Kollege stand nur daneben. Im Grunde konnten sie wenig für Hannes' Oma tun. Sie war nicht krank, oder?

»Na ja …« Er zögerte. Es widerstrebte ihn, sie kränker zu machen, als sie war. Aber ein bisschen wirr war sie schon gewesen, oder nicht? Hatte sie nicht die Holzwolle für die kleinen Kartons immer zu Püppchen geknotet? Und dass sie ständig nähte und wie ein scheues Tier selten aus ihrem Wohnbereich herauskam?

»Hat sich denn in letzter Zeit etwas verändert, was sie gestört hat?«

Aus der Küche kam aufgeregtes Geplapper. Hannes drehte sich halb um, er sah eine pinke Mähne, die hin und her huschte.

»Na ja, schon«, sagte er leise. »Kann sein, dass sie es nicht so gut aufgenommen hat.«

»Hmhm.« Die junge Polizistin blickte ihren Kollegen fragend von der Seite an.

»Barbara Schlieker, hm? Die war die letzten Jahre schon sonderbar.« Bedächtig schob er sich die Polizeimütze in den Nacken. Er überlegte. »Sie sind der Enkel, was?«

»Woher wissen Sie ...?«

»Sieht doch jeder. Ich kannte Ihren Vater. Jeder kannte ihn.« An die Kollegin gewandt fügte er hinzu: »Wir nehmen das ernst. Nehmen wir die Vermisstenanzeige auf und telefonieren ein bisschen rum. Im Moment ist wenig los, da kann man das schon mal machen.«

»Danke!« Erst jetzt spürte er die Erleichterung, die wie eine Welle seine Anspannung hinwegspülte. Der ältere Polizist klopfte ihm auf die Schulter und versicherte ihm, dass sie sich bald melden würden. Er blickte ihnen lange nach, als der Wagen wieder vom Hof rumpelte.

 Kapitel 16

Alles hatte seine Zeit und seine Ordnung.

Die beiden Lederkoffer waren für ihre letzte Reise noch gut genug, kein Grund sie neu zu kaufen. Die Kleidung darin aber, die war wichtig. Daran hatte sie in den letzten acht Monaten gearbeitet, seit sie wusste, dass Hannes gekommen war, um zu bleiben.

Und nun, da er sie nicht mehr brauchte, war auch der richtige Moment gekommen, dass sie sich auf den Weg machte. Den Platz räumte, für neues Leben und Lachen.

Der Bus ruckelte durch die Landschaft, hielt an jeder zweiten Milchkanne und ließ Schulkinder raus oder alte Damen einsteigen. Ein Baby weinte im Kinderwagen, die Mutter nahm es rasch heraus und hielt es an der Schulter, von wo es neugierig in die Welt blickte.

Na, war dir zu langweilig da drin? Sie dachte es nur, sprach die junge Frau nicht an, die völlig überfordert wirkte mit dem knatschigen Kind, das ihr doch schon wieder fröhlich mit den winzigen Speckhändchen auf die Schulter patschte. Als fürchtete sie, es könnte die anderen Mitfahrenden stören.

Der Bus erreichte die Ausläufer der Stadt, bog zum Busbahnhof ab und hielt. »Endstation!« Alle stiegen aus. Ein junger Mann half ihr mit den beiden Koffern. Als sie ihm für seine Hilfe zwei Euro in die Hand drücken wollte, schüttelte er entsetzt den Kopf, legte die Hände auf die Brust, neigte den Kopf. »Bitte«, sagte er. »Bitte.« Seine Aussprache klang fremd, er schien auch nicht viel zu verstehen, aber eins verstand sie.

»Danke«, sagte sie aus tiefstem Herzen, und er lächelte.

Der Taxifahrer, zu dem sie die Koffer schleppte, sprang aus dem Auto und nahm ihr das Gepäck ab. Er verstaute die Koffer im Kofferraum, während sie sich mühsam auf den Beifahrersitz faltete und umständlich anschnallte.

»Wohin geht's denn?«, fragte er.

Sie nannte ihm die Adresse. »Meine letzte Reise«, fügte sie hinzu.

Er lachte. »Wohl eher die vorletzte.«

»Na, die letzte kann ich ja nicht mit Ihnen machen.«

Da lachte er wieder. Die zehn Minuten Fahrt vertrieben sie sich mit ein paar kurzweiligen Anekdoten. Dann hielt das Taxi vor dem großen Gebäude, und sie kramte etwas umständlich nach dem Taxigeld, das sie extra in einem Fach ihres Portemonnaies verwahrt hatte.

Er trug ihre Koffer ins Gebäude, stellte sie vor der Anmeldung ab. Barbara schaute sich um. Hier gefiel es ihr. Schon bei ihrem letzten Besuch hatte sie gedacht, dass es sich hier gut leben ließe. Neben dem Empfangstresen war eine kleine Halle mit bequemen Sesseln – aber nicht zu vielen, es war auch Raum genug für Rollstühle und Rollatoren.

»Guten Tag, Frau Schlieker. Wie schön, dass Sie hier sind.«

Die junge Frau trug einen kurzen Kittel über einer weißen Hose, ihr Name stand auf einem Schildchen über der Brusttasche. Frau Sander, entzifferte sie mühsam.

»Ihr Zimmer ist schon fertig. Möchten Sie mir folgen? Sind Sie allein hier?«

Sie zeigte auf die beiden Koffer. »Ich habe nur die dabei.«

»Darum kümmert sich gleich der Hausmeister. Kommen Sie.«

Frau Sander nahm eine Mappe und ging vorbei an der kleinen Lobby, in der zu dieser Tageszeit noch nichts los war. »Halb zwölf, da sind alle beim Mittagessen«, erklärte sie.

Der Aufzug war geräumig und glänzte, viel Chrom, keine Spiegel. Sie standen schweigend nebeneinander, Barbara drückte die Handtasche an ihre Brust.

»Ihr Zimmer geht zum Garten. Sie werden es mögen, mit Blick zum Wald.«

Das klang wirklich, als könnte sie es mögen. Barbara versuchte zu atmen.

Stell dich nicht so an, du wolltest das hier doch.

Aber es war eben ein Unterschied, ob man etwas will oder es *will*.

»So, da wären wir.« Frau Sander schloss die Tür mit einem Schlüssel auf, den sie danach wieder einsteckte. Natürlich, Generalschlüssel. Sie kam in jedes Zimmer, wenn sie wollte.

Es sah nicht wie ein Heimzimmer aus, obwohl es natürlich Anzeichen dafür gab, dass es ein Heimzimmer war. Eingerichtet für die Gebrechen des Alters mit einer altersgerechten Toilette, einem Hocker in der begehbaren Dusche, mit Lichtschaltern direkt neben dem Bett. Das aber war in ihrem Fall noch ein ganz normales Bett, eher Hotelstandard, nicht Krankenhaus. Die Matratze schön hoch, ein gepolstertes Kopfteil, gemütlich sah das aus. Ebenso der Sessel am Fenster, daneben ein Tischchen.

»Ich habe mir erlaubt, für Sie ein paar Titel aus unserer Hausbibliothek auszuwählen.« Frau Sander plauderte, sie zog die Gardinen zurück, riss die Balkontür auf, erzählte vom Garten, von dem Wäldchen und einem kleinen Park, direkt dahinter schon die Innenstadt, ideal gelegen für ihre Gäste.

Sie sprach von Gästen und nicht von Heimbewohnern, dafür war Barbara ihr dankbar. Sie merkte, wie sie sich entspannte. Es war so, wie sie es sich vorgestellt hatte, groß genug auf jeden Fall, und »falls Sie mal allein sein wollen, können Sie auch in der kleinen Küche essen«, die zeigte Frau Sander ihr auch noch. In der Küche war nicht viel Platz, eine kleine Küchenzeile ohne Herd, Tisch und Stühle, eine kleine Kaffeemaschine, eine Spüle. Man merkte daran dann doch, dass es ein Heim war, nicht alles möglich, aus Sicherheitsgründen.

»Ein paar Dinge müssten wir noch besprechen.«

Sie legte die Mappe auf das Tischchen am Fenster und zückte verschiedene Dokumente. Bei der Anmeldung hatte Barbara ein paar Felder frei gelassen, einfach weil sie nicht wusste, was sie hätte eintragen sollen. Kontaktperson? Da gab es niemanden mehr, ihr Abschied vom Hof war endgültig. Niemand sollte erfahren, wenn es ihr schlechter ging oder sie starb. Das war allein ihre Sache. Trauern sollte keiner um sie. Es hatte genug Trauer in ihrem Leben gegeben, das einem anderen zumuten, nein.

»Und hier fehlt noch eine Unterschrift.« Schwungvoll unterzeichnete sie.

Frau Sander wirkte etwas ratlos, weil Barbara sich so gar nicht darauf einließ, auf ihre Fragen zu antworten. Keine Verwandten? Freunde? Wen sollten sie im Notfall benachrichtigen? Niemanden. Gab es denn niemanden? Barbara schwieg.

»Tja, dann hole ich Sie gern später zum Kaffeetrinken ab. Möchten Sie noch zu Mittag essen? Dann lasse ich Ihnen was bringen.«

Auch das lehnte sie ab. Sie wollte erst mal allein sein. Auspacken, ankommen. Danach konnten sie gern kommen und sie mit ihren Angeboten nerven. Rummycub, Bingo, Sitzturnen – was auch immer. Hauptsache, die Tage gingen rum und machten sie müde.

Eine Viertelstunde später klopfte es, der Hausmeister im grauen Kittel brachte die beiden Koffer und legte sie auf ihren Wunsch auf das Bett. Barbara öffnete sie, alles darin war sorgfältig gefaltet, teils auf Bügeln eingepackt. Sie war ein bisschen stolz auf ihre Garderobe, Blusen und Kostüme, Hosen und Pullover, Poloshirts für warme Sommertage, für die heißen sogar ein paar Tops, denn sie fand, dass es nichts an ihr gab, das sie verstecken müsste, deshalb hatte sie auch Röcke genäht. Für die kalten Wintermonate Cardigans aus schwerem Sweat, für die Abende auf dem Zimmer Kuschelanzüge aus Nicki. Taschen für jede Gelegenheit: Abendtäschchen, Shopper, eine kleine Sporttasche, falls sie mal ins nahe gelegene Schwimmbad wollte. Handtücher, mit Monogramm bestickt, das hatte sie von Hand gemacht. Die Winterabende waren lang, da konnte man allerlei Quatsch machen, auf den Hannes ihr nie gekommen wäre. Und irgendwann hatte er auch aufgegeben, sie nach ihrem Treiben da im Nähzimmerchen zu fragen.

Anderthalb Stunden später entstieg sie bestens gelaunt dem Fahrstuhl, ein Täschchen über der Schulter, ein Strickjäckchen in Dunkelblau, eine pinke Bluse darunter, der blaue Rock passte perfekt dazu, und ihre Schuhe hatten pinke Schleifchen auf Blau, sie fühlte sich sehr chic. Durch die Lounge, in der schon einige andere Gäste beisammensaßen und plauderten. Hinter ihrem Rücken hörte sie Frau Sander rufen, sie drehte sich schwungvoll um.

»Da sind Sie ja schon!« Frau Sander lächelte, ihr schien zu gefallen, dass Barbara so viel Schwung an den Tag legte. »Kommen Sie, ich mache Sie mit ein paar anderen Gästen bekannt, die sich schon freuen, Sie kennenzulernen.« Sie hakte sich bei Barbara unter, fast ein bisschen zu fürsorglich, aber Barbara fand, das konnte sie heute mal aushalten, sie war ja neu.

Und so lernte sie die anderen Heimgäste kennen. Die fröhliche Rita, rot gefärbte Locken, raspelkurz, ihr Lachen gleich so ansteckend. Die stille Dori, dunkelgraue Haare bis an den Po, der man den Genuss jedes einzelnen Sahnetörtchens ansah, was sie freimütig zugab. Georg, einer dieser Charmeure, an die sie sich aus ihrer Jugend noch erinnerte, weil ihre Mutter sie vor diesen Männern gewarnt hatte. Und Sebastian, Einstecktüchlein und Halstuch, die Haare akkurat gescheitelt und so galant, dass sie sich fast in ihn verliebt hätte.

Sie luden Barbara ein, heute an ihrem Tisch »den Tee einzunehmen«, das klang so britisch und distinguiert, dass sie sich gleich heimisch fühlte. Natürlich waren sie neugierig, woher Barbara kam, was sie vorher gemacht hatte, und als sie zu erzählen begann, vom Apfelhof in seinen Glanzzeiten, da wurden sie ganz andächtig. Und als es dann auch noch Apfelkuchen gab, zwar nur Blechkuchen, aber »immerhin selbst gebacken, die können hier was in der Küche!«, da verzückte sie alle, indem sie einen kleinen Haps probierte, die Augen schloss und nachdachte, dabei hatte sie sofort auf der Zunge dieses Kribbeln gehabt, das nur eine Möglichkeit ließ –

»Boskoop, natürlich!« Wie sich das für guten Apfelkuchen gehörte.

Nach dem Tee gingen sie hinaus in den parkähnlichen Garten, und während sie zwischen Sebastian und Georg spazierte – Dori blieb zurück, weil sie mit ihrem Rollator nicht so schnell vorankam, und Rita leistete ihr Gesellschaft –, da fühlte sie sich schon ganz zu Hause und ließ sich von den beiden unterhalten. Von Georgs Buchhandelskette erfuhr sie ebenso wie von Sebastians Leben als Sohn und Erbe eines Reeders, beide waren im Nachkriegsdeutschland aufgewachsen, so wie Barbara, und sie alle hatten das Wirtschaftswunder erlebt und wie's danach stetig anders wurde, »bergab will man ja nicht sagen, aber irgendwann fühlte man schon, dass man nicht mehr dazugehörte«. Vor zehn Jahren hatte Georg dann seine Buchläden an eine noch größere Kette verkauft. »Bisschen bereue ich das schon«, meinte er. »Hab das alles den Finanzhaien überlassen, so fühlt es sich an.«

Barbara dachte darüber nach. Auch über das, was Sebastian erzählte, der sein Unternehmen »wenigstens nicht den Hedgefonds in den Rachen geworfen« hatte – »nur meinem Sohn. Das war fast genauso schlimm. Wie er gelauert hat, dass ich endlich abtrete!« Er lachte und bot ihnen Zigarillos an.

Barbara blieb stehen. Sie atmete tief durch, der Wald war nah und roch so würzig, am liebsten wäre sie in das Halbdunkel eingetaucht und hätte sich dort verkrochen. Aber das hatte sie sich geschworen, als sie diesen Entschluss gefasst hatte – nicht mehr weglaufen vor den Menschen. Und die beiden, die mit ihr nun allmählich zurückspazierten, machten es ihr leicht. »Um sechs gibt's Abendbrot«, sagte Georg ganz versonnen, und sie lächelte ihn von der Seite an, fast ein bisschen kokett.

Den Abend ließen sie dann in der Lobby ausklingen, die von den beiden Herren »Lounge« genannt wurde. Da waren auch Dori und Rita wieder mit an Bord, und sie riefen, wann immer jemand durch den Raum kam, den sie kannten: »Komm mal rüber, du musst unbedingt Barbara kennenlernen!«

Zu trinken gab es für die Gäste, was sie wollten. »Geht aufs Zimmer«, sagte Sebastian und zwinkerte verschwörerisch. Es war also wirklich mehr Hotel als Heim, und als Frau Sander nach Hause ging, kam sie noch mal bei ihnen vorbei und erkundigte sich, ob alles zu Barbaras Zufriedenheit sei.

Sie lehnte sich zurück und lächelte.

»Alles bestens«, sagte sie. Später, als sie schon im Bett lag und sich vorstellte, dass ihre Tage künftig genau so sein würden, stimmte es – ja, alles war bestens.

 *Kapitel 17*

Nichts war gut.

Max saß in seiner teuren schwarzen Limousine und starrte auf das Hofgebäude direkt vor der Windschutzscheibe. Es regnete, ein Wolkenbruch ging nieder, dass alles verschwommen war. Seine Hände ruhten auf dem Lederlenkrad, er grübelte und kam doch nicht zu einem befriedigenden Ergebnis.

Vier Wochen waren vergangen, seit er Alix zuletzt gesehen hatte. Vier Wochen, in denen er gearbeitet hatte. Manchmal hatte er zwischen den Zeitzonen nicht mehr gewusst, welcher Wochentag war, und allzu oft wachte er in einem Flugzeug auf und fragte sich, wie er hier gelandet war. Mit zunehmender Desorientierung hatte er begonnen, sich Fragen zu stellen. Fragen, die ihn schmerzten, aber die ihn auch auf sich selbst zurückwarfen. Fragen, mit denen er in dieser Form nicht gerechnet hatte.

Hatte Alix recht? Gehörte zu ihrem neuen Leben ein Kind? War er der Richtige, um eine Familie zu gründen?

Vor drei Jahren hatte er sich diese Fragen nicht gestellt. Als sie ihm von ihrer Schwangerschaft erzählte, hatte er sich gefreut, auf eine so überraschend unbändige Art, dass es ihn schier überwältigte. Bis zu dem Moment hatte er sich nie Gedanken darüber gemacht, wie das wäre, wenn sie beide eine Familie gründeten. Oder ob sie das wollten.

Aber da war dieser Funken Leben, der kurz aufflammte und wieder verlosch. Ein leises Was-wäre-wenn, das seine Phantasie befeuerte. In den letzten Wochen ertappte er sich immer wieder dabei, diese kleine Frage mit neuem Leben zu füllen.

Was wäre, wenn sie schwanger wurde?

Was wäre, wenn sie schon schwanger war nach der gemeinsamen Nacht in Grasse?

Was wäre, wenn sie ihn nicht als Vater ihres Kindes wollte?

Als Familie ...

Sie waren aber keine Familie. Sie waren Partner, zumindest hoffte er das noch. Ein bisschen war ihnen in den vergangenen Wochen der Kontakt zueinander verloren gegangen.

Hätte er bei ihr bleiben sollen? Nein, er wusste, das hätte sie nicht von ihm verlangt. Weil sie wusste, wie wichtig ihm die Arbeit war, dass er nicht mal wochenlang ausfallen durfte.

Aber jetzt hatte er drei Tage frei, und obwohl er nicht genau wusste, was ihn hertrieb – ob es seine Sehnsucht war oder die Befürchtung, sie könnte gerade keine Sehnsucht empfinden –, war er hier und starrte auf das Haupthaus vom Apfelhof. Abweisend wirkte das Gebäude.

Er stieg aus und bereute das sofort, weil der Regen auf ihn niederprasselte. Mit eingezogenem Kopf rannte er zur Deelentür, öffnete sie und schlüpfte hinein. Im Innern empfing ihn ein staubiges Dämmer, durch gekippte Stallfenster hörte er das Rauschen des Regens.

»Hallo?«

Weiter zu einer Tür am anderen Ende der Deele, er trat die Füße auf der Fußmatte ab, dann stand er direkt in einer wohnlichen Küche, auch diese leer bis auf eine Katze, die mit den Vorderpfoten auf dem Küchentisch prüfte, ob ihr die Menschen nicht was zu Fressen stehen gelassen hatten. Sie maunzte, als sie ihn bemerkte, sprang geschmeidig von der Eckbank und trabte mit in die Höhe gerecktem Schwanz auf ihn zu. Hallo Fremder, hast du mir was mitgebracht?

Max ging in die Hocke, hielt dem Katzentier die Hand hin, sie rieb das Köpfchen an ihm, strich an seinem Arm entlang und hinterließ ein paar Härchen auf dem hellen Grau seines Jacketts. Er hätte sich wohl besser umziehen sollen, bevor er herfuhr, aber sobald er aus dem Flugzeug gestiegen war, hatte er nur noch an Alix gedacht.

Und nun war sie nicht hier, morgens um neun.

Er trat an die Terrassentür. Drüben, hinter dem Garten und dem Hof dahinter, entdeckte er zwei Männer. Sie standen in einem Loch in der Mauer eines Nebengebäudes, das aussah, als hätte eine Bombe dort eingeschlagen. Dabei waren sie ziemlich entspannt und rauchten.

Max lief über den Hof, die Katze dicht auf seinen Fersen.

»Die schon wieder!« Einer der Männer lachte. Beide waren um die fünfzig, schätzte Max, klein und drahtig in ihren Blaumännern, aber auf eine zupackende Art. Die dunklen Haare, die dicken Nasen und identischen Bartschatten ließ ihn vermuten, dass sie Brüder waren.

»Ich suche Frau Richter.« Etwas atemlos blieb er vor ihnen unter dem Dachvorsprung stehen.

Die beiden sahen einander an. »Ja nee, die sind heute früh weg«, sagte der eine. Der andere bückte sich nach der Katze, die maunzte und ihr Glück bei den Handwerkern versuchte.

»Sollst auch nicht leben wie ein Hund«, murmelte er. Eine Papiertüte raschelte, der zimtige Geruch nach Hamburger Franzbrötchen stieg auf. Die schwarze Katze maunzte, es ging ihr wohl nicht schnell genug.

»Wissen Sie denn, wann sie wiederkommen?«, fragte Max.

Beide zuckten mit den Schultern. »So gut kennen wir uns nicht hier aus. Wir sind nur die Handwerker für den Schweinestall hier.« Der Wortführer zeigte mit dem Daumen über die Schulter auf das Gerümpel hinter ihnen. Der Katzenfreund musterte Max von oben bis unten.

»Sind Sie 'n Freund?«

»Ich bin ihr Freund, ja.«

Hochgezogene Augenbrauen von beiden. »Hätte ich jetzt nicht gedacht«, murmelte der eine. Der andere trat unbehaglich von einem Fuß auf den anderen.

Da die Handwerker offenbar keine Ahnung hatten, lief Max nach kurzem Zögern zurück über den Hof. Wohin jetzt? Ins Auto setzen und warten? Oder in die Küche?

Er entschied sich fürs Auto, und weil ihm Tatenlosigkeit zuwider war, wählte er aus dem Telefonbuch seines Handys zuerst Alix' Nummer. Er hätte sie gern mit seinem Besuch überrascht, aber nun ja, dann eben so.

Nach dem dritten Klingeln sprang die Mailbox an. Als er es ein zweites Mal versuchte, sprang sie sofort an.

Sie hatte offenbar ihr Handy nach seinem ersten Anruf ausgeschaltet.

Max starrte lange nach draußen. Dann traf er eine Entscheidung. Er blickte nicht zurück, als er vom Hof rollte.

Alix starrte auf ihr Handy. Dann drückte sie die vertraute Nummer weg und schaltete direkt danach ihr Handy aus.

Hannes fuhr. Sie sah ihm die Anspannung an, und sie hätte ihm gern tröstend die Hand auf den Arm gelegt oder anders versucht, ihn zu erreichen.

In den letzten vierundzwanzig Stunden war einfach zu viel passiert. Erst Barbaras Verschwinden, dann ein ziemlich lauter, bitterer Streit zwischen Hannes und Rosa, den keiner verstand und der dermaßen eskalierte, dass ihre Schwester kurzerhand in ihr Auto stieg und in die Stadt fuhr. Zurück blieben nur Hannes und sie, vereint in ihrer Sorge um Barbara, vor allem aber wieder mal am Abend auf der Küchentreppe, für Hund und Katz war auch noch Platz. Sie löffelten wieder Eintopf aus den Steingutschalen, und irgendwann, es war noch nicht ganz dunkel, seufzte er neben ihr und ging dann ohne ein Wort ins Bett.

Liebeskummer kam also noch dazu bei Hannes, zu der Sorge um Barbara, seinen Grübeleien um den Apfelhof, den Apfelherzmann, im Grunde stand auch für ihn gerade alles auf der Kippe. Sie verstand ihn ja, aber dass er gar nicht mit ihr redete, dass er ihr sogar heute früh sein klingelndes Telefon hinhielt, damit sie den Anruf von der Polizei entgegennahm, das hatte sie dann doch verstört.

Und dann die gute Nachricht. »Wir wissen, wo Ihre Oma ist«, sagte die Polizeibeamtin, die gestern bei ihnen gewesen war. Sie nannte eine Adresse, Alix bedankte sich und legte auf.

»Sie ist in einem Heim.«

Hannes stand mit einem Kaffeebecher in der Hand vor der Spüle, er starrte sie lange an. Dann stellte er den Becher ab und ging nach draußen zu seiner Ape.

Ihr blieb nur, ihm zu folgen. »Warte!«, rief sie. »Wir nehmen meinen Wagen.«

Da saß sie also auf dem Beifahrersitz, denn dass sie fuhr, das hatte er ihr ganz schnell ausgeredet. »Ich möchte heute noch ankommen.« Statt beleidigt zu sein, weil er ihr offenbar keinen zackigen Fahrstil zutraute, hielt sie sich am Griff über der Tür fest, sobald er allzu rasant in die Kurven fuhr. Wenigstens gibt es einen Anschnallgurt und Airbags, redete sie sich ein und musste fast darüber lachen. Denn im Ernst – das würde ihr auch nicht helfen, wenn sie zum zweiten Mal innerhalb von nicht mal drei Monaten einen Unfall hatte. Schmerz blieb Schmerz, sie glaubte ihn schon fast zu spüren.

Sie erreichten aber heil Buxtehude, und dort durfte sie dann ihr Navi einschalten, das sie zu dem Heim führte. Als Hannes auf den Gästeparkplatz fuhr und sie die herrschaftliche Villa mit dem ebenso großzügigen Anbau hinter den hohen Bäumen hervorblitzen sah, fand sie, dass Tante Barbara sich da ein schönes Fleckchen zum Altwerden ausgesucht hatte. Schön, aber teuer, so ihr Urteil.

Hannes schien ähnlich zu denken, wenn sie nach den Sorgenfalten ging, die sich zwischen seine Augenbrauen gruben. Er warf ihr den Autoschlüssel zu, dann stapfte er den bekiesten Weg zum Haupteingang hoch, ohne sich nach ihr umzudrehen. In der dunkelgrünen Arbeitslatzhose mit dem grauen Rippenshirt darunter und mit dreckverkrusteten Gummistiefeln sah er eher aus, als sollte er den Lieferanteneingang nehmen. Der Herzapfelmann brachte Vitamine für die Bewohner des Seniorenstifts.

Alix folgte ihm und holte ihn vor dem Eingang ein, hakte sich bei ihm unter. »Sie ist erwachsen«, ermahnte sie ihn.

Er schnaubte nur. »Sie ist ein verdammter Sturkopf, nichts kann man ihr recht machen, und dann macht sie sich einfach so aus dem Staub. Ich habe mir im letzten halben Jahr den Arsch aufgerissen für sie, und jetzt das? Was soll ich denn denken?«

Gar nichts sollte er denken, aber sie ging auf seinen aggressiven Unterton nicht ein. Das sollte er mal lieber mit Tante Barbara ausdiskutieren.

Eine helle, hübsche Pflegerin begrüßte die beiden und stellte sich als Frau Sander vor. »Na, da hat Ihre Oma Ihnen aber einen Schreck eingejagt«, meinte sie gutmütig, gerade so, als käme das bei ihnen dauernd vor. O hoppla, Oma ist ausgebüxt, ist aber auch zu schön hier bei uns. Hat natürlich alles seinen Preis, aber so ist das in der freien Wirtschaft nun mal. »Sie sitzt im Garten.«

Hannes stürmte an ihr vorbei. Alix lächelte entschuldigend und bedankte sich bei Frau Sander, bevor sie hinter ihm hereilte. Der Garten war eher ein Park mit Kieswegen und einem Teich, mit Lauben und Rosenbüschen, er lud zum Flanieren und Verweilen ein. Es gab sogar einen Pavillon, vermutlich wurde dort an lauen Sommerabenden Musik gespielt oder kleine Laienschauspielgruppen führten Theaterstücke für die illustre, wohlhabende Schar der Heimbewohner vor.

Sie hatte noch nicht viele Altenheime von innen gesehen, aber Alix schätzte, dass man sein Zimmer hier nicht mit einer mickrigen Rente würde bezahlen können. Das warf natürlich Fragen auf, vor allem die eine: Woher hatte Tante Barbara das Geld für diesen extravaganten Lebensabend, wenn Hannes zugleich stöhnte und jammerte, dem Apfelhof ginge es so schlecht, er wisse gar nicht, wie sie es ohne zusätzliches Geld bis zur Apfelernte Ende August schaffen sollten?

Entweder Tante Barbara war ein ausgekochtes Schlitz-ohr und hatte ihre Schäfchen ins Trockene gebracht, oder sie lebte auf großem Fuß, ohne sich um die Kosten zu kümmern.

Sie verlangsamte ihre Schritte. Hannes war zu einer Bank gelaufen, auf der Tante Barbara allein saß, ein Buch in ihrem Schoß. Sie hatte sich zurückgelehnt, die Augen geschlossen genoss sie die frühen Sonnenstrahlen eines Sommertags. Als Hannes sich vor ihr aufbaute, bekam ihre Miene etwas Verärgertes, sie schlug die Augen auf und starrte ihn sprachlos an. Dann setzte er sich neben sie.

Alix blieb stehen. Was die beiden da zu besprechen hatten, ging sie nichts an. Es war eine Sache zwischen Großmutter und Enkel.

🍎

»Was machst du denn?«, fragte Hannes ratlos. »Ich habe heute Nacht kein Auge zugetan, so sehr war ich in Sorge.«

»Ach Hannes.« Sie legte das Buch neben sich auf die Bank, wandte sich ihm dann zu und umfasste sein Ge-sicht mit beiden Händen. »Da draußen ist doch kein Platz mehr für mich. Auf dem Hof nicht und im Haus auch nicht, wenn dein pinkes Mädchen nun auch noch zu uns zieht.«

Er brauchte einen Moment, bis er begriff, wen sie meinte. »Rosa zieht nicht zu uns«, sagte er leise.

Sie sah ihn lange an. Dann ließ sie die Hände sinken. Sie ruhten im Schoß, und jetzt nahm er sie in seine, klein und schmal, er spürte, wie rau sie waren von der jahr-zehntelangen Arbeit. Sie verschwanden fast in seinen

Pranken, die noch ein bisschen was von jener Schreib-tischarbeiter-Weichheit hatten, die sich aber langsam veränderten. »Für dich ist immer ein Platz auf dem Hof. Er gehört doch dir.«

Sie sagte nichts, und weil ihr Schweigen ihn nervös machte, plapperte er weiter. »Sieh mal, ich habe kein Recht darauf. Weder auf den Hof noch auf die Bäume der Apfelplantage. Und ich brauche dich. Du weißt doch alles über Obstbäume. Ich will von dir lernen.«

»Aber der Schweinestall. Den hast du einfach ver-pachtet. Wenn das so weitergeht...«

»An Alix. Sie ist Familie, ebenso wie Rosa.«

»Dann bleiben die beiden auf dem Hof?«

»Alix schon. Bei Rosa bin ich mir unsicher.« Und das entsprach der Wahrheit. Es hatte ihm gefallen, wie es in den letzten Tagen gewesen war. Dass Rosa spätabends schrieb »schläft sie?«, und dann rollte nach seiner Be-stätigung ihr Auto fast lautlos und ohne Licht auf den Hof, sie trafen sich im Garten und küssten sich unter dem Goldregen, bevor er sie an die Hand nahm und sie nach oben schlichen.

Sie liebten sich im Dunkeln. Es war merkwürdig mit Rosa. Leidenschaftlich, das auf jeden Fall, aber wie sie sich danach von ihm wegdrehte und leise das Kissen nassweinte, verwirrte ihn. Wenn er nachfragte, kam nur »es war so schön«, wenn überhaupt. Er hielt sie dann im Arm, bis beide einschliefen, zumindest glaubte er das gern. Wenn er morgens aufwachte, war das Bett neben ihm leer und kalt, ihr Auto verschwunden. Bis zur nächs-ten Nacht.

Von Alix wusste er, dass Rosa gerade eine längere Be-ziehung hinter sich hatte, deshalb machte er sich nichts vor. Sie taten einander gut – das hoffte er für sie, auf ihn traf es definitiv zu –, und er redete sich ein, dass ihm das für den Augenblick genügte. Denn für mehr hätte er keine Zeit, mehr würde sein Leben noch komplizierter machen.

»Na, Alix halte ich wohl aus. Aber ihr sollt mich nicht aushalten müssen, darum geht es ja.« Ihre Augen blickten ihn wach an.

»Wieso hast du mir nichts davon erzählt?«

Oma Barbara breitete die Hände aus, die Handflächen nach oben. *Na, wieso wohl nicht? Weil du jetzt hier sitzt. Weil du nichts Besseres zu tun hast, als mir das auszureden. Und das hättest du vorher auch versucht.*

»Wie geht es mit den Apfelbäumen voran? Du weißt, wenn du sie jetzt nicht schneidest, verdirbt das die Ernte. Es hängen noch zu viele Früchte an den Bäumen.«

»Du lenkst ab.« Er war ein bisschen eingeschnappt. Dachte sie, er vertrug die Wahrheit nicht? »Außerdem kannst du dir so ein teures Heim nicht leisten.«

Sie machte »pfffft«, als wäre das nun ihr geringstes Problem.

»Bitte«, sagte er. »Komm zurück. Wir brauchen dich.«

»Ihr braucht mich nicht. Ihr braucht nur das gute Gefühl, das alte Eisen nicht abgeschoben zu haben. Darum geht's. Und in einem halben Jahr oder so, wenn ich doch mal lästig werde, dann werdet ihr euch schön umgucken, so Heimplätze wachsen anders als Äpfel und Pflaumen nämlich nicht auf Bäumen. Da suche ich mir lieber was aus, wo ich mich auch wohlfühle, solange ich das noch entscheiden kann.«

»Aber.«

Das Geld, Oma. Woher hast du das Geld?

Er wühlte sich seit einem halben Jahr mit wechselndem Erfolg durch ihren Zahlendschungel, erwirkte Aufschübe und suchte Lösungen mit den Gläubigern, bot Ratenzahlungen an; alles nur damit es irgendwie weiterging. Und sie? Suchte sich ein Heim, das jeden Monat ein Vermögen verschlang.

Was ihn daran am meisten störte, war vermutlich: Sie hatte ihm eine Aufgabe abgenommen, die er sich für später aufgehoben hatte. Dann, wenn es wirklich nicht mehr ging.

Noch ging es ja, und seit Alix auf dem Hof wohnte, bildete er sich sogar ein, es ginge besser.

Wo war sie überhaupt?

Er sah hoch. Da hinten stand sie, keine dreißig Meter entfernt. Sie wartete, ließ ihm Zeit mit seiner Oma. Das war gut. Er holte tief Luft.

Oma Barbara kicherte. »Ich hab so meine Quelle. Das willst du doch wissen, oder? Woher ich das Geld habe?«

Er nickte.

»Wir hatten viele gute Jahre. Das Geld hat er angelegt. Dein Vater. Vor zwanzig Jahren, da gab's noch was dafür. Und er hat es so langfristig angelegt, dass es jetzt erst zurückkam. Gerade so, als hätte er gewusst, dass ich es jetzt brauchen kann.« Sie lehnte sich zufrieden zurück. »Mach dir keine Sorgen um mich. Du kriegst den Hof, aber ich kriege hier alles, was ich brauche.«

Er gab's auf. Sie schien fest entschlossen zu sein.

Als er an Alix vorbeistapfte, wollte sie ihn am Arm festhalten, doch er riss sich los. »Lass mich in Ruhe«, knurrte er. Erst auf dem Parkplatz fiel ihm ein, dass sie den Autoschlüssel hatte. Er lehnte sich gegen ihren Wagen, verschränkte die Arme und wartete.

Wie sie sitzen blieb, ganz entspannt.

Angekommen, dachte Alix.

Und sie hätte jetzt auch nichts weiter gesagt, wenn nicht…

Ja, wenn nicht.

Hannes war so wütend an ihr vorbei Richtung Auto gestapft, ohne ein Wort. Sie blickte ihm nach und spürte, wie sich in ihm die Wut ballte, weil Tante Barbara sich auflehnte. Er schien auch zu denen zu gehören, die immer bekamen, was sie wollten.

Aber das hier eben nicht.

Langsam ging Alix zu ihrer Tante, die ein zerlesenes Taschenbuch von der Bank nahm und die Nase reinsteckte. Trotzdem hörte sie wohl Alix, denn sie war bis auf wenige Meter heran, da murmelte sie: »Versuch's gar nicht erst.«

Alix lachte.

Tante Barbara ließ das Buch sinken. Dr. Schiwago, warum nicht? Sie klopfte einladend neben sich auf die Bank. »Na, dann komm her. Hat er dich geschickt?«

»Hannes? Nein. Er ist abgerauscht. War wohl sauer auf dich, weil du es wagst, eigene Entscheidungen zu treffen.«

»So sind die Männer manchmal.« Ein feines Lächeln umspielte ihre Lippen. Ihre Augen strahlten hell und wach, als hätte sie nach einer langen Phase der Müdigkeit endlich mal genug Schlaf bekommen. »Aber findest du nicht auch, dass es so am besten für alle Beteiligten ist?«

»Mich kannst du nicht als Verbündete ins Boot holen. Ich mag es, wenn du auf dem Hof bist.«

»Warum?«

Das schien dann doch Tante Barbaras Interesse zu wecken.

Sie überlegte kurz. »Weil es so wohnlich ist. Du bist wie ein kleiner Kobold, der die Kirschen stibitzt oder Kuchen backt. Das Rattern deiner Nähmaschine wird mir fehlen. Oder deine Kommentare, so unpassend. Und doch wieder nicht.« Sie lächelte.

Komisch. Bis zu Tante Barbaras Verschwinden hatte sie gar nicht darüber nachgedacht, ob es so gut oder schlecht wäre, wenn alles blieb, wie es war. Sie hatte sich nur um ihre Seifenmanufaktur Gedanken gemacht. Um ihre Nase. Ihre Zukunft, ihre Existenz. Nicht um das Drumherum.

»Es wird euch irgendwann nerven, wie ich bin. Ich merk's doch selbst, wie ich…« Sie hielt inne. Hing ihren Gedanken nach, war ganz von dieser Welt absorbiert, zu der Alix keinen Zugang hatte.

»Nein«, murmelte sie schließlich. »Ich gehöre dorthin – und doch wieder nicht. Es ist Zeit für den Generationenwechsel.«

»Aber bei uns ist immer ein Platz für dich«, sagte Alix leise. »Vor allem… Hannes. Er ist so froh, dass er wieder etwas mehr Familie hat. Keine Ahnung, was mit seiner Mutter ist…«

Tante Barbara schnaubte. »Die hat immer nur an sich gedacht. Die Jungs sind im Internat aufgewachsen, und nach dem Tod vom Hannes…« Sie hielt inne, spürte ihren eigenen Worten nach. »Na ja, vom großen Hannes. Seinem Vater.«

Alix nickte.

»Also, danach habe ich ihr angeboten, die Jungs in den Ferien zu uns zu holen. Wollte sie nicht. Keine Ahnung, was sie ihnen erzählt hat, aber ich hab immer auf sie gewartet. Und dann war mein Mann auch tot, und danach wollte ich keinen mehr sehen.« Sie schwieg lange.

Dann, ganz leise: »Als er achtzehn wurde, kam er zu mir. Ich hab ihn vom Hof gejagt.«

»Ach …« Ihr wurde das Herz schwer. So viele verpasste Gelegenheiten, so viele Chancen vertan. Warum machte man sich das Leben nur so schwer? Da redete man kurzfristig nicht miteinander, weil es eben eine Unstimmigkeit gab, etwas, das nicht passte. Und aus dem kurzen Schweigen wurde ein langes, bis man nicht mehr so genau wusste, warum man nicht miteinander redete. Es blieb nur die Gewissheit, im Recht zu sein mit dem Schweigen.

»Ich habe Fehler gemacht«, sagte Tante Barbara nachdenklich. Ihre Finger strichen über den Buchumschlag. »Aber darüber denkt man ungern nach, nicht wahr?«

»Dann mach jetzt nicht noch einen Fehler. Wir würden dich vermissen. Wir haben dich alle lieb, und egal wo du leben willst, das würde nichts daran ändern.« Sie hätte fast ihre Hand auf die von Tante Barbara gelegt, ließ es dann aber doch bleiben. Sie stand auf und ließ ihre Großtante allein dort zurück. Keine Forderungen, kein Ultimatum. Was auch immer Tante Barbara daraus machte, sollte sie aus freien Stücken tun.

Das war es doch. Jeden mit Respekt behandeln, jedem die Entscheidungen überlassen, die sein eigenes Leben betrafen.

Zurück am Auto stieg sie ein und wartete, bis Hannes sich leise schimpfend auf dem Beifahrersitz zusammengefaltet hatte. »Du hast da eine ganz schön verkorkste Familie«, sagte sie, bevor sie den Motor startete.

Hannes lachte noch, als sie das Ortsausgangsschild passierten.

»Was ist mit deinem Bruder?«, fragte sie ihn am Abend, als sie zusammen auf der Küchentreppe hockten. Alix hatte diesmal gekocht, und als Hannes jetzt einen Löffel von ihrem scharfen Curry probierte, verzog er erst etwas erschrocken, dann anerkennend das Gesicht.

»Was soll mit ihm sein?«

Sie schwelgte. In den Gerüchen und Geschmäcken, die sich ihr offenbarten. Die Schärfe, die leise Süße, das Aroma vom Duftreis, all diese Dinge, die sie monatelang vermisst hatte. Dazu das herbe Bier, das aus einer kleinen Brauerei in der Region stammte.

»Das schmeckt ja richtig lecker!«, rief sie verzückt.

Hannes grinste. »Hast du gedacht, ich kredenze dir etwas, das nicht schmeckt?« Er wurde aber sofort wieder ernst. »Hat Oma dir von ihm erzählt?«

»Wir haben nur allgemein über Familie geredet. Über eure Mutter, die euch ins Internat abgeschoben hat.«

»War vielleicht das Beste für uns. Die Lehrer dort waren gut. Sie hatten mehrere von unserer Sorte.«

Entwurzelte. Er sprach es nicht aus, aber das Wort hing in der Luft.

»Matthias hat nach dem Abitur erst eine Lehre gemacht. Klassische Banklehre, als würde das heutzutage noch jemand machen. Dann hat er seine Jugendliebe geheiratet, inzwischen haben sie zwei Kinder und bauen ein Haus. Er lebt den spießigen Traum. Den Gegenentwurf zu allem, was wir früher waren.« Er lachte leise, fast verbittert. »Als Familie haben wir schon vor dem Tod meines Vaters nicht funktioniert. Aber das klingt trauriger, als es ist. Wir kommen beide damit klar.«

»Na ja. Dass deine Oma nichts mehr mit uns zu schaffen haben will, damit kommst du nicht so gut klar.«

»Stimmt. Hm.« Er dachte darüber nach, während

sie ein Stückchen Hühnerfleisch aus ihrer Soße fischte und ablutschte, bevor sie es Loki hinhielt, der mal wieder nass aus dem Unterholz getrabt kam. Er schnupperte nur, dann strebte er mit erhobenem Schwanz Richtung Terrasse, wohl in der Hoffnung, dass jemand ein Stück Fleisch auf dem Grill vergessen hatte.

»Meine Familie war irgendwie … perfekt«, sagte sie. Einerseits, um das Thema zu wechseln, über das er ja offenbar nicht sprechen wollte. Andererseits aber, weil ihr seit heute früh ein Gedanke im Kopf herumkreiselte, dem sie gar nicht so viel Raum geben wollte. »Und wenn ich mir jetzt meine Beziehung ansehe oder das, was meine Schwestern so treiben … tja, auch hm.«

»Wieso? Rosa …«

»Rosa ist die Ausnahme. Sie ist wie ein … keine Ahnung. Wie ein Schmetterling. Bunt, fröhlich, flatterig.«

Er grinste in seine Curryschüssel. »Ich mag bunt, fröhlich, flatterig.«

»Nur zu. Solange du dir bewusst bist, dass sie wieder davonflattern kann.«

»Bin ich mir, keine Sorge.«

»Bea – na ja. Meine älteste Schwester ist verheiratet. Aber sie lebt nur für ihren Job. Und Jette? Keine Ahnung, sie ist wie eine Muschel.«

»Noch mehr Vergleiche aus der Tierwelt? Was bin ich dann?«

Sie überlegte. »Vielleicht ein tapsiger Zottelbär?«

Er verzog das Gesicht. »Der Schmetterling und der Zottelbär. Klingt nicht gerade nach einem Happy End.«

»Klingt so, als würdest du dir eins wünschen.«

Sie musste an einen Spruch denken, den sie irgendwann mal gelesen hatte. *Ein Happy End hängt ganz davon ab, wo wir die Geschichte enden lassen.*

War ihre Geschichte mit Max schon zu Ende? Und wäre es dann ein Happy End? Sicher nicht.

Was sie zurück zur Ausgangsfrage brachte. Warum hatte er sie angerufen? War er in der Stadt? Und wieso hatte er es kein zweites Mal versucht? Seit sie wieder auf dem Hof war, trug sie das eingeschaltete Handy ständig bei sich. Oder war jetzt sie an der Reihe? Musste sie sich bei ihm melden? Sie dachte an Tante Barbara. An die Familie von Hannes, die an zu vielen verpassten Gelegenheiten zerbrochen war. An Rosa, die sich schon meldete, wenn es sonst keiner tat. An ihre Mutter, die, wann immer eine ihrer Töchter krank war oder Hilfe brauchte, mit ein paar Portionen Hausmannskost aus dem Froster kam oder ein frisches Brot und ein Glas Stachelbeermarmelade vorbeibrachte. An ihren Vater, der brummelte, aber immer zuhörte.

Sie war darin nicht so gut. Weshalb sie versucht war, sich nicht bei Max zu melden.

Aber es ging hier auch um ihre Zukunft. Wollte sie künftig allein hier wohnen? Oder mit Max in der Stadt? Was wurde aus ihrer Parfümerie?

Theoretisch könnte sie ja zurück in ihren alten Job. Es würde sie nur einen Anruf bei Dennis kosten, er würde ausrasten vor Freude, würde ihr sofort alle Reisedaten zusammenstellen, damit sie die drei Neukunden in den USA besuchte.

Zurück in die Tretmühle. Alle Pläne hier auf dem Apfelhof auf Eis legen, Abschied nehmen und versprechen, es wäre nicht für immer, obwohl sie genau wusste, dass es vorbei war.

Hannes stand auf und holte für beide noch ein Bier. Als er sich wieder neben sie setzte, streifte sein Arm ihren, und sie fröstelte.

»Woher weiß man, wohin man gehört? Und woher weiß man, dass es für immer ist?«

Sie schickte die Fragen in die Dunkelheit, die sich langsam zwischen sie senkte, ohne eine Antwort zu erwarten. Sie wusste: Die konnte sie sich nur selbst geben.

Aber sie hatte keine Ahnung, wie sie lautete.

 **Kapitel 18**

Sie rief ihn früh am nächsten Morgen an, als die Sonne noch nicht ganz aufgegangen war, die Vögel aber zwitscherten. Falls er schlief, war das Handy ohnehin stummgeschaltet.

Er meldete sich nach dem zweiten Klingeln.

»Hey, Kleines«, hörte sie ihn sagen.

»Hey.« Ihre Stimme gehorchte ihr nicht so richtig, sie räusperte sich. Kurz war sie überwältigt davon, dass es offenbar so einfach war. Sie wollte ihn sprechen, sie rief ihn an, er meldete sich.

»Kannst du auch nicht schlafen?«

»Ich war einfach nur unverschämt früh im Bett.« Sie lächelte. »Hier draußen geht man mit den Hühnern ins Bett, weil jeder Tag so anstrengend ist. Viel zu tun.«

»Ich weiß. Ich war gestern da. Ihr baut um.«

»Oh, wann warst du hier? Warum hast du nichts gesagt?«

»Ihr wart unterwegs. Es regnete, und die Bauarbeiter wollten auch nicht mit mir plaudern.«

Er klang enttäuscht.

Alix schaute aus dem Fenster. »Hast du Zeit?«

»Wann? Jetzt?«

»Ja, jetzt. Also, hast du Zeit?«

»Ja, klar. Ich kann eh nicht schlafen, der Jetlag ist ziemlich fies.«

»Dann komm her. Ich mache uns ein Frühstück. Ich glaube, wir sollten miteinander reden.«

Als sein Auto eine knappe Stunde später vor dem Haupthaus hielt, stand sie in der Küche und überwachte den Kaffee, der langsam durch den Porzellanfilter rann, weil die Kaffeemaschine vorhin mit einem kleinen Knall und ziemlich viel Rauch in die Luft geflogen war. Der Speck war ihr während der daraus resultierenden Rettungsaktion angebrannt, die letzten Kirschen waren wurmig, und bei den Aufbackbrötchen hatte der Backofen wohl zu viel Zeit bekommen, sie waren etwas zu knusprig geworden. Sie hörte Max rufen, als er in die Deele trat, und ausgerechnet in diesem Moment betrat Hannes reichlich verkatert und nur mit Boxershorts und einem Vikings-T-Shirt bekleidet die Küche.

»Kannst du dir bitte was anziehen?«, flehte sie ihn an, als er demonstrativ schnupperte. In der Luft hing eine Mischung aus Verwöhnaroma, Röstaromen und Kurzschluss.

»Nur wenn ich Kaffee bekomme.«

Sie seufzte, riss den Filter von der Glaskanne, kippte Kaffee in einen Becher, den sie ihm in die Hand drückte und ihn dann durch die Tür zum Wohnzimmer hinausschob. »Bitte! Ich muss mit Max reden. Allein.«

»Lasst ihr mir was übrig?«, fragte er über die Schulter.

In dem Moment ging die Deelentür auf, Max stand in der Küche. Alix schaute von Max zu Hannes. Loki schlüpfte an Max' Beinen vorbei in die Küche, setzte sich mitten in den Raum und begann sich zu putzen, als hätte das nichts mit ihm zu tun.

»Guten Morgen«, sagte Max. Er war ganz ruhig. »Störe ich?«

»Ich geh dann mal lieber.« Hannes hob wie zum Gruß den Kaffeebecher, dann klappte endlich die Tür hinter ihm zu. Alix atmete tief durch. Erst dann drehte sie sich zu Max um.

Er trug ein hellblau gestreiftes Hemd, die Ärmel aufgekrempelt. Dazu eine dunkelblaue Chino und braune Lederschuhe. Ein Bartschatten auf den Wangen, als wäre heute früh keine Zeit zum Rasieren geblieben, aber sie mochte das. Er wirkte lässig, aber sie sah auch hinter die Fassade. Und da war ziemlich viel Müdigkeit.

»Hey«, sagte sie leise. Sie stellte den Filter zurück auf die Glaskanne, ignorierte die Kaffeeflecken, die sie in der Zwischenzeit auf der Arbeitsplatte verteilt hatte, und ging auf ihn zu. Loki maunzte. Konnte doch nicht sein, dass die Menschen sich lieber um ihren eigenen Kram kümmerten? Er verhungerte hier!

Sie standen voreinander. Blickten einander an, sagten nichts.

»Ist ein paar Wochen her«, fing Max schließlich an. Er räusperte sich.

»Hast du Hunger?«, fragte sie.

Er nickte.

Es fiel ihr erstaunlich schwer, zurück in die alte Nähe zu finden, mit der sie einander früher begegnet waren. Als sie sich am Tisch gegenübersaßen, suchte Alix lange nach den richtigen Worten.

Schließlich spielte sie den Ball wieder in sein Feld und ärgerte sich zugleich darüber. »Du warst gestern hier.«

Max drehte das angebrannte Brötchen in der Hand hin und her, bevor er es aufschnitt. Ohne den Blick zu heben, sagte er: »Ja, war ich.«

»Weil...?«, hakte sie nach.

Er legte das Buttermesser neben den Teller, faltete die Hände, die Ellenbogen aufgestützt. »Weil ich Sehnsucht nach dir hatte.« Sein Blick so offen, so tief. Sie schluckte.

»Ich habe gedacht, du meldest dich irgendwann. Weil du mich vermisst. Immerhin hast du mich weggeschickt.« Er zuckte mit den Schultern. »Aber offensichtlich hast du beschlossen, dein altes Leben wegzuwerfen. Ich wollte einfach Klarheit, verstehst du?«

»Verstehe ich.« Sie nickte, obwohl sie gar nichts verstand.

»Dennis hat erzählt, du willst ihm deine Anteile verkaufen. Er klang... also erfreut ist das falsche Wort. Fast euphorisch, aber auch verzweifelt.«

»Ich brauche das Geld. Für das hier.«

»Was auch immer ›das hier‹ ist.«

Ihr fiel etwas ein. Sie stand auf und ging in den Flur, wo immer noch der Karton mit Seifen stand. Sie öffnete den Deckel, und das Potpourri aus verschiedenen Duftnoten hüllte sie ein. Es war intensiver als noch vorgestern.

Für sie war das ein Wunder. Aber sie wollte, dass auch Max dieses Wunder verstand. Hier war es passiert. Auf diesem Apfelhof war sie wieder zu sich selbst gekommen, ihr Riechsinn hatte sich wieder eingestellt. Sie wusste nicht, ob das nun Zufall, der natürliche Heilungsprozess oder etwas ganz anderes war. Sie wusste nur, dass für sie dieser Ort immer Teil ihrer Biographie sein würde. Und dass sie nicht zurückwollte zu den stinkreichen Kunden, für die sie monatelang in einem klinisch reinen Labor stand und winzige Duftnuancen abmischte.

Sie trug den Karton in die Küche. Loki hatte es sich inzwischen auf ihrem Platz gemütlich gemacht und machte eine lange Nase Richtung Rührei.

»Runter mit dir, du frecher Kater.« Sie schob ihn von der Bank und stellte den Karton dorthin. Max beobachtete sie, während sie einzelne Seifenstücke herausnahm, an die Nase hielt und dann an ihn weiterreichte.

»Die riechen lecker.«

»Tu nicht so überrascht.« Sie lachte, reichte ihm weitere Seifenstücke. »Die Rezepte sind von Agnès. Ich habe sie in Grasse kennengelernt.«

»Die misstrauische Seifensiederin.«

»Ja, genau. Sie unterstützt mich, wenn ich hier eine Seifenmanufaktur eröffne.«

»Das ist sehr großzügig von ihr.«

Alix runzelte die Stirn. Hörte Max ihr denn überhaupt zu?

»Ich bleibe hier, Max«, wiederholte sie. »Ich weiß noch nicht, wie ich mich hier einrichten werde. Im Moment habe ich nur das Gästezimmer unter dem Dach, und solange ich hier bin, kann ich meine Wohnung untervermieten. Aber das hier ist jetzt mein neues Heim.«

»Das habe ich schon verstanden.« Er grinste. »Gefällt mir hier. Ich würde mir gern alles ansehen.«

Ein wenig erleichterte es sie, dass er daraus nicht automatisch schloss, dass ihre Beziehung damit vorbei war.

Ob das zutraf, wusste sie nicht.

Manchmal fühlte es sich so an.

Aber vorhin, als er vor ihr stand und sie ansah, als ob es für ihn keine schönere Frau geben würde … Ja, da hatte sie kurz dieses Gefühl wieder verspürt. Jenes, das sie verloren geglaubt hatte zwischen all dem Chaos der vergangenen Monate.

Sie frühstückten in Ruhe. Dabei erzählte Max von seinen Reisen, von Begegnungen mit Geschäftsleuten, die so absurd waren, dass Alix lachen musste. Es tat gut, mit ihm Zeit zu verbringen.

Aber genügte das für eine gemeinsame Zukunft?

Nach dem Frühstück räumte sie rasch alles Verderbliche in den Kühlschrank. Dann gingen sie quer über den Hof zum Schweinestall. Hannes stand in der Scheune und reparierte die Kirschsortieranlage, die ein Nachbar abholen wollte, an den er sie verkauft hatte. Kirschen würde es zukünftig auf dem Schliekerhof nicht mehr geben.

Sie war vor allem erleichtert, weil er sich eine Jeans übergezogen hatte und nur aus der Ferne winkte, als er sie entdeckte. Sie winkte zurück und spürte seinen Blick im Rücken, als sie dicht neben Max ging. Fast hätte sie nach Max' Hand getastet, ließ es dann aber, weil sie fürchtete, er könnte das falsch verstehen.

»Hier ist es.« Die Bauarbeiter machten gerade Pause. Sie saßen auf der anderen Hofseite in ihrem Pritschenwagen und teilten sich Kaffee aus der Thermoskanne und Stullen aus der Brotdose.

»Sieht interessant aus.«

»Man muss es sich natürlich so vorstellen, wie's fertig aussehen wird.« Alix zeigte ihm, wo sie die Arbeitstische plante, wo die Wände zum Lagerraum und zur Reifekammer hinkamen. Hier die Dunstabzüge, dort der Packtisch, sie hatte an alles gedacht.

»Hm, und was kommt da hin?« Er zeigte auf den Rest des Stalls. Denn tatsächlich, das Gebäude war ziemlich groß, sie würde wohl nur die Hälfte des Erdgeschosses nutzen, den Heuboden gar nicht.

»Geplant ist da noch nichts«, räumte sie ein, obwohl sie heimlich, wenn sie träumte, schon ihre ganz eigenen Vorstellungen hatte, was dorthin passte.

Aber dafür war im Moment weder Zeit noch Geld da.

»Gefällt mir. Nicht zu groß, aber auch nicht so winzig, dass du am Anfang ständig auf deine eigenen Füße trittst.«

Sie atmete unwillkürlich aus und merkte jetzt erst, wie sehr sie auf ein positives Urteil gehofft hatte.

»Und die Seifen wollt ihr dann wo verkaufen?«

»Im Hofladen.« Sie führte ihn zurück über den Hof zur Deele, die immer noch ziemlich vollgeräumt war. Inzwischen standen hier auch die Kartons und Kanister mit den Zutaten für ihre Seifen, für die sie noch keinen besseren Platz gefunden hatte. »Hier misten wir bald aus, das muss dann alles noch ein bisschen hübsch gemacht werden. Aber für den ersten Herbst wird es genügen, und danach sehen wir weiter. Wir wollen neben der Seife auch noch Äpfel verkaufen. Apfelsaft, Kirschschnaps, was uns noch so einfällt.«

Sie verstummte, und Max fragte nicht weiter. Ihr fiel selbst auf, wie oft sie »wir« sagte – gerade so, als ob es ein »wir« gäbe mit Hannes. Sie hätte es Max gern erklärt, auch dass da nichts war. Doch das hätte lahm geklungen, unglaubwürdig.

»Ich kann wieder riechen«, sagte sie stattdessen in das Schweigen hinein.

»Im Ernst?« Max drehte sich zu ihr um. Seine Augen strahlten, und ehe sie wusste, wie ihr geschah, umarmte er sie. Ihre Nase wurde in sein Hemd gedrückt, sie schloss die Augen. Sog tief seinen Geruch ein, denn da war er wieder – männlich, sauber, etwas herb. Und sein Parfüm roch sie auch, nur einen Hauch, aber unverkennbar.

»Du riechst so gut«, seufzte sie.

Statt einer Antwort drückte er sie noch fester an sich.

»Hey, ihr Turteltäubchen! Bleibt Max zum Essen?«
Hannes durchquerte in Gummistiefeln die Deele, die er
vor der Küche mithilfe eines uralten Stiefelknechts abstreifte. »Es gibt Kartoffelpuffer mit Apfelmus.«

»Klar bleibe ich«, sagte Max, sein Arm lag dabei eng
um ihre Schultern. Besitzergreifend.

Alix' Hand ruhte auf seiner Brust, und für einen Moment genoss sie diese Nähe. Sie wünschte, dass er länger
blieb. Dass er sah, wie sie hier lebte und wie glücklich
sie hier war.

🍎

Leise Stimmen und Gelächter. Hannes spähte aus dem
Küchenfenster rüber zu der kleinen Terrasse, wo Alix
und Max auf der Holzbank saßen. Weil es abends empfindlich kühl wurde, hatte Alix eine Häkeldecke über
ihre Beine gebreitet. Max' Arm lag um ihre Schultern,
und sie lächelte ihn verliebt an.

Er freute sich für die beiden. Gönnte ihnen dieses
Glück. Das mit Alix und ihm – er wusste selbst nicht,
was das gewesen war. Ein kurz aufflackerndes Stroh-
feuer. Seine Einsamkeit war da wohl für einen schwa-
chen Moment auf ihre Trauer getroffen, weil sie kurz zuvor so vieles verloren hatte.

Ist ja weiter nichts passiert, redete er sich ein.

Aus dem Kühlschrank nahm er drei Flaschen Bier
und öffnete sie. Bevor er wieder rausging, schaute er auf
sein Handy. Schon komisch mit ihm und den Frauen.
Erst Alix, dann kurz darauf Rosa, die ohne ein Wort verschwand. Er vermisste sie.

Und dann auch noch Oma Barbara. Wirklich, die
Frauen seiner Familie waren entweder flüchtige Geister

oder er hatte einfach keine Ahnung davon, wie er mit ihnen umgehen sollte. Vermutlich traf beides irgendwie zu.

Eine kleine rote Eins verhieß immerhin eine neue Nachricht. Er öffnete die App, doch es war nur ein Foto von Matthias. Es zeigte seine beiden Kinder. Luca war drei, Emilia ein halbes Jahr alt. Beide Mädchen strahlten ihn glücklich aus einer Nestschaukel an. *Sehen wir uns bald wieder, Onkel Sven?*, stand darunter.

Für sie war er natürlich noch immer Sven, hatte nicht den Namen seines Vaters angenommen. Hannes zögerte. Dann schrieb er: *Kommt doch mal an einem Wochenende zu uns auf den Apfelhof!* Dazu schickte er ein Foto von Loki, der auf einem Apfelbaum saß und zur Elbe blickte.

Wenigstens mit den jüngsten Frauen seiner Familie wollte er es sich nicht verderben. Diese Chance wollte er nutzen.

Außerdem vermisste er seinen kleinen Bruder.

Jetzt konnte er sich nicht länger davor drücken, wieder nach draußen zu den anderen zu gehen.

Als er auf die Terrasse trat, blieb er stehen.

»Überraschung.« Rosa stand auf. Sie trat zu ihm, küsste ihn sanft auf den Mund. »Hoffe ich.«

»Ich … du …«

Einen Moment war es still, er wusste nicht, was er sagen sollte. War das jetzt eine endgültige Rückkehr? Oder war sie gekommen, um morgen früh wieder zu verschwinden?

Alix und Max verabschiedeten sich kurz darauf. Hand in Hand zogen sie noch mal los. »In die Äpfel«, sagte Alix, und sie kicherte dabei, als wäre »in die Äpfel« etwas, das nur Teenies in einer Sommernacht machten.

Rosa saß nun auf der Bank, er auf einem der Gartenstühle. Sie naschte aus den Schüsseln mit Salat und Brot.

»Hast du Hunger?«

Sie nickte. Das gab ihm wenigstens was zu tun. Er räumte das dreckige Geschirr ab, holte für sie Teller und Besteck. Schaltete die bunten Lampions in der Linde ein.

»Ist deine Oma zurück?«, fragte sie.

»Leider nein. Sie sitzt zufrieden in ihrem Heim und erfreut sich ihres Lebens als rüstige Rentnerin. Keine Ahnung, ob sie zur Besinnung kommt.«

»Vielleicht ist es so besser.«

Er antwortete nicht, denn für ihn war das keineswegs besser. Aber das schienen weder Alix noch Rosa zu verstehen.

»Und bei dir?«, fragte er unbestimmt, nachdem er sich noch ein Bier geholt hatte. Er zündete sich eine Zigarette an.

»Hey, ich esse.«

»Sorry.« Er drückte die Zigarette aus. Seine Nervosität machte das mit ihm. Er vergaß sogar seine sonst so guten Manieren.

Als sie den Teller wegschob, zündete er die Zigarette wieder an und zog einen Unterteller vom Tisch, auf dem er die Asche abstreifte.

»Bleibst du über Nacht?«, fragte er, weil er ihr Schweigen nicht aushielt. Und überhaupt – sie waren beide erwachsen, also konnten sie sich auch entsprechend erwachsen mit dieser Frage auseinandersetzen.

Rosa aber seufzte.

»Komm mal her.«

Er setzte sich zu ihr, und sie legte die Häkeldecke über

ihre Beine und über seine. Dann schmiegte sie sich an ihn. »Ich bin hier. Jetzt. Reicht das nicht?«

Reichte ihm das?

Wenn er ehrlich war, reichte es nicht. Aber er wusste, dass er sie auch nicht festhalten konnte.

»Es wäre nur schön, wenn ich morgens neben dir aufwache. Mehr nicht.«

Rosa grinste. »Mehr nicht, so so. Und sobald ich morgens neben dir aufwache, willst du mit mir frühstücken, dann willst du mit mir in der Apfelplantage arbeiten, und bevor ich weiß, wie mir geschieht, habe ich eine Schürze um, zwei kleine Rotznasen am Rockzipfel hängen und stehe in der Küche, wo ich Apfelchutney für deinen Hofladen einkoche. Hm, nein. Ich glaube, das ist nichts für mich.«

»Das ist ja auch nichts für mich«, behauptete er, obwohl ihm der Gedanke überraschend gut gefiel.

»Wir sind zu verschieden, Hannes.« Sie sagte es bedauernd, fast zärtlich. »Ich brauche gerade … na ja. Einfach einen Ort, wo ich sein kann. Wo ich zur Ruhe komme. Und du …«

Er brauchte sie. Aber das sprach er lieber nicht aus, denn das würde sie als zu einengend empfinden, das war ihm schon klar.

»Lass uns einfach sein«, sagte sie.

Nicht Freunde. Einfach sein.

»Einverstanden«, flüsterte er. Sie schmiegte sich in seine Umarmung, und gemeinsam blickten sie zum Blätterdach hinauf, in dem rot, grün, blau und orange die kleinen Lampions leuchteten.

»Alix? Alix, wo steckst du?«

Sie hörte Max fluchen und kicherte. Die Nacht war wolkenverhangen und finster, nicht mal der Mond spitzte gelegentlich hinter den Wolken hervor. Sie lief voraus, und irgendwann war Max' Hand aus ihrer geglitten. Seitdem ging sie allein weiter, sie atmete tief durch und lauschte.

Hochsommer, Juli. Ein paar kühle Tage, und manchmal glaubte sie schon, sie könnte den Herbst riechen, hier direkt am Fluss. Sie erreichte den Deich, kraxelte hinauf und hockte sich oben hin. Der Blick ging übers schwarze Wasser, sie hörte es gurgeln, da unten floss es still dahin und konnte doch nicht still sein.

Max tauchte hinter ihr auf und ließ sich neben ihr ins Gras plumpsen. »Ich glaube, ich habe mich … ihh, das ist nass.«

»Scht«, sagte sie. Dann wandte sie sich ihm zu, packte sein Hemd und zog ihn zu sich heran. Ihre Lippen berührten seine, und es fühlte sich für einen Moment so an, als wäre sie jetzt, in diesem winzigen Moment, genau am richtigen Ort im Universum. Als wäre ihr vorherbestimmt, in einer kühlen Sommernacht im taufeuchten Gras auf dem Elbdeich zu liegen und mit Max zu knutschen.

»Wofür war der denn?«, flüsterte er. Doch sie sagte nichts, küsste ihn erneut und zog ihn zu sich runter. Sie lagen nebeneinander, ein bisschen ineinander verkeilt. Wenn ihnen jetzt jemand einen Schubs gab, kullerten sie bis in die Elbe. Der Gedanke brachte sie zum Lachen.

»Mit der Romantik hast du's nicht so, hm?«, murmelte Max zwischen zwei Küssen.

»Sei still und küss mich einfach«, flüsterte sie. Das hatte sie vermisst. Ihn riechen, ihn schmecken. Ihre Leidenschaft erwachen spüren, das hatte bei ihr so viel mit ihrem Riechsinn zu tun. Erst nachdem sie ein paar Monate ohne ihn hatte auskommen müssen, wusste sie, wie sehr das zutraf.

»Wollen wir nicht lieber da unten irgendwo? Also zwischen den Bäumen, wo uns keiner sieht?«, schlug Max vor.

»Ich habe eine bessere Idee. Komm!«

Sie zog ihn hoch, und Hand in Hand liefen sie zurück zum Apfelhof. Der Mond blinzelte schmal und verschlafen zwischen den Wolkenfetzen hervor. Alles war ruhig, nur im Garten sah sie zwei, die unter der Linde saßen, eng aneinandergekuschelt und in ihr Gespräch vertieft.

Alix führte Max in ihr Gästezimmer. Sie machte nur das Nachttischlicht an und begann, sich zu entkleiden.

»Hey«, protestierte er. »Das will ich machen!«

»Zu spät.« Sie stand in Höschen und Unterhemd vor ihm. »Komm her. Ich will mit dir schlafen.«

Seinem Lächeln nach zu urteilen gefiel ihm der Gedanke. Doch als sie ihn aufs Bett zog und sie nackt unter die Decke krochen, hielt er sie zurück.

»Wir müssen reden«, sagte er ernst.

Alix stöhnte auf. »Nicht jetzt!«, jammerte sie.

»Doch.« Er war unerbittlich. »Ich will wissen, was wir wollen.«

»Du meinst, du willst wissen, wo ich in meinem Zyklus stehe? Keine Sorge. Heute Nacht müssen wir nicht verhüten.«

»Und morgen reden wir darüber?«

»Versprochen.«

Sie hätte ihm in diesem Moment alles versprochen, wenn er nur endlich zu ihr kam und sie sich liebten!

Danach lag sie wach neben ihm. Er hielt sie erst im Arm, doch sie löste sich behutsam. Legte sich neben ihn, sein Atem streifte ihre Wange. Sie schloss die Augen, aber schlafen konnte sie nicht. Die Bettdecke raschelte leise, wenn sie sich bewegte, und sobald sie die Augen schloss, musste sie sie wieder öffnen. Sie konnte nicht glauben, dass er wirklich bei ihr war.

»Was machst du da?«, murmelte Max im Halbschlaf.

Alix kicherte. »Wonach fühlt es sich denn an?«

»Als würdest du mit deiner Nase in meiner Achselhöhle stecken.«

Das kam der Wahrheit schon ziemlich nah. Sie legte den Kopf auf seine Brust, beobachtete ihn. Er knurrte, schlang die Arme um sie und drehte sich um, sodass sie auf dem Rücken unter ihm lag. »Möchtest du noch mehr?«, flüsterte er.

»Ja«, antwortete sie. Ein bisschen atemlos, weil es sie selbst überraschte, wie viel Lust sie auf ihn hatte.

»Kannst du haben.«

Und dann liebten sie sich.

Die Nacht war kurz, der Morgen brach früh an, als um kurz nach vier die Vögel vor dem offenen Fenster laut tschilpten. Alix stand leise auf, sie machte das Fenster zu und legte sich wieder zu Max. Aber sie konnte nicht mehr einschlafen, und weil sie wusste, wie viel Arbeit auf sie wartete, ging sie nach unten und kochte Kaffee.

Beim Frühstück blätterte sie in dem Ordner mit Agnès' Seifenrezepten und wählte zwei davon aus. Danach räumte sie die Küche auf und baute alles fürs Seifensieden auf. Sie hatte keine Zeit zu warten, bis in ihrer kleinen Schweinestallmanufaktur alles fertig war. Die Seifen mussten idealerweise acht Wochen reifen, bevor sie in den Verkauf kamen. Sie musste jetzt mit dem Sieden beginnen.

Als um halb sieben jemand die Treppe runterschlurfte, rührte sie gerade die zweite Seife. »Halt!«, rief sie und sprang zur Tür. Sie hielt dem Frühaufsteher – haha! – durch die halb offene Tür eine Schutzbrille hin, ehe sie zurück an den Herd eilte. Gut, nichts passiert. Bald war auch die zweite Seife an diesem Morgen fertig und konnte in die Form gefüllt werden.

»Was ist denn hier passiert?«

Sie drehte sich um. Zu ihrer Überraschung stand nicht Hannes in der Tür, sondern Rosa.

»Könnte dich dasselbe fragen.«

Die Schutzbrille stand ihrer Schwester jedenfalls außerordentlich gut.

Rosa gähnte. »Ist Kaffee da?«

»Im Moment nicht, nein. Ich brauche noch ein paar Minuten, dann mache ich Frühstück.«

Gewissenhaft füllte Alix die zweite Seife in die Form – eine reine Olivenölseife – und deckte sie gut ab. Später würde sie die Formen in Barbaras Nähzimmer lagern, das ja im Moment nicht gebraucht wurde.

»Also, erzähl.«

Sie stellte einen Becher Kaffee vor Rosa auf den Tisch. Ihre jüngste Schwester wirkte etwas blass um die Nase.

»Da gibt's nichts zu erzählen«, behauptete sie.

»Na ja. Du bist hier. Also stellen sich mir da einige Fragen.«

»Du meinst, ob ich für immer bleibe. Also ob das mit Hannes etwas Ernstes ist.«

Sie setzte sich mit ihrem zweiten Kaffee auf die Eckbank. Loki, den sie für die Zeit des Siedens in den Hof verbannt hatte, kratzte von außen an die Terrassentür. Rosa stand auf und ließ ihn herein.

»Nichts Ernstes«, sagte sie dann. »Einfach jemand, der für mich da ist.«

»Und das ist für euch beide okay?«

Rosa nickte. Sie sah Alix an, teils Trotz, teils Zweifel im Blick.

Alix beugte sich vor und legte eine Hand auf Rosas. »Dann ist das gut«, sagte sie nur. »Aber tu ihm nicht weh. Ich mag ihn.«

»Ich mag ihn auch.« Wurde Rosa etwa rot? Sie versteckte ihr Gesicht rasch hinter dem Kaffeepott.

Bevor sie das Thema weiter ausführen konnten, polterte Hannes in die Küche. Er schnupperte. »Frühstück ist das aber nicht«, meinte er.

»Du kannst dir gern was machen, wenn du Hunger hast«, bemerkte Alix. »Wir haben zu tun.«

»Ach, was denn? Sieht nicht gerade nach Arbeit aus.«

»Beziehungspflege«, erklärte sie würdevoll. »Meine kleine Schwester und ich haben immer viel zu besprechen.«

»Na dann. Ich bin bei den Äpfeln. Wenn Max länger bleibt, kann er gern helfen kommen.«

Max würde vermutlich noch eine Weile schlafen. Das war das Beste für ihn, wenn er wochenlang zwischen den Zeitzonen unterwegs war und irgendwann gar nicht mehr wusste, *wann* er war. Manchmal schlief er danach achtzehn Stunden am Stück und wachte wundersamerweise passend zum Abendessen in seiner aktuellen Zeitzone auf und hatte entsprechend großen Hunger.

Statt also mit Max bei den Äpfeln zu rechnen, plante Alix lieber schon mal ein entsprechend üppiges Abendessen.

»Wir könnten wieder grillen«, schlug Rosa vor. Darüber musste sie lächeln, denn Rosa sprach ja doch, als gehörte sie hierher.

Was vielleicht gar nicht so verkehrt war für den Anfang.

»Können wir machen.«

Sie hatte Rosa gerne hier. Und Max. Und Hannes. Gerade fand sie ihr Leben einfach nur richtig großartig.

»Wir müssen ein Hoffest machen zur Eröffnung.«

Auch Max eignete sich das »wir« an, es passte ihm hervorragend. Hannes hatte ihn mit einer Arbeitshose aus dem Fundus für die Erntehelfer und einem seiner Vikings-T-Shirts ausstaffiert, Gummistiefel fanden sich auch, und so zog er mit Hannes am nächsten Tag durch die Apfelplantage. Hannes schnitt die überzähligen Äste ab, Max sammelte sie ein und trug sie zu dem kleinen Traktor, auf dessen Anhänger sie den Grünschnitt sammelten. Alix und Rosa brachten ein Picknick zu den beiden, und sie saßen wie die Hühner auf der Stange nebeneinander auf dem Hänger, eine Seitenwand heruntergeklappt. Sie ließen die Beine baumeln und genossen hart gekochte Eier, belegte Brote mit Avocado und Hühnchensalat, frische Beeren und heißen Kaffee.

»Um die Jahreszeit machen alle Hoffeste.« Hannes schüttelte den Kopf.

»Dann müssen wir eben besser sein als die anderen. Wir müssen einfach mehr bieten.« Rosa hatte bereits ihr

Handy gezückt und die Notizen-App gestartet. »Wer ist unsere Zielgruppe?«

»Familien, die sich gesund ernähren wollen«, kam es wie aus der Pistole geschossen von Hannes.

»Paare, die nach unverpackter Kosmetik suchen. Kannst du noch mehr als Seifen?«, fragte Rosa.

Alix schüttelte versonnen den Kopf. »Später vielleicht«, sagte sie, denn mit den Seifen hatte sie schon alle Hände voll zu tun. Sie hob ihre Hände und schnupperte an ihnen. Sie rochen frisch, sauber – und nach der Duftmischung, die sie heute früh für eine Milchseife kreiert hatte. So langsam begann sie, von Agnès' Rezepten abzuweichen.

Während die anderen drei Ideen sammelten und Rosa die besten in ihrer App notierte, ließ Alix sich nach hinten fallen. Sie verschränkte die Arme hinter dem Kopf und blinzelte in das unverschämte Blau des Sommerhimmels. Es geht mir gut, dachte sie überrascht. Manches in ihrem Leben war noch ungeklärt, manches war nicht so, wie sie es sich wünschte, aber in ihr war ein Frieden eingekehrt, von dem sie vor dem Unfall gar nicht gewusst hatte, dass er ihr fehlte. Es war gut, wenn man irgendwo ankam. Als hätte sie sich von dem Leben gelöst, das sie geplant hatte, nur um das Leben zu finden, das die ganze Zeit auf sie gewartet hatte.

Später, als sie mit Rosa zurück zum Hof spazierte und die Männer sich wieder der Arbeit widmeten, fragte sie ihre Schwester: »Was hast du jetzt vor?«

»Ich schreibe ein Buch«, erklärte Rosa.

»Ein ganzes Buch gleich?« Das kam überraschend, schließlich war Rosa bisher immer so flatterhaft gewesen, hatte sich nie lange mit einem Ort, einem Mensch, einem Job aufgehalten. Ein Wunder, dass sie diejenige war, die ihre Familie zusammenhielt. »Und worum soll's da gehen?«

Rosa zuckte mit den Schultern. »Vielleicht darum, wie das gute Leben geht.«

Das war tatsächlich ein Thema, das sie Rosa zutraute. »Und Hannes?«

»Hannes lebt hier. Ich gehe wieder auf Reisen. Meine Wohnung in Hamburg gebe ich vermutlich auf.«

Wie ein Zugvogel, der immer in sein Nest zurückkehrte.

»Platz genug ist hier ja. Oh, hast du schon gesehen, was Hannes mit eurer Architektin für die Deele geplant hat? Über dem Hofladen soll noch eine Wohnung entstehen. Da will er dann einziehen, und ich bekomme auch ein Zimmer.«

»Davon hat er mir noch nichts erzählt.« Alix wurde nachdenklich. Vor dem Haupthaus trennten sich ihre Wege. Sie winkte Rosa nach, als sie davonfuhr.

In den vergangenen Wochen hatte sie sich mit dem teils recht einfachen Leben auf dem Hof angefreundet. Wenn Hannes nun die Deele ausbaute, hieß das für sie dann, dass sie in der alten Wohnung blieb? Und wäre die nicht viel zu groß für sie allein?

Oder würde sie irgendwann zurück in die Stadt ziehen?

Dort hatte sie ohnehin noch etwas zu erledigen. Sie schrieb Max, dass sie abends zurück sein würde, packte ihre Tasche und fuhr nach Hamburg.

🍎

»Das ist eine Überraschung.« Dennis umarmte sie. Alix spürte, wie er sie fester an sich drückte als früher; er hielt sie danach auf Armeslänge von sich, betrachtete sie lange. Als müsste er sich ihre Gesichtszüge einprägen.

»Hey«, sagte sie. »Ist schon etwas länger her.« Sie lächelte verzagt.

»Komm rein. Wie geht es dir?«

Komischerweise fühlte es sich seltsam an, als sie jetzt neben ihm im Labor stand. Das Laborbuch lag aufgeschlagen neben einer ganzen Batterie an Phiolen, aus denen er einzelne Tropfen in die Duftmischung gab, an der er gerade arbeitete. Sie schnupperte. »Der Duft für Sophie Bingham?«

Er strahlte sie an. Und umarmte sie gleich noch mal, denn sie hatte ihm die drängendste Frage damit gleich beantwortet. »Du kannst wieder riechen! Seit wann?«

Sie lachte. »Seit ich da draußen bin, ist es immer besser geworden. Erst nur ganz leicht, dann immer häufiger. Als hätte sich ein Knoten in meinem Hirn gelöst.«

»Mensch, das ist doch super. Wann kannst du wieder anfangen?«

Sie suchte nach den richtigen Worten. Aber weil ihr diese fehlten, zog sie die Papiere aus der Tasche, die sie schon seit Tagen mit sich herumschleppte.

Dennis nahm sie. Er setzte die Laborbrille ab, unter der er seine Brille mit dem dicken, schwarzen Rahmen trug. Er warf nur einen flüchtigen Blick auf die erste Seite, dann gab er ihr den ganzen Stapel zurück. »Aber den brauchen wir doch jetzt nicht mehr. Du kommst zurück.«

»Nein, ich komme nicht zurück«, sagte sie ganz sanft. »Komm, Dennis. Ich glaube, wir müssen uns unterhalten.«

Er fuhr sich mit einer Hand durch die blonden Haare. »Das fürchte ich auch.« Er seufzte.

Sie setzten sich in die kleine Teeküche neben dem Labor. Dennis kochte ihnen Kräutertee, und Alix hielt den wärmenden Becher mit beiden Händen umschlossen. Im Labor war es wie immer sehr kühl – eine Atmosphäre, die sie früher sehr geschätzt hatte, doch jetzt fröstelte sie trotz der Strickjacke über ihrer Blümchenbluse.

»Warum kommst du nicht zurück?« Dennis schien sichtlich darum bemüht, seine Enttäuschung zu verbergen.

»Weil… das hier nicht mehr mein Job ist. Ich habe gemerkt, wie wenig das zu mir passt. Düfte für die oberen Zehntausend kreieren, die unsere Arbeit wie ein Statussymbol behandeln. Das bin ich nicht mehr.«

»Aber ich bin es, oder wie?« Er klang verletzt.

»Du schaffst das auch ohne mich. Oder such dir eine neue Partnerin, einen neuen Partner. Aber ich möchte aussteigen.«

Er dachte nach. Seine Finger spielten mit dem Henkel seines Bechers. »Ich habe mir so was schon gedacht«, sagte er leise. »Schon vor deinem Unfall warst du oft von unseren Kunden genervt. Dabei konntest du das immer besser als ich.«

»Dafür hast du jede meiner Kreationen gerettet, weil du sie zu Rezepten gegossen hast.« Sie lächelte, und auch er grinste jetzt.

»Wir waren ein gutes Team, hm?«, fragte er.

»Scheiße, aber natürlich waren wir ein gutes Team!«

Er zog den Vertrag über den kleinen Tisch zwischen ihnen. »Ich hätte echt nicht gedacht, dass wir das wahrmachen.«

»Das müssen wir. Sonst muss ich meinen Anteil an der Firma meistbietend auf dem Jungfernstieg verscherbeln. Ich habe Pläne. Und du kannst diese Investition schnell wieder reinholen, sobald du jemand neues findest.«

»Oder ich mache allein weiter.«

»Oder das. Aber ich glaube, du kannst mehr, Dennis. Du musst es dir nur zutrauen. Such dir jemanden, der von dir lernen kann. Du bist besser, als du denkst.«

Er lächelte. Dann zog er einen Kugelschreiber aus der Brusttasche seines grün karierten Hemds und atmete noch mal tief durch, bevor er unterschrieb. »Du machst mich arm«, sagte er.

»Ich verspreche dir, dass du diese Investition in zwei Jahren wieder reingeholt hast.«

»Kann schon sein. Aber am meisten werde ich dich vermissen. Unsere morgendlichen Kaffeerunden. Die Mittagessen. Wie wir abends Pizza bestellt haben, weil wir noch nicht fertig waren. Das wird fehlen.«

Sie grinste. »Dir fehlt das gemeinsame Essen? Das kannst du haben, jederzeit. Ich bin nur eine kurze Autofahrt entfernt, auf dem Hof wird immer Platz an unserem Tisch sein.«

Jetzt lachte Dennis doch, und als sie sich eine halbe Stunde später verabschiedete, weinten sie beide – einerseits weil es traurig war, diesen Lebensabschnitt hinter sich zu lassen, aber auch, weil beide sich freuten, was auf sie zukommen würde.

Sie fuhr vor dem Rückweg in ihrer Wohnung vorbei. Die Grünlilie hatte ihr die wochenlange Abwesenheit übel genommen und hing schlapp in ihrem Topf. Zwei Sukkulenten freuten sich über ein bisschen Wasser. Sie packte die beiden Töpfe in einen Karton, in den sie auch ein paar zusätzliche Kleidungsstücke und ein paar persönliche Dinge räumte. Es fühlte sich an, als würde es nun ernst werden.

Sie stand gerade vor dem offenen Kühlschrank und warf mit Bedauern die darin in der Zwischenzeit verdorbenen Lebensmittel weg, als ihr Handy klingelte. Es war Max.

»Wo steckst du?«

»Ich bin in meiner Wohnung.«

Er schwieg.

»Stimmt irgendwas nicht?«

»Ich weiß nicht. Sag du es mir.«

»Ich wollte nur ein paar Sachen holen. Wann musst du wieder los?«

»Morgen.«

»Dann haben wir heute Abend Zeit zum Reden?«

»Ja.« Er klang erleichtert. Bevor sie auflegten, sagte er noch: »Ich habe schon befürchtet, du lässt mich hier draußen zurück.«

»Merke dir eins: Ich lasse dich nie mehr irgendwo zurück.«

Da lachte er. Und sie legte mit einem Lächeln auf.

Kapitel 19

Das Lächeln konnte ihr an diesem Tag keiner nehmen. Es war, als hätte sie sich befreit, ohne genau sagen zu können, wovon.

An diesem Abend machten sie es sich leicht und bestellten bei einem Pizzadienst in Jork Pizzabrötchen, Salat und zwei Familienpizzen. Die beiden Landarbeiter gesellten sich dazu, es gab Bier und Radler aus der Flasche, und das Wetter klarte auf. Die Sonne versank hinter dem Horizont, es wurde etwas kühler, aber nicht so kalt, dass Alix und Max wieder ins Haus wollten.

Sie hatten sich auf der Küchentreppe niedergelassen. Irgendwo im Garten hörte sie Rosa lachen, dann Hannes' dunkle Stimme. Die beiden Arbeiter waren nach Hause geradelt, sie waren etwas beschwipst auf ihren alten Hollandrädern die Einfahrt runtergerollt, aber Hannes meinte, um die müsse man sich keine Sorgen machen, die waren trinkfeste Altländler.

Max saß eine Stufe über Alix, sie hatte sich zwischen seinen Beinen niedergelassen, und weil sie von einer angenehmen Mattigkeit erfasst wurde, legte sie einfach den Kopf an sein Knie. Sie sagten nicht viel, lauschten einfach den Geräuschen aus dem Garten und fanden im gemeinsamen Schweigen ein bisschen Glück.

Schließlich räusperte Max sich. »Morgen muss ich wieder los.«

»Ich bringe dich zum Flughafen, wenn du willst.« Sie legte den Kopf schief, blinzelte zu ihm hoch. »Wenn du das möchtest, heißt das.«

Seine Hand streichelte ihren Kopf. Nicht besitzergreifend, sondern mit einer Zärtlichkeit, von der sie nicht wusste, dass sie beide dazu fähig waren. Doch das fühlte sich gerade ziemlich gut an.

»Das wäre schön.« Er blinzelte, schwieg. Dann: »Während der letzten Wochen habe ich oft mit meiner Schwester gesprochen.«

»Oh?« Sie hob den Kopf. Jetzt hatte er ihre ganze Aufmerksamkeit, denn seine Familie war ein Thema, das er nur selten anschnitt. In den ersten Monaten ihrer Verliebtheit, nachdem sie ihn mit zu Gustav und Claire genommen hatte, hatte sie gehofft, er würde sie irgendwann zu seiner Familie mitnehmen oder sie zumindest mal erwähnen und damit erklären, warum er sie nicht zu ihnen mitnahm. Die Antwort kam schließlich ein halbes Jahr später, als sie ihn auf dem Rückweg von einem sehr harmonischen und gemütlichen Weihnachtsfest bei ihrer Familie schlicht danach fragte. »Ich habe keine Familie«, lautete damals seine Antwort. Dabei starrte er durch die Windschutzscheibe, und seine Hände umklammerten das Lenkrad, als müsste er mit einem Kleinwagen ohne Winterreifen durch einen Schneesturm in den Alpen steuern. Und das lag nicht an der norddeutschen, verwaisten Autobahn, die sich regennass vor ihnen erstreckte.

Seitdem hatte sie das Thema selten angesprochen, und nur aus den wenigen Informationsfetzen, mit denen er sie bedachte, erfuhr sie von seinen Eltern und seiner Schwester Antonia. Den Rest erledigte sie irgendwann mit der Suchmaschine Ecosia. Aber nach dem ersten

Artikel, in dem es »Familienfehde der Keksdynastie – wird der Sohn enterbt?« hieß, ließ sie auch das bleiben.

»Und was sagt deine Schwester?«

Er seufzte, nahm ihre Hand, umschloss sie mit beiden und küsste sie. »Mein Vater ist alt geworden, das sagt sie. Und sie führt zwar das Unternehmen weitestgehend allein, aber sie hat mich trotzdem gebeten, ihr zu helfen.«

»Du hast bisher wenig von deiner Familie erzählt.«

»Hm.« Seine Hände hielten ihre Hand, er suchte nach den richtigen Worten. Sie spürte, dieses Gespräch würde länger dauern, immer wieder geprägt von Unterbrechungen, von Stille und Nachdenklichkeit. Leichtfüßig stand sie auf und holte noch zwei Flaschen Bier aus dem Kühlschrank.

»Hier.«

Er lächelte dankbar. Seine Finger suchten sofort das feuchte Etikett und versuchten es abzuknibbeln.

»Jedenfalls … Ich möchte, dass du Antonia kennenlernst. Bald«, fügte er hinzu. »Ich möchte nicht, dass mir irgendwann etwas passiert und sie nur durch Zufall davon erfährt. Außerdem …«

Sie tranken Bier. Loki kam aus dem Garten. Weil es tagsüber wieder geregnet hatte, war sein Rücken nass, er hatte sich wohl wieder durch irgendein Gebüsch gewühlt. Er rieb sein Köpfchen an Alix' Knie, bevor er sich vor ihnen ins Gras setzte und anfing sich zu putzen.

»Außerdem möchte ich, dass wir …«

»Ja?«

»Kannst du es dir nicht denken?«

Sie lächelte fein, sah ihn nicht an, drückte aber seine Hand. »Lass uns damit noch etwas warten«, sagte sie leise. »Ich möchte das hier richtig machen. Da habe ich keine Zeit, eine Hochzeit zu planen.«

Darüber musste er lachen. »Alix Richter. Man kann dir viel vorwerfen, aber die falschen Prioritäten wohl nicht. Komm her.«

Sie schmiegte sich in seine Arme, und Max küsste sie an der Schläfe knapp über dem Ohr. Ein leiser Schauer rann durch ihren Körper. »Ich meinte keine Hochzeit. Aber wenn du das willst, stehe ich zu meinem nie gemachten Antrag.«

Sie kicherte. Redeten sie wirklich so entspannt über lebensverändernde Entscheidungen? Es fühlte sich seltsam erwachsen an.

»Ein Baby«, murmelte er. »Ich dachte, du möchtest es noch mal versuchen ...«

Fast hätte sie geweint vor Freude. Ein Baby. Das wäre wirklich wunderschön.

»Ich hatte viel Zeit zum Nachdenken«, sagte sie leise. »Wir sind nicht ... Es hat sich viel geändert zu damals. Zu unserem Leben vor drei Jahren, meine ich. Als wir das Baby verloren haben.« Sie spürte, wie Max unwillkürlich die Luft anhielt. »Aber eins hat sich nicht geändert.« Sie nahm ihm die Bierflasche aus der Hand, ihre Hände umfassten seine. »Ich will mein Leben mit dir verbringen, Max. Nur mit dir. Wie die genauen Umstände sein werden, kann ich heute nicht sagen. Ob wir hier draußen wohnen oder in der Stadt. Ich hier und du dort. Ob wir drei Kinder bekommen oder doch keins – egal. Hauptsache, wir zwei sind zusammen. Alles andere wird sich finden.«

Dieser Gedanke war neu und so frisch, dass er wahr wurde, weil sie ihn aussprach. Max neben ihr sagte lange nichts dazu, dann schloss er sie einfach in die Arme.

»Ich hätte gern noch mal ein Kind mit dir. Oder drei. Wie es für dich richtig ist.«

Kein Mann der großen Worte – so kannte sie ihn. Aber das musste er auch gar nicht sein, denn sie verstand ihn auch so.

»Erzählst du mir von deiner Familie?«, bat sie ihn. Und das tat er dann.

🍎

Am nächsten Morgen. Sie stand auf der Küchentreppe, den Becher mit heißem Kaffee mit beiden Händen umschlossen, während Hannes und seine beiden Leute bereits alles auf den kleinen Anhänger warfen. Wieder in die Plantage, noch mehr Obstbäume beschneiden.

»Mach mal Platz, Schwesterchen.« Rosa schob sich an ihr vorbei und schlüpfte in die schwarzen Gummistiefel, die neben der Treppe standen. Alix hob die Brauen, denn die kannte sie noch gar nicht.

»Was denn?«

»Ich wundere mich nur. Was du hier alles machst...«

Rosa zeigte ihr das Schweige-Einhorn, grinste dabei aber so glücklich, dass Alix ihr nicht böse sein konnte. Ihre kleine Schwester konnte das. Einerseits den Mittelfinger in die Höhe recken, andererseits von allen geliebt werden. Weil sie eben so war, wie sie war.

Zu viert fuhren sie aufs Feld, und Alix winkte ihnen. Drüben beim Schweinestall ging es schon wieder hoch her, drei Bauarbeiter waren heute früh aufgetaucht, und aus dem Innern hörte man ein ständiges Hämmern, Sägen, Bohren. Sie würde ihnen später eine Thermoskanne mit Kaffee und Kekse bringen und sich davon überzeugen, ob sie noch genug Wasser in der Kiste hatten, die sie ihnen zur Verfügung stellte. Falls nicht, konnte sie gleich noch eine nachkaufen, wenn sie vom Flughafen zurückkam.

»Ich will nicht fort.« Max war lautlos hinter sie getreten. Er legte die Arme um ihren Oberkörper, und sie lehnte sich an ihn. Seine Nase lag an ihrem Hals, dann schob er den Kopf etwas weiter vor. »Ist das Kaffee?«

Sie lachte. »Du machst gerade ein bisschen die Romantik kaputt, weißt du?«

Aber sie gab ihm den Kaffee und holte sich einen neuen. Der hier war ohnehin schon etwas zu kalt für ihren Geschmack.

Später, als sie auf dem Weg zum Flughafen waren, sprachen sie nicht viel. Alix hielt den Blick auf die Straße gerichtet. Sie fuhr seinen Wagen, das fühlte sich seltsam ungewohnt an. Gestern hatten sie sich darauf geeinigt, dass sie ihn während seiner Abwesenheit künftig benutzen konnte und dann ihren Kleinwagen verkaufte. »Aber nicht zu viele Schafe damit transportieren!«, ermahnte er sie noch. Schafe, von wegen! Feinste Seifen würde sie damit hoffentlich ab Herbst in Päckchen verschnürt zur Post bringen!

Sie waren geübt darin, Abschied voneinander zu nehmen, denn sie fuhr ihn nicht zum ersten Mal zum Flughafen. Trotzdem fühlte es sich diesmal anders an, fast ein bisschen neu. Als sie sich umarmten, hielt Max sie zehn Sekunden lang einfach fest, ihr Kopf ruhte an seiner Brust, sie atmete ein und aus, seine Hand streichelte ihren Kopf.

»Freitag bin ich zurück«, versprach er. »Ich freu mich schon.«

Das war wie früher – die Vorfreude aufeinander, dieses leise Flattern in der Brust. Sie winkte ihm, als er mit seinem Trolley und der Aktentasche darauf die Abflughalle betrat, in der Hand bereits das Handy und die kleine Mappe, in der er immer seine Reiseunterlagen verstaute.

Nun war sie allein für den Rest der Woche, denn Hannes und Rosa waren ebenso ein eingespieltes Team wie Heinz und Peter, und die Bauarbeiter waren ein Völkchen für sich.

»Na ja, dann eben Loki«, murmelte sie und musste zugleich über sich lachen. Ehrlich, so schlimm war es schon mit ihr, dass sie Selbstgespräche führte?

Zurück im Auto bemerkte sie, dass es in Abwesenheit einen Anruf gegeben hatte. Sie steckte das Handy in die Freisprechhalterung und rief zurück.

»Hallo? Alix?«

Die Stimme klang zittrig und müde, ein bisschen Verzweiflung schwang auch mit. Alix wollte gerade auf die Autobahn fahren, sie bremste so abrupt und fuhr rechts ran, dass ein silberner VW-Bus hinter ihr mit Lichthupe seinen Unmut äußerte.

»Tante Barbara? Was ist passiert?«

Ihre Tante schluchzte auf, ob vor Erleichterung oder aus einem anderen Grund, konnte sie nicht so genau sagen.

»Ich vermisse meine Äpfel«, sagte sie dann ganz leise.

Alix zögerte nicht. »Ich komme«, sagte sie, setzte den Blinker und fuhr auf schnellstem Weg nach Buxtehude.

🍎

Alix parkte direkt vor dem Eingang der Seniorenresidenz und lief zur Anmeldung. Dort war niemand, und weil sie nicht wusste, wo Tante Barbaras Zimmer war, drehte sie sich im Kreis. Dabei entdeckte sie Georg, den Buchhändler. Er saß in der kleinen Lobby am Kamin und las ein Buch.

Sie näherte sich ihm. »Ich suche meine Tante. Barbara«, fügte sie hinzu.

Er blickte auf, klappte das Buch zu und stellte den Kaffeebecher auf ein Tischchen neben seinem Sessel. Dann nahm er umständlich die Lesebrille ab, er blinzelte zu ihr herauf. Er sah aus wie ein gemütlicher, gebildeter Opa, der bereit war, seinen Enkeln am Sonntagnachmittag vorzulesen.

»Ah, Sie sind die Nichte mit der guten Nase, nicht wahr?« Er lächelte. »Ich vermute, sie ist in ihrem Zimmer. Wie das ganze Wochenende, übrigens.« Darüber rümpfte er die Nase. Als wäre er als Bücherwurm unternehmungslustiger, nur weil er in der Lobby las und nicht in seinem Zimmer. »Nummer 28. Zweiter Stock, links den Gang hinunter.«

»Danke.« Alix war schon unterwegs zur Treppe, auf den Aufzug wollte sie nun wirklich nicht warten. Sie fand Zimmer 28 und klopfte.

»Ich will niemanden sehen!«, rief eine Stimme aus dem Zimmer.

»Tante Barbara, ich bin's. Alix.«

Eine Stille dehnte sich hinter der Tür, dann hörte sie Schritte. Die Tür ging einen Spaltbreit auf. Tante Barbara sah sie nur kurz an, von unten herauf, als wäre sie in den wenigen Tagen hier geschrumpft. Dann schlurfte sie wieder ins Zimmer, und Alix folgte ihr.

»Ich will niemanden sehen«, wiederholte sie.

Alix blieb an der Tür stehen. Das Zimmer war ordentlich aufgeräumt und gemütlich, es hatte nichts von einem Seniorenheim, das gefiel ihr. Weniger gefiel ihr, wie ihre Tante in den Sessel sank, neben dem auf einem Tischchen eine Schale mit Obst, ein Teebecher und ein paar Bücher lagen.

»Hübsch«, kommentierte sie, um das Gespräch irgendwie wieder in Gang zu bekommen.

Tante Barbara schnaubte. »Die Äpfel hier schmecken widerlich«, erklärte sie. »Bestimmt so ein Import aus Neuseeland oder weiß der Himmel woher, von unseren Feldern kann der jedenfalls nicht kommen zu dieser Jahreszeit. Nein danke, ich verzichte.«

»Möchtest du denn nicht mehr hierbleiben?«

In Gedanken hatte sie schon auf dem Weg hierher jedes Szenario durchgespielt. Wenn Tante Barbara nicht bleiben wollte, war das ja kein Problem, der Hof bot genug Platz für alle. Und sie mochte es, mit ihrer Großtante zusammenzuleben, sie hatte auch das Gefühl, sie habe noch viel zu sagen, von ihr könnte sie lernen. Aber zwingen, das ging natürlich auch nicht, und sie hatte so klar geklungen, als sie allem den Rücken kehrte. Klarer als in den Wochen davor, als sie sich in ihrem Nähstübchen verschanzte und sich eine komplette Garderobe für den neuen Lebensabschnitt nähte.

»Hier ist es schon nett. Die Leute kümmern sich. Ich habe alles, was ich brauche.«

Alix lehnte mit dem Rücken an der Tür. »Nur keine Apfelbäume.«

»Der Park ist enttäuschend, auch der Wald. Kein Obst. Nirgends. Dabei sollte man doch meinen …« Tante Barbara verstummte.

»Darf ich mich setzen?«, fragte Alix. Dieses Gespräch könnte länger dauern, das spürte sie. Es drängte sie zurück zum Schliekerhof, heute hatte sie eine Kaffeeseife geplant und eine mit Jasminduft nach Agnès' Rezeptur, aber das würde wohl bis zum Nachmittag warten müssen.

Tante Barbara zeigte auf einen Besucherstuhl, gepolstert und mit Armlehnen. Alix zog ihn heran, sie legte ihre kleine Tasche auf die Knie und wartete, bis ihre Großtante weitersprach.

»Loki vermisse ich auch. Und Paquo, den alten Zausel.« Da lächelte sie das erste Mal, und Alix erwiderte das Lächeln. »Aber es geht doch nicht.«

»Was geht nicht?«

»Dass ich weiter auf dem Hof wohne. Meine Schwiegermutter … Ah, die war ein scheußlicher Drachen, hat mir das Leben zur Hölle gemacht, ich wusste, warum andere Schwiegertöchter Eisenhut im Garten pflanzten. Aber das habe ich nie gemacht, weil mein Hannes sich alles in den Mund steckte, was er kriegen konnte.« Sie schwieg. »Und dann war es so schlimm, da habe ich sie angeschrien ›entweder du oder ich‹, und mein Mann wollte schlichten, aber ich wollte mich nicht beschwichtigen lassen. Sie zog danach in ein Heim, aber es dauerte Monate, bis ihr ein Platz zusagte, und dann hat sie noch weitere Monate geflucht, so lange, dass sie drüber hinweggestorben ist, bevor sie dort einziehen konnte.«

»Das tut mir so leid«, sagte Alix. Nicht dass die alte Schliekerin gestorben war, sondern dass Tante Barbara so sehr darunter hatte leiden müssen.

»Na, und ich wollte jedenfalls nicht, dass ihr auch Eisenhut anpflanzt und überlegt, wann er wohl am besten in meinen Nachmittagstee gehört, damit ich danach einschlafe und nie mehr aufwache.«

»Aber … du störst doch nicht.«

»Irgendwann bestimmt. Ich weiß doch, dass ich hier oben nicht mehr ganz echt bin. Ich merke es an den guten Tagen, und an den schlechten sitze ich nur an meiner Nähmaschine, oder ich gehe raus in die Äpfel und komme irgendwann zu mir, wenn ich kilometerweit gelaufen bin, und ich weiß dann gar nicht, wo ich bin und wie ich dorthin gelangt bin.«

Alix schüttelte den Kopf. »Alles kein Grund, dich hier zu verstecken, denn wenn du hier wegläufst, dann sucht dich die Polizei. In den Äpfeln würden wir dich schon finden.«

»Aber ihr seid jung. Ihr habt Pläne, ihr habt keine Zeit, hinter mir herzusuchen.«

»Vielleicht reicht es ja, dass wir aufpassen und dich davon abhalten, vom Hof zu flitzen. Oder einer von uns geht mit, so ein Spaziergang durch die Plantage ist ja wichtig. Schauen, wie reif sie schon sind.«

Darüber dachten beide lange nach. Schließlich: »Wenn ich zurückkomme, will ich 'ne eigene Wohnung. Später dann. Damit ihr ungestört seid im großen Haus.«

Alix lachte. »Das wird das geringste Problem sein, der Schweinestall ist groß genug.«

»Also.« Tante Barbara stand auf. Interessiert beobachtete Alix, wie sie den Schrank öffnete und ihre Sachen aufs Bett legte, stapelweise Kleider, Röcke, Pullover, Hosen, Strümpfe und Wäsche.

»Ja, was denn? Hol den Koffer vom Schrank, wir fahren heute noch heim.«

Das ließ sie sich kein zweites Mal sagen. Sie half Tante Barbara beim Packen, und zwischendurch schlüpfte sie einmal hinaus, lief nach unten zu dem kleinen Empfangstresen und erklärte der Pflegerin dort, es tue ihr sehr leid, aber Frau Schlieker habe es sich anders überlegt und kündige zum nächstmöglichen Termin. Das helle, freundliche Gesicht von Frau Sander umwölkte sich kurz, das sah man vermutlich weder gern noch oft, dass eine alte Dame dieses Paradies für alte Damen und Herren einfach hinter sich ließ, als wäre es die Hölle auf Erden. Aber sie war Profi genug zu lächeln, das sei kein Problem, die Kündigungsfrist betrage drei Monate. Erst Alix' Einwand, sie könnten das Zimmer doch sicher früher wieder vergeben und dann müsste doch Tante Barbara sicher nicht doppelt zahlen, brachte sie auf Trab. »Bei Toten haben Sie ja auch keine Kündigungsfrist.«

»Ich werde sehen, was sich da machen lässt.«

Zwei Stunden später waren sie auf dem Heimweg. Tante Barbara thronte auf dem Beifahrersitz, sie hatte sich einen bunten Turban um den Kopf gewickelt und bestand darauf, dass die Fenster heruntergelassen wurden, damit sie noch mal winken konnte, denn ihre Abreise sorgte für einigen Wirbel und viele Schaulustige. Sie hing fast aus dem Fenster, und als Alix am Ende der kurzen Zufahrt in den Rückspiegel blickte, standen die Alten immer noch da, die Arme erhoben, dann sanken sie herab, fast ein bisschen resigniert.

»Die werden schon wissen, warum sie dableiben.« Tante Barbara lehnte sich zufrieden zurück. »Aber ich hab's probiert und keinen Gefallen dran gefunden. Nie wieder.«

Alix hoffte nur, dass es so blieb.

🍎

Natürlich wurde es nicht so einfach, wie man es sich ausmalte. In den folgenden Wochen aber fanden sie sich alle in dieses neue Leben ein, und niemand beklagte sich, dass Tante Barbara eine Last sei.

Alix war die meiste Zeit beim Haus, sie stand in der Küche und rührte ihre Seifen. Wenn Tante Barbara spazieren ging – und gerade am Anfang machte sie das oft, als müsste sie sich überzeugen, dass alles an seinem Platz war –, ging sie eben mit. Konnte sie nicht alles stehen und liegen lassen, weil die Lauge frisch angerührt war oder sie gerade die Seife rührte, was keine Pause duldete, dann rief sie Hannes oder Rosa auf dem Handy an, die in diesen Wochen meist in der Apfelplantage unterwegs waren, sie sagte ihnen, in welche Richtung Tante Barbara wanderte, und einer setzte ihr nach.

Meist konnte sie mitgehen, und dann folgte sie ihrer Großtante zunächst in einigem Abstand, ließ sie ungestört ihren Weg finden. Manchmal hörte sie Tante Barbara summen, manchmal sang sie sogar, als stiegen all die Lieder ihrer Kindheit in ihr auf wie aus einem dunklen, tiefen Brunnen. Manchmal pflückte sie Blumen, und einmal blieb sie stehen und rezitierte den kompletten *Ribbeck auf Ribbeck im Havelland*. »Kannst ruhig zu mir kommen«, rief sie irgendwann über die Schulter, und danach gingen sie das letzte Stück Weg gemeinsam. Zurück auf dem Hof legte sich Tante Barbara hin, während Alix ihrer Arbeit nachging oder das Essen kochte, die Küche aufräumte, putzte oder nach den Handwerkern sah. Es war ein Leben, wie sie es sich vor einem halben Jahr niemals hätte vorstellen können. Aber ein gutes Leben war es auch. Überraschend und schön.

Manches lief nicht glatt, manches schlicht katastrophal, aber zum Ende des Sommers hatte sie einen Lagerraum voller Seifen, die nach und nach reiften, eine fertige Manufaktur im Schweinestall, und auf der Deele hatten sie auch soweit alles aufgeräumt, damit dort der kleine Hofladen entstehen konnte. In diesem Herbst noch eher provisorisch, aber sie hoffte einfach, die Leute würden das Provisorische mögen. Die Ape stand jedenfalls schon an der Auffahrt, bei Hannes' letzter Tour hatte sie einen Motorschaden erlitten und wies nun mit dem Schriftzug an der Plane allen Neugierigen den Weg zum Hofladen Schlieker – »Äpfel, Düfte und mehr« hieß es. Die letzten Nächte vor dem großen Hoffest fand keiner Schlaf, so vieles musste noch gemacht werden.

Und dann waren sie fertig, nichts mehr zu tun. Nur warten, ob jemand kam, um den hundertsten Hofladen im Alten Land zu besuchen. Sie hatten Flyer verteilt in der letzten Woche, in Buxtehude, Jork und Stade, hatten im Seniorenheim eingeladen und jeden, den sie kannten. Hannes' Bruder Matthias kannte jemanden von der Lokalzeitung, das machte sie zwar nicht über die Grenzen des Alten Lands hinaus bekannt, aber das machte nichts, alles war besser, als nicht gesehen zu werden.

»Ich wette, es kommt niemand.« Hannes sagte das alle fünf Minuten, seit sie sich kurz nach Sonnenaufgang zum Kaffee auf der Küchentreppe getroffen hatten. Alix reagierte schon gar nicht mehr darauf, sie schaute an sich herunter und mochte ihre Jeans, die hellblau gestreifte Bluse und darüber eine grüne Schürze, die sie nun immer in der Seifensiederei und im Hofladen tragen würde. Wie eine Uniform.

Sie war aufgeregt, aber weniger wegen der Eröffnung heute, sondern weil Max in einer Stunde kommen wollte, direkt vom Flughafen. Und er brachte noch jemanden mit, darauf freute sie sich besonders.

Bis dahin hoffte sie auf ein paar Kunden, die sich umschauten und vielleicht sogar kauften. Sie blickte sich in der Deele um, die sie geputzt und aufgeräumt hatten. Keine alten Landmaschinen mehr links und rechts in den alten Kuhställen, die Milchkammer hatten sie als Hofladen für die erste Zeit eingerichtet. Eine Wand mit Äpfeln, eine halbe mit Seifen direkt neben der Kasse, eine dritte Wand mit kleinen Leckereien, die Rosa und Barbara gekocht hatten, sobald Alix die Küche nachmittags freigab: Apfelketchup, Kirschgeist, Hollersirup.

»Wird schon«, sagte sie, auch zum hundertsten Mal seit heute früh, aber die Wahrheit war, dass sie schon wieder auf die Toilette musste, das ging so alle halbe Stunde. Lag bestimmt am Kaffee, den sie seit dem frühen Morgen in sich reinkippte, das machte sie noch zappeliger, und das Ganze ging von vorne los.

Nur Tante Barbara war die Ruhe selbst. Wie sie da auf ihrem Stuhl hinter der Kasse thronte, unbezahlbar. Ganz entspannt, mit einem Blümchenkleid unter der Schürze und einem fuchsiafarbenen Turban auf dem dunklen Haar, geschminkt hatte sie sich auch. Wie die Herrin über Haus und Hof.

Sie hatten viel darüber diskutiert, was sie mit ihr machen sollten am Tag der Eröffnung. Hannes wollte, dass sie im Haus blieb, wo keiner aufpassen musste, Alix fand, sie gehörte einfach dazu. Rosa hatte schließlich vorgeschlagen, dass sie hinter der Kasse auf Tante Barbara aufpasste. »Die kann schneller Kopfrechnen als wir drei zusammen, das wird schon«, sagte sie.

Zehn Uhr. Draußen hörten sie Stimmen, jemand lachte. »Hallo, ist hier jemand?« Drei Radfahrer wagten sich auf die dämmrige Deele, während draußen die späte Augustsonne wärmte. Sie hätten das Schild an der Straße entdeckt und wollten sich mal umsehen. Das taten sie auch gründlich, während Alix fast nicht wagte zu atmen; die drei älteren Herren nickten wohlwollend, und zum Schluss kaufte jeder von ihnen neben einer kleinen Flasche Kirschgeist und ein paar Äpfeln auch jeweils ein Stück Seife als Mitbringsel für die daheimgebliebenen Ehefrauen. »Wir machen die Tour jedes Jahr zur Apfelzeit, da haben die Frauen mal eine Woche Ruhe von uns!«, riefen sie und lachten. Sie packten glücklich ihre Beute in die Satteltaschen und radelten davon. Alix hätte sie am liebsten einzeln auf die Stirnglatzen geküsst.

Als Nächstes rollte Max' Auto auf den Hof, und sie hatte für die nächste halbe Stunde keine Zeit für Kundschaft. Das machte aber nichts, denn Rosa und Barbara hatten den Laden bestens im Griff. Max stieg aus und grinste, er freute sich über die Besucherinnen, die er vom Flughafen hatte mitbringen dürfen.

»Ah, Alix!« Agnès fiel ihr um den Hals und plapperte sofort auf Französisch los. »Es ist so schön hier, so wunderschön! Überall Obst, ich sehe nur Apfelbäume, Birnbäume, Pflaumenbäume überall!« Aus dem Wagen stieg nun auch Jeanne, gute Jeanne, sie hatte es sich auch nicht nehmen lassen, Alix' Einladung zu folgen. Sie hob Albert aus dem Kindersitz, den Alix letzte Woche über eine ihrer Freundinnen in Hamburg organisiert hatte. Er strampelte sich von ihrem Arm herunter und lief zu Loki, der sich aber rasch Richtung Garten in Sicherheit brachte. Jeanne umarmte Alix ebenfalls, und sie strahlte dabei und plapperte auf sie ein, als wären sie die besten Freundinnen. Ihr Misstrauen gegen Alix war erloschen, mit der Einladung von Agnès' Familie zur Eröffnung des kleinen Hofladens hatte sie sich einen Platz in Jeannes Herzen erobert.

»Ah, wir haben eine Überraschung für dich.«

Alix übersetzte, während Agnès das Geschenk überreichte. Es war ein Körbchen mit Seifen, die ganz leicht, ganz sanft nur, nach Apfel rochen.

»Ich nenne sie ›Alix' Apfelblüten‹.«

»Im Museumsshop sind sie der Renner«, fügte Jeanne hinzu.

»Ach, das ist wundervoll …« Alix schniefte. So eine schöne Geste.

Während sie den französischen Gästen alles zeigte – den Schweinestall, der Agnès zu kleinen Begeisterungsrufen brachte, so schön groß, hell und funktional! Den Hofladen mit den Produkten, alle auf diesem Hof erzeugt, bis hin zu dem Gästezimmer, das in den kommenden Nächten ihren Freundinnen aus der Provence zustand, während sie bei Max in der Stadt schlief – füllte sich der Hof mit einigen Autos, vor allem aber vielen Fahrrädern. Der nahe gelegene Fernradweg führte wohl noch einige unternehmungslustige Radler auf den Hof, die sich neben Äpfeln und Seifen auch eine Erfrischung erhofften.

Als Alix in den Hofladen blickte, sah sie, dass Rosa alles im Griff hatte. Sie hatte kurzerhand neben der Kasse einen Stand aufgemacht, an dem sie Holundersirup mit Mineralwasser aufgoss und zum Probieren anbot. Die Leute rissen ihr den Sirup förmlich aus den Händen. Vor der Deele hatten sie ein paar Sitzgelegenheiten aufgebaut, auch die wurden gern angenommen.

»Na, zufrieden?« Max war neben sie getreten. Er hatte den Anzug gegen eine Jeans und ein Kurzarmhemd getauscht und legte den Arm um ihre Schultern. Er küsste sie auf die Stirn. »Muss leider gleich wieder los, Mineralwasser holen. Die drei Kästen, die ihr noch in der Vorratskammer hattet, sind fast leer.«

Alix griff nach seiner Hand, bevor er wieder lossausen konnte. »Erzähl lieber, wie es bei deiner Familie war.«

Er zögerte. »Später«, versprach er dann.

Sie nickte. Dann war er fort, und sie ließ sich von den neugierigen älteren Damen befragen, die alles über den Schliekerhof, die Ingredienzien ihrer Seifen und zukünftig geplante Produktlinien wissen wollten. »Liefern Sie auch?«, fragte eine, was sie bedauernd verneinen musste, denn so viel Kapazität hatten sie noch nicht. »Macht nichts.« Und die Fragerin kaufte einfach ein Dutzend verschiedene Seifen, denn, so erklärte sie, Handwerk schätze sie sehr, und die Seifen wollte sie all ihren Freundinnen schenken. Sie nahm noch einen Flyer mit, auf dem auch die Internetseite vom Schliekerhof stand.

So ging es weiter, den ganzen Tag. Nur selten gab es Pausen, in denen sie dann hinter die Kasse schlüpfte und mit Rosa plauderte. Irgendwann brachte sie Tante Barbara ins Haus – sie merkte, dass sie fahrig und müde wurde, sie brauchte eine Pause.

In der Wohnküche kümmerte Max sich um das Abendessen. An diesem Tag wollten sie feiern – die Familie, das Leben, ihren Erfolg. Er summte fröhlich vor sich hin, machte Ofenkartoffeln und Gemüsespieße für den Grill. Alix naschte eine sonnenreife kleine Tomate, er haute auf die Finger und zog sie in seine Arme.

»Müssen wir heute eine ganze Ork-Armee verköstigen, oder warum machst du solche Massen?«, neckte sie ihn.

»Also, fast! Heute kommen noch Hannes' Bruder und seine Familie, deine Eltern und deine Schwestern, Heinz, Peter, die anderen Erntehelfer ....«

»Wir hätten lieber einen Foodtruck bestellen sollen.«

»Ach was, es macht mir Spaß.«

Tante Barbara hatte sich von beiden unbemerkt an den Küchentisch gesetzt, wo Max bereits alle Zutaten für seinen gebackenen Feta aufgebaut hatte. Sie machte sich leise summend an die Arbeit. Alix stellte ihr noch ein Glas Apfelschorle hin, streichelte ihr den Rücken. Sie wird wieder wie ein Kind, dachte sie, aber eines, das gerne wieder Kind wird.

Möge sie lange noch so fit bleiben, das dachte sie auch.

Der Strom der Kunden versiegte langsam zu einem Tröpfeln, und kurz nach sechs machten sie den Hofladen zu. Rosa zählte die Kasse mit rot gefleckten Wangen vor Aufregung, während Alix die Zettel sortierte, auf denen die ersten Apfelabos beim Herzapfelmann notiert waren. Das war ein erfolgreicher Tag gewesen, das spürte sie. Die Reihen ihrer Seifen hatten sich gelichtet, sie musste unbedingt morgen wieder neue sieden, damit sie in einigen Wochen Nachschub hatte. Bis dahin reiften auch noch andere Seifen nach.

Im abendlichen Sonnenlicht, das schon leise das Gold des nahen Herbstes in sich trug, sammelten sich alle um den Gartentisch, den Max kurzerhand um einen alten Tapeziertisch erweitert hatte, damit alle Platz fanden: Hannes und Rosa, Agnès, Jeanne und Albert, Hannes' Bruder Matthias mit seiner Familie, Barbara, Claire und Gustav, Alix' Schwestern Jette und Bea. Sie alle waren gekommen, um zu sehen, was aus dem alten Hof geworden war.

Gustav umarmte sie zur Begrüßung. »Das habt ihr toll hinbekommen«, lobte er, und sie wusste für den Moment nicht, ob er damit den alten Apfelhof, Tante Barbara oder Max und sie meinte, die es noch mal miteinander versuchen wollten.

Vielleicht auch alles zusammen.

Denn ja, sie hatten das gut hinbekommen.

»Hey«, sagte jemand hinter ihr. Sie drehte sich um.

»Dennis!« Die Umarmung fiel etwas fester aus, dauerte etwas länger. Bei ihm hatte sie zuletzt befürchtet, dass er nicht kommen würde. »Wie schön, dass du da bist.«

Er grinste schief. »Will doch mal sehen, wo du das ganze Geld versenkst, das ich dir gezahlt habe.«

»Ich zeige dir später alles, okay?«

»Okay.«

Sie hakte sich bei ihm unter und führte ihn an die Tafel. Die anderen begrüßten ihn wohlwollend; kaum jemand außer Max kannte ihn. Jetzt erst ging ihr auf, wie sehr sie ihr Privatleben und ihr Arbeitsleben früher voneinander getrennt hatte.

Warum eigentlich? Weil sie sich für das eine oder andere schämte? Wohl kaum.

Vielleicht weil sie früher gedacht hatte, das eine habe nichts mit dem anderen zu tun. Weil sie nach der Arbeit die Tür hinter sich schließen wollte. Nichts mehr an sich heranlassen.

Ihr kam der Gedanke, dass sie vielleicht auch ohne ihre Verletzung früher oder später angefangen hätte, ihren Job infrage zu stellen. Hatte der Unfall und der daraus resultierende Verlust ihres Riechsinns sie früher auf einen anderen Weg gebracht, den sie später ohnehin eingeschlagen hätte?

Diesen oder einen anderen. Auf jeden Fall hätte sie irgendwann einen gesucht, der sie glücklicher machte.

Alix trat beiseite, nachdem sie Dennis mit den anderen bekannt gemacht hatte. Max brachte zwei Schüsseln mit Backkartoffeln aus der Küche. Hannes stand am Grill, sie lächelte ihm zu, und er strahlte. Als Max den Arm um ihre Schultern legte, zuckte sie leicht zusammen.

»Hast du Hunger?«, fragte er.

Sie schüttelte den Kopf, doch dann nickte sie.

»Wir können uns ein ruhiges Plätzchen suchen«, schlug er vor. »In zehn Minuten, um die Ecke auf der Küchentreppe?«

So machten sie es. Alix holte zwei Flaschen Fassbrause aus dem Kühlschrank, während Max zwei Teller mit Backkartoffeln, Couscoussalat, Gemüsespießen und Hühnchen vom Grill belud. Als sie sich auf der Treppe niederließen, kam Loki um die Ecke geflitzt, dem so viel Besuch suspekt war. Maunzend strich er um Alix' Knie, bis sie ihn mit Hühnchen fütterte.

»Geschafft.« Max grinste zufrieden, er stieß seine Flasche an ihre. »Gibt's einen Grund dafür, dass wir Fassbrause trinken?«

Sie grinste. »Hättest du das gerne?«

Er zuckte mit den Schultern. »Bereit, wenn du es bist.«

Mehr sagte er nicht dazu. Als wäre es so einfach. Und in gewisser Weise war es das tatsächlich so. Sie waren sich einig, sie würden warten. Im Moment gab es Wichtigeres. Den Apfelhof. Tante Barbara.

»Wäre es okay, wenn sie nach dem Umbau bei uns wohnt?«, fragte sie.

»Klar.«

Das überraschte sie, und Max lachte. »Ich werde doch ohnehin die meiste Zeit unterwegs sein. Es wird sich nicht viel ändern, nur dass ich häufig in Nürnberg bin und nicht auf fremden Kontinenten.« In Nürnberg hatte die Keksfabrik seiner Familie ihren Hauptsitz.

»Trotzdem. Geplant ist es ja anders. Sie möchte die zweite Hälfte vom Schweinestall bewohnen. Aber sie hatte zuletzt ein paar nicht so gute Tage …«

»Gib ihr Zeit«, riet Max ihr. »Es hat sich auch für sie alles verändert. Zum Guten, aber auch daran muss man sich wohl erst gewöhnen. Grad in ihrem Alter.«

»Du hast recht.« Sie atmete tief durch. War sie wieder drauf reingefallen, auf ihr ständiges Bestreben, dass alles reibungslos und perfekt funktionierte. Das hier war eben das Leben, nicht die Parfümherstellung unter Laborbedingungen.

»Meine Schwester und ich überlegen, den Hauptsitz zu verlegen«, erzählte er. »Nach Hannover. Das wäre nah genug, dass ich nicht mehr die ganze Woche weg wäre.«

»Du müsstest trotzdem weit pendeln.«

Er grinste. »Ich versuche noch, aus dem Umzug nach Hannover einen nach Hamburg zu machen. Wie gesagt – in ein paar Wochen kommt sie uns besuchen. Mal sehen, ob wir sie überzeugen können.«

»Wir kriegen das schon hin«, sagte sie leichthin, ohne zu verraten, *was genau* sie hinkriegen würden.

»Bestimmt«, war er überzeugt.

Aus dem Garten klang Gelächter herüber, jemand stimmte sogar ein Lied an, andere Stimmen fielen ein. Die Dunkelheit senkte sich langsam über den alten Apfelhof, sie legte den Kopf an seine Schulter und blickte hinauf in den dunkelblauen Himmel, der schon bald nachtschwarz sein würde.

»Das Leben ist schön«, sagte sie leise.

Er drückte sie einfach nur an sich. Ja, hieß das wohl. Das Leben mit dir ist wunderschön.

Alix lächelte in den Nachthimmel.

Epilog

»Kommst du, Alix?«

Sie stand vor dem Tisch, auf dem ein halbes Dutzend Seifenformen aufgereiht standen, sorgfältig in alte Decken und Handtücher gewickelt, damit sie in den kommenden vierundzwanzig Stunden aushärten konnten, bevor sie geschnitten und ins Lager gebracht wurden.

Ungeduldig stand Barbara in der Tür zum Schweinestall. Die dunklen Haare hatte sie zuletzt nicht mehr gefärbt, weshalb sich immer mehr der silbergraue Ansatz zeigte. Da inzwischen die ersten Herbststürme übers Alte Land fegten, pflegte sie gern eine alte Strickmütze zu tragen, und zusammen mit Arbeitshose, altem Pulli und Gummistiefeln sah sie dann von ferne aus wie einer der Landarbeiter. Nicht mehr wie die feine Dame, die es sich in einem exklusiven Seniorenheim zum Lebensabend gut gehen ließ.

Sie war aber, das merkte Alix mit jedem Tag, mehr bei sich selbst, wenn sie im Wechsel der Jahreszeiten sein durfte. Wenn sie Aufgaben bekam. Wenn sie Anschluss hatte bei der Familie. Es war schon länger her, dass sie ihre Seifen mitten im Rühren zurücklassen musste, um ihr in die Apfelplantage zu folgen.

»Heute gibt's doch Apfelpfannkuchen als Mittagessen.«

Na klar, die hatte sie Tante Barbara versprochen. Aber

sie hatte heute früh auch viel geschafft – weil sie nicht allein arbeiten musste.

»Heute Nachmittag kümmern wir uns um die Bestellungen«, sagte sie.

Sie überquerten den Hof. Tante Barbara hüpfte über eine riesige Pfütze hinweg, blieb dahinter stehen, schaute über die Schulter zurück und sprang dann rückwärts wieder hinein. Alix lachte. Sie mochte Tante Barbaras Humor. Sie mochte, wie gut sie inzwischen miteinander auskamen.

Von der Plantage rollte der kleine Trecker auf den Hof. Hannes thronte hinter dem Lenkrad, er winkte. Nur Heinz und Peter waren noch da – alle anderen Erntehelfer längst wieder weitergezogen.

»Der braucht auch Apfelpfannkuchen, mit viel Zimt und Zucker«, murmelte Tante Barbara hinter ihrem Rücken.

Nicht nur die Erntehelfer waren weitergezogen. Auch Rosa war verschwunden, eines Morgens blieb ihr Platz am Tisch leer, und in den Gesprächen fand sie auch nicht mehr statt, nur noch als »deine Schwester«, wenn Hannes sie überhaupt erwähnte. Es tat ihr leid, dass es mit den beiden nicht gehalten hatte. Aber so war Rosa eben. Sie hoffte, irgendwann kam einer, dem sie nicht das Herz brechen musste. Hannes war es jedenfalls nicht.

»Hoi!«, rief Hannes. »Alles gut?« Er lächelte sogar.

»Es gibt Apfelpfannkuchen!«, rief Tante Barbara, sie freute sich darüber wie ein kleines Kind. Hannes winkte, er fuhr den Traktor zur Scheune und würde sicher bald zum Haus folgen.

Die Zusammenarbeit mit ihm war schön. Jeder hatte seinen Aufgabenbereich, sie ergänzten sich, der Eine sprang auch mal für den Anderen ein. Alix streifte die

Stiefel von den Füßen, bevor sie durch die Glastür die Küche betrat. Aus dem welken Gebüsch kam Loki, er maunzte so jämmerlich, als hätte er drei Tage nichts zu fressen bekommen, dabei hatte sie ihn ebenso oft mit kapitalen Mäuschen im Maul über den Hof stromern gesehen.

»Armer schwarzer Miezekater.« Tante Barbara hatte wie üblich Mitleid mit dem mageren Schwarzfell und stellte ihm ein Schüsselchen Sahne hin.

Alix machte sich derweil an die Zubereitung des Pfannkuchenteigs. Sie fühlte in der Brusttasche ihrer Latzhose nach dem kleinen Stück Thermopapier, das sie seit gestern ständig mit sich herumtrug. Das musste sie unbedingt nachher Max zeigen, wenn sich ein ruhiger Moment ergab. Hoffentlich trank er die Familie rasch unter den Tisch.

Nicht nur seine Schwester Antonia würde heute kommen – auch seine Eltern hatten sich angekündigt, und Alix' Eltern würden auch kommen. Eine kleine Kennenlernparty, so hatte Max es genannt. Ihre Mutter Claire aber sammelte bereits seit Wochen Zeitschriften und führte in einer dicken Kladde eine Ideenliste für das, was ihr Papa Gustav scherzhaft »Claires großes Projekt« nannte.

Ihr Handy piepste. Alix zog es aus der Brusttasche und achtete dabei sorgfältig darauf, dass das Thermopapier an Ort und Stelle blieb.

Mai wäre doch ein schöner Hochzeitsmonat.

Sie verdrehte die Augen, schickte einen entsprechenden Smiley und tippte rasch hinterher: *Nicht jetzt, Mama!*

Mai könnte sich nämlich etwas schwierig gestalten.

Aber um ihrer Mutter das zu erzählen, war es noch mindestens vier Wochen zu früh.

Sie musste schon wieder so grinsen.

Das ging ihr seit Tagen so. Seit sie gemerkt hatte, dass irgendwas nicht mit ihr stimmte. Eine Schwangerschaft? Ja, gerne. Das hatten Max und sie im Spätsommer recht spontan entschieden, weil sie merkten, dass ihre neuen Lebensumstände ideal wären, um ein Kind großzuziehen. Aber nun dies. Erstens war sie offenbar auf Anhieb schwanger geworden, als wäre auch ihr Körper damit einverstanden, dass es jetzt endlich mal losging, bevor die biologische Uhr anfing zu ticken. Als sie gestern in Hamburg bei ihrer Frauenärztin war, hatte sie einfach nur gehofft, dass alles in Ordnung war …

»Hmmmm, Apfelpfannkuchen?« Hannes riss sie aus ihren Gedanken. Er polterte in die Küche, setzte sich auf die Bank und streckte die Beine von sich. Tante Barbara wuselte durch die Küche, sie stellte ihm was zu trinken hin und drückte ihm einen Riegel Kinderschokolade in die Hand und murmelte »ach, mein Hannes«.

Der Name blieb an ihm kleben, und er hatte sich dran gewöhnt. Hier draußen war er eben der Hannes, Sohn seines Vaters, Erbe des Schliekerhofs – des Teils zumindest, den er nicht an Alix und Max verkauft hatte. Dank dieser Investition stand das Unternehmen auch ohne seine Millionen auf stabilen Füßen, und sie hatten sich in den letzten Wochen gemeinsam durch die Leitlinien verschiedener Bioverbände gewühlt und wollten in den kommenden Wintermonaten beginnen, ihren Betrieb zertifizieren zu lassen. Kein leichter Weg, aber Hannes und Alix waren sich einig, dass sie sich für einen nachhaltigeren Apfelanbau einsetzen wollten. Und Tante Barbara war ohnehin alles egal, solange sie nur ihre Aufgaben bekam, war sie zufrieden.

Nach dem Mittagessen ruhte Tante Barbara für ein Stündchen. Alix beantwortete Kundenmails und druckte die Bestellungen aus, die sie später mit ihr packen wollte. Seit einigen Wochen war auch der Onlineshop freigeschaltet, und die Bestellungen flossen beständig. Was sie bestimmt auch dem kleinen Instagram-Account zu verdanken hatten. Unter @herzapfelmann_und_seifenträume bewarben sie alle Produkte des Hofs und nahmen ihre Follower gern mit auf die Apfelplantage oder in die Seifensiederei. Hannes und sie wechselten sich mit der Betreuung des Accounts ab.

Der Herzapfelmann fuhr noch immer einmal die Woche Äpfel aus, aber sie tüftelten schon an einem neuen Konzept, denn im nächsten Jahr würde dafür vermutlich keine Zeit bleiben.

Während sie noch über den Bestellungen saß, hörte sie draußen Paquo bellen. Sie stand auf und trat ans Fenster.

Max war zurück.

Er entdeckte sie sofort im Bürofenster und winkte ihr. Neben ihm stand eine kleine Frau, schlank, dunkelbrauner Bob, funkelnde Augen und ein hinreißendes Lächeln – seine Schwester Antonia. Auf einen Gehstock mit Silberknauf gestützt, die grauen Haare zu Löckchen gelegt, Perlenkette, Handtasche und dunkelgrünes Kostüm – seine Mutter. Sein Vater: grauhaarig, mit Schnauzbart und buschigen Augenbrauen im perfekten Zweireiher. Sie sahen alle sympathisch aus, ganz anders als ihre Familie, aber gerade so, als passten sie gut zu Max. Irgendwann würde er ihr vielleicht erzählen, was ihn und seine Eltern so lange entzweit hatte.

»Ich komme!« Sie winkte zurück, ließ die Bestellungen liegen und lief leichtfüßig nach draußen. Eigentlich hatte sie sich vorher umziehen wollen – jetzt trug sie eben eine olle Latzhose, einen grauen Pulli mit ausgefransten Ärmelbündchen und ein Vogelnest in blond auf dem Kopf.

»Herzlich willkommen!«

Max umarmte sie zur Begrüßung, er legte den Arm um ihre Schultern, als wollte er sie am Wegrennen hindern. Aber das war nun wirklich nicht nötig. Sie begrüßte seine Eltern und seine Schwester, er stellte nacheinander vor. Sein Vater blickte anerkennend an der Fassade des Bauernhauses hoch, als wäre es doch recht anständig hier. Seine Mutter war so winzig wie die Queen, nur nicht ganz so alt und weiß, und sie verstand sich auf recht unverbindliche Plaudereien. Alix war im Nachhinein froh, dass Max vorgeschlagen hatte, seine Eltern in einem Hotel in der Nähe unterzubringen. Die Vorstellung, wie Tante Barbara und seine Mutter sich morgens um das Bad keilten, war zwar erheiternd, aber... nein.

»Sie sind nicht so, wie sie aussehen«, flüsterte er ihr zu, als sie vorangingen, um eine kleine Begehung des Hofs vorzunehmen. »Und ich bin sicher, sie finden dich ganz bezaubernd.«

»Ich hätte mich gern vorher umgezogen«, wisperte sie zurück.

Statt einer Antwort küsste er sie knapp überm Ohr.

»Ich habe noch eine Überraschung für dich«, fügte sie hinzu. Offenbar erriet er die Natur der Überraschung allein anhand dessen, wie sie das Wort aussprach, denn auf seinem Gesicht breitete sich ein Grinsen aus. »Wart's nur ab.« Sie lächelte, entzog sich ihm und bot seinen Eltern an, vor dem Abendessen eine kleine Führung über den Hof zu unternehmen.

Und dann war es Abend. Alix stand allein in der Küche. Sie hatte sich vor dem Abendessen kurz umgezogen, trug nun ein dünnes Wollkleid unter der Küchenschürze, sie stand am Spülbecken und wusch ab, was nicht in die Spülmaschine gepasst hatte. »Das kann ich doch machen«, hatte Hannes eingeworfen, doch sie scheuchte ihn aus der Küche. Sie war ganz froh, wenn sie mal ein paar Minuten für sich hatte.

Max war noch unterwegs, er brachte seine Familie ins Hotel. Tante Barbara hatte sich schon zur Ruhe begeben, Hannes war auch verschwunden. Sie atmete durch. Allein. Das tat gut.

Als Max leise in die Küche trat, trocknete sie gerade den schweren Schmortopf ab, mit dem schon Tante Barbaras Schwiegermutter den Sonntagsbraten gekocht hatte.

»Hier bist du«, sagte er.

»Hier bin ich.« Sie stellte den Topf in den Vitrinenschrank, dann ließ sie das Spülwasser ab.

»Meine Eltern haben sich schier überschlagen. Sie sind in dich verliebt, glaube ich.« Er trat hinter sie, seine Arme um ihre Taille geschlungen. Seine Hände ruhten auf ihrem Bauch. »Hallo«, murmelte er, und es fühlte sich an, als würde er nicht mit ihr sprechen.

Sie lächelte. Was jetzt kam, wussten beide. In den nächsten Wochen, Monaten, Jahren. In der Zukunft, die vor ihnen lag. Nicht alles war gewiss, aber sie ließen sich auf ein neues Abenteuer ein. Sie holte tief Luft, lehnte sich an ihn und flüsterte: »Du riechst so gut.«

Max lachte. »Das ist auf jeden Fall eine gute Basis. Komm. Erzähl mir alles.«

Er nahm ihre Hand, und gemeinsam gingen sie aus der Küche, die Treppe hinauf in das Gästezimmer, das bis auf Weiteres ihr gemeinsames Schlafzimmer war, so-lange, bis ein paar Provisorien in ihrem Leben beseitigt waren und neue geschaffen wurden.

Langweilig wird dieses Leben jedenfalls nicht, dachte sie, als sie das Licht in der Küche löschte und Max nach oben folgte. Und das war in diesem Moment die Haupt-sache.

FENNA JANSSEN

DAS KLEINE

Eiscafé

ROMAN

atb

1. Kapitel

Wahrscheinlich hatte Sophie die Kurve zu forsch genommen – nach mehr als sechs Stunden Fahrt ließ wohl langsam ihre Aufmerksamkeit nach, und plötzlich rumpelte es irgendwo hinter ihr gewaltig. Es klang ganz so, als würde ein großes, schweres Möbelstück durch die Gegend geschleudert werden. Vor Schreck verriss sie das Lenkrad, der altersschwache Kleintransporter kam damit allerdings nicht so gut zurecht. Die abgefahrenen Reifen fanden keinen Halt auf dem Asphalt, das ganze Gefährt geriet ins Schlingern, und Sophie sah sich schon im Graben liegen, irgendwo auf der Landstraße, die sie eigentlich nach Aurich und dann bis an die Küste bringen sollte.

Mist, fuhr es ihr in der ersten Schrecksekunde durch den Kopf. Ausgerechnet jetzt, wo sie schon das Meer riechen konnte. Außerdem hatte sie eben erst am Himmel eine Möwe entdeckt, da war sie ganz sicher. Keine gewöhnliche Taube, wie sie sich in Frankfurt ständig und überall auf Hausdächern und Kirchtürmen tummelten. Die platte

Landschaft, die so typisch für Ostfriesland war, hatte sie schon willkommen geheißen, der Himmel war auf einmal weiter und höher geworden. Auch darüber hatte sie nachgedacht, als in der Ferne die Kurve aufgetaucht war: Zu Hause in Frankfurt wirkte der Himmel immer wie eingezwängt zwischen den Türmen der Hochhäuser, und die Wolken hingen fest an diesen von Menschen gebauten Hindernissen. Hier jedoch durfte der Himmel noch er selbst sein, offen und frei, und die Wolken flogen, wohin sie wollten.

Zu Hause in Frankfurt. Sophie hatte gestockt, als ihr klar geworden war, dass sie dort streng genommen keinen Ort mehr hatte, den sie »Zuhause« nennen konnte. Nur die Villa ihres Vaters auf dem Lerchesberg in Sachsenhausen, in der sie bereits seit zwanzig Jahren nicht mehr lebte, gab es noch, aber die zählte wohl kaum. Ihre eigene kleine Wohnung in der Nordweststadt hatte sie an eine Freundin untervermietet, mit der Option, in spätestens zwei Monaten Hauptmieterin zu werden. Damit hatte sich Sophie zwar eine winzige Hintertür offengelassen, im Grunde aber war ihr klar, dass eigentlich alle Brücken abgebrochen waren.

»Ich habe kein Zuhause mehr!«, zum ersten Mal sprach sie es laut aus. »Kein Zuhause, keinen Freund, kein Leben! Kein gar nichts!«

Tja, und da hatte sie wohl zu fest aufs Gaspedal gedrückt, ausgerechnet während der Kleintransporter es mit einer verflixt scharfen Kurve aufnehmen musste.

War jetzt tatsächlich alles schon vorbei, so kurz vor dem

Ziel? Das altersschwache Fahrzeug rutschte wie in Zeitlupe vor sich hin. Der Asphalt hingegen schien mit rasender Geschwindigkeit vorbeizufliegen – die Reifen quietschten laut, als Sophie mit aller Kraft auf die Bremse trat. Ein Leitpfosten knickte um wie ein Streichholz, ihre Hände krampften sich um das Lenkrad. Erst nach einer gefühlten Ewigkeit kam der Transporter zum Stehen: Den Graben hatte sie zwar glücklicherweise knapp verfehlt, aber mit den Vorderreifen steckte sie nun in einer sehr schlammigen Weide. Der Motor erstarb.

Ein Schreckensschrei blieb Sophie im Hals stecken. Sie lebte noch! Sie hatte sich nicht den Hals gebrochen! Dankbar schloss sie kurz die Augen. Sie hätte es wissen können, denn als sie die Kontrolle über das Fahrzeug verloren hatte, da war nicht ihr ganzes Leben vor ihrem inneren Auge vorbeigezogen, da hatte sie bloß Angelo zur Hölle gewünscht. Was lustig sein könnte, wenn es nicht so traurig wäre: Einen *Engel* zum Teufel zu schicken war schon ein starkes Stück.

Sophie atmete ein paar Mal tief durch und schaute nach draußen. Eine Kuh glotzte zurück, dann schleckte deren riesige Zunge über die Windschutzscheibe.

»Danke«, sagte Sophie automatisch. »Nicht nötig.« Sie musste an Angelos Heimatstadt Bari denken, wo sich an jeder Ampel die Fensterputzer auf die Autos stürzten.

Schon wieder Angelo.

»Verschwinde, du blödes Tier!«, rief Sophie. Die Schwarzbunte gehorchte und trottete, beleidigt mit dem Schwanz wedelnd, zu ihren Artgenossen zurück.

Vielleicht hatte dieses Rumpeln vorhin ja nur in ihrem Kopf stattgefunden, es fühlte sich definitiv so an, als wäre da etwas durcheinandergeraten. Vorsichtig betastete sie ihre Stirn, dann die Schläfen. Hm, zumindest äußerlich war nichts festzustellen …

Musste sie also aussteigen und hinten auf der Ladefläche nachsehen? Unter der graugrünen Plane, die schon seit mindestens zweihundert Kilometern an einigen Stellen wild im Fahrtwind flatterte? Vielleicht war es ja doch die Eismaschine gewesen, die dieses beunruhigende Geräusch von sich gegeben hatte.

Das Ungetüm, das vermutlich irgendwann in den Fünfzigern gebaut worden war, hatte Angelo ihr dagelassen – als einziges Souvenir aus drei gemeinsamen Jahren und um seine Schulden bei Sophie zu bezahlen. Sie sei eine wahre Wundermaschine, hatte er behauptet. Schon sein Großvater habe damit das beste, cremigste und süßeste Eis hergestellt. Dazu hatte er engelsgleich gelächelt, womit er seinem Vornamen alle Ehre machen wollte.

»Du kriegst das blöde Ding doch bloß nicht in dein Auto!«, hatte sie ihn angeschrien. Das war erst zwei Wochen her, an jenem Tag war sie noch sehr, sehr wütend und verletzt gewesen.

Verständlich, denn lange Zeit hatte sie an ein gemeinsames Leben, eine glückliche Zukunft und zwei bis drei Kinder geglaubt, nur um dann zu erfahren, dass der schöne Süditaliener ganz plötzlich andere Pläne hatte. Pläne, die mit einem Onkel zusammenhingen, der ihn zurück nach Bari rief, um die größte Eisdiele in der Altstadt zu übernehmen. Und als sei das nicht genug, schlossen diese Pläne wohl auch noch eine glutäugige junge Italienerin namens Carmela Grazia mit ein, die neuerdings seine Fotos auf Facebook mit vielen Herz-Emojis versah.

Als Sophie dies zum ersten Mal entdeckt hatte, war ihr fast das eigene lebendige Herz stehen geblieben.

Sie presste beide Fäuste auf die Augen. Du bist bloß übernächtigt, sagte sie sich. Völlig fertig. Deswegen verfolgt dich Angelo. Aber weiter als bis hierher kommt er nicht, das muss endlich vorbei sein. Auf die Insel nimmst du ihn nicht mit, kapiert?

Ein hysterisches Kichern stieg in ihrer Kehle auf. Sie schluckte es mühsam herunter. Wenn sie schon ihr ganzes Leben umkrempelte, musste sie wenigstens bei Verstand bleiben.

Und immerhin: Auf sie wartete zwar keine große, berühmte Eisdiele in Bari, aber wenigstens ein gut geführter Kiosk am Strand von Langeoog. Das war doch auch was! Und Tante Freda hatte versprochen, sie dürfe dort schalten und walten, wie sie wolle. Das Gebäude sei groß genug, um eine Eisdiele und eine Bäckerei einzurichten. Eigentlich war Sophie nämlich Bäckerin, sowohl beruflich als auch aus Leidenschaft, und nun träumte sie davon, endlich all die Brote, Kuchen und Plätzchen zu backen, mit denen sie seit Jahren ihr Rezeptbuch füllte, für die sie aber nur viel zu selten Zeit hatte.

Aus ihrem Handy schallte die italienische National-hymne.

Verflixt, dachte sie, den Klingelton muss ich schleunigst

ändern. Eine Weile starrte sie hilflos darauf. Sie hatte das Handy am Armaturenbrett befestigt und zur Navigation benutzt, jetzt aber erschien das Wörtchen »Papa« auf dem Display, und Sophie war sich keineswegs sicher, ob das ein guter Moment für ein Gespräch mit ihm war. Bloß gaben die »Fratelli D'Italia« keine Ruhe und waren laut dem martialischen Text der Hymne schon zum Tode bereit, als Sophie das Gespräch annahm.

»Kind! Endlich!«

»Hallo, Papa.«

»Warum hast du nicht angerufen?« Seine Stimme klang ungewöhnlich forsch. Normalerweise sprach Bernhard Barensen leise, beinahe emotionslos. Ob das daran lag, dass seine Frau damals ihn und die vierjährige Sophie verlassen hatte, oder an einem langen Berufsleben im Gerichtssaal, wo überall ein allzu lauter, bestimmender Ton herrschte, hatte sie nie verstanden. Sowohl ein greinendes Kind als auch schreiende Angeklagte konnten einen Mann sicherlich dazu bringen, zu Hause höchstens noch zu flüstern.

Sophie überlegte kurz, was eigentlich schlimmer war, eine riesige Eismaschine oder ein kleines Kind. Noch einmal presste sie die Fäuste auf die Augen.

»Ich bin noch unterwegs«, sagte sie dann.

»Wieso denn das? Ich habe ausgerechnet, dass du nach höchstens fünfeinhalb Stunden am Hafen von Bensersiel sein müsstest. Was hat dich aufgehalten?«

»Eine …« Sie stoppte sich gerade noch rechtzeitig, bevor sie die Kurve erwähnen konnte. Ihr Vater hätte sich nur unnötig Sorgen gemacht. Sie blickte hinüber zu der Herde Kühe, ihre Besucherin von eben streckte den Schwanz in die Höhe und wirkte immer noch beleidigt.

»Mit der Klapperkiste ging es einfach nicht so schnell wie gedacht«, antwortete sie schließlich. »Es war nett von deinem Gärtner, mir den Transporter zu leihen, aber ich kann euch nicht versprechen, dass er es noch einmal zurück schafft.«

»Das ist bereits geregelt, in Bensersiel nimmt ihn dir ein Autohändler ab. Du könntest ihn ohnehin nicht mitnehmen, Langeoog ist ja eine autofreie Insel. Und dem Otto habe ich einen gut erhaltenen Pick-up gekauft.«

Ein gut erhaltener Pick-up wäre hier vielleicht nicht aus der Kurve gerutscht, dachte Sophie missmutig. Auf einmal hatte sie das Gefühl, die Vorderräder würden ein bisschen tiefer in die Wiese sacken. Sophie erschrak furchtbar. Wo war sie nur gelandet? Die Gegend hier war doch berühmt für Moore, oder nicht? Aber dann rief sie sich schnell selbst zur Ordnung. Die Schwarzbunten da drüben waren ja noch da, also würde auch ihr Kleintransporter noch eine Weile durchhalten, selbst wenn er um einiges schwerer war.

»Du telefonierst doch nicht etwa während der Fahrt mit mir?«, fragte ihr Vater plötzlich.

»Nein, Papa. Ich mache zufällig gerade eine kurze Pause. Hörst du? Der Motor läuft nicht.« Wie genau diese Pause zustande gekommen war, brauchte er ja nicht zu wissen. »Und ich bin schon bald in Aurich. Lange wird es nicht mehr dauern.«

»In Ordnung. Wenn du die letzte Fähre nicht mehr er-
wischst, musst du halt in Bensersiel übernachten. Oder
vorher in Esens. Die fahren nämlich streng nach Fahrplan
und sind nicht von der Flut abhängig.«

»Ja, ich weiß, Papa.« Ihr Vater hatte für diese Fahrt
einen akribischen Schlachtplan aufgestellt, damit sie auch
ja heil ankam. Bei ihm hatte es geklungen, als wollte sie
zu einer Nordpolexpedition aufbrechen. Wenn sie einwarf,
sie sei schon erwachsen, sie werde es bestimmt schaffen,
nach Langeoog zu kommen, entgegnete er regelmäßig, für
sie als Großstadtkind berge das platte Land Gefahren, die
sie sich nicht einmal vorstellen könne.

Die Sache mit dem Großstadtkind stimmte. Mal abgesehen von ein paar Urlauben in der Kindheit, die Vater
und Tochter an einem italienischen Strand an der Adria
verbracht hatten, sowie ein paar Besuchen bei ihrer Mutter auf Ibiza hielt sie sich am liebsten in Frankfurt oder in
anderen Städten auf. Hochhäuser, Straßenverkehr und die
immer gleichen Geschäfte hatten für Sophie eine beruhi-
gende Wirkung. Aber da sie eine mutige junge Frau war,
wollte sie ab sofort auch die freie Natur genießen – und
sie fand, abgesehen von dem kleinen Unfall gelang ihr das
schon recht gut.

»Kind, hörst du mir noch zu?«

»Natürlich, Papa«, sagte sie schuldbewusst.

»Gut, also wie gesagt: Seit die Fahrrinne zwischen dem
Festland und Langeoog in den siebziger Jahren ausgebag-
gert wurde, können die Fähren auch bei Ebbe fahren. Du
kannst also nicht darauf hoffen, aufgrund von Verspä-

tungen noch eine zu erwischen. Ich schicke dir gleich die Adressen von zwei Pensionen. Nur für alle Fälle. Sie haben ausgezeichnete Bewertungen, und wir haben Glück: Beide haben noch Zimmer frei, obwohl schon Anfang Juni ist.«

So war er, ihr Papa. Er überließ absolut nichts dem Zufall.

»Danke. Du bist ein Schatz.« Sie meinte es ehrlich. Mochte sie hier auch in einem Moor zusammen mit zwei Dutzend Schwarzbunten festsitzen – es war schön, dass es irgendwo jemanden gab, der sich um sie kümmerte.

Sie beendete das Gespräch, indem sie ihrem Vater vorflunkerte, sie müsse jetzt weiterfahren.

Ein bisschen hatte Sophie sich schon gewundert, dass er sie so einfach ziehen ließ. Bis ihr aufgegangen war, dass er nicht an das Projekt glaubte. Er war der festen Überzeugung, dass seine Kleine schon bald zurück nach Frankfurt kommen würde – und dann würde sie vielleicht sogar bereit sein, doch noch Jura zu studieren. Im zarten Alter von siebenunddreißig Jahren. Na ja.

Es war die größte Enttäuschung seines Lebens gewesen, als Sophie nach einem sehr guten Abitur beschlossen hatte, nicht Anwältin zu werden, sondern Bäckerin. Darüber hätten sie sich damals beinahe entzweit, aber schließlich hatte Bernhard Barensen einsehen müssen, dass seine Tochter weniger nach ihm und mehr nach seiner Ex-Frau kam, einer temperamentvollen Künstlerin mit spanischen Wurzeln, die lieber mit den Händen als mit dem Kopf arbeitete. Sein einziger Trost war es, dass Sophie ihm wenigstens äußerlich nachschlug: sehr groß, sehr blond, mit sehr blauen Augen. Auf ein paar Zentimeter ihrer Größe hätte sie selbst eigentlich gern verzichten können, aber da war nichts zu machen.

Sie lächelte und verspürte plötzlich große Sehnsucht nach ihrem Vater. Nach ihrer großen Auseinandersetzung vor beinahe zwanzig Jahren hatte er nie mehr ein Wort gegen ihre Berufswahl gesagt. Nicht einmal, als sie ihm gestand, dass sie in der Großbäckerei unglücklich war, wo sie methodisch und nach vorgegebenen Rezepten arbeiten musste und nie etwas Eigenes erschaffen durfte. Das rechnete sie ihm hoch an. Auch die beiden Male, in denen sie versucht hatte, sich selbstständig zu machen und an übermäßig hohen Pachtzahlungen und nicht genügend Kunden gescheitert war, hatte er sich zurückgehalten.

Nur zu Angelo hatte er seine Meinung geäußert, und die war nicht besonders schmeichelhaft ausgefallen. Er nannte ihn »Hallodri« und »Tunichtgut«, und Sophie erzählte ihm schon bald nicht mehr, wenn Angelo sie mal wieder um Geld angepumpt hatte, weil seine Eisdiele nicht so lief, wie sie sollte.

Nein, Angelo war generell ein Thema gewesen, das sie besser vermieden hatte. Und nach seinem plötzlichen Abgang war Bernhard trotzdem zu seiner Tochter geeilt, hatte sie getröstet und dabei fassungslos das Ungetüm von Eismaschine betrachtet, das der Italiener ihr vermacht hatte.

»Herrjemine! Was in aller Welt ist das?«

Sie hatte es ihm erklärt.

»Und die funktioniert noch? Sie sieht aus wie einer dieser Kühlschränke aus den Vierzigern. Nur runder, und dann noch diese schreckliche giftgrüne Farbe …«

»Angelo sagt, sie macht das allerbeste Speiseeis.«

»So, so. Angelo sagt das?«

»Ja. Es war nicht alles Lüge, was er von sich gegeben hat.«

»Vielleicht kannst du sie verkaufen«, hatte er diplomatisch vorgeschlagen. Aber nur ein paar Tage später bot sich eine andere Möglichkeit – eine, mit der Bernhard Barensen alles andere als glücklich war.

Zumindest vorerst.

Doch jetzt musste Sophie sich erst einmal wieder auf ihr aktuelles Problem konzentrieren. Sie startete den Motor, der auch brav wieder ansprang, legte den Rückwärtsgang ein und hörte, wie die Vorderräder durchdrehten.

Tja, es wäre ja auch zu schön gewesen, wenn sie sich so einfach aus ihrer Notlage hätte befreien können.

Was nun? Tante Freda auf Langeoog um Hilfe bitten? Aber was könnte die schon tun?

Besser war es also, einen Abschleppdienst in Aurich zu erreichen. Sie gab telefonisch ihren Standort durch und erfuhr, dass sie sich auf eine längere Wartezeit einstellen müsste, denn es sei Sonntagnachmittag, man verfüge nur über zwei Einsatzfahrzeuge, und außerdem hätten schon ein paar Touristen einen Ausflug ins Moor unternommen, der nicht so gut ausgegangen sei. Das klang dermaßen abfällig, dass Sophie sich lieber auf keine Diskussion einließ, sondern versprach, sie werde an Ort und Stelle auf Hilfe warten. Für Ironie hatte der Mann am Telefon keinen Sinn, sondern erwiderte trocken, das wolle er ihr auch geraten haben, denn er hätte keine Lust, umsonst loszufahren.

Nach einer Weile stieg sie schließlich aus dem Fahrzeug, streckte sich einmal ordentlich und ging dann zur Ladefläche. Vorsichtig hob sie ein freigewehtes Stück der Plane an und lugte darunter. Die Eismaschine schien sich doch tatsächlich ein Stück bewegt zu haben, und das obwohl ihr Vater sie mindestens zehnfach festgebunden hatte. Sie stand jetzt viel weiter rechts, und fast schien es, als wäre dadurch der ganze Kleintransporter auf dieser Seite ein Stück tiefer eingesackt. Das konnte aber auch an der morastigen Weide liegen.

Sophie ließ die Plane wieder sinken und sah sich um. Vorhin noch war sie durch ein Dorf gekommen, hatte ein paar Gehöfte gesehen, aber hier, genau in dieser blöden Kurve, war nichts und niemand zu entdecken, sie schien am Ende der zivilisierten Welt angekommen zu sein.

Ihr blieb also nichts anderes übrig, als sich wieder in den Wagen zu setzen und zu warten. Die lange Fahrt und die Aufregungen der Tage vor ihrer Abreise machten sich nun doch bemerkbar, Sophie schloss die Augen und schlief beinahe augenblicklich ein. Sie merkte nicht einmal mehr, wie sie langsam zur Seite rutschte, und die Stunden vergingen.

Julie Peters
Die Dorfärztin - Wege der Veränderung
Roman
427 Seiten. Broschur
ISBN 978-3-7466-3779-2
Auch als E-Book lieferbar

Unermüdlich kämpft sie für ihre Liebe und ihren großen Traum

Westfalen, 1928: Endlich scheint all das, was sich die junge Ärztin Leni erträumt hat, in Erfüllung zu gehen. Immer mehr Patienten aus dem Dorf strömen in ihre Praxis, und auch ihrem Familienglück steht nichts mehr im Wege, nun da sie ihrer großen Liebe das Jawort gegeben hat. Doch Matthias findet keine Arbeit. Seine einzige Chance scheint ausgerechnet die Kaffeemanufaktur von Lenis Mutter zu sein, mit der sie nach wie vor auf Kriegsfuß steht. Zweifel überkommen Leni, denn was ist, wenn Matthias erneut die Flucht ergreift? Wie damals in Berlin, als er sie mitten in der Nacht allein mit ihrer gemeinsamen Tochter zurückließ.

Der zweite Band um die junge Ärztin Leni, die allen Widerständen zum Trotz Ärztin in der Provinz wird.

**Regelmäßige Informationen erhalten Sie über unseren Newsletter.
Jetzt anmelden unter: www.aufbau-verlage.de/newsletter**

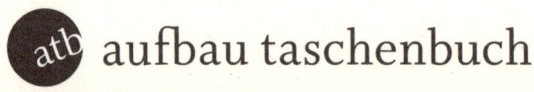

aufbau taschenbuch

Fenna Janssen
Ein Sommer in Rimini
Roman
256 Seiten. Gebunden
ISBN 978-3-352-00980-8
Auch als E-Book lieferbar

La Dolce Vita

Hamburg, 1955: Nina arbeitet als Hilfsköchin im Hotel »Vier Jahreszeiten«. Sie traut ihren Ohren kaum, als ein italienischer Gast ihr ein verlo-
ckendes Angebot macht: Er kennt den Manager des berühmten »Grand
Hotel« in Rimini und kann ein gutes Wort für sie einlegen. Das lässt sich
Nina nicht zweimal sagen und stürzt sich ins Abenteuer. Zuerst ist Chef-
koch Stefano ihr gegenüber misstrauisch, doch nach und nach kann sie
ihr Talent unter Beweis stellen. Und dann begegnet sie dem charmanten
Italienischlehrer Piero …

Ein italienischer Sommer in den Fünfzigern: warmherzig, romantisch
und voller Witz

Regelmäßige Informationen erhalten Sie über unseren Newsletter.
Jetzt anmelden unter: www.aufbau-verlage.de/newsletter

RL rütten & loening